Bir Parça Masal

BİR PARÇA MASAL

Yazan: Zeynep Saraç

Yayın hakları: © Doğan Egmont Yayıncılık ve Yapımcılık Tic. A.Ş.
Bu eserin bütün hakları saklıdır. Yayınevinden yazılı izin alınmadan kısmen veya
tamamen alıntı yapılamaz, hiçbir şekilde kopya edilemez, çoğaltılamaz ve yayınlanamaz.

1. baskı / Eylül 2015 / ISBN 978-605-09-2916-4
Sertifika no: 11940

Kapak tasarımı: Funda Çolpan
Baskı: Yıkılmazlar Basın Yayın Prom. ve Kağıt San. Tic. Ltd. Şti.
Evren Mah. Gülbahar Cad. No: 62 / C Güneşli - Bağcılar - İSTANBUL
Tel: (212) 515 49 47
Sertifika no: 11965

Doğan Egmont Yayıncılık ve Yapımcılık Tic. A.Ş.
19 Mayıs Cad. Golden Plaza No. 1 Kat 10, 34360 Şişli - İSTANBUL
Tel. (212) 373 77 00 / Faks (212) 355 83 16

Bir Parça Masal

Zeynep Saraç

Canım kardeşime...

1

Gün ışığı

"Bir insanın yüzündeki gülümseme, eğer gözlerine ulaşmıyorsa bu gülümsemenin içten olduğuna inanma der abim." Nehir elimdeki, boyu bir metreyi bulan yağlıboya tabloyu kucaklarken, yeşil gözlerini bana dikerek sözlerini sürdürdü:
"Ama ben sana inanıyorum Rüya. Senin bu yarım gülümsemen sahici; öyle olmasa kendi tablonu bana hediye eder miydin hiç? İçinden gelmeyen hiçbir şeyi yapmazsın sen."
Tabloyu yanına çekerek yanağıma bir öpücük kondurdu. Hayatta sahip olduğum yegâne arkadaşıma doğum gününde verebileceklerim bunlardan ibaretti: yarım bir gülümseme ve bu koca yalıya belediye otobüsüyle getirmek zorunda kaldığım, boyumdan sadece altmış beş santimetre kısa, bir metrelik tablo... Kendi yaptığım resmi, birine hediye etmek şöyle dursun, göstermek bile tam bir utanç kaynağıydı benim için.
Kaymak beyazlığındaki ahşap yalının merdivenlerini çıkarken abisini düşündüm. Sanki kendisi çok gülümsüyormuş gibi, bir de kardeşi Nehir'i uyarması ne kadar ironikti. Bu eve onuncu gelişimdi ve tam beş defa o soğuk ve sert görünümlü insanla karşılaşmıştım. Yüzüme bir saniye bile kilitlenmeyen, lacivert gözbebeklerini esir eden gri gölgeli bakışları, beni görmezden gelirken bile son derece yakıcıydı.
Resim öğretmenliği üçüncü sınıfta okuyor, akşamları *Mai* adındaki pahalı sanat akademisinde, hobi olarak resim yapmak isteyenlere ders veriyordum ve yetimhanenin karanlık koridorlarından kurtulmuş, içine

bir damla gün ışığı girmeyen bir ev tutmuştum. Ama bu ev bile daha aydınlıktı o kuytudan. Devletin verdiği kredilerle ancak bu kadar oluyordu işte.

Nehir, bu işe başladığımdan beri, yani yaklaşık bir senedir benim öğrencimdi. Bu kadar cana yakın ve hayat dolu olmasa, sanırım arkadaşsız biri olarak hayatımı sürdürmeye devam edecektim. Aslında aynı üniversitede okuyorduk ve daha öncesinde de birbirimize aşinaydık. Benim yetimhaneden geldiğimi, kimsesiz olduğumu öğrenmiş, o da annesini beş yaşındayken kaybettiğini anlatmıştı. Muhtemelen o yüzden bana yakınlık duyuyordu.

"Şanslısın" derdim ona hep. "En azından annenin yüzünü biliyorsun."

Benim için ise, her şey soğuk bir karanlıktan ibaretti. Yüzüme o yarım gülümsemeyi yerleştiren, bana hiçbir zaman daha fazlasını vermeyen, hiç aydınlanmayacak bir karanlık.

Sanki vücuduma sonradan monte edilmiş yaşamsal bir organ gibi...

Siyah giymeyi çok severdim. Aynı kıyafetleri en azından birkaç yerde üst üste giyebiliyordum ve bu durum fazla dikkat çekmiyordu. Böylece olmayan paramı kıyafetlere harcamak zorunda kalmıyordum. Nisan ayının ılık havasına uygun siyah elbisem, halka küpelerim ve tepeden topladığım siyah saçlarımla şu anda bu yalının şık ve zengin görüntüsüne ortalama bir uyum sağlıyordum. Nehir, abisi gibi koyu kumral saçlarını geriye savurarak, tabloyu Doğu Avrupalı olduğunu düşündüğüm, yüz ifadesi olmayan, sarışın, uzun boylu hizmetçiye teslim etti.

"Salona asılmasını istiyorum. Şimdi açmayacağım, sürpriz olsun."

Kadının yüzünde bir korku belirir gibi oldu. "Nilgün Hanım'a sorsak..." dediği anda, Nehir kadının sözünü kesti. "Nilgün Hanım da beğenecektir." Nilgün Hanım, Nehir'in pek sevmediği üvey annesiydi.

Gülümsemesi çenesinin altındaki gamzeyi daha da belirginleştiren Nehir elimi tutarak beni çekiştirdi.

"Hadi Rüya, herkes bizi bekliyor."

* * *

Dakikalar sonra, yaptırdığı estetik operasyonlar yüzünden, suratındaki mimikleri kaybetmeye ramak kalmış üvey anne Nilgün Hanım, beyaz elbisesiyle doğum günü kızı Nehir ve çatık kaşlarının altında yumuşacık bir kalbi olduğunu bildiğim babası Ender Bey, tablomun önünde durmuş, beni utandırmakla meşgullerdi. Onların birkaç metre gerisinde, içinde meyve suyu olan bardağımı sımsıkı kavramış, yorumları duymamak için dua ediyordum. Ve Nilgün Hanım tablom hakkındaki düşüncelerini söylemeye başladı.

"Koyu gri gökyüzü, lacivert, çarşaf gibi bir deniz ve bulutların arasından süzülerek denizi aydınlatan parlak ışık huzmesi. Hımm... Renkleri salona uyuyor."

Nilgün Hanım'ın beğeni mi, yoksa eleştiri mi olduğunu anlayamadığım cümlesi buydu. Ender Bey tok sesiyle "Yetenekli bir öğretmenin var Nehir" dediğinde, kızı ona sarıldı, "Evet babacığım, bugün yirmi iki yaşına giriyorum ve benden bir yaş küçük bir öğretmenim var." Kıkırdayarak yanıma yaklaştı.

"Teşekkür ederim. Aldığım en güzel doğum günü hediyesi. Sen günün birinde çok ünlü bir ressam olduğunda, ben de bu tablo sayesinde çok zengin olacağım Rüyacığım." En yakın ve tek dostumun sıcacık sözlerinin amacı, benim gönlümü hoş tutmaktan başka bir şey değildi.

"Doğum günün kutlu olsun Nehir" diyerek başımı öne eğdim.

Ben buydum. Kısa cümlelerim, donuk kalbim ve soğuk yüzüm, insanlarla arama mesafeler koymuştu. Daha fazlasını ne isterdim ne de verebilirdim. Böylece sığıntı kalbimi daha fazla acıdan koruyordum.

Biz tablonun etrafındayken bir erkek sesi duyuldu. Bu sesi tanımıştım. Özgüvenli, etkileyici, ama oldukça mesafeli...

"Doğum günü ufaklığı nerede?"

Hepimizin başı, gotik beyaz mobilyalarla donatılmış şaşaalı salonun kapısız girişine yöneldi. Bembeyaz ahşap oymalarla bezenmiş yüksek tavanın altında, kravatsız beyaz gömleği, siyah takım elbisesi ve bu koca salonu saran varlığıyla bize doğru yürüyordu. Yaklaşık 1.90'lık endamına yaraşır biçimde dimdik yürüyüşü ve bir siyasetçi için fazla olduğunu düşündüğüm yakışıklılığıyla yine çok göz alıcı görünüyordu.

O, Nehir'in abisi. Aras Karahanlı.

İstanbul'un en ünlü hukuk bürolarından birinin ortağı olmanın yanı sıra, meşhur bir siyasi partinin arka planındaki en etkili ve aktif adamlarından biriydi de. Kız kardeşi Nehir, abisinin çok parlak bir siyasi kariyere doğru yol aldığını ve bu konuda Allah vergisi özel bir yeteneği olduğunu söylemişti. Abisini çok sevdiği için biraz abarttığını düşünmeden edemiyordum. Bu adam ne menem bir şeydi ki henüz yirmi yedi yaşında olmasına rağmen böyle bir güce sahip olabilmişti, bunu aklım bir türlü almıyordu.

Uzun kollarını açarak kardeşine yaklaştı ve tam bir abi şefkatiyle onu kucakladı.

"İyi ki varsın ufaklık."

Nehir abisinin kollarında olmanın verdiği memnuniyetle ona baktı.

"Hoş geldin. Gelmeni beklemiyordum. Bu aralar çok yoğun olduğunu biliyorum."

Herkesle selamlaşan Aras yanıma yaklaşarak ilk defa yüzüme baktı ve bu bakış sanırım bir saniye bile sürmedi. "Merhaba" derken, kelimenin daha son hecesi ağzından çıkmadan bakışları üzerimden uçup gitmişti. Gözleri lacivert olsa da, çarpıcı gri ışıltılarla harelenmiş gözbebekleri yüzünden gri, hatta koyu gri bakıyordu. Beni fark etmediği gibi, tablomu da fark etmediğine neredeyse emindim ve kalbim bu kadar donmuş olmasaydı, hangisine daha çok üzüleceğimi bilemeyebilirdim. Kısa bir süre daha ailece ayaküstü sohbet ettiler, sonra doğum günü yemeği için masaya yöneldik.

On iki kişilik, büyük ihtimalle ceviz yemek masasında beş kişiydik. Başköşede Ender Bey, sağında Aras, solunda Nilgün Hanım, onun yanında Nehir ve karşısında kimse oturmayan ben. Bu alışık olmadığım bir durum değildi, dolayısıyla gayet iyi idare ediyordum.

Hatta bu yalnızlık, elimde tuttuğum gümüş çataldan bile daha yakındı bana...

Masadakiler, benim yanımda konuşulabilecek her konudan söz ediyor, ara sıra da gülüşüyorlardı. Bu gülüşmelere ben ve Aras dahil değildik. Kendimi biliyordum; yürümeyi unutan sağlıklı bacaklar gibi, çoktan unutmuştum o duyguyu. Peki ya Aras? Neden gülmüyordu hiç? Kız kardeşine inanmasını söylediği yarım gülümseme bile yoktu güzel dudaklarında.

Portre çizmeyi sevseydim eğer, gözüm kapalı çizebilirdim çaprazımda duran bu yüzü. Neredeyse altın orana sahip, estetik harikası gibi görünen doğallık... İnsanın tüm dikkatini koyu gözlerine çeken güzel bir burun, kıvrıldığı anda bakışları kendinde toplaması muhtemel dudaklar ve bunların altında biçimli bir çene. Güzel gözleri ile koyu kumral, hafifçe dalgalı saçları nasıl da tamamlıyordu yüzündeki muhteşem ahengi.

Bende içgüdüsel olarak çizim yapma isteği uyandırıyordu. Belki her daim haddini bilen hislerim, bundan daha fazlasını beklemeye alışkın olmadığı için enerjimi o beyaz tuvale çekiyordu. Bastırdığım tüm duygular, zihnimde baş gösterdiği anda beyaz bir tuval arar, sonra çizerdim. Belki de böylece korumuştum yıllar yılı yaşadığım hüzünden kendimi.

Ender Bey misafirini unutacak bir insan olmadığını bana dönerek gösterdi. "Rüya, sergi açmayı düşünür müsün?" Beklemediğim bu soru karşısında biraz heyecanlanır gibi olsam da, heyecanım saman alevi gibi çabucak söndü. Heyecan duyduğum tek konuyu açarak beni can evimden vurmuştu.

"Hayır efendim, öyle bir niyetim yok." Nasıl olabilirdi ki? En büyük hayalim bu olsa da, tablolarım da benim gibi karanlıklara mahkûmdu. Ender Bey başını düşünceli bir halde salladı. İş dünyasının bu tecrübeli insanının zihnimi okuduğundan neredeyse emindim. Bizim gibiler önce yaşama tutunmalı, hayallerini bir kenara koymalıydı...

"İyi bir resim öğretmeni olacağından eminim." Hoşuma giden bir övgüyle konuyu kendince kapattığında, ne olduğunu pek anlayamadığım ana yemeklerimizi servis eden hizmetçinin işini bitirmesini beklemeye başladık. Kocaman ızgara et parçasının yanına yerleştirilmiş rengârenk sebzelerle dolu tabağın içinde duran her şeyin adını bilsem de, bütün olarak bu yemeğe ne ad verildiğine dair bir fikrim yoktu. Sessizliğimizi sadece Nehir bozuyordu. Neşeli, cıvıl cıvıl ve hayat dolu halleri masayı şenlendirse de, hissetmeye başladığım tuhaf duyguları bertaraf edemiyordum. Bu duyguların sebebi, yemeğin sonlarına doğru üzerime çevrilmeye başlayan gri bakışlardan başka bir şey değildi. O ışıltılar birkaç kere bana yöneldiğinde, bakışlarım istemsizce Aras'a doğru kaymaya başladı. Siyah gözlerim, kısacık anlarda onunkiler tarafından yakalandığında yüklü bir elektriğe maruz kalıyor gibi oluyordum. Bakışları bu kadar yoğun bir insanla daha önce hiç karşılaşmamıştım. Gözlemlerim, masanın etrafında oturan herkesin ruh halini kolaylıkla anlayacak kadar güçlenmişti yurtta kaldığım yıllarda. En katı öğretmenlerin bile taş kesilmiş yüzlerinde, oraya ait olmayan, ama oradan fışkırmak isteyen güzel bir duygu olurdu hep. İlk defa böylesini görüyordum ve o duygusuz bakışların sahibi, yaklaşık on dakikadır kaçamak bir şekilde beni süzüyordu.

Yüzünde, iç dünyasında ne olduğuna dair en ufak bir duygu belirtisi görülmüyor, esrarlı bir su gibi saklıyordu bir şeyleri. Belki de saklamıyordu. Bu adamda gerçekten bir his yoktu ve bu gizemli halleri son birkaç dakikadır beni hem ürkütüyor hem de meraklandırıyordu. Bana en son baktığında gözlerinde tuhaf bir karanlık yakalar gibi olsam da, bakışlarını hemen çekti üzerimden.

Aras Karahanlı bende bir şeyler arıyor gibiydi. Bu durum ay ile güneşin yan yana olması kadar saçma olsa da, bu hayatı birazcık öğrendiysem Aras Karahanlı'nın gözleri, benim gibi hiçbir şeyi olmayan bir kızda bir şeyler arıyordu. Ama benim zekâm ve tecrübem, her şeye sahip bu adamın benden ne istediğini bilemeyecek kadar yetersizdi. En son bakışı çok derin ve manalıydı. Diğerlerinin ve benim fark etmiş olmamıza aldırmadan, "Ufaklık" dedi gözümün içine delici bakışlarıyla bakarak... Ve zihninden firar eden gizemli bir duygunun ateşi gözlerinde bir an korlandıktan sonra kız kardeşine döndü.

"Senin için harika planlarım var."

Bana hitap ediyormuş gibi gözümün içine baka baka kardeşine seslenmiş olsa da, söylediği son cümledeki her sözcük sanki beni bulmuştu.

Senin için harika planlarım var...

2

Şok

Vakit gece yarısını çoktan geçmiş, yalıdaki herkes odalarına çekilmişti. Aras'ın aklı sabah yaptığı görüşmedeydi. Akşam, kardeşinin doğum günü yemeği sırasında ansızın bir fikir sıyrılmıştı karmaşık düşüncelerinin arasından. Sonra o kıza daha dikkatli bakmıştı. Bir daha... Bir daha... Sanki zihninde beliren bu yıkıcı düşünceyi iyice idrak etmek istemişti.

Elinde viski bardağıyla, beyaz gömleğinin bir düğmesi açık, keskin bakışlarıyla duruyordu yağlıboya tablonun karşısında. Rüya'nın tablosuna bir adım mesafede Rüya'yı arar gibiydi. Resmi özümsemek ister gibi kıstı gözlerini ve içkisinden aldığı büyük bir yudum genzini yakarken, parmaklarını dokundurdu tabloya.

Koyu bulutların arasından süzülen güneş ışığına bakarak düşünmeye başladı. Rüya'nın simsiyah gözleri, karanlık denizin üzerini açık renklerle bezerken kim bilir nasıl bakmıştı tuvale? Nasıl güzel boyamıştı o ışığı öyle şu koyu tablonun ortasına. Sanki büyük bir tutkuyla çıkarmıştı gün ışığını kara bulutların arasından bu kocaman gözlü ressam kız.

"Yalnızsın..." dedi ve bunun ardından gelecek diğer iki kelimeyi kalbinin el değmedik karanlığına kilitledi. Aklı sabah yaptığı görüşmeye gitti tekrar.

O sabah

Aras kendi ailesinin sahip olduğu yalının yalnızca birkaç yüz metre ilerisinde bulunan tarihi yalının merdivenlerini kendinden emin adımlarla çıkıyordu. Aceleyi de sevmezdi, ağır kanlılığı da. Büyük patronun karşısına siyasi kariyeriyle ilk defa çıkacak olsa da, aslında Sami Hanzade ve oğluyla cemiyet hayatından tanışıyorlardı.

Sami Hanzade'nin beklenmedik davetinin siyasi bir mevzuyla ilgili olduğunu biliyor, buna rağmen zerrece heyecan hissetmiyordu. Soğukkanlılık onun diğer adıydı.

"Hayatta başarılı olmak istiyorsan, seni teslim alacak tüm duygulardan arınmalı ve içini boşaltmalısın. Böyle yaparsan içi boş bir testi gibi su yüzünde kalır, ulaşırsın amacına" derdi hep kendine. "O testinin içine aşk da dahil, en ufak bir duygu girdiği zaman, sonun kuytu denizlerin dibidir." Geleceğin parlak siyasetçisinin düsturu buydu.

Büyük patronun odasının kapısında bekleyen iriyarı adam sert bir ifadeyle, "Beyefendi sizi bekliyor" dedi.

Namı diğer büyük patron. Yetmiş yaşını geçmiş Sami Hanzade, partinin en nüfuzlu adamıydı ve parti içinde gizli bir gücü vardı. Uçsuz bucaksız servetiyle siyaset sahnesinde yer alan ve partiye bağlılığı aileden gelen Sami Hanzade iyi bir siyasetçi olmanın yanı sıra, siyasi lider avcısıydı da. Uzun siyasi geçmişinden gelen tecrübesini ince zekâsıyla birleştirdiği için parti başkanı bile onun fikirlerini ve desteğini alırdı.

Aras'ın siyasi bir dergiye yazdığı makaleyi okumuş, sonra da parti içindeki aktivitelerine dair duyumlar almıştı. Aras farkında olmadan dikkatini çektiği Sami Hanzade tarafından bir süre izlenmişti. Yaşlı adam avına bakan bir aslan gibi baktı genç adama.

"Hoş geldin Aras Karahanlı" dediğinde, aslında evine değil de, ona aralayacağı dünyaya buyur eder gibiydi Aras'ı.

Hanzade, ürkütücü büyüklükteki, koyu renkli masif masasının başına geçerken eliyle siyah deri koltuğu işaret etti.
"Lütfen otur Karahanlı."
Aras masanın diğer tarafında duran koltuğa oturunca, Sami Hanzade de patron sandalyesine geçti.
"Sevgili dostum Ender Karahanlı'nın oğluyla bu konuşmayı yapacağım aklıma gelmezdi. Babana selamlarımı ilet Aras Karahanlı."
"Elbette Sayın Hanzade."
Sami Hanzade ince dudaklarını kenetleyip gözlerini kısarak Aras'a baktı. Rahat bir şekilde arkasına yaslandığında, bu görüşmenin kendisinde yarattığı memnuniyet yüzüne yansıyordu.
"Demek, partinin yaşadığı son skandaldan sıyrılmasında senin fikirlerinin de katkısı var Karahanlı."
Sami Hanzade bu durumdan hoşlandığını belli edercesine, beyaz kaşlarını memnuniyetle havaya kaldırdı.
Aras cevap vermedi. Çünkü övgüden hiç hoşlanmaz, bunun insanı zayıflattığını düşünürdü. Sanki başka birinden bahsediyorlarmış gibi, Sami Hanzade'yi başıyla onayladı. Hanzade onun bu tavrından hoşlanmıştı.
"Başkalarının tecrübelerine kulak asar mısın çocuk?"
Sami Hanzade son kelimeyi özellikle seçmiş, genç adamın damarına basmak istemişti. Ama Aras bu tuzağa düşmedi. İstifini hiç bozmadan o kelimeyi duymamış gibi, "Tecrübe, eleştiri ve ayrıntılar... Bunlar en sevdiğim şeylerdir" derken sesi oldukça soğuktu.
Adam memnuniyetle başını sallayarak ince çenesini sıvazladı.
"Parti üzerindeki etkimi ve bana özel kontenjanlarla kimlerin önünü açtığımı biliyorsun değil mi?" Aras bu sorunun cevabını çok iyi biliyordu; Hanzade'nin bu soruyu sormaktaki amacı, biraz sonra söyleyeceklerinin etkisini artırmaktan başka bir şey değildi.

Aras renksiz bir ses tonuyla cevap verdi: "Herkes biliyor, parti üyeleri de dahil."

Sami Hanzade, Aras'ın gri gözlerine dikkatle bakarken, belki de konuşmanın sonunda söylemesi gereken sözleri en baştan söylemeyi tercih etti.

"Sen çocuk, otuzlu yaşlarına bir an önce gelmeye bak, çünkü sadece birkaç kongre sonra bu partinin başına sen seçileceksin. Kim bilir ardından kendi yeteneklerinle uçacak, belki de bu ülkeyi yöneteceksin."

Bu sözleri beklemiyordu Aras. Tek kaşını kaldırdı ve dudakları belli belirsiz yukarı kıvrıldı. O kadar. Oysa üniversite yıllarında siyasetle uğraşmaya başladığından beri tek hayali buydu. Güç. O büyük gücün sahibi olmak. Hükmetmek ve yönetmek... Ama boş hayallere dalacak biri de değildi. Yıllara, tecrübeye, şansa ve desteğe ihtiyacı vardı. Siyaseti sevmesi, parlak fikirleri şimdilik yetersizdi. Ancak kendisine söylenen bu sözlerin gerçeğin ta kendisi olduğunu iyi biliyordu. Yaşlı kurdun yadsınamaz gücü, parti mensupları tarafından da inkâr edilemeyecek bir gerçekti. Yalısında düzenlenen mini zirveler, partiye yaptığı cömert destekler ve karşılığında sahip olduğu nüfuzu, onun son dönemde parti kararlarına gizli imzalar atması için yetmiş de artmıştı bile. Siyasetçi ailesinden gelen bir gücü ve çok güçlü bağlantıları da vardı. Partinin başına geçebilmek için Sami Hanzade'nin desteğini almak pırlanta değerinde bir fırsattı. Gerisi Aras'ın yeteneklerine bağlıydı. Hiç beklemediği bu destek tam da karşısında durmuş, hayallerini, arzularını perçinliyor, kat edeceği uzun yolu kısaltıyordu.

Hanzade uzun süren toplantıları sevmezdi; yeni siyasi evladına sunduğu üstü kapalı teklife bir cümleyle noktayı koydu. "Bu yola baş koyduysan çocuk" dedi, "evleneceksin ve yaşadığın bu hızlı hayatı bırakacaksın. Önceliğin bu olmak zorunda. Siyasetçiler halka örnek insanlardır ve yaptıkları

düzgün evlilikler onların gizli güçleridir."
İşte buna şaşırabilirdi bu genç adam. Benim özel hayatımdan sana ne der gibi baktı yaşlı kurda. Sami Hanzade, Aras'ın belli belirsiz şaşkınlığına aldırmadan büyük bir ciddiyetle kaşlarını çattı. "Evleneceksin, çünkü bu halk geleneklerine bağlıdır. Bekâr bir adayın popülerliği sadece gazete manşetlerinde kalır. Tecrübelerime itimat et Karahanlı. İnan bana, yaptığım seçimlerde ve verdiğim tavsiyelerde hiç yanılmadım. Seni yeni parti kongresinde yönetim kurulu listesine sokarak ilk adımı atmanı sağlayacağım. Malum, partimizin yazılı olmayan kurallarına göre yaşadığın bu hızlı hayat önüne set koyabilir ve bana karşı olanların elini güçlendirebilir." Aras'ın teslimiyetini sınamak istercesine ellerini iki yana açarak, "Bu kadar" dedi hain bir gülümsemeyle. "Karar senin."

Aras'ın bu teklifi kabul etmesini ve partideki yeni gözdesi olmasını yürekten istiyordu. Onu seçmişti... Hırslı, ama kontrollü olduğunu düşündüğü, fikirlerinden çok hoşlandığı Aras Karahanlı'yı...

Aras ayağa kalkarken, "Size tecrübelere kulak veririm demiştim" diye karşılık verdi.

"Öyle bir kadın seç ki ailesi, duruşu ve her şeyiyle her zaman yanında bulunsun ve senin gizli silahın olsun."

3

Bir parça masal

Aras yayı gererken omzundan parmak ucuna kadar tüm kasları da gerildi ve siyah tişörtü kollarını sıkıca sardı. Parmağını gevşetince, ok dokuz numaralı daireye saplandı. "Fena değil" diyen genç adam, gözlerini en yakın arkadaşına çevirdi. "Sıra sende ortak!"

Aras ile Kaan on iki yaşından beri, her cumartesi sabahı saat sekiz ile on arası bu sporu yaparlardı. Kaan, Aras'ın sahibi olduğu hukuk bürosuna sonradan ortak olmuştu. Onun hem iş arkadaşı hem de ailesinden sonra gelen tek insandı. Kaan oku fırlattı; mavi gözleri kısa bir süre oku takip ettikten sonra arkadaşına yöneldi. "Hanzade'nin önerisini gözün kapalı kabul ettiğine eminim. Bunu rüyamda görsem inanmazdım, demek evlenmen gerekiyor."

Büyük patronun asla boş vaatlerde bulunmadığını o da biliyordu. En yakın arkadaşının bu yoldan asla dönmeyeceğinden ve bu gerekliliği yerine getireceğinden de emindi. Çünkü Aras'ın politikaya düşkünlüğünü çok iyi biliyordu. Ayrıca arkadaşının kafasına koyduğu şeyi yapmadan, istediğini elde etmeden durmayacağını bilecek kadar iyi tanıyordu onu. Bugün ya da yıllar sonra evlenmek Aras için sorun değildi.

Aras elindeki oku yaya taktıktan sonra yine yayı gerdi ve bıraktı. Ardından "Evet" diye karşılık verdi arkadaşına.

Bir günde alınmış bir evlilik kararı için son derece heyecansız, dümdüz bir "evet" olsa da, Kaan buna pek şaşırmadı. "Sedef teklifini gözü kapalı kabul edecektir. Zaten bir süredir berabersiniz."

Sedef, Aras'ın üvey annesinin yeğeniydi ve üç aydır onunla beraberdi. Bu arada başka kızları da ihmal etmiyordu. Kaan bir eliyle yayı tutarken, diğer elini simsiyah dalgalı saçlarının arasından geçirdi ve "İyi bir evlilik olacak" dedi. "Sedef asil ve güzel bir kız."

Aras hafifçe yüzünü buruşturdu. "Bana iyi bir evlilik göster."

Kaan hızla kendi çevresindeki evlilikleri düşündü. " 'Zoraki iyi bir evlilik' diyeyim o zaman."

Aras derin bir nefes aldı. Hanzade'nin tecrübelerine güvenerek bu evliliğin gerçekleşmesi gerektiğine ne kadar inanıyorsa, evlilik kurumuna o kadar inanmıyordu. Evlenmek, ani bir karar almak onun için hiç önemli değildi. Büyük bir şevkle bağlandığı siyaseti hayatının odağına yerleştirmişti. Henüz erkendi, ama orayı istiyordu, en tepeyi... Kiminle evlendiği fark etmezdi, zaten sevmeyecekti. Ne zaman olacağı önemli değildi, zaten evlenecekti. "Evleneceğim maalesef" diye söylendi.

Kaan başını salladı. "Sedef seni seviyor ve bu yolda hep yanında olacaktır. Örnek bir çift olacaksınız."

Aras bu sözlere aldırmadan, yayı geren Kaan'ı dikkatle izledi. "Bu evlilik amacıma ulaşmamı sağlayacaksa bunu yapacağım. Bu evlilikten sonuna kadar faydalanmalıyım."

Kaan arkadaşının niyetini bildiği için buna şaşırmadı, oku gayet sakin bir şekilde fırlattıktan sonra Aras'a döndü. "Sedef sonuna kadar seninle olur, seni çok seviyor."

Kaan dostunun yüzünde tuhaf bir tereddüt görür gibi oldu. Bu gri gözlü, yakışıklı adamın aşk meşk gibi şeylerle ya da kadınları sevmekle işi olmazdı. Sadece onların bedenlerine ihtiyaç duyar, onlara güzel anlar yaşatır ve hayatından çıkarırdı. Siyaseti, bu yaşam tarzından vazgeçecek kadar sev-

diğini biliyordu; öyleyse sorun Sedef miydi?
"Sedef olmasa bile, seninle evlenmek isteyecek bir dünya kız var, biliyorsun."

"Evleneceğim, ama Nehir'in arkadaşı olan şu kimsesiz kızla" dediğinde, Kaan'ın elindeki yay çimenlerin üzerine düştü, mavi gözleri de yaşadığı şokun etkisiyle karardı. "Yani Rüya'yla mı? Neden?"

Aras'ın yüzünde, hain planının etkisiyle sinsi bir gülümseme belirir gibi olsa da hemen yok oldu. Kaan'ın sorusuna soğukkanlılıkla cevap verirken dün gece aldığı kararı da onaylıyordu.

"Evet, onunla evleneceğim."

* * *

Kaan yaşadığı şoku bir nebze olsun atabilmek için okçuluk kulübünü terk edene kadar susmayı yeğlese de bir soru sürekli aklını kurcalıyordu: Aras'ın bu saçma seçiminin nasıl bir açıklaması olabilirdi? Aras, Kaan'ın sessizliğinin sebebini tahmin ediyordu. Dostunun bu karara herkes gibi şiddetle karşı çıkacağına da emindi. Kaan olaylara abartılı tepkiler vermeyen bir insan olduğu halde, doğru bildiği şeyin arkasında durur ve fikirlerini açıkyüreklilikle söylerdi.

Aras'ın cipine bindiklerinde Kaan ellerinin arasında tuttuğu telefonla bilinçsizce oynarken Aras'ı tanıyamadığını düşünüyordu. Arkadaşı saçma sapan bir karar almıştı ve etrafındakilerin fikirlerini hiç umursamıyormuş gibi görünüyordu.

"Bu çok saçma bir karar Aras" derken gözü trafikteydi Kaan'ın. Biraz daha sakinleşmiş sayılırdı.

Aras, müziği değiştirirken kayıtsızca cevap verdi. "Asıl saçma olan şey evlenmek, ama mecburum. Bu kararı bu kadar çabuk alabilmemin nedeni, hayatımı tamamen siyasete adamış olmam Kaan. Bunun dışındaki her şey zaten saçma ve anlamsız benim için."

"O zaman Sedef'i ya da sana daha uygun birini seçmelisin."

Aras gözlerini devirirken direksiyonu sıkıca kavradı.

"Sen de diğerleri gibisin Kaan. 'Uygun' ne demek? Yani zengin zenginle, fakir fakirle mi birlikte olmalı?"

Kaan arkadaşına döndü. "Bana sadece geçerli bir neden ver susayım."

Aras kırmızı ışığı fırsat bilerek Kaan'a döndü.

"Birbirimizi tamamlayacağız."

Ama bu cevap Kaan'a yetmemişti ve daha fazlasını istediği aşikârdı. Aras arkadaşının beklentisini boşa çıkarmadı.

"Ben ona bir parça külkedisi masalı vereceğim, o da bana istediğimi verecek... Halkın sempatisini..."

Kaan deniz mavisi gözlerini açarak, "Onu oy kazanmak için mi istiyorsun?" diye sordu.

Yeşil ışığın yanmasını umursamayan Aras arkadaşını başıyla onaylayarak, "Eğer biriyle evleneceksem" dedi, "bana bunun karşılığını fazlasıyla vermeli. O bana bunu verecek, karşılığında da asla giremeyeceği bir masalın içinde olacak. Halk bizim partiyi zenginler kulübü gibi görüyor, bu imaj hiç hoş değil."

Araba hareket etti. Kaan kulaklarına inanamıyordu. Bu adam hem kendi hayatını, hem de kızın hayatını bir kalemde harcayacak kadar acımasız mıydı? Aras, dostunun ne düşündüğünü aşağı yukarı tahmin edebiliyordu ve zerrece umursamıyordu. Kendi kendine konuşur gibi, "Düşünsene ne kadar ilgi çekici bir çift olacağız" dedi. "Oy verecekleri kişi, sahip olduğu tüm zenginliğe rağmen, kimsesiz bir kızla evlenecek kadar aşk dolu ve iyi bir insan; tabii benim siyasi yeteneklerimi de göz ardı etmeyecekler."

Kaan arkadaşına baktı. Duyduklarını bir türlü sindiremiyordu. Başını iki yana sallayarak, Aras'ın vazgeçmeyeceğini bile bile, hiç değilse Rüya adına üzerine düşeni yapmaya çalıştı. "Bu kıza karşı ne hissediyorsun?"

Aras gözlerini yola dikerek, "Senin hissettiğini" diye cevap verdi ve ekledi: "Hiçbir şey."

"Ne masal ama..." diye söylendi Kaan. "Prens kızı sevmeyecek..."

Aras gözlerini kısarak, arkadaşına değil, araba camının ötesindeki İstanbul'a, yani bu masalın şehrine baktı.

"O yüzden 'bir parça masal' dedim sana."

4

Dalgalar ve kayalar

O gece Nehirlerin yalısından ayrılıp eve dönerken düşüncelere gömülmüştüm. Kalbimdeki demir parçasını eritmeye çalışırcasına üzerime dikilen o karanlık bakışlar beni çok huzursuz etmişti.

Bana hitap eder gibi söylediği *harika plan*, kız kardeşi için bu gece düzenleyeceği doğum günü partisiydi. Nehir büyük bir samimiyetle beni de davet etmişti, ama katılamazdım. Gece yarılarını geçen eğlenceler hem benim tarzım değildi, hem de evlerinde verilen yemeğe katılarak üzerime düşeni yaptığıma inanıyordum. Benden bu kadardı. Ayrıca gecenin sonunda evime dönebilme konusunda onlar gibi çift alternatife sahip değildim. Onlar içki içmemişlerse evlerine kendi lüks arabalarıyla döner, içmişlerse arabalarını orada bırakarak taksiye binerlerdi.

Nehir de doğum günü kızı olarak alkolün dibine vuracak ve beni evime bırakamayacaktı. Benim cebimdeyse sadece elektrik faturamı yatıracak ve birkaç gün karnımı doyuracak kadar param vardı. Taksiye binmek bir kenara, önümüzdeki pazartesinden sonra ne yiyeceğim hakkında bile fikrim yoktu. O gece masalarda bırakılacak tomarla paranın, benim aldığım kredi ve bursların kaç katı olacağını bilemezdim, ama benim o masaya ait olmadığım aşikârdı. En iyisi onlardan ve bu hayattan uzak durmaktı.

Nehir bugün tam üç defa telefon etmiş olsa da cevabım kısa ve netti.

"Dün gece kutladık Nehir. Bu gece için beni affet."

Affedilesi durumda olmak ne kadar tuhaftı.

Bir daha ararsa bana ulaşamaması için telefonumu kapattım. Nehir'in bana kırılmayacağına emindim. O beni olduğum gibi kabul eder ve severdi. İçinden çıkamadığım durumlarda kapalı bir arkadaştım.

Nisan güneşi sabah pırıl pırıl parlarken, şimdi bulutların arkasına saklanmıştı. Ben de zaten gün ışığı girmeyen evimin elektriğini gündüz saatlerinde yakmak zorunda kalmıştım. Işık beyaz olsa da resim yaparken bana yetmiyordu. Ve hayatta en çok istediğim şey, tuvallerimin üzerine bol bol gün ışığının geldiği, daha rahat resim yapmamı sağlayacak aydınlık bir evde yaşamaktı. Bunun için sadece bir senem vardı.

* * *

Saat neredeyse akşamın sekizine gelirken, hissettiğim sebepsiz sıkıntı yüzünden hâlâ resim yapıyordum. Koyu yeşil, ikinci el bir çekyatın hemen yanında duran tuvalimin önünde, fırçam bir o yana bir bu yana uçuşurken ben de yaptığım resim gibi darmadağınıktım.

Gri kayalara vurarak dağılan dalgaları resmediyordum... Dalgalar kimdi? Gri kayalar kimdi? Neden dağılıyorlardı? İçimdeki gürültü tuvale akmıştı.

Saçlarımı bol bir topuz halinde başımın tepesinde toplamıştım. Siyah eşofman altı ile tişörtümün üzerine geçirdiğim beyaz resim önlüğümün her yeri boyanmıştı. Karmaşık renk cümbüşünün çoğunluğu mavinin ve grinin tonlarıydı.

Kapı çaldığında aynaya şöyle bir baktım, yüzüm bile boya içindeydi, ama kendime çekidüzen verecek zaman yoktu. Kapıyı açtım ve karşımda onu gördüm. Aras Karahanlı'yı...

Beyaz gömleğinin bir düğmesi açık, şık siyah takım elbisesiyle karşımda dururken, bana dün gecekinden farklı bakıyordu. Ben ise onun karşısında üstü başı dağılmış, şaşkın bir anaokulu öğrencisi gibiydim.

Bir elini sokak kapısının pervazına dayayarak bana doğru eğildi. Önce beni şöyle bir süzdü, ama dağılmış halimi hiç fark etmemiş gibi, "Sen ufaklık, benim kardeşimin en yakın arkadaşısın ve ben seni buradan alıp onun yanına götürene kadar burada bekleyeceğim" dedi harika ses tonuyla. Gözleri, söylediklerini yapacak gibi tehditkâr bakıyordu.

Başımı iki yana salladım. Şu an karşımda olması, bana böyle lüzumsuz bir teklifte bulunması, onca karşılaşmamızda ettiği tek kelime "Merhaba" iken birden böyle karşıma çıkması çok saçmaydı ve beni çok germişti. Gerginliğim sesime yansıdı.

"Hayır, buraya bunun için gelmedin sen." Kaşlarımı hafifçe çatarak, onun tehdidine meydan okudum.

Derin bir nefes aldı. "İnan bana, seni almaya geldim."

Sözlerine aldırmadan onu kapıda bırakarak, tuvalimin başına gittim.

"İstediğin kadar bekleyebilirsin."

Sokak kapısının ardından beni izlediğini hissedebiliyordum ve bu beni daha çok geriyordu. Kahretsin, nereden çıkmıştı bu adam? Dün geceden beri, yaşadığım tekdüze hayatı altüst etmeye yeminli gibi davranıyordu ve ben onunla baş edebilecek durumda değildim. Arkamı döndüm ve hızla ona yürüdüm.

"Bence gitmelisin." Sesim, yürüyüşümün aksine oldukça sakindi. Duygularımı kontrol etmeyi severdim.

"Rüya..."

Adımı telaffuz ettiğini duymak bile kontrolümü kaybetmeme neden oluyordu. Ona cevap vermedim. Ses tonunu biraz alçaltarak, "Sen gerçekten çok taş kalpli bir kızsın" dedi. "Seni çok seven bir dostun var ve bu gece sen onun yanında olmuyorsun." Sonra gri gözleriyle kalbimin olduğu yeri işaret ederek bana bir soluk mesafesi kadar yaklaştı. Yakıcı nefesini hissedebiliyordum. Bu beklenmedik yakınlaşma beni gerçekten zorluyordu.

"Bence şu taş kalbine rağmen oraya gelmeli ve birilerini mutlu etmeyi öğrenmelisin." Yakıcı bakışlarını bana diktiğinde donmuş kalmıştım. Sonra derin bir nefes alarak benden uzaklaştı. "Bekliyorum."

Sadece bir dakika içinde bana yaşattığı bu duygu fırtınasına inanamıyordum. Buraya gelmesinin sebebi Nehir'in doğum gününde bulunmamı istemesi olamazdı. Bununla uğraşamayacak kadar meşgul, orada olmamı umursamayacak kadar bana uzak bir insandı. Her şeye sahip bu adam benden ne istiyor ve nasıl bu kadar cesur davranabiliyordu? Pes etmeyecektim.

"Benden ne istiyorsun Aras?" İlk defa onun ismini söylemek garip bir elektrik akımı tarafından çarpılmama sebep oldu. Sanırım ona da bir şeyler hissettirmiş olacak ki kaşlarını hafifçe kaldırarak, dudaklarını aşağıya doğru kıvırdı. Soğuk bir sesle, "Eğer beni burada bekletmez, benimle gelmeyi kabul edersen sana bunu söylerim" dedi ve ekledi: "Sana söz veriyorum: Söyleyeceğim ve seni bir saat sonra tekrar buraya getireceğim."

Ne yapmış etmiş, durumu lehine çevirmeyi başarmıştı. Benden ne istediğini nasıl merak etmezdim ki? Bunu dün geceden beri merak ediyordum. Öğrenmek ve Aras'a âşık olma ihtimalinden kurtulmak istiyordum. Derdini söylemeli, sonra da hayatımdan çekip gitmeliydi.

"Gerçekten söyleyecek misin?"

Gri gözlerini inanılmaz bir yoğunlukla benimkilere dikerek, hevesli bir ses tonuyla cevap verdi.

"İnandığım her şey üzerine yemin ederim ki söyleyeceğim."

Dürüst olduğuna inandığım için bütün tereddütlerim uçup gitti. Kapının önünden ayrılmaya hazırlanırken kayıtsız ve kendinden emin bir ses tonuyla zaferini pekiştirdi. "Ama arabada söyleyeceğim. Seni bekliyorum."

"Tamam, bana biraz müsaade et" dedikten sonra onu arabasına uğurladım ve apartman boşluğuna bakan karanlık yatak odama girdim.

Yüzümü boyalardan arındırmak neredeyse yarım saat sürdü. Üzerime askılı siyah uzun bir elbise giyerek ince bir ceket aldım, saçlarımı açtım. Artık o esrarengiz bakışların ve evime gelmesinin sebebini öğrenmek için hazırdım. Adımlarım arabasına mı, yoksa Aras'a mı gidiyordu bilmiyordum, ama bu ikilemde kalmış olmak bile keyfimi kaçırmaya yetti.

Arabasına bindiğimde beni yine süzdü ve "Saçların böyle çok daha güzel olmuş" diye iltifat etti. Sözlerine aldırmadığımı fark edince lüks arabasını çalıştırdı.

"Bekliyorum."

"Sabretmeyi öğren, kulübün önünde söyleyeceğim."

"Hayır, şimdi söyle. Merak etme, sözümü tutarım, arabadan inmeyeceğim."

Bana güvenmiş olacak ki kısa bir mesafe gittikten sonra arabayı durdurdu ve yüzüme yine gri gri baktı.

"Peki o zaman, söylüyorum Rüya."

Duygularımı ele vermeyen bir ifadeyle ona baktım. Yüzünü bana doğru yaklaştırarak sesini alçalttı. Bakışları, alçak sesiyle tezat oluştururcasına baskın ve tehditkârdı. Hiç beklemediğim o iki kelimeyi fısıldarken arabanın her boşluğunu doldurmuştu sözleri.

"Benim olacaksın!"

5

Âşık olacaksın ufaklık

"Benim olacaksın" derken gözlerini benimkilere dikmiş, adeta bana meydan okuyordu. O an bu kelimelere şaşırabilmeyi diledim. Çünkü şaşırmak gibi olağan bir duyguyu hissetmek yerine, tam anlamıyla dehşete kapılmıştım. Vücudumdaki tüm kemikler kontrolümün dışında zangır zangır titremeye başlayınca kapının kolunu zorlukla tutabildim. Korkuyla başımı iki yana salladım.

"Hayır hayır!" Bu kelimeleri bana hayatta yaşadığım tek korku söyletiyordu. *Birinin benim bedenime isteğim dışında sahip olma korkusu...* Yetimhaneden ayrılırken benim gibi bazı kızlara musallat olan o pis insanlar yüzünden içime işleyen korku söyletiyordu bunları. Onlardan bir şekilde kurtulmuş, kendimi korumayı başarmıştım. O yüzden yetimhaneden kimseyle görüşmüyordum. Bazı kızlar kendi istekleriyle bu yolu seçmişti, bazıları ise benim gibi kurtulmuştu. Kurtulanlar da benim yaptığımı yapar, kimseyle görüşmezdi.

Başımı hâlâ duyduklarımı inkâr edercesine sağa sola sallıyordum. Gözlerimdeki korkuyu fark etmiş olması umurumda değildi. Kapıyı açtığım anda bileğimi tuttu.

"Dur Rüya." Az önceki tehditkâr ifadesi değişmiş, bakışlarına pişmanlık yerleşmişti. Ama kendini çabucak toparladı.

"Sence o kadar sapık mıyım?" Üstümden uzanarak araladığım kapıyı sertçe kapattı. "Benden korkma ufaklık, öyle bir niyetim yok." Gaza basmadan önce yüzüme bakarak alaycı bir şekilde belli belirsiz gülümsedi. Bu, bana yönelttiği ilk gülümsemeydi. Benimki gibi yarım yamalak... "Kimseye böyle bir şey yapmam, buna sen de dahilsin."

İnandırıcı ses tonu korkumu bir nebze olsun dizginlemiş olsa da hâlâ titriyordum. Ne diyeceğimi bilemiyordum. Bu sözler, bir erkek ile bir kız arasında başlaması muhtemel bir ilişkide söylenebilirdi belki, ama benim aklımı başımdan almıştı. Ölmeyi tercih edebilirdim.

Kimsesizlik, sadece ailesizlik olamazdı, değildi. Kimsesizlik, içine sinmiş korkuların seni hesapsız tepkilere zorlamasıydı aynı zamanda. Gereksiz bir tepki mi vermiştim? Bunu ölçüp biçecek kadar kendimde değildim. Hiçbir şey söylemeden, karanlığın içinde arabanın dışında akıp giden yolu izlemeye başladım. Bu sözlerin anlamını düşünmeye başladığımda, "Benim olacaksın, ama kendi isteğinle" derken yüzüme bakmaya bile ihtiyaç duymuyordu. Aras Karahanlı hep böyle miydi? Bu kadar cesur ve açıksözlü...

Eşikte bekleyen korkum yine alevlenir gibi olsa da ardından gelen sözler, bir kova suyu o korku alevine dökerek beni dondurdu.

"Bana âşık olacaksın sen ufaklık!"

Süresini ölçüp biçemediğim sessizlik sonrasında "Sen sen ol, korkularını kimseye belli etme" dediğinde artık daha sakindim; ama bacaklarımda hafif bir titreme kalmıştı yine de. Söyledikleri umurumda bile değildi. Bu zengin yakışıklının eğlencesi olmaktan başka işlerim vardı benim ve ona âşık olacak kadar aklımı kaybetmemiştim henüz. Kendimi toparladım ve yine eski Rüya olarak ona döndüm.

"Sana âşık olmak mı? Sanırım yanlış kapıyı çaldın. Öyle bir duygum yok benim." Daha önce hiç yaşamamış olsam da, bu duygu derinlerde bir yerlerde sahibini bekliyordu elbette, ama bu insan Aras Karahanlı olmamalıydı. Ses tonumu beğendim. Eskisi gibi renksiz ve soğuktu. Tarifsiz bir memnuniyetle yüzüme baktığında kulübün önündeydik. Dudakları kıvrılır gibi olsa da kendini hemen toparladı.

"Ne tesadüf! Bende de yok Rüya." Aşırı dürüstlüğü iyi miydi? "Ben sözümü tuttum, söylediklerimi şimdilik unut ve eğlenmeye bak ufaklık."

Ona cevap vermeden arabadan indim. Kulübe doğru yürürken, Aras'ın tahmin ettiğimden daha soğuk ve ukala olduğunu düşünüyor, onu bu geceden sonra bir daha görmemeyi diliyordum. Kendini beğenmiş adam "Bende de aşk yok" derken hangi yüzle benden ona âşık olmamı bekliyordu ki? Kimdi bu adam? Kendini ne zannediyordu? Kulüp çok güzel dizayn edilmişti. Büyük masalar, kalabalık grupların samimi bir şekilde oturacağı bir özenle düzenlenmiş localar ve sahnede şarkı söyleyen kaliteli müzisyenler... Beyaz ve ekru renklerin hâkimiyeti gözü yormuyor, ortama büyük bir ferahlık katıyordu. Aras'ın "harika planı" için ancak böyle bir yer uygun olabilirdi. Aras "Şuraya" diyerek, eliyle büyük yuvarlak masalardan birini işaret etti. Sayamadım ama sanırım on beş kişilik bir arkadaş grubu, biz onlara doğru yürürken bakışlarını bize çevirdiler ve tekrar geri çekmekte epey zorlandılar.

Nehir, kırmızı elbisesinin darlığına rağmen bize doğru koştu ve boynuma sarıldı. "Geldin işte!" diyerek heyecanla abisine döndü. "Sen dediğini her zaman yaparsın. Arkadaşımı getirdin."

"Rüya'nın başka seçeneği yoktu Nehir."

Bu adamın her kelimesi beni çok yoruyordu. Sadece elli dakika sonra hayatımdan tamamen çıkmasını diliyordum. Buraya zorla gelmiş, soğuk bir insan olabilirdim; ama iyice suratsızlaşarak, tatlı arkadaşımı üzecek kadar düşüncesiz olamazdım. Nehir ile Kaan'ın yanına oturduğumda, Aras da tam karşımdaki sandalyeye oturdu. Biraz önce yaşadığımız saçmalıkları çoktan unutmuş gibi görünüyordu. Beni buraya getirmek için zırvalamış olduğunu düşünerek ben de o konuyu unutmaya çalıştım.

Az sonra Aras'ın şu meşhur kız arkadaşı Sedef uzun bacaklarıyla yanımıza geldiğinde, bana oynadığı adi oyun yüzünden Aras'ı öldürmek geldi içimden. Koyu kızıl saçlı, beyaz mini elbiseli bu kadın herkesle selamlaşıp, bana da varlığımın pek bir önemi yokmuşçasına öylesine selam verdikten sonra sevgilisinin yanına geçti. İnce bedenini Aras'ın yapılı vücuduna yaslarken çok mutlu görünüyordu. Aras ise kolunu kızın zayıf omzuna atarken kahrolası gri gözleri neden bana bakıyordu ve ben neden bu bakışlara karşılık veriyordum?

Nehir ile Kaan uzun uzun dans ettiler. Birbirlerinden bir türlü ayrılamıyorlardı.

İkinci bardak alkolün etkisiyle yanaklarımı ateş basmıştı ve bana bakan gri gözlerle yaptığımız sessiz savaş hâlâ sürüyordu. Kızın ona dolanan kolları umurunda değilmiş gibi, o lanet bakışlar ara sıra üzerime dikiliyor, beni resmen eziyordu. Ve ben de anlamsızca buna müsaade ediyordum. Sonunda bu sessiz göz temaslarına daha fazla dayanamayarak ayağa kalktım.

Minik kırmızı çantamı koluma asarak, mutluluk sarhoşu Nehir'e görünmeden masayı terk ettim. Kulübün dışına çıkacağım sırada, Nehir'in, az önce masada gördüğüm arkadaşlarından, sarışın bir erkek gülümseyerek yanıma yaklaştı.

"Merhaba, henüz tanışmadık. Ben Oğuz Hanzade."

"Rüya" diye karşılık verdikten sonra, bu eğlencede başka bir eğlence olmaya niyetli olmadığımı belli ederek ona iyi akşamlar diledim, ama uzaklaşmama fırsat vermedi.

"Seni dansa kaldırmayı düşünüyordum. Sanırım geç kaldım." O kadar kibar görünüyordu ki, yarım gülümsememi ondan esirgemedim.

"Gitmek zorundayım." Gerçekten de öyleydi, çünkü son otobüsün ne zaman kalkacağını bilmiyordum. Neyse ki gelirken gördüğüme göre, durak birkaç metre ötedeydi. İçerideki ukala, aşksız ve hatta ahlaksız olduğunu düşündüğüm adamdan, yani Aras Karahanlı'dan uzaklaşmam gerekiyordu.

"Öyleyse seni evine bırakmama müsaade et." Genç adamın niyetinin sadece dans olmadığını anlamam zor olmadı. Ne tür bir ortamdaydım ben böyle?

"Onu ben bırakacağım."

Aras'ın ciddi ve soğuk sesi, neredeyse bize kendimizi suçlu hissettirecek bir sertlikte çıkmıştı. Hem de gereksiz yere! İşte bu çok komikti.

"Sen mi?" diye çıkıştım alaycı bir ifadeyle.

Aras, yanımda duran sarışın adama bakarak yumuşattığı ses tonuyla, "Beni duydun Oğuz" dedi ve gözlerini yine bana çevirdi. Oğuz'un ela bakışlarında beliren sorgulayıcı ifade, benim, Sedef'in ve Aras'ın oluşturduğu tuhaf üçlüye dair olmalıydı. İçine düştüğüm durumdan ben bir şey anlamazken, o nasıl anlayabilirdi ki? İkisini de orada bırakıp hızlı hızlı yürüyerek caddeye yöneldim. Aras'ın bana yetişmesi zor olmadı. Kolumdan tutarak beni durdurduğunda sesi sertti. "Sana söz verdim, seni evine bırakacağım." Yanaklarım alev alev yanıyordu. "Senin gibi bir ahlaksızın arabasına binmeyeceğim." Sesim oldukça soğukkanlı çıkmıştı. Gözlerinde yine o sebepsiz memnuniyet belirirken kolumu bıraktı, çünkü kolumu tutmasa da onunla gideceğimi biliyormuş gibiydi.

"Bir kız arkadaşım olması seni rahatsız mı etti yoksa ufaklık?" Sonra aynı yüz ifadesiyle tek kaşını kaldırdı. "Söyle bana, ondan rahatsız mı oldun? Yoksa şu aşksız kalbin kafanı mı karıştırdı?" Sesini alçaltarak başını bana doğru eğdi. "Söylesene Rüya, ahlaksızlık bunun neresinde? Gece yarısı senin eve yalnız gitmemeni istemek ve verdiğim sözü tutmak beni ahlaksız mı yapar, yoksa ahlaklı mı?" Gözleri gecenin karanlığına inat pırıl pırıl parlıyordu. "Söyle ufaklık, az önce seni şu Oğuz Hanzade denen çapkından kurtarmış olmamın bile senin gözünde bir değeri yok mu?" Sonra arkasını döndü ve az önce tutmuş olduğu koluma bu defa sadece gözleriyle dokunarak, "Yürü hadi" dedi.

Benden birkaç adım uzaklaştı, ama yerimden kımıldamadığımı görünce durdu. Sakin ama kararlı bakışlarıyla tekrar yanıma geldi. O ahlaksız gri bakışlar... Birçok kızı baştan çıkarabilecek kadar çekici bakışlar...

Buna müsaade edemezdim. "Hayır Aras, ben otobüsle gideceğim."

Sıkıntıyla bir nefes alarak, "Sen bilirsin" dedikten sonra, tam arkasını dönecekken durdu. "Tamam ısrar etmeyeceğim. Sadece bir şey söylemek istiyorum. Yaptığın o resim..."

Başımı hafifçe kaldırarak gözlerimi kırpıştırdım. Olmadık bir anda bana, benim dünyamdan bahsediyordu. Benim tablomdan. Yaptığım hareketi görünce bakışları yumuşadı.

"O gece ona dakikalarca baktım. Gerçekten çok iyisin."

Kulaklarıma inanmıyordum. "Bu da mı şu saçmalıklarının bir parçası Aras?"

Sözlerime şaşırmış gibi başını yana eğdi. "Hangi saçmalıklar Rüya, sen neden bahsediyorsun?"

"Şu âşık olmak, senin olmak..."

Belli belirsiz gülümsedi. "Sana tablondaki her ayrıntıyı sayabilir, kullandığın renkleri bile söyleyebilirim."

Sesi çok inandırıcıydı ve tabloma bakmış olması bir an çok hoşuma gitti. Acaba tabloma bakan gözlerin sahibi o olduğu için mi mutluydum?

"Teşekkür ederim."

"En çok da şu kara bulutların arasından çıkan gün ışığını sevdim."

Zaten tabloma "Gün ışığı" adını vermiştim, ama bunu ona söylemenin gereği yoktu.

"Maviyi çok seviyorsun Rüya, öyle değil mi?" Cevabımı beklemeden, arkamda duran caddeyi gözleriyle işaret etti. "Sanırım son otobüsü kaçırdın" diyerek inanılmaz bir zevkle dudaklarını kıvırdı.

Bilerek beni oyalamıştı. Otobüsün arkasından bakarken kendimi çok çaresiz hissediyordum; eve yürümem imkânsızdı. Ve taksiye binecek param da yoktu. Tam o anda, öğleden beri sıkışan bulutlar, tüm biriktirdiklerini üzerimize dökmeye başladı. İkimiz de bir anda sırılsıklam olmuştuk.

"Bunu bana neden yapıyorsun Aras?" Şakır şakır yağan yağmurun gürültüsünde kaybolan sesimdeki çaresizliğin sebebi oydu. Bu anlamsız oyun dün geceden beri dengemi bozmuştu. "Ben sana âşık olmayacağım, hatta bu geceden sonra bir daha seni görmek istemiyorum."

Parasızlığıma ilk defa bu kadar çok üzülüyordum. Hâlâ ıslanıyorduk. Siyah elbisem ve saçlarım sırılsıklam olmuştu. Onun durumu da benden farksızdı; ama yine de harika görünüyordu. Böyle düşünüyor olmam bile ondan uzaklaşmam için yeterliydi.

"Bir daha beni görmeyeceksin ama bir şartım var. Hasta olmak istemiyorsan arabaya bin, şartımı sonra söylerim." Bu sefer arkasına bile bakmadan yürümeye başladığında mecburen onu takip ettim.

Yol boyunca Aras hiç konuşmadı. Sessizliğimizi bozan tek şey, onun bir kere, benim üç kere hapşırmamız oldu. Hasta olabilirdik!

Evimin bulunduğu dar sokağa geldiğimizde, "Seni kapının önüne kadar bırakacağım, sonra da şartımı söyleyeceğim" diyerek, ağzımı açmama fırsat vermeden arabadan indi. Beni anlamsız bir kısırdöngüye çekmesine izin vermeye niyetli değildim. Arkasından arabadan indim ve koşarak apartmana girdim.

Zemin kattaki evimin kapısının önüne geldiğimizde anahtarla kilidi açtıktan sonra yüzüne baktım. Islak saçlarından hâlâ su damlaları süzülüyordu. Ama umurunda bile değildi. Yine bana doğru eğildiğinde aptal nefesim düzensizleşti. Eskisi gibi nefes almak istiyordum. Gitmeliydi...

"Bir şartım var ufaklık, eğer bu geceyi benimle geçirirsen beni bir daha görmezsin."

Yüzüne ondan tiksindiğimi belli ederek baktım. "Sen benimle birlikte olmak mı istiyorsun?"

Gözlerini devirdi. "Hâlâ benim hakkımda pek iyi şeyler düşünmüyorsun Rüya. Sana parmağımın ucuyla bile dokunmayacağım, söz veriyorum, sadece eğleneceğiz."

"Git buradan Aras. Benimle eğlenme fikrini de yanında götür. Sedef orada seni bekliyor olmalı."

Kapıyı kapatacağım sırada, birinci kata çıkan merdivene oturdu. "Benimle geleceksin, seni bekliyorum."

Olayların geldiği nokta beni fazlasıyla sıkmaya başlamıştı. "Islak ıslak mı bekleyeceksin?" Kapıyı kapatmadan içeri girdim. Birinin yüzüne kapıyı çarpacak kadar kaba bir insan değildim.

Küçük yatak odama geçerek üzerime kuru bir şeyler giydikten sonra davetsiz misafirime bir havlu uzattım. İçeri girip biraz oyalandım, ama Aras hâlâ orada oturuyor ve dediğini yapacak gibi görünüyordu. Üstü başı ıslak bir halde otururken, yavaş yavaş rahatsız olmaya başladım. Gitmiyordu. Aras Karahanlı benden ne istiyordu? Daha fazla dayanamadım. Pes etmiş bir halde yanına gittim.

"Tamam, sadece kısa bir süre, sonra bir daha asla."

Ayağa kalkarken önce üzerimdeki siyah askılı tişörte, ardından siyah eşofman altına baktı. "Sadece bir hırka al. Böyle gelebilirsin."

Arabayla yaptığımız yaklaşık kırk dakikalık yolculuk sonrasında İstanbul'da var olabileceğini asla düşünmediğim ağaçlı bir bölgeye geldik. Yol boyunca hiç konuşmamış, *Dört Mevsim*'i dinlemiştik. Vivaldi'yi o da seviyordu. Ben yazı severdim, o kışı seviyor olmalıydı. Gözlerimle bulunduğumuz bölgeyi taradım. Karanlıkta çok zor seçiliyordu, ama sanırım ulu ağaçların arasındaki büyük bahçelerin içinde saklı lüks villalar vardı. Şehir merkezinden epey uzakta olmalıydık.

Lanet olsun, bu adam benimle ne tür bir eğlence istiyordu? Bilmiyordum, ama bana dokunmayacağına dair garip bir güven duyuyordum ona. Hem bu korkuyla nereye kadar yaşayabilirdim ki? Gün ışığından kaçan, kendine sürekli tünel kazan bir köstebek gibi yaşayamazdım. Bu korku benim sağlıklı düşünme yetimi mahvediyor, abartılı bir hal alıp duygularımı hasta ediyordu.

"Nasıl eğleneceğiz?" Korkumu belli etmemeye çalışsam da, bunu fark ettiğine emindim.

"Göreceksin."

Villanın otomatik kapısı ağır ağır açıldı. Arabadan indiğimizde birkaç adım attıktan sonra bana doğru döndü. "Hadi, seni yemem korkma."

Ne kadar inkâr etsem de onun yanında olmak hoşuma gitmişti. Hangi kızın gitmezdi ki? Bir takım elbisenin daha önce hiçbir erkeğe bu kadar çok yakıştığını görmemiştim. İçeriye girdiğimizde ürkek bakışlarla sade, ama muhteşem salonu süzdüm. Renk uyumu dikkat çekiciydi. Beyaz ile kurşuninin sade göz alıcılığı... Etrafı incelemeyi bıraktıktan sonra başımı ona doğru kaldırdım.

"Ailenle yaşadığını sanıyordum."

İlgilenmemden hoşnut bir tavırla, ama esrarlı bakışlarıyla, "Burası benim kaçış noktam. Ailem dışında kimsenin buradan haberi yok" dedi.

"Artık ben de biliyorum ve bunun sebebini merak ediyorum" dedim kaşlarımı kaldırarak.

Yavaşça başını sallarken, o gri bakışları içime işledi.

"Evlendiğimde burada yaşamayı planlıyorum. Sence iyi bir fikir mi? Sanatçı gözüyle bakabilirsin."

Nehir, abisinin evlenmesinin hayal olduğunu söyleyerek tatlı tatlı mızmızlanırdı. Aras'ın sözlerinin gerçeği yansıtmadığını düşünsem de, bu oyuna ortak olarak başımı tavana doğru kaldırdım.

"Bu ev, ışığı içine hapsedecek kadar aydınlık, kesinlikle burada yaşamalısın."

Ondan ağır ağır uzaklaşırken gözlerim bembeyaz mobilyalar ve mutfak tezgâhından ibaret olan açık mutfağa takıldı. Tek kelimeyle muhteşem görünüyordu. Ben evi incelerken, o da beni inceliyordu. Salonun bir köşesindeki küçük beyaz kapıyı açtı. "Buraya gel." Anlaşılan Aras Karahanlı emir kipi kullanmayı çok seviyordu. Kapının ardındaki odanın ışığını açtığında, gözüme rengârenk çiçekler ilişti. Çiçekleri iyi bilirdim.

"Kış bahçesi."

Mis gibi çiçek kokuları, tatlı tatlı burnumu yaktı. Çatısı dahil her yeri boydan boya cam olan bir küpün içinde duruyorduk. Ve her yer canlı çiçek doluydu. Kim bilir gündüz ne kadar aydınlık olurdu burası, tam benim tuvallerime göreydi. Bunu düşünmüş olmam suç sayılmazdı herhalde. Haddimi fazlasıyla biliyordum. Dışarıda ise yeşil ağaçların karanlığı etrafı sarıyordu.

"Bu çiçeklere ne ara bakıyorsun?"

"Yardımcım her gün geliyor, ben buraya sık sık gelmesem de çiçekleri öldürecek kadar duygusuz biri değilim." Odadan çıkmak için hareketlendi. "Hadi gel, eğleneceğiz daha."

O çiçeklerin büyüsünün etkisinde olmalıydım ki, hiç karşı çıkmadan onu izledim. Dar, uzun bir koridordan yürüdükten sonra yine beyaz bir kapı açtı ve beni durdurdu. "İçeri gir ve beni bekle."

Yine içimde o korku alevlenir gibi oldu; bu sefer bunu anlamıştı. Tam omzuma dokunacakken, vazgeçerek başını bana doğru eğdi.

"Rüya, ne zamana kadar böyle yaşayacaksın? İnan bana eğlenmeyi fazlasıyla hak ediyorsun ve buna izin vermelisin."

Cesaret verici sözlerinin ardından yanımdan uzaklaştı. Tedirgindim, ama buraya gelerek cesaretimi de göstermiştim. Tabii onun kurnaz zekâsını da inkâr edemezdim. Beni buraya sürüklemeyi başarmıştı.

İçeri girdiğimde karşılaştığım rüya gibi görüntü aklımı başımdan alacaktı neredeyse. Uçuk gri granit taşlarla çevrili, koskocaman, dikdörtgen, kapalı bir yüzme havuzu. Yüzüme çarpan ılıklık, berrak mavi havuzun sıcaklığından geliyordu. Su, şeffaf bir çarşaf gibi dümdüz ve hareketsizdi.

Böyle evler masallarda olur zannederdim, benim burada ne işim vardı?

Ayakkabılarımı çıkardıktan sonra havuzun başına kadar geldim. Aras henüz ortalarda görünmüyordu, ama beyaz tavana yerleştirildiğini düşündüğüm gizli müzik sisteminden yayılan melodi, onun gelmek üzere olduğunu haber veriyordu. Hoş ritimleri olan bir parçaydı. İngilizcem çok yeterli olmasa da yarım yamalak anlayabiliyordum:

Bir öpücükle uyanacaksın ve benim olacaksın.

Havuzun çekiciliğine daha fazla dayanamadım ve kenarına oturarak ayaklarımı içine sallandırdım. Yüzmeyi bilmiyordum ve hayatımda ilk defa bir havuza yarım da olsa giriyordum. Yüzmeyi bilmesem de sudan korkmuyordum; hayatta tek korktuğum şey zaten belliydi ve başımı, az önce girdiğim kapıya doğru kaldırdığımda sanırım buna ikincisi eklendi: Aras Karahanlı'ya âşık olmak.

Karanlık bakışlarını üzerime diktiği dün geceden beri kendime itiraf etmek istemesem de, bu tutsaklıktan kurtulmaya çalışıyordum. Beyaz tişört ve siyah kot pantolonuyla bambaşka biri olmuştu. İnanılmaz görünüyordu. Seksi, çekici, kaslı... Ama hâlâ soğuk...

Havuzun diğer ucundan yakıcı gözleriyle bana bakarak, "Hayatta en sevdiğim şey yüzmek" dedi ve tişörtünü çıkararak suya atladı. Yanı başımda, tam dizlerimin dibinde sudan çıktığında yine titremeye başladım. Saçlarından düşen su damlaları, içeriyi dolduran müzik ve korkum, hepsi bir olmuş beni alt etmek üzereydi. Islak kirpiklerini kırpıştırdı ve ellerini dizlerimin yanına koyarak bana iyice sokuldu.

"Buraya gelmeni istiyorum." Ateşsiz bir alev vücudumu sararken ona cevap veremedim. Aras uzun parmaklarıyla nazikçe belimi tutarken, "Korkma sadece yüzeceğiz" diyerek beni suya indirdi.

"Yüzme bilmiyorum." Kesik nefesimin sebebi kesinlikle bu korku değildi. Koltukaltlarıma kadar suyun içindeydim ve biraz üşüyordum. Başını yine bana doğru eğdi; o biçimli dudaklar benimkilere bir soluk kadar yaklaştığında fısıldadı.

"Yüzmeyi öğrenmen gerekecek Rüya."

Ona cevap vermem mümkün değildi, çünkü zorlukla nefes alıyordum. Islak saçlarından süzülen bir damla yanağımı bulduğunda, gözlerimi gayriihtiyari kırptım. Gri gözleri bu defa da dudaklarımı esir almıştı. "Daha önce kimse seni öptü mü?" diye sorarken, bunu merak ediyor gibi bir hali yoktu. İçinde bulunduğum bu savaşı vermek benim için çok zordu. Eminim birçok kız o dudaklara gözü kapalı teslim olurdu. Başımı hayır anlamında salladım. İstemeden onun çekimine kapılıyordum. Bu mücadeleyi kazanmak zorundaydım. Ben bu adama âşık olmamalıydım. İncinir, kırılırdım...

"Seni öpmemi ister misin ufaklık?"

Sesi, bir çocuğu kandırmak ister gibi aldatıcı, ama tatlıydı. Hem de ondan asla beklenmeyecek kadar. Ardından ıslak parmaklarını kuru saçlarıma dokundurdu. Son bir gücüm vardı ve o da bana yetti.

"Beni evime götür Aras, üşüyorum."

Beni öpmeye hazır güzel dudakları kıvrıldı ve o gözler, anlaşılmaz bir ifadeyle benim gözlerime baktı.

"Peki, nasıl istersen. Önce sana bir tişört ve eşofman vermem gerekiyor."

* * *

Saati bilmiyordum, ama yeşil çekyatımda yatarken titriyordum. Kapımın kilidi anahtarla açıldı. Gelen, evin bir anahtarını verdiğim Nehir'di. Belli etmesem de, kendimi ona yakın hissediyordum. Yeşil gözleri çok kızgın görünüyordu.

"Kimsen yok diye, kimsenin seni umursamadığını mı düşünüyorsun sen?" dedi başucuma gelerek. "Dün gece meraktan öldüm. Evine bile geldim, neredeyse polise haber verecektim."

İlk defa onu bu kadar sinirli görüyor ve nedense kendimi suçlu hissediyordum. Ona cevap vermek istesem de yapamadım, çünkü boğazım öyle ağrıyordu ki, ses çıkarmam bile imkânsızdı. Açmakta zorlandığım gözlerimle ayağa kalktım. Dilim damağım kurumuştu, bir bardak su içmeliydim. Nehir'den istemedim, çünkü hasta olduğum zamanlarda tek yardımcım yine bendim. İstemeyi bile bilmiyordum.

Nehir yorgun halimi fark ettiğinde öfkesinin yerini endişe aldı ve sonra gözleri, üzerimdeki bana birkaç beden büyük tişörte takıldı. Burberry markasının logosunu ve siyah tişörtün yakasına gizlenmiş kareleri ben bile tanıyorsam, o haydi haydi tanıyor olmalıydı. Aslında altıma giydiğim düz siyah eşofman altı onundu. Abisinin evinde bir odası ve bolca eşyası olduğunu dün gece öğrenmiştim. Bana o evden hiç bahsetmemişti. Abisinin özel hayatı anlaşılan onun için de fazla önemliydi. Aras bana Nehir'in eşofman altlarından birini verse de, üzerimdeki kendi tişörtlerinden biriydi. Bunu neden yaptığını bilmiyordum, ama olan olmuştu. Ve bu, Nehir'in dikkatinden kaçmamıştı.

Tek arkadaşım paniklemiş bir halde yüzüme baktı. "Allah kahretsin Rüya!" Solukları hızlandı. Çok sinirlenmiş olmalıydı. "Bana bunu açıklayacak" derken, bir yandan da hışımla telefonuna sarıldı.

6

Masal evi

Nehir, dün gece abisinin Sedef'i orada öylece bırakarak gitmesine hiç sinirlenmemişti, çünkü abisi böyleydi. Sedef de bunu biliyordu. Aras'ın hayatında olmak, onun olmadık davranışlarına göz yummayı ve sessiz kalmayı gerektirirdi. Aras'ı istiyorsan, onun bu hallerini baş tacı yapmaktan başka çaren yoktu. Ama Nehir'i sinirlendiren şey, olayın gerisiydi. Abisinin Rüya'yı evine bıraktığını biliyordu. Dün gece Rüya'yı ve Aras'ı defalarca aramış, çağrılarına karşılık alamamıştı. Ve bunun sebebi, şu gördüğü manzarayla yavaş yavaş şekilleniyordu. Şimdiye kadar birçok arkadaşı abisinin menziline girmek istese de Aras onları kız kardeşiyle eşdeğer görmüş ve onlardan uzak durmuştu. Şimdi ise üzerine titrediği, kendi dünyalarından bir hayli uzak, çok sevdiği Rüya'nın üzerinde onun tişörtü vardı ve Rüya'yı tanıdığı kadarıyla bunun olması imkânsızdı. Öyleyse o tişörtün bu kızın üzerinde ne işi vardı?

Yeşil gözlerini kırpıştırarak başını iki yana sallıyor, son model telefonundan abisini aramak ve izahat duymak istiyordu. Biliyordu, eğer düşündüğü şey olduysa çok değer verdiği arkadaşını kaybedecekti. Çünkü çok sevdiği abisi, iflah olmaz bir şekilde, ardında mutsuz kadınlar bırakıyordu.

Rüya, küçük oturma odası ile bir buçuk metrekarelik mutfağı ayıran yarım duvara bir elini dayadı ve dermansız dizlerine rağmen ayakta durmaya çalışarak, "Hayır!" diye çıkıştı, boğazını daraltan şişmiş bademciklerinin izin verdiği kadarıyla. "Sakın arama." Sonra biraz önce zorlukla kalktığı çekyata uzanıp mecburen Nehir'in yardımını istedi.

"Bana bir bardak su verir misin?"

Nehir arkadaşının genizden gelen boğuk sesinden endişelenerek yanına yaklaştı ve elini alnına dokundurdu.

"Rüya, çok ateşin var, doktora gitmeliyiz." Telaşlı sesine parmakları eşlik etti. Kaan'ı aramak için telefonun ekranına dokunurken abisinden beklediği izahatı erteledi.

* * *

Dün gece bardaktan boşanırcasına yağan yağmur gökyüzünü rahatlatmış, ardında pırıl pırıl bir güneş bırakmıştı. Sami Hanzade'nin muhteşem yalısının bahçesinde, ıslak çimlerin kenarındaki çardakta yapılan pazar görüşmesi memnun ediciydi.

Sami Hanzade fincanındaki çayından bir yudum daha alırken, görmüş geçirmiş gözleri Aras'ın üzerindeydi. Fincanı küçük bir tıngırtıyla tabağına bırakırken, "Beni yanıltmadın Aras Karahanlı" dedi.

Aras'ın bu övgüye ihtiyacı yoktu, o yüzden gülümsemedi bile. "Bu evlilik ne zaman gerçekleşmeli?" diye sorarken de sesinde hiçbir duygu yoktu. Tek istediği, adamın tecrübeleriydi.

"En fazla altı yedi ay, çünkü seni bir sene sonra yapılacak parti kongresinde yönetim listesine önereceğim. Bunu sana o gün de söyledim zaten. Partinin ağır taşlarına çocuk olmadığını göstermelisin. Öyle olmadığını zaten biliyorlar, ama ellerine koz vermeyeceksin."

Aras karşısında oturan adamın cömert desteğinden ansızın rahatsız oldu.

"Altı ay sonra o listeye girmek için sizin desteğinize ihtiyacım olduğunu sanmıyorum, ama şimdi var."

Adam bu cüretli sözlere gülümseyerek başını salladı.

"Elbette yok, ama partinin yazılı olmayan kurallarına göre o listeye girmek için yaşın tutmuyor çocuk. Ne kadar başarılı olursan ol, bu yaşta birini listeye alarak riske girmezler." Yaşlı kurt kaşlarını zevkle havaya kaldırdı. "Ya en az üç sene daha bekler ve yolu uzatırsın ya da benim şemsiyemin altında yürür ve listeye girersin."

Aras derin bir nefes alırken beyaz gömleğinin düğmesiyle oynadı ve başını hayır anlamında salladı. İçine çektiği bahar havasını geri verirken, "Hayır, beklemeyeceğim" dedi. "Buna ilk görüşmemizden sonra karar vermiştim. Kesinlikle beklemeyeceğim."

"Öyleyse" dedi yaşlı kurt, "şu külkedisi masalın bu yolda sana yardım etsin. İnsanlar siyasetçilerden, kendilerinin hayatlarını değiştirmesini beklerler. Sende de bu ışık fazlasıyla var. Bu kızla evlenerek bu mesajı vereceksin."

Aras adamı dikkatle dinlerken, hiç umursamadığı bu evlilikten çok, siyasi hayatını ve halkın refahı için yapmak istediklerini düşünüyordu. Evlilik sadece bir araçtı. Bu bir araç ise şimdi ya da sonra olması ne fark ederdi? Sami Hanzade gözlerini, ateşli gri gözlere sabitlediğinde zevkle gülümsedi.

"Açgözlü olmamak bir siyasetçi için en büyük erdemdir. Senin açgözlü olmadığını görecekler. Babanın parasına para katacak bir evlilik yerine, o parayı paylaşıyor ve ihtiyacı olan bir hayata dokunuyorsun. Onca imkâna rağmen, aşk dolu kalbinin sesini dinliyorsun. Parti için iyi bir adaysın."

Adam dudaklarını büzerken başını memnuniyetle salladı. "Sen Aras Karahanlı, beğendiğim siyasi fikirlerine çok güzel bir etiket hazırlayarak beni yanıltmadın."

Sami Hanzade'nin gözü yalının sol taraftaki penceresine

takıldı ve ikinci evliliğinden olan tek oğluyla göz göze geldi. Kendisi gibi olmayan, yirmi yedi yaşındaki oğlu Oğuz Hanzade. Londra'da babasının zoruyla siyaset okurken ona karşı gelen ve İstanbul'a gelerek beş sene önce kendine bir sanat galerisi açan Oğuz Hanzade...

Oğuz'un gözleri ise Aras'taydı. Dün gece sevmediği insanlar arasında, onlara benzemeyen, durgun ve sade bir kız dikkatini çekmişti ve Aras Karahanlı onu kendisinden uzaklaştırmıştı.

Babasının yeni gözbebeği olan bu adamın, o kızın dengi olmadığını iyi biliyor ve bu kara gözlü kızın kendisiyle ortak bir şeyleri olduğunu hissediyordu. Onun kim olduğunu öğrenmeliydi, hem de babasının yeni gözdesine rağmen.

Aras, adamın gözlerini diktiği yere gayriihtiyari baktığında Oğuz Hanzade'yle göz göze geldi. Dün gece Oğuz'u saf dışı bırakmak için Rüya'ya onun bir çapkın olduğunu söylemişti. Genç adamın kendisine dikkat kesilmiş bakışlarının sebebini hemen anladı ve bu savaşta Oğuz'u rakip bile görmediğini, onu kale almadığını göstermek istercesine başıyla soğuk bir selam verdi. Ama ikisi de birbirlerine meydan okuduklarının farkındaydı.

* * *

Aras, Sami Hanzade'nin yalısından ayrılarak arabasına binince, sessize almış olduğu telefonundaki çağrılara baktı. Sedef beş defa aramış, bir de mesaj yazmıştı: "Dün gece beni orada bıraktın, ama yine de kahvaltıya bekliyorum." Aras yüzünü buruşturarak, mesajı hemen sildi. Ardından önem sırasına koyarak ilk önce Kaan'ı aradı.

Kaan, Aras'tan gelen telefonu meşgule düşürdü. Yanındaki kızlara bir şey belli etmemek için mesaj yazmakla yetindi: "Rüya çok hasta ve doktora gitmeyi kabul etmiyor. Nehir sana çok sinirli, bir şeylerden şüpheleniyor."

Aras hemen Rüya'nın evine doğru yol aldı. Bu kızın dün gece taksiye binecek parası olmadığını ve bugün de ilaçların parasını karşılayamayacağı için doktora gitmeyi reddettiğini biliyordu. Ona acımayı istemese de, bu duyguyu hissetmek âşık olmaktan çok daha kolaydı. Ama yine de hiçbir duygu hissetmemeyi tercih ederdi, çünkü karısı olacaktı. Arabayı Rüya'nın evine doğru sürerken Sami Hanzade'nin vaatlerinden başka hiçbir şey düşünmedi. Kapının önüne geldiğinde nasıl bir manzarayla karşılaşacağını az çok kestirebiliyordu.

Rüya'nın evinin kapısını Nehir açtı. Suskun yeşil gözleri, abisine çok kızgın olduğunu belli ediyordu. Aras şimdilik onu susturmak için, "O benimleydi" dedi. "Yağmurda ıslandı."

Nehir tatmin olmayarak kapının eşiğinde duran abisinin önüne geçti ve sinirli bir sesle, "Sen de onu buraya getirmek yerine, evine götürerek tişörtünü mü verdin?" diye fısıldadı.

Aras karşılık vermeden, kız kardeşinin yanından geçerek çekyatta uyuyan Rüya'nın başucuna geldi. Müstakbel eşi olduğunu düşündüğü kızın alnına elini koydu, sonra da cebinden arabasının anahtarını çıkararak Kaan'a fırlattı.

Rüya'nın üzerinde hâlâ kendi tişörtü vardı. Kızın yüzü solmuştu, bunun kendi kabahati olduğunu biliyordu. Dün gece havuzda onu öpmeye kalktığında, korkudan titreyen dudakları, yükselen ateşi yüzünden kıpkırmızıydı.

Eğilerek kızın ateş gibi yanan minyon bedenini kucakladığında, Nehir hemen sokak kapısını açtı. Kaan da onların önünden hareketlendi. Rüya'nın kıpırtısız bedeni kollarının arasındayken, Aras kız kardeşiyle göz göze geldi.

"Onu doktordan sonra villaya götüreceğim. Belki arkadaşının yanında olmak istersin diye söylüyorum."

Nehir'in dili tutulmuştu. Bu sadece hasta bir insana bakmakla ilgili olamazdı. Bu olanaksızdı, Rüya ve abisi... Tıpkı tatlı bir meltem ile yıkıcı bir fırtına gibi...

7

Ateş

Kolundaki serumun hortumunu incelerken Rüya'nın tek amacı, kara gözlerini başucunda oturan Nehir'den kaçırmaktı. Nehir'e teşekkür etmek istiyordu, ama şu tişört hâlâ üzerindeydi ve bu hastaneye isteği dışında getirilmişti. Şimdi bunu öne sürecek olsa, haklıyken haksız duruma düşecek, belki de arkadaşının gözünde nankör olacaktı. Nehir, Rüya'nın böyle tepkilerine alışkın olsa da siyah tişört ikisini de susturuyor, dostluklarına bilinmeyen bir kapı açıyordu. Rüya utanıyor, Nehir ise olabileceklerden korkuyordu.

"Teşekkür ederim" derken Rüya'nın kaçamak bakışları, bu sefer bu pahalı özel hastanenin salon takımını andıran siyah kadife koltuğunu inceliyor, bu durum sinirini daha çok bozuyordu. Burada olmaması gerektiğini ima edercesine, "Doktor serum bittikten sonra eve gidebileceğimi söyledi" dedi.

Arkadaşını mahcup etmemek için az önceki teşekkürü duymazdan gelen Nehir yüzünü ekşitti.

"Beş tane de iğne yiyeceksin." Sonra yüzündeki ekşi ifade bir gülümsemeyle dağıldı. "Yarın akşam dersimiz var hocam."

Rüya yastığa başını dayadı. "Derse gelebilirim" dese de kendinden pek emin değildi. Kemikleri ayakta duramayacak gibi ağrıyordu.

Hastane odasının kapısı savrulurcasına açıldığı zaman Rüya'nın "kahrolasıca" dediği gri gözler yine karşısındaydı.

Aras'ın keskin bakışları Rüya'yı göz hapsine alsa da, dün gece güçlükle kaçtığı dudaklarından dökülen kararlı sözler bu sefer kız kardeşi içindi.

"Nehir kapının önünde seni bekliyorum." Genç adamın pürüzsüz sesinin Nehir'e akıttığı şefkat Rüya'yı özendirdi. Aras Karahanlı ile şefkat bir arada çok çarpıcıydı ve Rüya'nın pek bilmediği bu duygu onun sesine çok yakışmıştı.

Nehir'in gözleri meltem ve fırtına dediği iki insan arasında gidip geldikten sonra abisinin peşinden odadan çıktı.

"Onu villaya götüreceğimi söyleme" dedi Aras, hayatta sevdiği tek kadın olan kız kardeşine bakarak.

"Neden?" diye soran Nehir'in gözleri başka sorulara da cevap istiyordu.

"Ben bile onun ne kadar inatçı olduğunu bir gecede anladığıma göre, senin bunu haydi haydi biliyor olman gerekir Nehir."

"Evet öyle ve ona hak veriyorum abi. Kendini böyle koruyor. Biz bu duyguyu ne anlayabiliriz ne de bilebiliriz."

Nehir'in merhametli kalbi hüzünlenirken sesi durgunlaşmıştı. "Onu yalnız bırakmak istemem. Ben onu arabada ikna ederim. Kendini arabadan atacak hali yok, hem onun iyiliği için yapıyoruz."

Aras "Evet, ateşi çıkabilir" diyerek kardeşine hak verdi.

Nehir bu ilginin perde arkasını anlamak ve abisinin Rüya'ya yaklaşmasını engellemek istercesine, "Bana açıklama yapmak zorundasın" diye çıkıştı. Gözlerini boşluğa dikmiş, kollarını göğsünde kavuşturmuştu.

Aras kız kardeşine Rüya'yla evlenmek istediğini o anda söyleyemezdi. Bunu söyleyebilmek için en azından bir ilişkileri olmalıydı. "Rüya'dan hoşlanıyorum" demek en kolayı olsa da, bunu da yapamadı. Hayatta değer verdiği tek kadına yalan söyleyemezdi.

Kardeşinin onu esir alan masumluğu Aras'ı kısmen sustursa da, gerçeğin bir parçası döküldü dudaklarından: "Bana güven Nehir. Ona asla kötü bir şey yapmayacağım, sadece onun hayatında olmak istiyorum ve sana söz veriyorum düşündüğün gibi olmayacak."

Nehir abisine güveniyordu, çünkü bu söylediklerinin aksini yapmak, Nehir'i üzmek demekti ve şimdiye kadar bu hiç olmamıştı. Yine de korkuyordu. Hem Rüya'nın duvarlarından hem de abisinin mutsuzluk dağıtan ilişkilerinden. "Siz ikiniz? Olacak şey değil. Rüya ne düşünüyor?"

Aras yutkundu. "Benden kaçıyor" diyerek, bu kaçışların kendisinde yarattığı hazla gülümsedi. Bu belirgin gülümseme Nehir'in dikkatinden kaçmadı; abisini tanıyordu: Rüya eninde sonunda ona âşık olacaktı.

"Onu mutlu et" diyen Nehir'in abisine öfkesi azalmıştı; en azından onun, hasta arkadaşına gösterdiği ilgiye şahit olmuştu.

Rüya'nın yanına girdiğinde ona daha farklı baktı. Bu kızı çok seviyordu ve elbette abisiyle mutlu olmasını çok isterdi.

* * *

Serum bitip de Aras'ın arabasına bindiklerinde, Nehir'in taviz vermez tavrı karşısında, Rüya daha fazla karşı çıkamayacak kadar yorgun ve hastaydı. Arabada uyuyakaldığında gözlerini yine masal evinin önünde açtı. Nehir'e tek kelime etmeden, kendisine gösterilen misafir odasına geçtikten sonra güçsüz bedeni uykuya teslim oldu.

Uyandığında ter içindeydi. Aras'ın yardımcısı ona çorba hazırlamış ve gitmişti. Nehir de çorbayı arkadaşının kucağına kadar getirmişti.

Ve o. Aynı evde bulunmalarına rağmen pek ortalarda görünmemişti. Onu görememek iyi miydi? Yataktan kalkarken bunu düşündü. Serum ve iğne kısmen toparlanmasını sağlamış ve duşa girebilecek kuvveti az da olsa bulmuştu. Odadaki banyoya girerken saçlarını sımsıkı bir topuz yaptı. Sadece ılık suyla bedenini ferahlattıktan sonra Nehir'in pijamalarından birini giymek üzere beyaz havluya sarınarak duştan çıktığında şoke oldu.

Aras banyonun kapısında durmuş, onu bekliyordu. Ve bu durumda tek panikleyen Rüya'ydı. Aras eliyle kapıyı işaret ederek, "Çok tıklattım, ateşin var mı diye merak etmiştim. Senden cevap alamayınca..." dedi ve sustu.

Rüya omuzlarını açıkta bırakan havluya daha sıkı sarınırken, başını mahcubiyetle öne eğdi. "İyiyim, giyinmek istiyorum." Aralarındaki çekimin karşı konulmaz etkisinden kurtulmaya çalışırken utancını gizleyemiyordu. Aras'ın bu tatlı ilgisine eklenen tutkulu gri bakışları karşısında kalın duvarlarının yıkılmaması için çabalıyordu.

"Bunu neden yapıyorsun Aras?"

Aras ona yaklaştı. "Söyledim sana ufaklık."

Rüya havluyu daha sıkı kavradı. "Neden sana âşık olmamı istiyorsun?" Bu sözleri ilk duyduğundaki tavrı ile şu andaki tavrı öyle farklıydı ki, sesinde beliren vazgeçmişlik Aras'ın hoşuna gitti.

"Bunu da biliyorsun."

Rüya'nın uzun süredir, belki yıllardır yaşarmayan gözleri yine dolmadı, ama sesi boğuklaştı. "Sana âşık olmak istemiyorum" derken duygularını bastırmak istiyordu. Çünkü şu anda karşısındaki gözlerde gördüğü karanlık girdap, hayatını altüst edecekmiş gibi yakıcıydı. "Sen, ben ve aşk..." derken gözlerini Aras'tan kaçırarak ekledi: "Bu üçü bir arada asla ayakta duramaz Aras."

Aras dün gece yaptığı gibi başını yine Rüya'ya doğru eğerek, kızın açıkta olan boynunu kokladı. "Sen, ben ve aşk... Üçünden biri hep eksik mi olur Rüya?" derken, sesi yine oyun oynar gibiydi. "Söyle ufaklık, bu üçlü bizi üzer mi?"

Rüya o sıcak nefesin tesirinden kaçmak için başını ağır ağır sallasa da solukları hızlandı. Aras'ın gözleri kızın görünmeyen soluklarını aramış da bulmuş gibi zevkle kapandı, Rüya'ya dokunmadan onun kokusunu bir daha içine çekti ve ateşe değmiş gibi, birden geri çekilerek Rüya'nın gözlerine baktı.

Rüya, Aras'ın bu ani tepkisini anlamak ister gibi ona dikkatle baktı. Aras onu cevapsız bırakmaya niyetli değildi. "Kokun, yani parfümün çok değişik ve etkileyici" dedi, gözleri göremeyeceğini bile bile o kokuyu ararken.

"Parfüm kullanmıyorum, alerjim var."

Aras bakışlarını buğday renkli tenin üzerinde gezdirdi. Rüya üzerinde gezinen bakışlardan tedirgin olarak, "Sadece defne sabunu, o da burada olmadığı için suyun altına girip çıktım" dedi.

Aras'ın dudakları hipnotize olmuş gibi aralandı, "Sanki tenine işlemiş" diye fısıldadı. Rüya'nın gözkapakları istemsizce kapandı. Aras'ın gözleri ilk defa böyle bakıyordu kendisine. O karanlık gri bakışlara bir parça aydınlık ilişmişti. "İlk defa bir kadının saf teninin kokusunu duyuyorum" dedi Aras ve o kokuyu Rüya'nın dudaklarında bulacakmış gibi bir an onu öpmek istese de kendine hâkim oldu ve odadan ayrıldı.

Aşağı kata indiğinde Nehir kurşuni koltuğa uzanmış kitap okuyordu. "Abi telefonun hiç susmadı."

Aras telefona baktı. "Ben çıkıyorum, ama geleceğim" dediğinde, bu rutin cümleye alışkın olan Nehir elini sallayarak abisini uğurladı.

* * *

Aras, Sedef'in dairesine girdiğinde genç kadın kızıl saçlarını salmış, siyah saten bir elbise giymiş, kırık umudunu saklamayı öğrenmiş ela gözleriyle ona gülümsüyordu. Kırgın kalbine rağmen, Aras'ın yanına gelmiş olmasının memnuniyeti vardı bu gülümsemede.

"Hoş geldin aşkım." İnce elleri Aras'ın geniş omuzlarına dokunup da dudakları Aras'ınkileri aradığında karşılığını alamadı. Aras, Sedef'in dudaklarından uzak durarak, kızın beyaz boynuna arzu dolu bir öpücük kondurdu ve öpüşmekten kaçınmasını anında telafi etti. Sedef'in incecik vücuduna arzuyla sarılırken istediği olmuş, o büyülü tenin kokusunu çoktan unutmuştu.

Birkaç saat sonra Sedef'in açık mutfak tezgâhına dayanmış su içiyordu. Suyunu içmeye ara verip, saten sabahlık giymiş olan kızıl saçlı sevgilisine baktı ve "Eve gideceğim" dedi.

Sedef onu ikna edemeyeceğini bile bile, "Hayır, kal" diye ısrar etti, onun yalıya gideceğini düşünerek. Tam o sırada Sedef'in telefonu çaldı. Arayan, Oğuz Hanzade'ydi.

"Ah, hayırdır Oğuz?"

"Özür dilerim saat on biri geçiyor ama..."

"Önemli değil, ben uyumam bu saatte."

"Dün gece, Nehir'in bir arkadaşı vardı. Rüya."

Sedef bu önemsiz kızı hatırlamanın lütuf olduğunu belli edercesine, "Evet biliyorum" dedi.

Genelde kimseye bilerek zarar vermek istemeyen Oğuz Hanzade, istediği bilgiyi almak için bu defa farklı bir taktik kullandı. Sırf Sedef ona zorluk çıkarmasın diye, "Aras Rüya'yı dün gece evine bırakacağı sırada, kız kolyesini düşürdü" dedi. "Kolyeyi ona vermek istiyorum."

Sedef gözlerini Aras'a çevirdi. Ona "O kızı niye bıraktın?" diye hesap soramazdı; Oğuz'a da kolyeyi Nehir'e vermesini söylese, onu Rüya'dan uzaklaştırırdı. O da orta yolu buldu ve "Ah evet Oğuzcuğum" dedi gözlerini Aras'tan kaçırarak. "Dün gece Nehir, Rüya'nın bir sanat akademisinde ders verdiğini söyledi. Nehir de ondan ders alıyormuş. O bir ressam, bildiğim kadarıyla, yarın akşam yedide dersi varmış. Akademinin adı mı? Eee... tamam, hatırladım. Mai."

Telefonu kapattıklarında her ikisi de memnundu, ama gözlerini yere dikmiş olan Aras buz gibi bir ifadeyle mutfak tezgâhına dayanmış, elindeki bardağı sımsıkı kavramıştı. Bardak bir anda elinde parçalanınca, Sedef telefonu fırlatarak panikle Aras'a koştu.

"Elin kanıyor!"

Ne Rüya'nın teninin büyülü kokusu, ne romantik Oğuz Hanzade'nin Rüya'ya olan ilgisi, ne de Sedef'in mücadelesi... Hiçbiri yetmezdi amacına varmaya yeminli o duygusuz kalbi durdurmaya. Şu anda parmaklarından süzülen kanı hissetmediği ve panikle bağıran Sedef'i duymadığı gibi, o çok istediği yere gelene kadar kapayacaktı duygularını.

Aras'a zaaf gibi gelen, oysa son derece insani olan her acıya ve de mutluluğa. En çok da aşka...

8

Kim o kız?

Sedef panikle, Aras'ın kaskatı kesilmiş parmaklarını açmaya çalışırken, Aras gözlerini sevgilisine çevirdi. "Bırak, ben iyiyim" dedi buz gibi bir sesle ve ardından parmaklarını gevşetti. Cam kırıklarının bir kısmı yere düşerken, eline batan camları ve akan kanları, elinden su damlaları süzülüyormuşçasına hissiz bakışlarla silkelerken banyoya yöneldi.

Cam kırıklarını üstünkörü ayıklarken Sedef yanında telaşla söyleniyor, sevdiği adamın parmaklarına batmış camlar aslında onun kalbini kanatıyordu, çünkü Aras'ın bunu neden yaptığını çok iyi biliyordu.

Banyo aynasının önünde ellerini kurulayan sevgilisine baktı ve "Oğuz ve o kız. Ne kadar aykırı, herkes kendi dünyasında yaşamalı" dedi, sırf Aras'ı iğnelemek için.

Aras, Sedef'i gözucuyla süzdü. "Kendi dünyası mı?" diye sordu. "İşte, herkes kendi dengiyle olmalı. Kesinlikle bana göre değil."

Aras'ın gri gözleri ona tiksintiyle baktı. Sedef, zengin de olsa, çok iyi okullarda okumuş da olsa Aras'a çok sığ geliyordu. Rüya'nın hiç bilmediği lüksü görmüş bu kızın dünyası, aslında ne kadar da dardı. Kendi dünyasına has o kurallara sıkı sıkıya bağlanarak güya kendini daha değerli kılıyor ve Aras'ın gözünden iyice düşüyordu.

Aras'a göre bu kız kesinlikle kendi dünyasından başka

dünyalara ulaşamazdı ve bunun siyasette yeri yoktu. Sedef'in kendisine denk değil diye nitelediği, ama Aras'a göre çok değerli olan insanların arasında Sedef'i ve onun kibirli hallerini düşünemiyordu.

Aras böyleydi işte. Tüm insanlara değer veren, ama aşkı ve sevgiyi kadınlardan ve en çok da kendi kalbinden sakınan. Duygularını dondurmuş olsa da, insanların dünyaları arasındaki sınırları küçümser, yardıma muhtaç insanlara yardım ederdi; bunu yapabilmek için ruhunu saklaması gerektiğini düşündürdü. Yoksa çok istediği o yere gelemez, o insanlara dokunamaz, ülkenin en güçlüsü olamazdı. Sadece kendi dünyasına boyun eğen bir çapkın veya bir koca olmak için her şeye, özellikle de paraya ve kadına fazlasıyla doymuştu.

Aynadan kızın gözlerine bakan gri gözleri, Rüya'yla ilgili kararı aldığından beri ilk defa bu kadar parladı.

"Bitti Sedef!"

Bu, tam da Aras'tan beklenecek bir sözdü. Bunu bildiği halde, üç aydır bu sözü ona söyletmemek için gösterdiği çaba yüzünden mi iyice kahrolmuştu Sedef?

Aras gibi adamlar... Gideceklerini iyi bilirdiniz, ama buna rağmen onların gidişine üzülürdünüz. Hem de hiç gitmeyeceğini sandığınız adamlardan daha fazla üzülürdünüz.

"Neden Aras? Neden bitti?"

Elini banyonun karşısındaki yatak odasına doğru uzatarak, büyük bir çaresizlikle, "Biz seninle az önce..." diye kekeledi, ama sözlerini tamamlayamadan ağlamaya başladı.

Aras'ın aslında henüz böyle bir niyeti yoktu, ama o telefon işleri hızlandırmıştı. Oğuz Hanzade'nin romantik kalbiyle uğraşırken, Rüya'nın karşısına yalnız bir Aras olarak çıkmak zorundaydı; o yüzden Sedef'e acımadı.

"Evet öyle, biz seninle az önce oradaydık" derken kızın gözyaşlarına duygusuzca baktı. Öyle çok görmüştü ki bu gözyaşlarını daha önce. Ve hiçbiri onu yolundan döndürmemişti.

Sedef, "Söyle Aras, o zaman neden?" diye hıçkırırken, kendisini, banyonun pahalı uçuk mavi seramiklerinden daha değersiz ve cansız hissediyordu. Oysa Aras'ın en uzun ilişkisiydi ve teyzesi Aras'ın babasıyla evliydi. Sadece bu veriler bile yeterdi bu gözde bekârla evlenmesi için. Ama o, Aras Karahanlı'ydı. Değer verdiği tek kalp, kız kardeşi Nehir'in kalbiydi hem de kendininkinden bile daha çok.

Aras buz gibi bakışlarıyla kızın omzuna dokundu ve sıcacık bir sesle, "Bitmek zorunda Sedef" diyerek onu tekrar yatak odasına doğru çekti ve boynundan öpmeye başladı.

"Bitti Sedef." Kızın boynunu öpen dudakları bu soğuk kelimeleri fısıldarken, Sedef ona karşı koyamıyor, büyük bir çaresizlikle kendini bu kalpsiz adama teslim ediyordu. Krem rengi saten sabahlığının önünü açtığı anda, Aras ondan uzaklaşarak aşağılarcasına baktı. "Bitmiş olmasına rağmen bana geliyorsan, sakın biraz önce yaşanan anların hesabını sormaya kalkma bana! Sana zorla dokunmadım ben" diye sertçe fısıldadı.

Sedef tuzağa düşmüş bir kedi gibi şaşkınlık ve korkuyla bu yakışıklı adama baktı. Aras son derece sert bir sesle, "Sana bitti dediğim halde benimle olmaya kalktın Sedef. Söyle, bu mu daha iğrenç, yoksa az önce beni suçladığın şey mi?" dedikten sonra evi terk etti. Arkasında sadece kırık bir kalp değil, Aras'ı hayatının merkezi yapmış bir kadın da bırakmıştı. Çünkü sahip olduğu her şey Sedef'e daha fazla mutsuzluk veriyor, bu mutsuzluğu içinden söküp atmak için Aras'la yaşadığı zorlu ilişkiye tutunuyor ve genç adamı mutluluğun kaynağı gibi görüyordu. Aras bunu hep görmezden gelmiş, onunla geleceğe dair hiçbir plan yapmadığını her seferinde ima etmişti.

Gece evine gelince mışıl mışıl uyumakta olan Rüya'yı kontrol ettikten sonra odasına geçti.

* * *

Sabahın yedisinde evden çıkarken kardeşi Nehir ve evleneceği kız odalarında uyuyordu. Siyah takım elbisesiyle beyaz mutfağa girdiğinde Emine Hanım mükellef bir kahvaltı hazırlamış, genç ve yakışıklı patronuna bir anne şefkatiyle gülümsüyordu.

"Aras Bey oğlum, bugün sizi evde yakaladım. Öldürseniz bu sofraya oturtmadan yollamam." Aras bu teklifi bakışlarıyla kabul ettiğinde, kadın hemen çaydanlığa yöneldi.

"Sen de otur Emine Hanım" dedi Aras. Sesi ne davetkâr ne de soğuktu. Emine Hanım'a göre, Aras duygularını gizleyen bir çocuktu. Aras, Emine Hanım'la fırsat buldukça sohbet eder, işçi emeklisi kocası ve üniversitede okuyan iki evladıyla sürdürdüğü zor, ama mutlu hayatı dinler, onları ve bu hiç bilmediği dünyayı daha yakından tanımak isterdi.

Siyasetçi olmanın özü, insanların hayatlarındaki türlü türlü çıkmazları anlamak, onlara çare bulmak ve bir ülkeyi yönetmek değil miydi zaten?

Kadın, desenli başörtüsünün kenarlarını çekiştirdi ve siyah gözlerinden taşan merakı daha fazla gizleyemedi. "Aras Bey oğlum, ben bu evde ilk defa bir kız görünce şaşırdım. Sabah odaya girdim, hemen geri çıktım. Şöyle ipek saçlı bir kızı orada görünce pek heyecanlandım."

Aras kadını dinlerken keyiflense de, bunu belli etmeyerek çatalını peynir tabağına daldırdı.

"Ne bileyim, bize ters ama, sevgilisi olsa Aras Bey'in yanında yatardı dedim." Emine Hanım bir süre masanın üzerinde duran çay bardağını inceledikten sonra, haddini aşan soruyu içinde tutamadı.

"Kim o kız?" diye sordu bir suçlu gibi. Emine Hanım, karşısında bir hükümdar bile olsa, kendini tutamaz ona diyeceğini derdi. Aras da bunu iyi bilirdi. Bir süre düşündükten sonra karşılık verdi.

"Evleneceğim kız."

Kadın kaşlarını şaşkınlıkla havaya kaldırdı. "Siz, evleneceksiniz, öyle mi?" diye mırıldandı. Aras kadının merakını giderdi. "Onun kimsesi yok, hasta olduğu için burada. Biliyorsun, dün gece çorba hazırladın ona."

"Ben çorbanın onun için olduğunu bilmiyordum Aras Bey oğlum" dedikten sonra Aras'ın sözlerini idrak etti. "Siz kimsesi olmayan bir kızla mı evleneceksiniz? Aras Bey oğlum, ben sizin böyle, yani diğer zenginler gibi olmadığınızı biliyordum, siz kimseyi ayırmazsınız."

Emine Hanım gülümseyerek Aras'a yaklaştığında, Aras bir kere daha anlamıştı ne kadar doğru bir karar verdiğini, artık daha fazlasını duymasa da olurdu.

"Ah oğlum!" İlk defa ona "Aras Bey" demeden "oğlum" diye hitap ettiğinin farkında bile değildi Emine Hanım. Bu kararından sonra onu daha da çok benimseyivermişti, tam da Aras'ın istediği gibi.

"Sen gerçekten başkasın. Ona âşık oldun. O yetimi mutlu edecek, ona hem aile hem de her şeyi vereceksin. Ah, kızın yüzü gülecek nihayet."

Aras memnuniyetle başını sallarken, sempatisini beklediği kesimden bir insanın onayını almıştı. "Sakın kızlara bir şey söyleme" dedi. "Özel bir evlenme teklifi planlıyorum; eğer ağzından kaçırırsan bu iyi olmaz, bildiğini belli etme."

Siyah cipine binip ofisine doğru yol alırken aklında iki şey vardı: Partinin en önemli adamlarından birinin sapkın oğlunun tecavüz davasıyla ilgili randevusu ve akşam Rüya'yı Oğuz'un elinden nasıl alacağı?

Partide sözü geçen bu adama ihtiyacı vardı. Rüya da kendi isteğiyle onun olmalıydı. Kendisini istemeyen bir kadınla hiç beraber olmamıştı. Her iki çıkmazdan da bir an önce kurtulmalıydı. Bu düşünceler kafasında dönerken, telefonu çaldı.

"Abi, bugün annemin ölüm yıldönümü."

Aras'ın yüz ifadesi hiç değişmedi.
"Nehir, bunu her sene soruyorsun ve cevabı biliyorsun."
"Hayır abi, sadece onun mezarını hiç ziyaret etmediğini biliyorum ama bunun sebebini bilmiyorum. Bunu öğrenecek kadar büyüdüm ben" diyen Nehir, bunun cevabını hayatı boyunca alamayacağından bihaberdi.

9

Bir çocuk ve bir bebek

Bir çocuk...
İstanbul'da bir ev. Nisan yağmuru villanın camlarını döverken Aras gözlerini korkuyla açıyor. Daha on yaşında bir çocuk o. Kız kardeşine bakıyor küçük bir abi şefkatiyle. Kumral saçları yastığa yayılmış, yağmurun sert sesinden bihaber, uyuyor beş yaşındaki dünyalar güzeli kız.
Aras tekrar yatıyor yatağına, elleriyle kulaklarını kapatıyor. Ne dışarıdaki uğultu ne de yağmurun hırçın sesi, hiçbirini istemiyor kulaklarında. Güzel şeyler düşünmek istiyor. Loş odasında, yatağının ayakucunda duran kayak takımına takılıyor gözü. Duyduğu seslerin yarattığı korkudan kurtulmak için zorla gülümsüyor. Haftaya doğum günü. Babasının sözünü hatırlıyor.
"Seni kayağa götüreceğim aslan parçası, doğum günü hediyesi."
Yorganı çekiyor üstüne, ama nafile. Beyaz yalıya taşınmadan önce oturdukları villanın sıcaklığı yetmiyor o soğuk korkuyu atmaya içinden. "Anne" diyor. "Anne!"
İçinden haykırsa da, sesi fısıldıyor.
Gri gözlerini kırpıştırarak Nehir'e bakıyor ve onun derin uykusuna özeniyor... "Ya o da uyansaydı, ben nasıl abiyim, nasıl cesaret verecektim ona?" diyor ve pencerenin kenarına gidiyor. Kapkara gökyüzü boşaltırken bağrını yere, babasını düşünüyor.

"Allahım, uçak hemen yere insin, babama bir şey olmasın."
Gök, her yeri yırtarcasına bir daha patlayınca minik erkek ruhu dayanamıyor bu sesin şiddetine. Abilik dürtüsüyle, kız kardeşine bir daha bakıyor, uyanmadığını görünce, annesine koşuyor. *"Belki o da korkmuştur, benden daha çok korkmuştur."*
Koşar adımlarla çıkıyor merdivenleri. Babası bir saat sonra evde olacak, iş gezisinden dönecek, ama o kalan bir saati bekleyemeyecek minik Aras'ın korkulu zihni. Merdivenleri çıkarken gök bir daha gürlüyor... bir daha, bir daha... Nefes nefese, yatak odasının kapısını açıyor. Zayıf bedenini bırakacak annesinin mis kokusuna. Duymayacak hiçbir sesi.
"ANNE! ANNE!"
Ona hemen cevap veren annesi, bu kez neden duymuyor onu? Çocuk gözler, annesini ararken, onun kokusunu da arzuluyor. Bakmak istiyor annesinin, kız kardeşine de verdiği yeşil gözlerine.
"ANNE" derken sesi kayboluyor, yavaş yavaş hissettiği umutsuzluğun dipsizliğinde. Işığı açıyor parmakları titreyerek.
Geniş, beyaz yatak odasını gözleriyle tararken kararıyor her yer yavaş yavaş. Bir umut, evin diğer odalarına gideceği anda, hiç bozulmamış yatağın bordo yatak örtüsünün üzerinde beyaz bir zarf görüyor.
Koskoca yatağı yok ederek sadece o bembeyaz zarfı ortaya çıkaran karanlığa teslim olurken, Aras'ın küçük ruhu ürküyor. Bir çocuk titrekliğinde aralarken parmakları zarfı, her zaman güzel hikâyeler okuyan tecrübesiz aklı önce anlamıyor yazılanları. Bakışlarını büyük bir telaşla, hızla gezdiriyor kara satırlarda. Gök gürültüsünü bile bastırıyor, elinde tuttuğu beyaz kâğıdı okuyan gözlerin çaresiz ateşi.

Ender, yapamıyorum, onu severken seninle olamıyorum, böyle öğrenmeni istemezdim, ama ne senin ne de Aras ile Nehir'in yü-

züne bakamıyorum. Çocuklarımıza iyi bak ve onlara öldüğümü söyle.

Her kelime birer kor parçası olmuş, yüreğini dağlıyor, buz gibi terler boşalıyor Aras'ın minik bedeninden. Titreyen dudaklarından bir temenni yükseliyor.

"Lütfen anne, ölmemiş ol, onun yerine gitmiş ol, belki yine gelirsin..."

Meçhulün yükünü bilemeyecek parmakları buruşturuyor o kapkara kâğıdı.

Nehir'in sesini duyuyor. "Anne, abi, korkuyorum!"

Yataktan fırlarken, insana dair tüm hislerini, bir daha asla girmeyeceği o yatak odasına hapsettiğini çocuk ruhu bilmiyor. Kâğıdı, yumruğunun içine hapsederek kapının önünde yakalıyor kardeşini.

"Annem uyuyor, gel korkma ben varım." "Artık" diye ekliyor içinden, birden yıllarca büyüyen ruhu.

Ama ne çare, sesi boğuk boğuk. O an inleyen gök, yine sökecek kalbini oradan. Ölesiye korkuyor ve zayıf bedeniyle, yeşil gözlü kız kardeşini, onun için tek olacağını bilmenin verdiği güçle bir çırpıda kucaklıyor.

"Odamıza gidelim, yanındayım" derken çocuk sesi yaralı... Gözleri kurak çöllere dönüşmeden önce, bırakıyor ardı ardına son gözyaşlarını.

Yatakta kız kardeşine sımsıkı sarılırken, kalbinde birikecek nefretin ilk tohumu kök salıyor, hem kendini hem de Nehir hariç, diğer kadınları kavuracak bir yangın başlıyor.

Ama soğuk bir yangın. Öyle kavurucu, öyle zalim... Daha kendisi bile bilmiyor böyle olacağını.

Kâğıdı hemen saklıyor, yatağının altına. Babasına bile göstermeyecek. O gece hem kendisinin, hem Nehir'in ikili yalnızlığını gören gözleri uykuya bir türlü teslim olamazken hayat boyu içine işleyecek bir gerçeği özümsüyor bilmeden.

"Küçücük çocuklarına ihanet eden bir kadın benim annem. Onları terk edip giden bir kadın o."

Annesine duyduğu güvensizliği, o geceden sonra bütün kadınlara yöneltiyor farkında olmadan. Yavaş yavaş büyürken, kalbi böyle şekilleniyor. Kadın, sadece kadın. Aras'ın tutkularını tatmin edecek bir beden, hepsi aynı oluyor onun gözünde. Ötesi yok, kimse o taş kesmiş kalbe giremeyecek. Tüm kadınlara buz gibi, bir tek Nehir'e sıcak.

Yüksek ısının yerin altındaki madenleri dönüştürmesi gibi, yaşadığı karanlık gece de Aras'ın kalbini için için işlerken dönüştürüyor, duygularını yerin en altına saklıyor. Oysa, en derinde elmaslar oluşur. En değerli taştır elmas ve en çok da onu, oradan çıkarana zarar verir.

Ya onu keşfedenin hayatını alır ya da ona hayat verir...

* * *

Bir bebek...

Kapkara bir gece, yine bir nisan gecesi. İzmir'in en lüks semti. Dalgalar yalarken betonları, nisan ayının ılık havası sinmiş her yere. İzmir gibi, mis gibi bir hava.

Genç bir kadın... Üzerinde pahalı bir kumaştan dikilmiş, açık pembe tiril tiril bir elbise. Koyu kestane saçları ipek gibi. Bastırıyor göğsüne kara gözlü kızını. Henüz üç günlük. Kadın aç, bebek ondan daha aç. Lüks tarihi yalının kapısını çalıyor kadın, ciğerlerinden gelen öksürüğü bastırmaya çalışarak.

Kapıyı açan hizmetçiye, "Babamı çağır, lütfen" diyor. Hizmetçi, Tuğrul Bey'den korksa da, küçücük bebeğe kıyamıyor. Tuğrul Bey kapıya gelmiş bile. Kara gözleri kızı ile torunu arasında mekik dokuyor. İçerideki partiden şen şakrak insan sesleri geliyor.

"Git buradan Deniz, benim senin gibi bir kızım yok!"

Kadın korkuyla kızına sarılıyor. "Baba lütfen, Fikret öldü,

onu kaybettim, ne olur affet bizi, çok zor durumdayız." Gözyaşları sicim gibi akarken, hasta bedeni zor duruyor ayakta. Henüz yirmi iki yaşında. Pamuklar içinde yetişmiş bedeni dayanamamış yoksulluğa. Oysa İzmir'in en zengin ailelerinden birinin kızı. İç mimarlık okurken bir gençle tanışıyor. Kucağında tuttuğu kızı Rüya gibi buğday tenli, kumral bir genç. Anadolu'nun bağrından gelmiş, hasta annesine yıllarca bakmış, hem çalışmış hem de özel yetenekle iç mimarlığı kazanmış bir genç. Okulun en yakışıklısı, en dürüstü, en çalışkanı. Pırıl pırıl bir genç o. Rüya'nın babası. Fikret Akten. Deniz ile Fikret, tutulurken ilk günden birbirlerine, sanki tüm İzmir, en başta da babası karşı çıkıyor bu aşka. Fikret hem okuyor, hem de inşaatlarda çalışarak, her şeyi bırakıp ona gelen güzeller güzeli eşine bakıyor. Dinlenmiyor, yorulmuyor ve onu sevmekten bıkmıyor.

Rahmetli babasından aldığı eşsiz bir çizim yeteneği var. Bu yeteneği doğduğunu göremediğini kızına da miras bırakıyor. Resim öğretmeni tutuyor elinden, sokuyor onu sınavlara. "İzmir'i seç oğlum" diyor, çünkü kendisi de İzmirli...

Fikret hemen alıyor hasta annesini, gidiyor bu güzel şehre. Zaten köyünde ondan başka kimsesi yok. Deniz hamileyken, "Kız olursa adı Rüya olsun" diyor. Sabah erkenden inşaata gidiyor, çünkü o gün okul yok. Sonra cesur kişiliği ve her zamanki atikliğiyle düşmek üzere olan arkadaşını tutayım derken, kendisi veriyor yaşamını onun yerine.

Yanıyor Deniz, hem de nasıl! Narin bedeni zaten hasta. Dirense de bedeni bu yokluğa, ihanet ediyor ciğerleri ona.

"Git buradan, beni rezil ettin herkese" diyor Tuğrul Giritli kapkara gözleriyle ve kapıyı kapatıyor kızıyla torununun yüzüne. Hem de hiç acımadan.

Kadın daha bir sarılıyor kızına, yürüyebildiği kadar yürüyor kaybolan geleceğine.

Bir karakolun önünde dururken çantasından bir kâğıt çıkarıyor, "İsmi RÜYA" yazıyor ve kapıda nöbet tutan polisin dört beş metre gerisine saklanıp, adamın sırtını döneceği anı gözlüyor. Canının parçasını, içindeki yangınla sarıyor ve yalvarıyor onu kendisine verene.

"Bu güzel gözler en güzel 'Rüya'ları görsün, masalları hiç dinleyemeden büyüyecek ama sen ona daha güzellerini ver, sen göster Allahım, kimsesiz değil benim yavrum."

Canının parçasını, usulca bırakırken soğuk betona, kızına da miras bıraktığı ipek saçlarının telleri, okşuyor minik bebeğin yanaklarını.

"Baban ve ben, cennette seni bekleyeceğiz" derken, biliyor bu hastalık onu eşinin yanına götürecek. Ciğerinden kopacak kanlı öksürüğü acıyla yutarken, gözyaşı olup akıyor o tarifsiz acı kızının minik bedenine.

Zorla ayrılıyor kolları kızından ve köşede, yitip giden geleceğini izliyor gizlice. Nöbetçi polis memuru, ağlama sesinin geldiği yere bakıyor ve hemen koşup, güvenli kollarına alıyor bebeği. O da bir baba, içi titriyor kıza bakarken.

Ve Rüya, İzmir yetimhanesinde yer olmadığı için İstanbul'a getiriliyor birkaç hafta sonra...

O da, kimsesizliğinin koynunda, çelik gibi duvarlar örerken etrafına, her sevgiye kapatıyor yüreğini ve hep kaçıyor tuvallerine... Tanımadığı babasından ona miras çizim sevgisiyle. Tanımadığı annesinden ona kalan narin yüreği ve bedeniyle...

10

Tam zamanında

Aras o sabah kalabalık ofisine girdiğinde, etrafındakileri ürküten gri bakışları çok daha karanlıktı. Herkes gözlerini kaçırırken bu sert rüzgârdan, Aras odasına girerek kapıyı sertçe çarptı. Sekreteri Elif korkuyla yerinden sıçradı; bu hareketin "odaya girme" anlamına geldiğini biliyordu.

Aras, rezidansın yüksek katından İstanbul'a bakan pencereye doğru ilerledi ve elini pantolonunun cebine sokarak dışarı baktı. Ama manzarayı görmüyordu. Akşam, Oğuz ile Rüya'nın bir arada olacağı anlar canlanıyordu gözünde. Cebinde titreyen telefonu açtığında, dudaklarından çıkan ses, o hayali dövüyordu sanki.

"Alo!"

"Aras Bey oğlum, Nehir Hanım okula gitti, sınavı varmış. Rüya kızım kalktı, evine gidecekmiş."

Aras yakıcı nefesini salarken kendini zor tutuyordu, oysa bu öfke ona yabancıydı ve hemen kendini toparladı. Ses tonunu güçlükle kontrol ederken, sarf ettiği güç, gözlerinden tüm İstanbul'a dalga dalga yayılıyor gibiydi.

"Emine Hanım, şu çeneni çalıştır ve Rüya'yı evde tut. Önemli bir randevum var, sonra uğrayacağım." Sesini daha bir soğuttu. "Ben gelene kadar, onu oyala." Telefonu kapattı ve yuvarlak toplantı masasının üzerindeki uzaktan kumanda aletini alarak müzik setini açtı ve zihnini rahatlatacak bir parça seçti.

Yavaş yavaş soğukkanlılığına kavuşurken, çalan müzik ateşler içindeki ruhuna huzur veriyordu. Sonra dudakları aralandı ve büyük bir mücadeleye hazırlanırmışçasına, "Sen sadece benimsin Rüya" diye fısıldadı, çelik gibi kararlı sesle. "İstesen de, istemesen de..."

Aras ile Kaan'ın ortak olduğu Karahanlı Hukuk Bürosu, Karahanlı Holding'e göre çok mütevazı, ama diğer hukuk bürolarına kıyasla oldukça ihtişamlıydı.

Önceleri babasının yolladığı müvekkillerle yola çıkmış, şimdi ise detaylara verdiği önem ve disiplinli çalışmasıyla, en çok da hata kabul etmeyen yapısıyla müvekkillerine müvekkil katmıştı. Kalpsiz ve çalışkan. Siyasete soyunmaya karar verdiğinde ise, işin ucundan tutması için en yakın arkadaşı Kaan'a ortaklık teklif etmişti. Yanlarında tam on beş avukat, otuz ofis çalışanı vardı.

Artık Aras'ın duruşmalara girecek vakti yoktu. Dosyaları büyük bir dikkatle inceler, notlar alır ve zekâsına güvendiği çalışanlarına teslim ederdi. Sadece hatırı sayılır müvekkillerinin duruşmalarına girerdi.

Sekreteri misafirinin geldiğini haber verdiğinde müziği kapatmış, bir nebze olsun rahatlamıştı. Misafiri Sadık Gündoğdu, partinin ikinci adamıydı. Ankaralıydı. Özenilecek bir kariyere, çok saygın ve iyi niyetli bir siyasetçi kimliğine sahip olsa da, sapkın oğlu Fuat Gündoğdu bu imajını sarsıyordu. Parasıyla kandıramadığı kadına tecavüz eden, özgüven sorunu olan oğlu için her şeyi yapabilecek kadar ona düşkündü Sadık Gündoğdu. Şimdi de tecavüzden tutuklu yargılanan oğlunun davasını Aras'a vermek için büroya gelmişti.

Yaşı altmışa dayanmış olan Sadık Bey, kel kafasını kaşırken oval toplantı masasından denize bakıyordu.

"Fuat'ın davasını senin devralmanı istiyorum" derken kendinden çok eminden, çünkü Karahanlı'nın kendisiyle iyi geçinmekten başka yolu olmadığını düşünüyordu.

Aras derin bir nefes alarak Sadık'a baktı ve kararlı bir tavırla, "Hayır" dedi.

Adam önce büyük bir şaşkınlıkla, sonra da daha çok oğlunun yediği halttan beslenen öfkeyle, "Hayır mı?" diye kükredi. Ama Aras çok sakindi.

"Tecavüz davası almıyorum, ilkelerime ters."

Sadık Gündoğdu yüzünü Aras'a yaklaştırdığında boncuk boncuk terler akıyordu alnından. Kendini zor tutuyordu.

"Peki ya kutsal savunma hakkı?"

Aras umursamaz bir tavırla gülümsedi.

"Bu hakka saygılı yüzlerce avukat var bu ülkede."

Sadık Gündoğdu ayağa kalkarak, bu dik kafalı yol arkadaşına öfke kustu.

"Bunu herkes bilecek Karahanlı, özellikle de parti camiası" dedi ve mendilini çıkararak yüzündeki terleri sildi. İçin için Aras'a hak verse de söz konusu kişi, canıydı.

Aras arkasına yaslanarak ellerini iki yana açtı.

"İşime gelir Sadık Bey, inan bana işime gelir. İnsanlar bir aradayken hak hukuk konusunda büyük laflar ederler, ama yastığa başlarını koyduklarında vicdanları ortaya çıkar, hele bir de kızları varsa."

Aras son golünü atmadan önce tokalaşmak üzere elini Sadık Gündoğdu'ya uzatarak, "Yakında evleniyorum, davetiyenizi yollarım" dedi.

Sadık Gündoğdu yaşlılığının getirdiği nezaketle zor da olsa genç rakibinin elini sıktı. "Tebrik ederim" derken, reddedildiği, sözünü geçiremediği ve partinin dengelerini sarsacak bir adamın varlığını gördüğü için rahatsızdı. Elbette intikamını alacaktı, hem de ince bir şekilde. Tam da siyasete has bir yöntemle, kimseye belli etmeden; Aras Karahanlı'nın parlak kariyerini zedeleyecek ve sadece onu etkileyecek bir şekilde.

Sadık Gündoğdu ofisi kibar ama öfkeli bir biçimde terk ettiğinde Aras saatine baktı ve Yavuz'u çağırdı.

Bazı kirli davaları çözerken, derinlere inebilmek için bu kirli işleri bilen ama geride bırakmış birine ihtiyaç duymuştu. Yavuz ve adamları işte tam da böyleydi. Kirli insanlar ile temizler arasında bir köprü... Karanlık dünyaya bulanmış ama sonradan aydınlığı seçmiş ve o kirli dünyanın pisliklerini ortaya çıkarmayı iş haline getirmiş. Yavuz, Aras için ölebilirdi. Zaten böyle adamların düsturuydu birileri için ölmek. Aksi takdirde şanları yürümezdi.

"Buyur abim, emret" derken Yavuz, nice kemik kırmış koca ellerini önünde kavuşturmuş, neredeyse kendi parmaklarını ufalayacakmış gibi duruyordu.

Simsiyah, gür ve kısa saçları, aşırı kaslı, iriyarı vücuduyla, otuz yaşındaydı; ama bir hafta sonra yirmi sekiz yaşına ancak girecek olan Aras'ın kardeşiymiş gibi, "Abi, buyur" dedi bir kez daha, pencerenin önünde duran patronuna.

Aras, elleri ceplerinde, sert bakışlarla adamına dönerken, ne istediğinden oldukça emin görünüyordu.

"Nehir'in arkadaşı Rüya'yı biliyorsun."

Adam başını birkaç kere salladı. Karahanlı ailesinin her şeyini biliyordu. Gözleri Aras'ınkilerle buluştuğunda, patronunu konuşturmadı bile. "Her şeyini öğreneceğim abi, geçmişini, erkek arkadaşlarını, normal arkadaşlarını, gittiği kuaförü bile."

Aras onun yanından geçip masasına yürüdü ve önündeki belgelere göz atarak, "Ne kadar parayla geçindiğini bile" diye ekledi.

Odadan çıkan Yavuz'un arkasından bakarken Rüya'yı düşündü. Acaba hâlâ evde miydi?

* * *

Kış bahçesinin cam tavanından pırıl pırıl parlayan öğle güneşi görülüyordu. Emine Hanım, müstakbel gelini evde tutmak için konuşuyor da konuşuyordu. Ama şu anda bunu yapmak yerine bütün evi iki kere temizlemeyi tercih ederdi.

"Bu da aslanağzı güzel kızım, çok su istemez" dediğinde Rüya çiçeğe baktı ve resimlerinde kullandığı bu çiçeklerin hepsinin ismini bildiğini kadına söylemedi. Kadın onun bu sessizliği karşısında Aras Bey oğluna sabır dilediği anda bahçede Nehir'i gördü.

"Hah! Nehir Hanım geldi" diyerek kapıya koştu.

Saçını atkuyruğu yapmış Nehir kırmızı trençkotuyla içeri girip Rüya'ya doğru yürüdü.

"İyi misin, boğazın nasıl? Ya ateşin?"

Rüya da ona doğru yürüyerek beyaz granit mutfak tezgâhının uzantısı olan beyaz masanın yanına geldi. Yüksek tabureye otururken, "Daha iyiyim, ateşim yok, akşam derse gelebilirim" dedi.

"Çabuk iyileşiyorsun, ama yine de dikkat et Rüya" diye karşılık verdi Nehir.

Rüya yarım gülümsemesini ondan esirgemedi. "Sanırım, vücudum çabuk iyileşmek zorunda olduğunu biliyor" dedi, yalnız geçirdiği hastalıklarını hatırlayarak.

Onun ne düşündüğünü anlayan Nehir konuyu değiştirdi. "Sanat tarihi bölümünden mezun olmama çok az kaldı ve sınavım çok iyi geçti."

Rüya yine gülümsedi. "Hiç şüphem yok."

Nehir, bir anda hüzün beliren yeşil gözlerini Rüya'ya çevirdi.

"Annemin mezarını ziyaret edeceğim, ama önce senin nasıl olduğunu görmek istedim."

Rüya bakışlarını ondan kaçırdı. Nehir bunun nedenini çok iyi anlıyordu. Aslında her ikisinin de kaderi aynı gibi görünse de Rüya'nınki çok daha zordu. Annesinin bir mezarı olup olmadığını bile bilmiyordu çünkü.

Nehir de başını öne eğdi.

"Özür dilerim Rüya, bunun seni incitebileceğini düşünemedim" diyerek, çok sevdiği arkadaşının elini tuttu.

"Onu nasıl kaybettin Nehir?" Rüya arkadaşının yüzüne bakmakta zorlanıyordu.

Nehir, geçmişe doğru giderken, gözlerini kırpıştırdı.

"Yağmurlu bir geceydi, abim beni kucağına aldı ve bana sarılarak uyudu." Boğazında yumru varmış gibi sesi boğuklaşmıştı. Sanki o yumru kendi boğazındaymış gibi Rüya da aynı acıyı hissetti.

"Babam iş seyahatinden dönecekti. Biz uyurken, annem yağmur yağdığı için onu havaalanından kendisi almak istemiş ve yolda arabası kaymış, oracıkta hayatını kaybetmiş."

Rüya, ağlamaya başlayan dostunun elini sıktı. "İstersen ben de gelebilirim seninle" diye ürkekçe fısıldadı.

Nehir yaşlı gözleriyle acı acı gülümseyerek, "Olur" dedi. "Yalnız gidecektim, Kaan şehir dışında, abim ise hiç ziyaret etmez annemizi."

Bu sözlerin sonrasında Aras daha da kalpsiz bir insan oluverdi Rüya'nın gözünde. Annesinin mezarını bile ziyaret etmeyecek kadar kalpsiz bir insandı o.

İki kızın hüzünlü sohbeti Emine Hanım'a çıkar yol bırakmamıştı. Kızlar evden çıkarken Aras'ı aradı ve iki arkadaşın mezarlık ziyaretine gittiğini söyledi.

Tam arabasıyla eve gelmek üzere olan Aras ise çaresiz, ofise geri döndü.

* * *

Akşam olduğunda kederli mezarlık ziyareti çoktan son bulmuş, Rüya kendi evinde biraz daha dinlenmişti. Akademide derse girdiğinde kendini pek iyi hissetmese de mümkün olduğunca ayakta durmaya çalışıyordu. Tam Nehir'in tuvalinin yanında durmuş, ona detaylar aktarırken atölyenin kapısı aralandı. Gelen, akademinin sahibi, orta yaşlı, gözlüklü Erol Bey'di. Erol Bey sanat uğruna bütün uzuvlarını ve ruhunu verebilirdi. Dünyası buydu.

"Rüyacığım, bir dakikanı alabilir miyim?" diye sordu kibarca.

Rüya alışılmadık bu durum karşısında şaşırarak kapının önüne çıktığında, Oğuz'u hemen tanıdı. Aras'ın çapkın sıfatını yakıştırdığı, ince uzun, ela gözlü adam aslında hiç de öyle görünmedi kızın gözüne.

O gecenin keşmekeşinde Aras'a inanmış olsa da, ela gözlerin ardındaki ince ruh ve kibarlık son derece belirgindi ve Rüya bunu hemen kavradı.

"Tanıştırayım, Oğuz Hanzade. Ozz adındaki meşhur galerinin sahibidir."

Rüya başını hafifçe salladı. İkisi de sebepsiz yere, önceden tanıştıklarını söylemedi.

Genç galeri sahibinin bir teklifi vardı. Erol Bey büyük bir coşkuyla Rüya'ya bu teklifden bahsederken neredeyse şakıyordu.

"Canım, Oğuz Bey galerisinde öğrencilerimizin tablolarını sergilemek istiyor, dersine ben devam edeceğim, sen tablolara daha hâkimsin. Oğuz Bey'le senin konuşman daha uygun olur. Oğuz Bey bu görüşmeyi galerisinde yapmak istiyor. Hem sen de oraya bir göz atmış olursun."

"Hemen şimdi mi?" diye sordu Rüya büyük bir şaşkınlıkla. Sergi olayı Rüya'yı sevindirse de bu duyguyu her zaman olduğu gibi kendine saklamayı tercih ederek sorusunun cevabını bekledi.

"Evet, hemen şimdi. Biraz önce Oğuz Bey'le uzun uzun sergi hakkında konuştuk ve bazı planlar yaptık. Sana her şeyi aktaracak. Hepimiz şu anda müsaidiz ve benim tez canlılığımı en iyi sen bilirsin."

"Hazırsan gidelim Rüya" diyen Oğuz'un ardından asansöre yürürken gösteremediği büyük bir heyecan duyuyordu genç kız.

Doğaları gereği zaten sessiz olan ikili, otoparka girdiklerinde hâlâ hiç konuşmamışlardı. Oğuz Hanzade buna daha fazla dayanamayarak ortak dünyalarından konuya girdi.

"Belki bir gün öğretmen hanımın tabloları da galerimi onurlandırır."

Rüya bu aşırı cömert teklife sessiz kaldı. Heyecanlanmış olsa da hayallerinin kırılmasından korkuyor, gerçekleşmeyeceğine inandığı bu teklife sevinemiyordu bile.

Kızın gözlerinde en ufak bir ışıltı veya heves göremeyen Oğuz, başka bir yol denedi. "Portre çalışmayı sever misin?" diye sordu, lüks arabasının yanına geldiklerinde.

"Hayır" dedi Rüya kısaca ve net bir şekilde.

Oğuz bu kızdan gitgide daha çok etkileniyor, onun bu çocuksu halleri hoşuna gidiyordu. "Neden?" dediğinde sesi öyle kibar çıkmıştı ki, Rüya kayıtsız kalamadı.

"*Mona Lisa* varken, portre çizmek bana anlamsız gibi geliyor. *Mona Lisa* portrelerin içinde bir gökyüzü gibi, ne yaparsan yap ikinci bir gökyüzü çıkmaz ortaya. Eşsiz."

Bu sohbeti Oğuz'un arabasının birkaç metre ötesinde, kendi arabasına yaslanmış bir halde dinleyen, ama dinledikçe Oğuz'a iyice bilenen Aras onlara kendini fark ettirdi.

Oğuz'a oldukça mesafeli bir selam verdikten sonra, istediği kıza döndü. "Seni almaya geldim."

Rüya başını hayır anlamında salladı; bunun sebebi galeriye gidecek olmaları değildi. Bu gri, reddedilmesi zor ve onu allak bullak eden bakışlardan uzak kalmak istiyordu. Hem bu gözlere bakmak hem de kaçmak...

"İğne olacaksın, seni hastaneye götüreceğim" diyen Aras'ın sesi öyle sahiplenici çıkmıştı ki, Oğuz o sese inat, kibar bir şekilde savaşı başlattı.

"Eğer isterse onu ben götürebilirim." Ela gözleri, Aras'la sürdürdüğü bu oyunun yangınıyla tutuşsa da, Rüya'ya yumuşacık bakıyordu. Aras, Rüya'nın cevap vermesine fırsat tanımadan, "Sen kolyeyi verdiysen artık gidebilirsin" dediğinde, Rüya sönük bir şaşkınlıkla Oğuz'a baktı.

"Demek o sırada Sedef'in yanındaydın, pardon 'sevgilinin' mi demeliyim Aras?"

Oğuz'un bu sözü, üçlü sohbete başka bir boyut kazandıracağı sırada, Rüya'nın hassas kalbi bu anlamsızlığa daha fazla dayanamadı ve hızla oradan uzaklaşmaya başladı.

Aras, kızın ardından giderek onun önüne geçti. O karanlık bakışları, Rüya'nın gözlerine sabitlediğinde, kızın yıllar sonra ilk defa gözleri doldu ve bir damla yaş süzüldü gözünden. Aras'ın gözlerinden, sözlerinden, en çok da yakıcı nefesinden uzaklaşmak isterken verdiği mücadele neden olmuştu buna. Ve Aras da bunu iyi biliyordu.

"Benden ne istiyorsun? Bana bunu yapma artık, sevgilinin yanına git" dedi, ama Aras onu duymuyordu bile.

Kızın gözyaşının süzülüşünü izledi, izledi ve izledi. Şimdiye kadar hiçbir kızın gözyaşlarını silmemiş parmakları, kızın yanağına dokunmaya yeltenmedi bile. "Şimdi onun yanına git Rüya" dediğinde gri gözlerindeki dipsizlikle ona bakıyor, sesindeki kahredicilik ise Rüya'yı yakıyordu.

Rüya Aras'ın sözlerine zorla da olsa kayıtsız kalarak hızla otoparkı terk etti. Önce yakında bulunan hastaneye, sonra da "sığınağım" dediği minik evine giderek, kendini yalnızlığın kollarına bıraktı.

* * *

Ertesi sabah Rüya okula gitmemişti. Nehir'le beraber, Rüya'nın evinde kahve içiyorlardı.

"Hadi Rüya, haftaya senin doğum günün, bu hediyeyi kabul et" dediğinde Rüya'nın içi gitse de evet diyemiyordu.

"Lütfen, Fransa'da sanata boğulacağız, senin tablona ancak böyle karşılık verebilirim, jetle gideceğiz, sadece iki güncük."

Rüya hem arkadaşını kırmak istemiyor, hem de Paris'te bulunan o eşsiz tabloyu görebilme fırsatını kaçırmak istemiyordu. Sonunda, "Tamam, yarın pasaport işlemlerine başlayalım" dedi hafifçe gülümseyerek.

"Her şey benden."

Nehir'in bu sözleri Rüya'yı üzse de bunu unutmak için Paris'i düşündü. Henüz yirmi bir yaşındaki sanat âşığı bir kız bu teklife nasıl hayır derdi ki?

* * *

Beş gün boyunca Paris'in hayaliyle yanıp tutuşan Rüya, bu arada öğrencilerinin sergisi için hazırlıklar yapmayı ihmal etmemişti. Cumartesi sabahı saat altıda başlayacak seyahat için artık havaalanındaydı. Oğuz Hanzade havaalanının büyük camından, elleri cebinde uçakları izliyordu. Rüya'yla o günden sonra bir de dün, yani cuma gecesi görüşmüşlerdi ve sergilenecek tabloları seçmişlerdi. Fransa'ya gideceğini duyunca ısrar etmiş ve onu Karahanlıların jetine kendisi getirmişti.

İki sene önce babasının zoruyla çok sevdiği kız arkadaşını terk etmiş, babasına karşı sessiz bir küskünlüğe girmişti. Babasını kahreden bu sessizlik, Rüya'nın varlığıyla yavaş yavaş yok olurken Sami Hanzade bu sefer oğlunun tarafında olur muydu? Yoksa "siyasi oğlum" dediği Karahanlı'yı mı tutardı?

Oğuz Hanzade'nin ela gözlerinde can bulan aşk, bir siyasi partiyi altüst eder miydi? Aras gibi duygusuz değildi ve o duygular sadece seveceği kıza boyun eğecek kadar güçlüydü artık.

Rüya jetin içinde otururken Aras'ı düşünüyordu. Onun Ankara'da olduğunu biliyordu ve kendisinden vazgeçtiğini hissediyordu. Vazgeçmesi Rüya'yı rahatlatsa da, bir his vardı ki onunla baş edemiyordu. Aras'ın tutkulu bakışlarında yok olmak... yok olmak... Nasıl korkuyordu bu duygudan ve nasıl istiyordu bunu...

Hostes, Rüya'nın kemerini bağladığında hâlâ Aras'la doluydu zihni. Kadın uçağın kapısını kapattığında kabinin aralanan kapısından bakan o gri gözler tüm benliğini ansızın esir aldı. Nehir neredeydi? Dehşete kapılmış bir halde, kemerini çözmeye çalışsa da beceremedi.

Aras bunu umursamadan ona yaklaştı. Büyük bir zevkle dudakları kıvrılırken, Rüya'nın yanına oturdu ve özlediği o teni kokladı. Kızın boynuna doğru eğilirken, usulca fısıldadı.

"Sana söyledim, sen benim olacaksın ve Oğuz Hanzade, seni bana tam zamanında getirdi."

Sonra kızın çenesini tutarak yüzünü kendisine doğru çevirdi. Rüya'nın dili tutulmuş, inanılmaz bir panik dalgası tüm bedenini ele geçirmişti. Onun bu hali Aras'ın dikkatinden kaçmasa da, genç adam büyük bir memnuniyetle fısıldadı.

"Korkma ufaklık, seni gökyüzüne götürüyorum. *Mona Lisa*'ya..."

11

"Mona Lisa"

"Mona Lisa, Rüya, en sevdiğin tablo değil mi?" derken çenemi tutan elini gevşetti ve imalı bir gülümsemeyle cevabımı bekledi. Uçak ya da jet her ne ise o anda hareketlenmeye başladığında yüzümü pencereye doğru çevirdim. Başımı ellerimin arasına alarak ağlamak, bağırmak, öfkelenmek istedim. Ama hiçbirini yapamadım.

Bu duyguları, kalbimin en derinliklerinden çağırmak zorundaydım. Küçük bir kızken yetimhanede öyle çok ağlamıştım ki, gözpınarlarım neredeyse kurumuş, öfkelerim yok olmuş, kimse duymadığı için çığlıklarım da yavaş yavaş susmuştu. Şimdi hepsi geri gelse ve ben Aras'a sessiz kalmasam ne fark ederdi ki? Beni duymayacak, kendi bildiğini okuyacaktı nasıl olsa.

O da aynıydı. O günler gibi ıssız ve soğuk... Orası gibi, kaçmak istediğim ama kaçamadığım... Sanki mecbur olduğum...

Gözlerimi açtığımda, hayatımda ilk defa gökyüzündeydim. Altımızda henüz sönmemiş şehir ışıklarını seyrediyordum. Yanağımı bir perde gibi örten saçlarımı kulağımın arkasına doğru çekerken, bana sokuldu. "Bu sessizliğin, Rüya, teslimiyet mi, yoksa başkaldırı mı?" Her iki durumla da baş edebileceğini gösterircesine vurgulamıştı kelimeleri. Sonra da ses tonunu değiştirerek, "Sakın Nehir'e kızma" dedi ifadesiz bir sesle. "O, jetin kalkış saatinin değiştiğini zannediyor."

Gözlerimi kısarak ona döndüğümde, yaptığım bu hareket onu memnun etmiş gibi görünüyordu. Allah kahretsin, bu adam, her türlü tepkimden kendine pay çıkarıyordu! Lanet sessizliğimden bile. "Beni neden aramadı?" derken gözlerim ona değil de Nehir'e bakıyor gibiydi.

Yine dudakları hafifçe kıvrıldı. "Arayacaktı..." Açıklamanın devamını bekleyen gözlerime bir süre zevkle baktı. "... Ona senin yanında olduğumu ve seni havaalanına getireceğimi söyledim." Sonra kaşlarını, iyi bir halt yemiş gibi ukalaca havaya kaldırdı. "Zaten ona Fransa fikrini de ben vermiştim."

Hafif bir nefes alarak, bu sefer aynı hareketi solgun bir hayretle ben yaptım. "Sen, ona bizim bir arada olduğumuzu söyledin ve Nehir de buna inandı, öyle mi?" Kendi sözlerime kendim itiraz ettim. "Hayır Aras, Nehir buna asla inanmaz."

Gözlerini üzerimden alarak doğruldu ve karşıdan gelen kırmızı rujlu hostesi öylesine süzdü. "O tişörtü senin üzerinde gördükten sonra buna herkes inanır, hatta sen bile inanmalısın."

"Neye?" diye çıkıştım hostesin duyacağı şekilde.

"İçinden gelene Rüya."

Kardeşi bile ona safça inanırken, bu planını anlamamışken, ben içimden gelene inanmamaya ne kadar dayanabilirdim ki. Özellikle, bu siyahın ve beyazın parçalarıyla harelenmiş gri gözler bana her baktığında, hislerimi zorla benden çalarken.

"Sedef ve sen?" Sesim sebepsizce kızgın çıkmıştı.

Şimdiye kadar hiç görmediğim kadar ciddi ve soğuk bir tavırla, "Bana inan, o mesele hasta olduğun gece kapandı" diye karşılık verdi.

Gözlerimi ondan kaçırdım. Memnuniyetimi saklamak istesem de aslında bunu en çok da kendimden saklamam gerektiğinin farkındaydım.

Hostes bize doğru yaklaştı. "Aras Bey, Rüya Hanım kahvaltılarınızı getirmemi ister misiniz?"

"Portakal suyu lütfen, ama Rüya Hanım'ın kahvaltısını getirin."

Hostes benden onay beklerken, "Hayır" diyerek bakışlarımı belli etmeden Aras'a kaydırdım. Bıyık altından gülümseyerek, "O zaman ona da portakal suyu" diyen Aras bana döndü. Hostes yanımızdan uzaklaştığında bakışları hâlâ alaycıydı ve gözleri, çabalarımın boşuna olduğunu ima eder gibi bana bakarken, lanet bir şekilde ışıl ışıl parlıyordu.

"Rüya, yemelisin, çok gezeceğiz Paris'te."

Sustum ve deri ile ahşap karışımı iç mekânı incelemeye başladım. Dakikalar sonra hâlâ tek kelime etmemiştik.

Büyük bir dikkatle gazetesini okurken, ben de onun etkisinden biraz olsun çıkabilmek için kulaklıklarımı takmış, müzik dinliyordum. Müziğin sesini öyle çok açmıştım ki, dinlediğim şarkılara ortak olduğuna neredeyse emindim. Ama umurunda değildi ve uzun, sıkıcı köşe yazılarını okuyordu. Uçaktan atlayacak olsam bile fark etmeyecek gibiydi.

Hani burnumuz kokulara yirmi dakikada alışıyordu? Gazeteyi her çevirdiğinde, mis gibi ferahlatıcı kokusu neden kendini baştan yazarcasına üzerime salınıyor, üzerime siniyordu? Ve neden ben onun kokusunu daha çok içime çekmek istiyordum?

Hâlâ gazete okuyordu. Gözlerim istemsizce ona kaydı. Bana bakmadığı, gözleri ve sözleriyle beni altüst etmediği bir anı yakalamış olmanın dinginliğiyle onu incelemeye başladım. Siyah kadranlı spor saatini her şeyimi satsam alamayacağıma emindim. Kollarındaki ölçülü kaslar, gazeteyi tutarken bile kendini gösteriyordu. Üzerinde, siyah kısa kollu bir tişört ve koyu bir kot pantolon vardı. Takım elbiseyle olduğu zamanlardaki kadar çekiciydi. Birden bunaldığımı hissederek, üzerimdeki açık renk kot ceketi çıkarmaya başladığımda gözlerini gazeteden çekerek bana döndü.

Yanılmıştım, kendimi uçaktan atma şansım yoktu. Çok sevdiğini düşündüğüm siyaset haberlerini okurken bile varlığımı unutmuyordu.

Çoğunluğu sessiz geçen yolculuğumuzun ardından havaalanının kapısında, siyah lüks bir Mercedes ve onun minyon Fransız şoförü bizi karşılayarak küçük valizlerimizi profesyonelce aldı ve bagaja yerleştirdi. Sonra kapıyı açtı.

"Buyrun hanımefendi." Evet, avuçla para, dünyanın her yerinde şoföre ve lükse sahip olma kolaylığını sağlıyordu.

Arabaya bindiğimizde hep caddeleri seyrettim ve sanırım o da beni seyretti. Paris, Paris'te olmak benim için inanılmazdı.

Eğer Aras'tan tuhaf bir biçimde korkmasaydım onun boynuna sarılır, ona teşekkür ederdim; bunun durgun yapıma ters olduğunu bile bile kollarımı boynuna dolardım. O an Nehir'i öyle istedim ki.

İçimde, sınırsız duygularımın özgürce çağladığı tek bir yer vardı. O da sanata ve resme olan tutkulu aşkımdı. Tüm bastırılmış hislerim oradan kendine bir yol bulur, çağlar, bana, benim de normal bir insan olduğumu hatırlatır, doğal ruhsal dengemi sağlardı.

Aras, beni bu şehirde misafir ediyormuş gibi hoş bir ses tonuyla, "Rüya önce otele gideceğiz, sonra da *Mona Lisa*'ya" dediğinde sevinçten kollarımı zor tutuyordum. Aras olduğu için değil, bana *Mona Lisa*'nın gerçekliğini veren insan olduğu için.

Hôtel Le Meurice, adı tam olarak böyleydi ve çok ihtişamlı bir mimariye sahipti. Yüksekliği değil de, uzunluğu dikkat çekiciydi. Modern bir saray gibi, masallardan fırlamış ve dünyanın en güzel şehirlerinden birinde Eyfel'in karşısına konmuştu. Resepsiyonda rutin olduğunu düşündüğüm işlemleri yaparken onu bekliyor, etrafımdaki avizeleri ve dekorasyonu inceliyordum. Paris'te bir otelde bile bu kadar çok dikkate değer şey varsa dışarıda kim bilir neler vardı?

Asansörden indiğimizde belboy valizlerimizi yere koyarak odanın kapısını hızla açtı ve bahşişini aldıktan sonra dolgun bir gülümsemeyle bir şeyler söyleyerek gitti. Ama ben ona gülümseyemedim bile. Aras'ın gözleri, bunun sebebini biliyormuş gibi bana tam anlamıyla işkence ediyordu. "Hadi Rüya, içeri girmeyecek misin?"

Yine tutulmuştum. Ona "Aynı odada mı kalacağız, olmaz" diyemiyordum. Gözkapaklarımın ürkekçe titrediğini onun gözlerinden görüyor gibiydim. Dudaklarım aralandı. "Aras..." Şaşkınlıktan kımıldayamıyordum, sesim bile çıkmıyordu sanki. Adını söylerken, harflerin hiçbirine ses verememiş, sadece "r" harfini söyleyen dilim damağıma değmişti.

Elleri cebinde, ifadesiz gözlerle ağır ağır bana yaklaştı. Burnundan derin bir nefes aldığında oldukça geniş olan omuzları hafifçe yükseldi ve tekrar geri indi. Başını bana doğru eğince, ona kirpiklerimin altından baktım.

"Sen Rüya, yalnız kalmaktan korkuyor musun yoksa?"

Ne söyleyeceğimi adı gibi biliyordu ve bu korkuyu bana yaşatmış olmanın hazzıyla dudakları yine kıvrıldı. "Yoksa benimle aynı odada kalmaktan mı korkuyorsun?"

Sonra gözlerini benden çekerek yan kapıya doğru ilerlerken aynı ses tonuyla, "Ben yan odada kalacağım" dediğinde derin bir nefes alarak odama girdim.

Yine duygularımı bilerek altüst etmiş ve sonra tekrar düzeltmişti.

Krem ve bej tonlarının hâkim olduğu, evimin neredeyse iki katı büyüklüğündeki odaya girip yatağın üzerine oturdum.

Aras... Biz onunla ekolojik dengenin bir parçası gibiydik. O avcı, ben av. Gece ile gündüz... Birimiz kararırken, diğerimiz açıyorduk. Güneş ve Ay gibi, birbirinin peşi sıra. Bana bunları hissettiriyordu. O lanet gri bakışlar benim dengemi, doğamı bozuyor, beni alaşağı ediyor, içine çekiyordu. Aras bir şekilde, tatlılıkla, şefkatle, zorla, kurnazca benim kalbimi çalıyordu.

Ayağa kalktım ve pencereden Paris'i seyre daldım. Bir süre sonra kapı sesiyle kendime geldim. Odanın kapısını açtığımda Aras üzerini değiştirmiş, buz mavisi spor bir gömlek ve koyu lacivert spor pantolonuyla karşımdaydı. Ve muhteşem görünüyordu.

"Rüya, önce yemeğe mi gidelim, yoksa *Mona Lisa*'ya mı?" diye sordu, yine o misafirperver sesiyle.

"*Mona Lisa*'ya." Yemesek de olurdu. Ben *Mona Lisa*'yı istiyordum, hem de deliler gibi. Üzerime ince siyah ceketimi aldım ve uzun siyah elbisemle ona katıldım.

Kapının önünde duran taksiye giderken sessizdik. Asansörde, lobide ve otelin kapısında. Beni Paris'le baş başa bırakıyordu. Yine sessiz, ama benim için heyecanlı olan taksi yolculuğunun ardından müzenin olduğu meydandaydık.

Louvre Müzesi'nin dışı böyleyse, içi nasıldı kim bilir? Harikalar diyarındaydım sanki. Kocaman U şeklinde klasik motifli bir bina ve koskoca meydana konumlanmış modern bir üçgen prizma. Meydanda binayı şöyle bir süzerken Aras'a döndüm ve ilk defa yarım gülümsememi ondan esirgemedim.

"Teşekkür ederim." Şimdi teşekkür etmezsem, içeride kendimden geçebilir, unutabilirdim. Bu içten teşekkür onu memnun etmiş olmalı ki, ağır ağır başını salladı.

"Tüm bunlar senin için Rüya." Bu sözleri içinden gelerek mi söylemişti bilmiyorum, ama bakışlarında ve sesinde çok güçlü bir inanç vardı. Neye olduğunu bilmediğim, bana bunları vermesini sağlayan sarsılmaz bir inanç... Ama bu aşk değildi. Aşk olsaydı hissederdim, çünkü aşk bir an belirmezdi, her yerde, her anda, insanı sarar, kendini hissettirirdi. Söz konusu kişi, Aras Karahanlı olsa bile.

Bir sürü formaliteyi hallettikten sonra *Mona Lisa*'nın bulunduğu salona giderken kalbim güm güm çarpıyordu. Bana portre çizdirmeyen şaheser, tüm portrelerin ilham kaynağı, eşsiz *Mona Lisa*'ya bakışlarımla dokunacaktım. Bu mutluluğu bana o yaşatıyordu. Aras. En çok gitmek istediğim varlığa, en çok kaçmak istediğim insanla gidiyordum.

Salondan içeri girdiğimizde içeride sessiz bir kalabalık vardı. Gruplara ayrılmış insanlar sessizce ve hayranlıkla rehberlerini dinliyordu. Benim buna ihtiyacım yoktu, tabloyu adım gibi biliyor, her ayrıntısını ezberimde tutuyordum. Oldukça kalabalık bir grup *Mona Lisa*'nın önünden uzaklaştığında işte oradaydım. Tam karşısında.

Gözlerimi kendisi küçük, ünü büyük tablonun üzerinde ağır ağır gezdirirken titriyordum. Onun yüceliği, canlılığı, Leonardo'nun dehası, kadının bakışları beni kendine çekiyor, ruhumu esir alıyordu. Şu anda başka bir boyuttaydım. Büyülenmiş, uyuşmuş, sarsılmış ve donmuş bir halde tablonun her fırça darbesini içiyordum. Bastırılmış tüm duygularımı ilk defa iliklerime kadar doya doya hissediyordum.

Gözlerimden ruhuma akan bu ölçüsüz güzelliği ne kadar seyrettim bilmiyorum, Aras omzuma dokunarak beni uyandırdı. Ama tam kendime gelememiştim.

"Muhteşem!"

Fısıltıma aynı ses tonuyla karşılık verdi. "O *Mona Lisa*, Rüya, öyle olmak zorunda."

Çağlamakta olan duygularıma ket vurmadan, tablonun beni çözmesine aldırmadan ona döndüm. "Teşekkür ederim Aras, sana sonsuz teşekkür ederim." Başımı iki yana salladım, söylememem gereken cümleye başım onay vermese de, dudaklarımdan kaçıyordu arsız sözlerim. "Beni çok mutlu ettin, hiç kimsenin etmediği kadar, hiç olmadığım kadar..."

Ellerini usulca omuzlarıma koydu, halime şaşırsa da gözlerini birkaç kere kırparak soğukkanlılığını geri kazandı. "Rüya ben sana her şeyi veririm, sahip olduğum her şeyi."

Kulaklarıma inanamasam da, onay isteyen gözlerim onunkilerle buluştuğunda, gördüğüm sahicilik nefesimi kesti.

"Aras sen ne dediğinin farkında mısın? Ben sadece kimsesi olmayan bir kızım, senin ise her şeyin var, biz asla..."

İşaretparmağını dudaklarıma değdirdi. "Hayır Rüya, sen kimsesiz değilsin, artık ben varım. Senin her şeyin olacağım, sahip olduğum her şeyi seve seve seninle paylaşacağım." Gözlerini kıstı ve o grilik, kararlılığının etkisiyle daha da koyulaşırken, "Sadece seni istiyorum Rüya" diye fısıldadı.

Burada, *Mona Lisa*'nın tam karşısında, ölene dek unutamayacağım bu anları yaşarken, nefes almakta zorlanıyor ve Aras Karahanlı'nın tüm benliğiyle söylediği sözlerde yok oluyordum. Korkuya, hüzne tutunmuş varlığım eriyordu. Bedenim, ruhumu kendine getirsin diye elimi ona uzattım. İlk defa bunu yapmak istedim, bana her şeyini vermek isteyen bu insanın sıcaklığını ya da soğukluğunu hissetmek ve sarsılmak istedim.

Elimi tam kalbinin üzerine koyduğumda kalbinin güçlü vuruşları, avuçlarımın içinden geçerek, kalbimdeki saklı, suskun aşkımı çalarak kaçtı. Her yeni vuruş daha fazlasını alıyordu benden. Dizginlediğim duygularım ona akıyordu. Elim hâlâ kalbinin üzerindeydi, gözlerim de oraya kalbinin bulunduğu yere kaydı.

"Peki, bunu verebilecek misin Aras?"

12

Buz gibi

Rüya'nın minyon eli Aras'ın kalbinin üzerinde durmuş, kara gözleri sorusunun cevabını bekliyordu henüz aralanmamış dudaklardan. Aras, Rüya'nın gözlerinin ardındaki derinliğe sızmak ister gibi daha da yoğunlaştırdı kurşuni, belirsiz bulutlarını. Aras iri elini, Rüya'nın minicik elinin üzerine koyarken fısıldadı. "O, yani kalbim buz gibi Rüya. Onu alırsan..." Derin bir nefes aldı ve soğuk sözlerine rağmen Rüya'yı nefesiyle yaktı. "... Üşürsün Rüya, hem de çok üşürsün."
Rüya olduğu yere mıhlanmış, duyduğu sözlerin etkisiyle gözleri dolmuştu. Aras kızın elini sıktı. "Bak sadece dokunduğun halde titriyorsun, onu sakın isteme Rüya."
Biraz geri çekilerek başını Rüya'ya doğru eğdi. Rüya onun soğuk sözlerini kendi sessizliğine gömerken, Aras kızı hareketsiz bırakan gözlerini kıstı.
"Ama ben senden istediğimi aldım."
Rüya nefesini tutarak dudaklarını araladığında, bakışları Aras'ı suçlasa da ağlayarak fısıldadı. "Sen... kalbimi zorla aldın, bu adil değil..."
"Adalet mi istiyorsun Rüya?" Kızın elini göğsüne daha bir bastırdı. "O zaman sen de benim gibi zorla al."
"Ama buz gibi." Rüya'nın gözyaşları özgürce akarken, aslında her damlası Aras'tan adalet istiyordu.
"Seninki de öyle, o da buz gibi Rüya, ama ben onu çok iste-

dim, bir şeyi çok istiyorsan, üşümeyi de, yanmayı da göze almalısın, öyle değil mi? İstiyor musun Rüya?" Baştan çıkarıcı sesi, sanki Rüya'ya gümüş bir tepside sunuyordu bu harap edici kalbi.

Rüya elini usulca çekerek başını öne eğdi. Dudakları o kelimeyi zorla sese dönüştürürken, beyni buna izin vermemek için direniyordu. Ama nafile. Kızın ruhuna işleyen gri gözler, söyleyeceği kelimeyi zorla yazıyordu sanki aklına.

"Evet." Tek nefesten ibaret tek kelime... Ama onlarca gözyaşı...

Rüya, yüzünü tekrar *Mona Lisa*'ya döndü. Onun cenneti karşısında, kendi cehennemi yanı başındaydı sanki. Oysa Aras değil miydi bu cenneti ona veren? Birkaç dakika önce iliklerine işleyen coşkuyu arasa da artık sadece bakıyordu *Mona Lisa*'ya. Gözyaşına doya doya, üşümeye razı ola ola.

Aras kızın yanında durmuş, gözlerinden süzülen yaşlara bakarken, onun tabloya sığınarak, aslında kendisinden kaçtığını iyi biliyordu.

"Ağlama, seni dışarda bekliyorum, istediğin kadar gezebilirsin" derken, amacı Rüya'yı kendi haline bırakmaktı. Aşkını zorla ondan alan insan yanından uzaklaşırken, Rüya, ne kadar acımasızca da olsa, Aras'ın kendisine gerçeği verdiğini biliyordu.

* * *

Saatlerce gezip, tabloları sanatçı zihnine kazıdı. Uçsuz bucaksız bir şaheser deryasıydı bu müze. Gezintisi bittiğinde bedeni yorulsa da, ruhu doymuştu sevdiği tablolara. Meydana çıktığında gözlerini ilk çevirdiği yerde onu fark etti. Aras, Rüya'yı görünce, yaptığı bir telefon görüşmesini sonlandırdı ve genç kıza doğru yürüdü. Rüya, sessize aldığı telefonunu çantasından çıkarmak için başını öne eğdiğinde, amacı gözlerini ondan kaçırmaktı. Çantasında sessiz sessiz çalmakta olan telefonu hemen açarak, Aras'a arkasını döndü.

"Nehir."

"Rüya, iyi misin? Ben ne diyeceğimi bilemiyorum... Abimle konuştum, senin çok mutlu olduğunu söyledi. Doğru mu?"

Rüya, bir çift gözün kendisini izlediğini iliklerinde hissedebiliyordu. O gözler kızı kendine bakmaya zorluyordu sanki. Rüya istemsizce ona döndü ve göz göze geldiler.

"Rüya mutlu musun?" diye sordu Nehir telefonun diğer ucundan. Abisine bir posta çıkışmıştı, ama Rüya'nın mutlu olduğunu duyarsa abisinin bu hareketini unutacaktı.

Rüya bir süre sessiz kaldı. Karmaşık duygularını tarttığında, mutluluğun baskın geldiğine karar verdi. "Evet" derken gözlerini kırpmamak için büyük çaba sarf etti.

"Abim seninle olmayı çok istiyordu Rüya. İlişkiniz olduğunu bana söylemedin, ama o seni çok mutlu edecek." Rüya'nın sessizliğine alışkın olan Nehir, arkadaşının karşılık vermemesini buna bağlayarak sürdürdü konuşmasını. "Daha önce hiç yapmadığı bir şeyi yaptı o."

Rüya derin bir nefes aldı. "Ne yaptı?"

"Bana söz verdi, seni asla üzmeyecek. Onun ilişkilerini az çok bildiğini biliyorum, inan, ben de korkuyordum, ama bana söz verdi. Bunları sana anlatıyorum, çünkü seni de, onu da çok seviyorum."

Gözleri hâlâ Aras'ınkilere kenetli olan Rüya, "Biliyorum Nehir" dedi.

"Rüya, size iyi eğlenceler dilerim. Lütfen doya doya eğlen ve her şeyin tadını çıkar."

Telefonu kapattığında karşısında duran karmaşık insanın, çok iyi bir kefili vardı ve Rüya hiçbir zaman Nehir'i göz ardı edemezdi. Aras da edemezdi. Biri Rüya'yı incitmeyeceğine söz vermişti, diğeri de o sözü Nehir'den duymuş ve buna inanmak istemişti.

Aras, "Hadi Rüya, önce yemek yiyelim, sonra ne istiyorsan onu yaparız" dediğinde, bir duvar daha yerle bir olmuş gibiydi, ama gözler aynı gözler, sözler aynı aldatıcılıktaydı. Rüya biliyordu, temkinli olmak zorundaydı.

Şık bir restoranda yedikleri yemekten sonra, ışıl ışıl bulvarı gezmişler, hava sanki onlar için karartılıp ışıklar yakılmıştı. Paris böyle miydi? Orada âşıksan, şehrin sahibi sen mi olurdun?

Paris sokaklarının kalabalığında kaybolmuş bu yalnız ikili, aslında öyle benziyorlardı ki birbirlerine. Bihaber olsalar da, tekrar keşfe muhtaç olan kalpleri ve önce kanamak, arınmak ve yeniden iyileşmek zorunda olan yaraları vardı her ikisinin de.

Bulvarın, şıkır şıkır lambaları, en parlak kumaşları satan pahalı dükkânları, klasik pastaneleri bir bir geride kalırken, gelecek günler, acısıyla tatlısıyla uzanıyordu önlerinde. Kaderlerine yenik düşen iki bedenin miladı yazılırken Paris sokaklarında, "Sinemaya girmek ister misin?" diye sordu Aras.

Rüya başını kaldırdı ve sanki yıllar öncesinden kalmış gibi görünen kırmızı ışıklı tabelaya baktı. "Ben Fransızca bilmiyorum Aras."

"Ben de bilmiyorum, ama belki eğleniriz."

Gözlerini birkaç kere kırpan Rüya bu aykırı teklife kayıtsız kalamadı. "Olur girelim."

Ünsüz, bağımsız ve sadece sanat adına, gişe kaygısı olmadan çekilmiş filmi topu topu on kişi izliyor ve bunların sadece ikisi Fransızca bilmiyordu. Filmdeki sahnelerle beraber akıp giden konuşmalar öyle uyumlu, öyle yatıştırıcı geliyordu ki Rüya'ya, filmi anlamadığı için hiç rahatsız olmuyordu. Aksine hoşuna bile gitmişti. Nehir'le yaptığı telefon görüşmesinin de bunda etkisi olduğunu biliyor ve Aras'ın yanında olmaktan aldığı keyfi, anlamadığı bu filmden aldığı zevkle ilişkilendiriyordu.

Beyazperdede yaşanan duygusal bir sahnede, oğlan kıza uzun uzun bir şeyler anlatırken Rüya kendini tutamadı ve Aras'a döndü.

"Ne diyor acaba, hiç mi anlamıyorsun?"

Aras karanlık salonda belli belirsiz gülümsese de, Rüya'nın bunu görmesi pek mümkün değildi. Genç adam Rüya'nın kulağına doğru sokuldu.

"Ne diyor biliyor musun?"

Rüya sahnenin ona yaşattığı hararetle başını iki yana sallarken gerçekten bir şeyleri anlamayı istiyordu. Aras ona fısıldarken tatlı tatlı gülümsüyordu.

"Bana âşıksın, benden korkma, seni asla üzmeyeceğim, hep yanında olacağım diyor Rüya." Sonra usulca kızın çenesini tutarak yüzünü kendisininkine çevirdi. "Peki kız ne diyor Rüya?"

Rüya karanlığa teslim ettiği gözlerinin ışıltısıyla, "Korkmuyorum" diye cevap verdi. Aras, kızın yanağına bir öpücük kondurduğunda, ikisi de habersizdi kimin ne kadar üşüyeceğinden.

Dışarıya çıktıklarında Aras'ın telefonu çaldı. Arayan Yavuz'du. Aras'ın karanlık adamı. Rüya, Aras telefonla konuşurken ondan biraz uzaklaştı.

"Evet Yavuz, dinliyorum." Adamını dinlerken, duydukları karşısında Aras Karahanlı bile şoka girdi, ama kendini hemen toparladı ve Rüya'ya doğru yaklaştı.

Kızın koluna önce usulca dokundu, ardından sıkıca kavradı. Rüya'nın gözlerinin içine bakarak, duyduğu gerçeği, tam da kendi yöntemiyle bir daha test etti. Tam da kendine yaraşır bir şekilde. Cesaretin sınırlarını zorlayarak ya batacak ya da çıkacaktı. Ama gerçeği öğrenecek ve yoluna çıkan bu son engelden ya kurtulacak ya da her şeye burada noktayı koyacaktı. Çünkü amacı belliydi. Rüya'yı neden istediği de öyle. Rüya ona öyle çok şey verecekti ki...

Aras "Evet Yavuz, kim dedin?" derken, Rüya onun dokunuşu yüzünden titriyordu. Bakışlarını Aras'ın gözlerinden çekerek, kolunu saran parmakların üzerinde gezdirmeye başladı.
Aras "Tuğrul Giritli mi? İzmir milletvekili" dediğinde karşısında duran, bu Karun kadar zengin adamın torununun durumdan habersiz olduğuna iyice emin oldu. Rüya duyduklarıyla hiç ilgilenmeden, bakışlarını Aras'ın parmaklarında gezdirmeye devam ediyordu; Aras telefonu kapattı ve kızı kendine doğru çekti.
Rüya'ya sarıldığında artık emindi. Yoluna engelsizce devam edebilir ve hem bu büyük sırrı, hem de Rüya'yı kendine saklayabilirdi. Ama bir süreliğine saklayacaktı...
"Rüya sen asla kimsesiz değilsin, artık seninleyim."

* * *

Dört saat önce İstanbul

Yavuz için Rüya'nın geçmişini araştırmak tereyağından kıl çekmekten daha kolaydı. Rüya'nın kaldığı yetimhaneyi çoktan bulmuş, ama kızı yetimhanede ziyaret eden bir tek isim bile bulamamıştı. Ancak Yavuz kolay kolay vazgeçmezdi. Çünkü Rüya ve bazı kız çocuklarının dosyası kayıptı, ona bilgi veren memur bunu Yavuz'a aksettirmemiş, ellerinde bilgi olmadığını söylemişti. Yavuz ona inanmamış ve araya hatırı sayılır insanlar sokarak bir isim bulmuştu: Cevdet. Yetimhanenin emekli memurlarından, kızların hepsini avucunun içi gibi bilen Cevdet. Ancak Cevdet'ten bilgi alabileceği Yavuz'un kulağına gelmişti. Bu kadarcık bilgi bile yeterdi Yavuz'un istediğini elde etmesine.
Ruhsatsız, sıvasız dört katlı apartman rutubet kokuyordu. Otomatik ışığı bile yanmıyordu. Ama o, karanlıkların adamıydı, karanlık buldu mu hemen aydınlatırdı. Avcı gözleri

ışığa ihtiyaç duymaksızın buldu tahtası kabarmış sokak kapısını. Tık, tık. Üçletmedi Cevdet. Kapıyı açıp da karşısında çam yarması gibi Yavuz'u gördüğü anda beti benzi attı. Suçluysan eğer, ceza gibi görürsün karşındaki yabancıyı. İşlediğin o suçlar, ödeyeceğin ağır bedele gebedir. Yavuz adamın endişesini hemen anladı. Adam çamurlu bir denizdi. Alkolün keskin kokusuna günahları karışmıştı. Yavuz bu kokuları çoktan almıştı. Adamı ezecek gibi üzerine yürüse de, yanından geçti ve sağ taraftaki pis kokulu odaya dalarak sanki ev sahibi kendisiymişçesine keskin bakışlarıyla adamı huzuruna emretti. Hem de tek kelime etmeden.

"Ne istiyorsun?" Cevdet'in sesi, kendini savunurcasına çıkmıştı. Bela geliyordu. Yavuz adama bir mikroba bakarmış gibi bakarken, siyah eldivenli ellerini ovuşturdu, ardından siyah ceketinin üzerindeki beyaz toz zerrelerini silkeledi.

"Rüya hakkında ne biliyorsun?"

Cevdet'in mor gözaltları daha da morararak, gözleri korkuyla büyüdü. "Kim o?"

Yavuz sırtını dönerek pencereye doğru yürüyüp adamdan uzaklaştığında, Cevdet bu iri cüssenin aslında kendisine daha da yaklaştığını biliyordu.

"Şu an sana dokunmuyorsam Cevdet, bil ki bunu seni birazdan öldüreceğim için yapmıyorum."

Cevdet bir adım geri attı; saç telleri bile titriyordu. "Neden soruyorsun?"

Yavuz hızla ona döndü. "Senin boğazını sıkarak konuşmanı sağlamayacağım Cevdet, öyle yaparsam arkamda iz bırakırım. Sen kendin intihar edeceksin." Son kelimeleri söylerken sakin ses tonu Cevdet'in ipini çekiyordu sanki.

Siyah eldivenli parmakları yanı başındaki tuşlu telefonun kablosuna yönelirken, şahin gözleri de tepedeki ince borudaydı. Cevdet bakışlarını Azrail'inden kaçırsa da nafileydi. Kırık dökük kanepeye kendini bırakıp gözlerini Yavuz'a dikti ve o iri cüsse daha da büyüdü gözünde. Kelimeleri şelale oldu, çağladı Azrail'ine.

"İzmir'den getirildikten üç ay sonra, genç bir hanım geldi ve onu görmek istedi. İç mimarlıkta okuyan bir öğrenciymiş. Kızı kucağına aldığında gözyaşları durmadı. Annesi ile babasının en yakın arkadaşıymış."

"Ziyaretçinin ismi nerede yazıyor?" diye kükredi resmen Yavuz. "Bana ismi lazım. Onu bulmam şart değil sanırım Cevdet, değil mi? Bak beni gereksiz yere ona yollarsan ve sende daha fazla bilgi varsa, bildiklerini de alırım, aşağılık canını da." Adama doğru eğildi. "Anladın mı puşt!"

Cevdet kükreyen aslanın korkusundan, leş gibi kanepeye iyice yapışsa da, kustu tüm gerçekleri. "Bayan, kızın annesi ile babasının öldüğünü, dedesinin de kızı istemediğini söyledi. Bir daha Rüya'yı ziyaret etmeyeceğini, çünkü dedesi ile onun arasında kalarak kızı üzmek istemediğini, yine de ona bir zarf bırakacağını söyledi. Büyüdüğünde ona verilmesini istediğini belirtti ve gitti."

Derin bir nefes aldığında korkuyordu Cevdet. Başkalarının hayatını gözünü kırpmadan kaydıranların, kendi hayatları söz konusu olduğunda, herkesten çok korktuklarının canlı kanıtı gibiydi.

"Rüya'da mı o zarf?" Yavuz'un sesi korkutucu değildi artık. Varlığı eziyordu bu pisliği. Yavuz da bunu biliyordu. Başını iki yana salladı. "Bende... bende" diye mırıldandı.

"Niye vermedin?"

"O tür zarflar hep bende olur, kızlar gelir sorar, ben de onlardan karşılığını isterim." Utanmaz yüzünü öne eğdiğinde Yavuz iyice tiksindi ondan.

"Ne istersin ulan şerefsiz?"

"Ya para isterim ya da parayı bulabilecekleri yolu söyler onları Topal'la tanıştırırım."

Yavuz hayatı boyunca böyle adamlardan çok görmüştü, hiç

şaşırma belirtisi göstermeden, "Peki ya Rüya?" diye kükrerken, aslında Aras'ın gazabından korkuyordu. "Rüya da geldi mi?"

Adam başını korkuyla salladı.

"Rüya ölür de gelmezdi. Hem dosyası olmadığını sanıyor o."

"Neden öyle sanıyor?"

Adam yutkundu. Söylemezse canı gidecek, söylerse bilinmeze doğru yol alacaktı. Ama canı çok tatlıydı, bir tek onu satmazdı.

"Onun... onun dedesi, bana her sene tonla para gönderir, bu sırrı tutmam için."

Yavuz alaycı bir tavırla, ama sinirli sinirli gülümseyerek etrafına bakındı. "Hani len para, bir tarafına mı sokuyon paraları köpek? Paraları kemiriyon mu dişsiz, siktir oradan paraymış!"

Adam korkuyla kanepenin ucuna ilişmişti. "Oğlum var benim, hiç çalışmaz. Parayı ona ve karısına veririm. Vermezsem beni gammazlarlar polise."

Yavuz adamın yüzüne tükürdü.

"Pislik! Kendin gibi pislik mi tükürdün bu dünyaya? Zarfı getir çabuk, it!"

Cevdet, Yavuz'un kölesiymiş gibi ona baktı ve efendisini başıyla onaylarken usulca yerinden kalktı. Çıplak ayaklarıyla ecelinden kaçar gibi hızla, soluk renkli halıda yürüdü. Yavuz arkasından bağırdı. "Dur lan köpek!"

Adam korkuyla olduğu yerde durdu ve başını Yavuz'a çevirdi.

"Ulan yüzsüz, dedesi nereden biliyor?"

Adam bir günahını da itiraf ederken tek derdi canıydı.

"Kadın, dedesinin onu istemediğini söylediğinde zarfı hemen açtım ve araştırdım."

Yavuz yüzünü buruşturdu. "Paranın kokusunu alınca da şantaj yaptın, de mi len leş yiyici?"

Adam başını yine öne eğdi. Yavuz başıyla gitmesini işaret ederken, o bile tiksinmişti bu günah tohumundan.

* * *

Cevdet'in evinden ayrılan Yavuz, Aras Karahanlı'nın odasına girerek şifresini sadece ikisinin bildiği gizli kasaya dosyayı koymadan önce, Cevdet'ten öğrendiklerini telefonda tek tek Aras'a anlattı. Aras onu dinlerken, tek tesellisi Rüya'nın o kadın satıcılarından uzak kalmış olmasıydı, ama partinin başkan yardımcısının, üç dönemdir milletvekili olan Tuğrul Giritli'nin iğrenç sırrını öğrendiğinde şoke oldu. Rüya'nın koluna dokunan parmakları ikisinin arasında bir bağ kuruyordu. İkisi de istenmiyordu. Birini dedesi istememişti, diğerini annesi.

Aras'ın duygularında Rüya'ya karşı çelikten bir halat örülürken, ilk defa bir kıza böyle bakıyordu.

"Kimsesiz değilsin, senin her şeyin benim" derken hâlâ ona âşık değildi ve hâlâ onu kendi gizli amacı için istiyordu, ama derinlerde bir yerlerde Aras'ın soğuk kalbi Rüya'yı sahipleniyordu. Bunun nedeni belki ortak geçmişleri, belki de yaralı yürekleriydi, Aras bunu bilmiyordu. Şimdi Rüya'yı istemesinin iki nedeni vardı: İstediği mevkie ulaşmanın yanı sıra onu sahiplenip koruyarak vicdanını da rahatlatacaktı.

Peki ya aşk? Rüya'yı kahredecek aşksızlık daha çok üzmez miydi aslında her şeyden korumak istediği bu ipek saçlı kızı?

Kıza sarılırken zerre kadar his yoktu soğuk kalbinde. Ama en sıcak kalpten, en aşk dolu âşıktan daha çok istiyordu onu ve asla vermeyecekti kimseye. Rüya, Aras'ın kendini saran kollarına karşılık vermese de, aşkla sarılmak isteyen kollar ondaydı aslında. Ama kolları uzanmıyordu bir türlü, o çekici varlığın bedenine. Zarif bedeni onun geniş göğsünde yok olurken, Rüya aslında var olmak istiyordu, böyle korkuyla titremek, üşümek değil.

Aras "Hep yanındayım Rüya" diye tekrarladı. Bu sözler Rüya'yı rahatlatsa da, başını kaldırarak baktığı gri gözler yok ediyordu sanki onu. Telefonu çaldığında, yanındaki bedenden kaçmak istercesine tutundu çalan zil sesine. Bu yok edici aşktan kaçabilmek için basit bir zil sesine mecbur kalıyordu, oysa ne kadar istiyordu onu.

"Efendim?"

"Merhaba Rüya."

"Merhaba Oğuz."

Oğuz'un adını duyan Aras'ın gri gözleri bir anda tutuştu.

"Biraz evvel yatçılık kulübünde Nehir'i gördüm, siz birlikte değil misiniz?"

Aşklara, savaşlara alışkın olmayan Rüya telefondaki ses ile üzerine dikilmiş bir çift göz arasında kalmış, kendine yol arıyordu, ama nereye?

"Hayır, Nehir gelmedi benimle" dediğinde Aras'ın gözünden alevler fışkırdı sanki. Rüya'nın sebepsiz tutukluğu ve Oğuz'un cüretkârlığı kâfiydi o telefonu Rüya'nın elinden hızla almaya. Rüya donakalmış ve çok yıkıcı savaşın ilk silahı çoktan patlamıştı.

Öfkesini hiç belli etmeyen Aras'ın sesi bu kez büyük bir kızgınlıkla çıkıyordu. "Rüya benim yanımda Oğuz" dedi ve öfkesini alaycı bir gülümsemeyle hemen yuttu. "Onu bana sen getirdin." Aras da, Oğuz da biliyordu geri dönülmez bir yola girdiklerini ve bu tahrikin, Sami Hanzade'yi de bu savaşa davet etmek olduğunu. Ama ikisi de Sami Hanzade'nin kurnaz zekâsını ve kimin safını ne tür bir yolla tutacağını tahmin edemezdi.

Telefonu kapatarak Rüya'ya uzattı. Rüya bağırmayı, hakkını bağırarak aramayı bilmezdi, ama iyi bildiği başka yollar vardı. Nefesini zorla kontrol altına alarak, arkasını döndü ve sinemanın önünden hızla uzaklaşmaya başladı. Hep yaptığı gibi, sessizce... O sessizlik ki, Rüya'nın yalnızlığında tek hayat arkadaşı, tek sığınağıydı. Öfkeleri, kayıpları, sözcükleri, tüm duyguları sessizliğinde saklıydı. Aras birkaç adımda kıza yaklaştı ve onu kolundan yakaladı.

"Onu mu istiyorsun?"

Elbette Rüya'yı ona vermeyecekti. Sadece duymak istiyordu. "Sana bir soru sordum." Sözleri sert olsa da, sesi yumuşacıktı. Fırtına öncesi sessizlik ya da bastırılmış bir öfke... Öyle tatlı, öyle yalan...

"Onu mu istiyorsun diye sordum sana!"

Rüya kolundaki parmakları hissetmiyordu bile, çünkü yanıyor ve adı gibi biliyordu ki, aydınlıkmış gibi görünen bu aldatıcı karanlığa kanıyordu.

"Onun beni istediğini düşünmüyorum." Sesindeki teslimiyetin sebebi belliydi. Aras'tan uzak duracak gücü arayan ruhu yenilgisiydi.

Aşksız kalbine kıskançlığın damlası aksa Aras'ı delirtmeye yeterdi, çünkü o hissi tanımıyordu. Tanımadığı duygulara alışıp da onunla baş edinceye kadar her zerresi büyüyüp de sarmaz mı insanın ruhunu? Ama Aras'ın kalbinde kıskançlık yoktu o anda. Sadece duymak istiyordu, o zerrenin büyümesine daha çok vardı ve bir zerrede yanacağını, yoldan çıkacağını, Rüya'yı yok ettiği gibi kendisinin de yok olacağını bilmiyordu. Gözleri sadece varmak istediği yeri görüyor, Rüya'ya dair her şeyi biriktiriyordu kara bir ıssızlıkta. O ıssızlığın ses olup dile geldiği gün en çok onun kulakları duyacak, en keskin onun gözleri görecekti, ama şimdilik Rüya'nın kalbini eziyordu bu tek kişilik aşk.

Aras, "Ama o seninle olmak istiyor. Bunu kulaklarınla duyduğunda ne yapacaksın Rüya?" derken, Oğuz Hanzade'nin hayalini Rüya'nın kolunda ezmemek için parmaklarını zor tutuyordu. Kolye meselesi bile yeterdi bu sözleri Rüya'ya ispatlamak için. Gözlerindeki kayıtsızlık aksini söylese de, Rüya'nın cevabını çok merak ediyordu Aras. Çünkü gerçekleri duyarsa yolunu ona göre çizebilirdi.

Rüya sessizliğinde biriken, kaçışlarında daha da çoğalan, yolunu tıkayan çıkmazları tek hamlede tuzla buz etti ve Aras'ın yok edici aşkına, hain emeline ilk duvarı tek kelimeyle çekti.

"Evet. Oğuz'u istiyorum!"

13

Aras'ın masalı

"Oğuz'u istiyor musun?" diye sordu bir kez daha. Nefes alamıyordum, almak istemiyordum. Aras'ın ilk defa bana böyle baktığını görüyordum. Nefes alırsam o bakışı kaybetmekten korkuyordum. Gri gözleri bana baktığında duygularımla oynar, sesi hep beni aldatmaya çalışır, beni altüst ederdi. Bu sefer, beni hep çıkmazlara sürükleyen sözler, gözler değişmişti; başkalarıyla konuştuğu gibi açık ve net, dümdüz bir ses tonuyla, "Bu yalan Rüya" dedi. Sesi ne fısıldarcasına, ne kandırırcasına çıkıyordu, sadece söylüyordu. Bana, Rüya'ya söylüyordu. Kendisine âşık etmek istediği, oyunlar oynadığı kıza değil, karşısında duran herhangi birine söyler gibi, tüm o oyunlardan arınmış bir halde söylüyordu.

"Senin kalbin bende Rüya, yalan söylüyorsun, bunu neden yapıyorsun? Beni istemeyebilirsin ama bunun için Oğuz'a kaçman, ona sığınman çok saçma!" diye çıkıştı ve başını sağa çevirerek derin bir nefes aldı. Alnını ovuştururken onu izliyordum ve ilk defa onu böyle görüyordum.

"Yalan söyledim Aras."

Başını çevirerek bana dikkatlice baktı. Gözlerinin kahredici rengini görmüyordum, sadece suçluluk sarmıştı bakışlarını. Omuzlarıma usulca dokundu. Başını bana doğru eğerken onu hiç görmediğim kadar ciddiydi.

"Bunu bir daha yapma ufaklık."

Gözlerimi ondan kaçırdım. "Sebebini merak etmiyor musun?"

"Buna inanacağımı ve benden kaçacağını zannettin."
Başımı ağır ağır sallarken boğazımda oluşan yumruyu yutmaya çalışıyor, dudaklarımı ısırıyordum. Kahretsin, ben ona âşık olurken çok üşüyordum. Sıcak gözyaşlarım yanağımı ısıtıyor, hayattaki en değerli varlığım, sahipsiz kalbim buz gibi donuyordu. Ve buna rağmen hem onu istiyor hem de ondan kaçabilmek için her yolu deniyordum. Ama olmuyordu. Ona, çıkmazlarına, bana kendimi özel hissettirmesine gitgide daha çok bağlanıyordum.

Az önce ona tek kelimelik yalanı söylediğimde ilk defa gözlerinde, anlık da olsa bir yenilgi görmüştüm ve bu benim umut ışığım olmuştu. Aras Karahanlı bana âşık değildi, ama her nedense beni kaybetmeye tahammülü yoktu.

Belki onun kadar zeki değildim, onun gibi konuşamıyordum, ama hislerim vardı. Karanlık yetimhane köşelerinde, duyguları, gülüşleri yok eden bazı insanlara tahammül edip susmayı öğrenirken, onların duygularını görmeyi de bellemiştim. Bin bir duyguyu seyretmiş, karşılık verememiş, ama o hoyratlığın altında ezilmemek için kimin ne hissettiğini görmeyi öğrenmiştim. Şimdi de görüyordum, bir portre gibi gerçekti. Nehir'in doğum gününde de görmüştüm bende bir şeyler aradığını ve o geceden sonra peşimi bırakmamıştı.

Şimdi, şu an tam karşımda yine bir duygu kaçmıştı o duygusuz yüz ifadesinden. Beni kaybetmeye tahammül edemeyeceği görülüyordu gözlerinde. Ne olursa olsun beni kaybetmeyecekti. Yine gözlerim dolu dolu olmuştu. Ağlamak belki hoş değildi, ama onun karşısında ne kadar da olağandı. Ve olağan şeyleri, bana acı verse bile özlemiştim. Onun karşısında aşkı hissettiğim gibi, kendime dair duygularımı da tekrar keşfediyordum. Yıllardır, içime çekilmiş gözyaşlarım, onun karşısında akmaya başlıyordu. Ona âşık olmak beni normal bir genç kız yapıyor, tıkanıklıklarım çözülüyor, felç olmuş duygularım iyi ya da kötü nefes alıyordu. Aras'ın karşısında yavaş yavaş, öyle ya da böyle can buluyordum.

Ve yine bu can buluşun etkisiyle yaşlı gözlerimi onunkilere çevirdim "Sen bana baktığın zaman Aras, ben neden... neden?" Zorla yutkunsam da daha fazla konuşamadım ve başımı öne eğerek gözyaşlarımla beraber söyleyeceklerimi de süzdüm yanaklarımdan.

"Rüya, söyle." Bana dokunmasa da sesi öyle sıcaktı ki. Başımı tekrar ona doğru kaldırdım. Kirpiklerimi kırptığımda gözyaşlarımı her zamanki gibi sadece seyretti. Hiçbir zaman gözyaşlarımı silmemişti.

"Aras, neden sana baktığım zaman hem yanıyorum hem de çok üşüyorum? Neden beni sevmediğin halde istiyorsun?"

Bir süre bana öylece baktı ve ben, bana can veren, nefes olan güçlü varlığının etkisiyle sözlerimi sürdürdüm.

"Neden senin gözlerinde bizi var edecek böyle bir güç varken, bile bile beni mutsuz ediyorsun Aras?" dediğimde sessiz kaldı ve ellerime çevirdi gözlerini. Ardından gözyaşlarıma aldırmadan elimi tuttu. Önce usulca ve sonra sımsıkı.

"Bir daha sakın bana yalan söyleme Rüya, seni kimseye vermem."

* * *

Paris'te geçirdiğimiz ikinci gün çok güzeldi. Kaldığım odanın penceresinden dakikalarca Eyfel Kulesi'ni ve bu romantik şehri seyrettim. Dün ruhen ve bedenen o kadar yorulmuştum ki, gece nasıl uyuduğumu hatırlamıyordum. Aras'la sabah otelde kahvaltı yaparken aramızda farklı bir şeyler vardı. Beni aldatmak, kandırmak istiyormuş gibi değil de, varlığımı kabul etmiş gibi konuşuyordu. Biliyordu aldanmıştım ona, kanmış, âşık olmuştum. Daha fazlasına gerek yoktu, ama dün gece onu tedirgin etmiş, bir nebze olsun bu karmaşık sözleri bırakmasını sağlamıştım. Bütün gün Paris sokaklarında gezmiş, sokak sanatçılarının tablolarını incelemiştik.

Nehir'in çok sevdiği makaronları almak için ünlü bir pastaneye giderken elimi tutuyordu.

"Ona makaron götürmezsem beni öldürür."

Pastaneye girdiğimizde elimi bıraktı ve rengârenk makaronları seçerken satıcıyla İngilizce konuşmaya başladı. Arkasında durmuş, az önce bıraktığı elime bakıyordum.

Ben neden kalpsiz bir adamın elimi tutmasına izin veriyor ve bunu çok istiyordum? Ben kimsesizdim, o ise kalpsiz. Yokluk eki benim kaderimin bir parçası mıydı? Oysa benim şefkat dolu bir kalbe ihtiyacım vardı.

Gayriihtiyari geniş omuzlarını seyrederken düşünmeye başladım. Onu duygularımla oynatamazdım, çünkü kendime alternatif olarak çizebileceğim başka bir hayatım yoktu. Öyleyse neden bu kadar gözü kara olmuştum? Aras'ın kalbindeki buzların çözülme ihtimali... Her şeyin sebebi buydu.

"Rüya, Rüya." Olduğum yerde sıçradım. "Hadi istediklerini seç."

Onun yanına doğru giderken sırt çantalı, orta yaşlı iki kadın turist hararetle bir şeyler anlatıyor, pastanedeki herkesin yüzüne bakarak İtalyanca konuşuyorlardı. Aras onlara İtalyanca cevap verdiğinde kadınlar sakinleşti ve Aras'ın yardımıyla siparişlerini verdiler.

Kahretsin, bu adam İtalyanca da biliyordu. Bir tek sevmeyi bilmiyordu. Oysa sevmek yabancı bir dil öğrenmek kadar zor olmamalıydı, değildi...

Akşam otele geldiğimizde duş aldım ve akşam yemeği için hazırlanmaya başladım. Yine siyah elbiselerimden birini seçeceğim sırada kapı çaldı. Oydu; bunu hissedebiliyordum. Kapıyı araladığımda inanılmaz görünüyordu. Koyu renk, pırıl pırıl takım elbisesinin içinde tek düğmesi açık beyaz bir gömlek vardı. Gülümsüyordu. Benim gibi, gözlerine ulaşamayan yarım bir gülümseme vardı dudaklarında. Biz aynıydık. Gülmeyi bilemiyor, gözlerimizden o duyguyu saklıyorduk. Benim sebeplerim çoktu. Peki ya o? Bunca varlığın içinde niye böyle saklıyordu gözlerindeki ışığı? Neydi onun içindeki pırıltıyı alan duygu?

Beyaz bir kutuyu bana uzatırken gözlerini benden ayırmadı. "Bunu oteldeki mağazadan aldım, sana siyahtan daha çok yakışacak."

Teşekkür ederek hediyesini aldım.

"Lobide bekliyorum, rahat rahat hazırlan."

Elbiseyi yatağımın üzerine serdim. Daha önce böyle bir elbiseye ve kumaşa dokunmamıştım. Sıfır kollu, dökümlü bir gece elbisesiydi. Göğüsten yukarısı transparan bir tülle kapatılmıştı ve diz üstüydü. Parmaklarımı kumaşa dokundururken, inanılmaz bir işçiliğin eseri olan elbiseye boş gözlerle bakıyordum. Şimdiye kadar hiç böyle pahalı bir elbiseye özenmemiş, almaya çalışmamıştım. Ama henüz yirmili yaşların çok başındaydım ve Aras'ın yanında coşmak isteyen, nefes aldığını hisseden ruhum, içi geçmiş gibi davranmayı bırakarak bedenimi bu elbiseye doğru itiyordu sanki. Çok güzeldi. Ve ben karşı koyamadığım bir hisle kendimi onun içinde görmek istiyordum.

Bu bir masaldı ve Aras usul usul beni bu masala çekerken, masalları sevmeyen kalbime, onu anlatmıyor, tam anlamıyla yaşatıyordu.

Ben Oğuz'un değil, Aras Karahanlı'nın masalını istiyordum. Daha doğrusu onun kalbini. Eğer bana kalbini verirse gerçekten bir masalın içinde olabilirdim, aksi takdirde duygularım ziyan olurdu.

Elbiseyi üzerime giyerek lobiye indiğimde beni görünce ayağa kalktı.

"Rüya... Çok güzelsin."

Bu sefer benim dudaklarımda yarım gülümseme belirdi. Kalpsiz bir adamın iltifatı da olsa, eğer ona âşıksan ruhun illaki okşanıyordu ve benim de öyle oldu. Elimi tuttu ve otelin yemek salonlarından en özel olanına geçtik. İçeride genellikle koyu renk parlak ahşaptan yapılmış, iki kişilik küçük yuvarlak masalar vardı. Kırmızı loş ışık gözü yormuyor, ortama çok hoş bir gizem katıyordu. Salon çok geniş ve bir o kadar da kalabalık olmasına rağmen oldukça sessizdi ve şarkı söyleyen sarışın kadına genç piyanist eşlik ediyordu.

Simsiyah, kuyruklu parlak piyano otuz-kırk santimetre yüksekliğinde ahşap bir platforma yerleştirilmişti. Süzülürcesine yürüyen üniformalı garsonlar özenle hizmet ediyorlardı. Bu görüntü de masalın bir parçasıydı. Hayal gibi ama elle tutulacak kadar gerçek. Ve ben bu gerçekliği gözlerimle görüyordum. Ortadaki yuvarlak pist masalarla çevrelenmişti. Birkaç çift dans ediyordu.

Rezervasyonlu masamıza geçtiğimizde garson hemen sandalyemi çekerek beni oturttu ve önce Fransızca, sonra da İngilizce bir şeyler söyledi. Aras ne içeceğimi sordu. Lanet olsun, böyle şeyler filmlerde olurdu. O filmlerde aç karnına içki içenleri seyrederken bile midem yanardı. Ama denemeliydim.

"Bilmiyorum" dediğimde, Aras adama bir şeyler söyledi ve adam hemen gitti.

İnce bardaktaki şampanyanın rengi inanılmazdı. Renkleri seven gözlerimi ondan alamıyordum. İyi de oluyordu, çünkü Aras'a bakmak bazen duygularımı yoruyordu. Aç karnına içmek fena değildi. Daha etkiliydi. Rahatlatıcı ve keyif verici. Bir süre sessizce pistin ortasında dans eden âşıkları seyrettik.

Aras bana doğru eğildi. "Dans edelim mi ufaklık?"

Pistin ortasına doğru yürürken yine elimi tuttu. Bu sefer titriyordum. Hayatımda ilk defa âşıktım ve ilk defa dans edecektim. Genç kadın İngilizce bir şarkı söylüyordu. My All... Mariah Carey... Aras bana doğru döndüğünde, gözlerindeki davetkâr bakışlara kayıtsız kalamadım ve kollarımı boynuna doladım. Ama nasıl titrediğimi hissetmesinden korktuğum için çok hafif dokunuyordum. Gözlerimi ondan kaçırmak istesem de başımı bir türlü öne eğemiyordum. Duygusuz bir insan nasıl böyle bakabilirdi ki? Bakışlarımı çalıyordu. Yaptığı tam anlamıyla buydu. Gözlerimi güzel yüzünden, beni ele geçiren dipsiz bakışlarından alamıyordum.

Ben ve o. Âşık Rüya ile aşkını vermeyen, onun dışında bana her şeyi vermeye razı olan Aras. Sert ve biçimli çenesinin biraz daha aşağısından ona bakan gözlerim ve bedenim, bu tatlı ama yakıcı dansın içinde kayıplara karışırken öyle çaresiz hissediyordum ki kendimi. Onunla mücadele etmekten vazgeçiyordum ve bunu o da görüyordu. Farkındaydım, bakışları beni daha çok sahipleniyor, hareketleri daha da özgürleşiyordu. Belimi saran ellerinden birini çekti ve tek eliyle beni daha sıkı sardı.

"Rüya..."

Ona bakışlarımla cevap verdim.

"Rüya eğer benimle olursan, sana sadık olacağıma, senin her şeyin olacağıma söz veriyorum."

Dans etmeyi bıraktım. Aras bana neler söylüyordu? Her seferinde bana daha fazlasını veriyor, en çok istediğim şeyi daha çok saklıyordu. Yüzüne bakarken hüzünlü memnuniyetim onu endişelendirdi. Soluklarım yine düzensizleşti.

"Rüya, senin her şeyin olmak ve her şeyimi sana vermek istiyorum."

Bu çok fazlaydı, onun bana sunduğu her şey, masalsı kelimeler gibi benliğimi sarıyor, beni gerçekliğin dışına itiyordu. Benden biraz uzaklaştı ve bir elimi boynundan nazikçe çekerek, donmuş bakışlarıma aldırmadan parmağıma bir yüzük taktı. Şoke olmuştum. Yüzüğe bakarken nefes alamıyor, düşünemiyordum. Aras her şeyiyle bana doğruyu söylemişti. Gözlerimi kırpıştırarak kendime geldim ve bir süredir baktığım yüzüğü ancak fark ettim. Uçuk pembe, damla şeklinde bir pırlantaydı. Kaç karat olduğu beni aşıyordu. Çoktu. Çok fazla. Pembe pırlanta mı olurdu? Daha önce hiç görmemiştim. BUNLAR masallarda olmaz mıydı?

Gözlerimden süzülen yaşları diğer elimle sildim.

"Rüya benimle evlenir misin?" Evet söylemişti. Hiç beklemediğim sözlerine yenisini, ama en can alıcısını katmıştı. Yüzüne bakarken ruhum çok acı çekiyordu. Bu Aras Karahanlı'nın bana sunduğu bir masaldı. Evet, bunu yaşamak isterken onun beni sevmesini istiyordum, yoksa olmazdı. Onu, Aras'ı tüm kalbimle istiyordum. Yüzüğe dokundum ve başımı yine ona çevirdim.

"Hayır, Aras, seninle evlenmeyeceğim."

Hislerini saklayan bakışlarına karşılık verdim.

"Sen benim kalbimi zorla aldın, ama beni alamayacaksın Aras."

Arkamı döndüm ve ondan, kalbini çok istediğim adamdan uzaklaşmaya başladım. Yanıma gelerek beni durdurdu.

"Rüya..."

Başımı iki yana salladım. "Hayır Aras. Ben buz gibi kalbinde üşümeyeceğim."

Onunla inanılmaz bir oyun oynuyordum. Eğer düşündüğüm doğruysa, beni kaybetmeye tahammülü yoksa, bana kalbini vermesini istiyordum. Tek seçeneğim buydu.

Yüzüğü ona uzattığımda onu almaya yeltenmedi. Tüm duygularımı bastırmış bir halde, reddedilmesi zor teklifine karşı ayakta durmaya çalışıyordum. Bana kalbini almamı söylemişti, ben de çok zor da olsa ona hayır diyerek, soğuk kalbini, bildiğim tek yöntemle alıyordum. Aras'ı bana tüm kalbiyle getirmesini istediğim cevabımı bir daha söylerken elini tuttum ve yüzüğü avucuna bıraktım.

"Hayır Aras, seninle evlenmeyeceğim; eğer bunu istiyorsan bana kalbini vereceksin."

14

Yıldız tozu

Biraz önceki tek taraflı aşk dansının fotoğrafını çeken kırık bir kalp vardı birkaç metre ötedeki masada. Aras'ın kırdığı bir kalpti o. Nehir'i, Sedef'i, Rüya'yı, Oğuz'u bilen kırık bir kalp. Aras'ın her şeyi hatırlayan hafızası, bir tek şeyi hatırlayamazdı. Yok olduğu bedenlerin, kırdığı kalplerin sahiplerini. İşte o da o kızlardan biriydi. Rüya'nın kim olduğunu ayrıntılarıyla magazinci arkadaşına aktarırken, yanına da ikilinin dans ederken çektiği fotoğrafını iliştirdi.

Fotoğraf değil, gökten kopan bir meteordu sanki. Aras'ın kusursuz hayatının ortasına düşecek, parçaları kim bilir kimlere çarpacaktı? Kimleri deliye döndürecek, kendine düşman edecekti? Ama o, Aras Karahanlı'ydı. Adam ülkeyi yönetmeye ant içmiş, yolunda ilerlerken, üstelik Sami Hanzade'nin gözbebeği iken bir fotoğraf krizini mi yönetemeyecekti?

Çekilen bu fotoğraf karesinden habersiz olan Aras avucunda duran yüzüğe baktı, sonra da Rüya'nın yaşlı gözlerine. Yüzüğü avucunda sıktı.

"Eğer sana nasıl bir kalbim olduğunu söylemeseydim kabul eder miydin Rüya?"

Rüya'nın onu suçlayan siyah gözleri daha da kararıp nemlendiğinde, Aras gözlerini kısarak başını salladı.

"Dürüstlük önemlidir Rüya, aksini yapsaydım ileride şimdikinden daha çok ağlardın."

"Olmaz Aras."

Aras'ın soğukkanlı, gri gözleri Rüya'nın hüznünü süzüyordu.

"Rüya, seninle evlenmek istiyorum, sana karşı dürüst oldum." Derin bir nefes alarak kızın elini tuttu ve avucuna yüzüğü tekrar bırakırken, "Aksi takdirde çok incinirdin, seni üzecek bir şeyi isteme benden."

"Seninle evlenmeyeceğim Aras." Rüya'nın mücadeleci sesi Aras'ı hafifçe gülümsetti ve aynı yüz ifadesiyle kızın avucuna bıraktığı yüzüğün üstüne Rüya'nın parmaklarını örterek, kızın elini avucunun içine aldı.

"Bir şeyi çok istiyorsan, eninde sonunda sana gelir Rüya."

Aras'ın sözleri, Rüya'nın umudunu yeşertse de, Aras'ın pes etmeyen gözlerini görünce ürkekçe fısıldadı. "Ben mi sana geleceğim, senin kalbin mi bana gelecek Aras?"

Bakışları Rüya'nın nefesini keserken, "Doğum günün kutlu olsun Rüya" dedi Aras.

Bu sözlerin üzerine birden irkilen Rüya, yaşadığı anın etkisinden kurtularak meçhul geçmişine gitti bir an, ama sesi demir bir perde gibi örttü o kara geçmişi. "Ben doğum günümü bilmiyorum Aras, sadece yirmi iki sene önce bugün sokakta bulundum" derken sesindeki sertliği ilk defa duyuyordu Aras'ın kulakları. Yine de vazgeçmedi ve yüzüğü tutan elini sıktı.

"Artık kutlayacağız bir tanem ve bu da sana doğum günü hediyem olsun."

Rüya'nın "Hayır" demesine fırsat vermeden, masayı işaret etti Aras. "Hadi, yemek yiyelim."

Rüya evlenme teklifi ve doğum günü hediyesine dönüşen yüzüğün etkisinden birden çıkıvermişti, çünkü hepsinden çok daha yoğun, duygularını ıslah edici soyut bir şey vardı: "Bir tanem" sözü. Aras'ın dudaklarından dökülmüş, ses olmuş, Rüya'nın yirmi ikinci yaş gününde kalbine dokunmuştu. Kimse ona bir tanem dememişti. Aras da bugüne kadar hiç kimseye dememişti ve şu an yine yeniden, Aras Karahanlı ona can suyu veriyordu.

"Ben yemeyeceğim Aras" dedi, çünkü canı vişne reçeli sürülmüş ekmek istiyordu. Rüya mutlu olduğu zamanlarda bir kavanoz vişne reçelini yarıya indirir, mutluluğuna, daha doğrusu yalnız yaşadığı mutluluğuna katardı o vişne reçelini. Şimdi harika bir keşif yapmıştı. Kulakları ilk defa "bir tanem" kelimesini keşfetmişti, bilmediği Fransız yemekleriyle uğraşamazdı.

"Neden?" Aras'ın sesi endişeliydi.

Rüya, Aras'ın ona yaşattığı coşkunun etkisiyle dilinin ucuna gelen kelimeleri ve kendini tutmadı. "Ben... ben böyle durumlarda yemek yiyemiyorum." Sonra ağzından çıkanları zapt etmek ister gibi dudaklarını büzdü ve "Vişne reçeli" diyerek, elinde tuttuğu yüzükten ve evlenme teklifinden çok daha kıymetli hediyesini kalbine saklayarak Aras'ın yanından uzaklaştı.

"Ben biraz dinlenmek istiyorum."

Yemek salonundan ayrılırken ona "Vişne reçeli" diyerek saçmaladığını düşünüyor ve kendini mahcup hissediyordu. Oysa saçmalamak Rüya'ya o kadar yabancıydı ki. Buna Aras'a hissettiği aşk, coşku, çözülen duyguları neden olmuştu.

Odasına girdiğinde yine pencereye koştu ve gözlerini devasa çelik kuleye dikti. Belki Eyfel'in benzersiz ihtişamı siyah gözlerindeki boşluğu doldurur, Aras'ın allak bullak ettiği düşüncelerine yer kalmazdı. Ama boşuna, görmüyordu o sanatçı gözler dört bacaklı ışıl ışıl kuleyi. Oysa ne kadar parlak, ne kadar da gösterişliydi. Ah, orası Aras doluydu. Aras'a olan aşkı, Aras'ın Eyfel'in çeliğinden bile katı kalbi ve gökyüzü gibi bakan gri gözleri.

Camın kenarındaki uzun pufun üzerine oturdu ve baktığı şeyi göremediğini kabul ederek Aras'a bakmaya başladı.

"Aras benden vazgeçer mi? Kalbini bana açar mı?" İlk sorunun cevabından kendince emindi, ama diğeri onu korkutuyor, boşluğa sürüklüyordu, çünkü artık fazlasıyla âşıktı. Bu düşüncelere gömülmüşken odanın kapısı çaldı.

Kapıyı açtığında, vazgeçilmediğini görse de, karşısındakinin kalbini açıp açmayacağı muammaydı. Aras ceketini çıkarmış, kaslı bedenini saran beyaz gömleğiyle elleri cebinde, başını hafifçe yana eğmiş, rahat rahat gülümsüyordu. Sanki az önce reddedilen o değilmiş gibi.

Rüya şaşkın bakışlarla kapının kolunu kavradı. Sanki az önce, Aras'ı o reddetmemiş gibi.

"Girebilir miyim?" derken yerinden hiç kıpırdamamış, cevabı bildiği halde öylece beklemişti Aras.

"Elbette."

Kızın yanından geçerken iç açıcı kokusunu ve Rüya'yı ardında bırakmıştı, ama hemen arkasını döndü ve gözleriyle kapıdan giren hizmetliyi işaret etti. "Vişne reçeli."

Kadın mini el arabasını odaya sürerken Rüya'nın şaşkın gülümsemesi yüzünde dans ediyordu. Açlığını gidereceği için değil, vişneli mutluluğunu onunla paylaşacağı için. Kadının gümüş kapağını zarifçe açtığı tepside parlak kırmızı vişne reçeli sürülmüş ekmek dilimleri göründü. Kadın şampanyayı patlattıktan ve akan beyaz köpükleriyle mini bir seyir şöleni sunduktan sonra Aras'a baktı. Aras başını sallayınca servis arabasını camın kenarında duran pufun önüne bıraktı ve odadan süzüldü.

Genç kız öylece ayakta durmuş, bu rüya anlarını seyrederken ne yapacağını bilemiyordu. Birkaç metre ötesindeki Aras'a mı, yoksa camın kenarında duran masaya mı yürümeliydi? Onun tereddüt ettiğini gören Aras, Rüya'nın yanına giderek zarif elini dikkatlice tuttu ve onu mini servis masasına doğru çekti.

Eyfel, şampanya, vişne reçeli ve aşk... Tatlı aşka, bal katacak anlar...

Krem rengi deri pufa oturmuş, bakışlarını Paris'e çevirmiş, içlerinden sözcükler akarken susuyorlardı. Rüya usulca ekmeklerden birini aldı. Aras gri gözlerini bu harekete çevirdiği anda, Rüya başını öne eğerek bir lokma ısırdı. Vişnenin buruk tadı damağına yayılırken, Aras'ın keyifli bakışlarına karşılık veremiyor, lokmasını zorla yutuyordu. Şampanya ne güzel bir şeydi. Rüya ekmeği bırakarak ince kadehi dudaklarına götürdü ve sanki kırk yıllık içici gibi büyük bir yudum aldı şampanyadan, belki cesaret verir de, ellerinin titremesi durur diye. Aras'ın alaycı gülümsemesi, onun ruh halini anladığının belirtisiydi.

"Rüya" diye fısıldadı. "Doğum günü kutlamayı sevmiyorsun." Gülümsemesi kaybolmuş, acı bir gerçeğin itirafı sarmıştı gözlerini.

Rüya'nın kararan bakışlarını aydınlatmaya şampanyanın keyifli sarısı yetmedi. "Sevmiyorum."

"Biliyor musun Rüya?" Aras'ın yutkunduğunu gören Rüya meraklandı. Oysa Aras, yıllar sonra itiraf edeceği bir gerçeği dile getirebilmek için, içinde biriken safrayı yutuyordu. "Ben de doğum günümü kutlamayı sevmem, dün benim doğum günümdü" derken annesinin gittiği gece yaşadığı en son doğum günü heyecanını anımsadı.

Rüya'nın gözleri kaçırılan günün ardına, bugünden bakıyor olmanın çaresizliğiyle açılmıştı. "Keşke bilseydim, belki biz seninle... belki kutla..." dediği anda Aras kızın dudaklarına parmağını dokundurdu. "Sus." Parmağını çekerken kıza doğru yaklaştı derin bir nefes aldı. "İlk defa bir hediye istiyorum Rüya." Bakışları aşağıya, Rüya'nın pembe dudaklarına doğru kaydı. "Bir öpücük."

Rüya nefes alamıyordu. Tuhaf bir tutku fırtınası patlamış, Aras'ın nefesiyle ortalığı alev sarmıştı. Bu adam sol göğsündeki buz parçasıyla, böylesi yakıcı bir ateşi nasıl yakabiliyordu? O gözlerdeki dumanlı sis, kızı nefessiz bırakıyordu. Rüya cevap veremedi. Nefes alamıyordu ki cevap versin. Aras havuzda oldukları geceden daha da yakındı dudaklarına bu sefer. Ama öpemiyordu. Aras kendisiyle savaşıyordu. Kendi arzusuyla. Reddedilmenin her insanda yol açtığı, reddeden kişinin daha çok istenmesine sebep olan arzu. Kalbi buz da olsa, arzu orada değildi ki; bedendeydi. Aras hiç reddedilmemişti. Daha birkaç dakika önce tanıdığı bu duyguyu çözümlemeye çalışan zihni bu tuhaf oyundan zevk alıyor, Rüya'nın dudaklarıyla savaşıyordu. O anda, önemli olan, Aras'ın keşfiydi. Baktı, izledi, savaştı ve kazandı. Rüya'yı öpmedi. Başını biraz geriye çekerek, bu duyguya da teslim olmadı. Kızın dudağının kenarında kalmış vişne reçeline dokundurduğu parmağını kendi ağzına götürdü.

"Dudakların Rüya, dudaklarına vişneli şampanya çok yakışmış."

Baştan çıkarıcı fısıltısı Rüya'nın yaşadığı bozgunu daha da büyütürken, genç kız hiçbir tepki veremedi. Aras, Rüya'nın boynuna doğru sokuldu; bakışları sanki Rüya'yla hâlâ oyun oynuyordu.

"Beni reddeden bir kızı öpecek kadar kaba biri değilim Rüya." Burnunun ucunu kızın defne kokulu boynuna hafifçe dokundururken derin bir nefes aldı. "Ama reddedilsem bile benden kaçamayacaksın, benimle evleneceksin. Kaba bir insan olmayabilirim, ama çok inatçıyımdır Rüya, asla vazgeçmem."

* * *

Sabah erkenden bindikleri çelik kuş onları İstanbul'a getirdiğinde ikisi de gergin değildi. Evlenme teklifinin kabul edilmemesi, Aras'ın umurunda bile değildi, sonucundan çok emindi çünkü. Rüya sessizliğine gömülmüş, sadece resim yapmak, yaşadığı duygusal karmaşayı tuvaline aksettirmek istiyordu.

Öğlene doğru Yavuz onu okula bıraktığında telefonunu kapatmış, içedönük yapısına geri dönmüştü. Nehir'den kaçıyor, Paris'te coşan aşkını kendine saklıyordu. Aras, partide yaşanan bir skandal için Ankara'ya uçmuştu.

Rüya ancak akşam beşe kadar Nehir'den kaçabilmişti. Dersten çıktığında, yeşil gözlerinde parlayan sevinçle Nehir onu fakültenin önünde bekliyordu. Paralı üniversitenin, özel yetenek burslusu Rüya, Nehir'i görünce gülümsedi.

"Abim, abim sana evlenme teklif etmiş" diyen Nehir, Rüya'ya sarıldı. Kaan'ın mavi gözleri, iki kızı izlerken, gerçeğin karanlığı bu aşk adamını hüzünlendirdi.

"Rüya..." Nehir arkadaşının omzuna elini attı. "Düşünecekmişsin, abim öyle söyledi."

Rüya açıklama yapmak yerine başını salladı. Aras'ın oyunundan bihaberdi. Aras özellikle kardeşine söylemiş, teklifine resmiyet katmış, böylece Rüya'yı etkilere açık hale getirmişti. Ve ilk hamle geldi. Tabii ya, Nehir'i cam bir fanusun içinde büyütmüştü abisi, sıcacık sevgisiyle.

"Rüya bak, korktuğunu biliyorum, ama abim sana bu teklifi ettiyse inan bana sana çok âşık demektir."

Rüya hüzünle gülümsedi.

"Elbette düşün, ama onun sıcacık bir kalbi vardır, seni asla üzmez o." Rüya'nın sessizliğine kendince cevap verdi. "Biliyorum, önceki ilişkileri seni rahatsız ediyor, ama o seni hayatına alıyorsa, sana âşık olduysa bambaşka biri olacaktır, eminim" dediğinde Rüya yine buz kesmişti. Bunun sebebi, Nehir'in kullandığı bir cümleydi: *Onun sıcacık bir kalbi vardır.*

"Abin beni sevemiyor." Bu sözü içine atıyor, yüreği dağlanıyordu.

O sırada bir ses duyuldu. "Merhaba."

Oğuz Hanzade'nin ela bakışları üçünün üzerinde gezdi ve en son Rüya'da karar kıldı. "Rüya akşamki dersten önce galeriye gidebilir miyiz? Seninle konuşmak istediklerim var."

Bu sarışın yakışıklının gözlerindeki bakış Nehir'in de, Kaan'ın da dikkatinden kaçmamıştı. Kaan'ın gözleri parladı. Oğuz, Aras'ı durdurabilir miydi?

"İşle ilgili. Seni arabada bekliyorum" diyen Oğuz'u başını sallayarak onayladı Rüya.

Oğuz uzaklaşırken, onun peşinden gitmeye hazırlanan Rüya'ya "Hayır gitme Rüya" diye seslendi Nehir.

"Neden?"

"Bu görüşme işle ilgili olamaz Rüya, işle ilgili olsaydı seni almaya okula gelmez, arar, görüşme talep ederdi. İş görüşmeleri böyle olmaz."

"İş dünyasını bilmiyorum, ama onun galerisine sizin resimlerinizi asacağız Nehir. Onun tek amacı bu."

Nehir abisine olan düşkünlüğüyle kendini tutamadı.

"Rüya, abim... şey, abim bundan rahatsız olur, o da benim gibi düşünür."

Kaan da öyle düşünüyordu, tam da bu yüzden lafa karıştı. "Hayır Nehir, abartıyorsun" dediğinde, iyi biliyordu Aras'ın ne yapacağını. Rüya her ikisine de baktı ve Nehir'e "Akşam derste görüşürüz" diyerek Oğuz'un yanına gitti, Aras'a olan aşkından bir nebze eksilmemiş olarak.

O sırada Cevdet bir köşeden gizlice onları izliyordu. Para babalarını çok iyi tanıdığından Oğuz Hanzade'nin kim olduğunu da biliyor ve içinden Rüya'ya sövüyordu: "Seni küçük kaltak... Demek bunun adamıydı o canımı almaya gelen mahluk."

* * *

Aynı saatlerde Aras, Ankara'da yaşanan küçük skandalla ilgili kriz toplantısına hazırlanıyordu. Parti başkanı verdiği bir röportajda, "Gençlik yolunu kaybetmiş" demişti.

Adamcağızın yorgunluktan dili sürçmüş, "kaybetmemiş"

diyeceğine tersini söylemiş, böylece kriz büyümüştü. Gençlerin öfkesi Namık Candan'a yönelmişti.

Yaşlı başkan, partinin basın sözcüsünü beklerken danışmanlarını dinliyordu. Basın sözcüsü Sadık Gündoğdu yaptığı telefon görüşmesini bitirdiğinde girecekti içeri. Telefonun diğer ucunda basın vardı.

"Sadık Bey, Sayın Karahanlı bir siyasi olduğu için onayınız olmadan fotoğrafı basamayız."

"Ne fotoğrafı?"

"Şey efendim, yetimhaneden çıkma kimsesiz bir kız ve Sayın Karahanlı'nın Paris'te dans ederken çekilmiş bir fotoğrafı. Kızın kimliğini tespit ettik, ama yüzü görünmüyor, bu ilginç bir haber, basmak istiyoruz. Nişanlısı olduğunu düşünüyoruz."

Sadık zevkle gülümsedi. "Çapkın fırlama, hani evlenecektin?" dedi içinden. Bu kızı Aras'a uygun bulmamış, Aras'ın kaçamak yaptığını düşünmüştü. "Tabii basabilirsiniz" dedi, Aras'ın hayatı karışsın diye. Bilmiyordu ki Aras bunu onun yanına bırakmayacak, adamı fena harcayacaktı, elbette zamanı geldiğinde.

Sadık toplantı odasına girdiğinde, parti başkanı, Tuğrul Giritli'ye dönerek onun konuşmasını bekledi. Yaşlıların en yakışıklısıydı bu adam ve siyah gözlerinde Aras, Rüya'yı görüyordu o an. Giritli söz aldı.

"Sayın başkanım, özür açıklaması hazırlayalım." Kimileri onayladı, kimileri başlarını salladı, kimileri homurdandı ve en genç danışman söze girdi.

"Başka bir yol denemeliyiz başkanım."

Aras'ın sözlerine dikkat kesilen on kişilik grubun içinden, sadece Giritli'den ses geldi. "Söyle oğlum, seni dinliyoruz."

Ah, bu kader gerçekten cilveliydi. Adam Aras'ı iki senedir tanıyor ve pek seviyordu. Siyasi oğlu, hırslı ve akıllı. Kendini görüyordu onda, ama aslında her şeyi gördüğü söylenemezdi.

"Bence, biraz sonra yapacağınız parti konuşmasında bu konuya değinmeyin, sonra da basın toplantısında bu konu hakkındaki soruları geçiştirin, üzerinde durmayın."

Başkan dikkatle dinliyordu. Aras sözlerini sürdürdü. "Akşam, şu çok sevilen şovmenin programına katılın ve gençlerle değişik bir iletişim kurun."

Grupta homurdanmalar başladı. Giritli, "Olur mu oğlum? Başkanın ne işi var eğlence programında, ciddiyeti zedelenir" dediğinde Aras başını iki yana salladı.

"Başkanımızın ciddi ve saygıdeğer bir siyasetçi olduğu iyi biliniyor Sayın Giritli. Yeni ve tanınmayan bir lider olsaydı, haklı olabilirdiniz, imajı etkilenebilirdi, ama başkanımız zaten iyi biliniyor, Bunun ona bir zararı olmaz. Sadece gençlerin sevgisini kazanır."

Gençleri zaten çok seven ılımlı başkan başını salladı. "Kabul, çok iyi fikir" diyerek, sinir olan Sadık'a döndü.

"Şovu ara, organizasyonu yap, önceden planlanmış gibi olsun, bu olay üzerine çıkmış gibi olmayalım." Sonra Aras'a döndü. "Sen de benimle katılacaksın, gençleri sevdiğimi ve onları siyasette görmek istediğimi bilsinler."

Aras, "Başkanım tek konuk siz olmalı, liderliğinizi pekiştirmelisiniz" dediyse de, adam kabul etmedi.

"Hadi bakalım Aras hazırlan, beraber katılacağız."

* * *

Gece şovun siyasi konukları hiç de ecel terleri dökmüyordu. Stüdyoyu mahşer yerine döndüren kalabalık, siyasetin yaşlı liderinin ölçülü sohbetinden çok hoşnuttu. Aras'ın öngördüğü gibi, fikirler olumlu yönde değişiyordu. Gençler sevmedikleri siyasetin renkli yüzünü görüyor, yaşlı ve samimi parti başkanını pür dikkat dinliyor, kızlar ise gözlerini genç siyasetçiden alamıyorlardı.

Tecrübeli şovmenin esprileri haddini aşmıyor, program su gibi akıyordu. Sosyal medyadan pozitif mesajların yanı sıra, Aras'a hayranlık mesajları geliyordu.

"Ben de siyasete girmek, onunla çalışmak istiyorum." - "Karahanlı, sen siyaset yapma, filmlerde oyna." - "Aras, bizim şehre mitinge gel." Ve bunlara benzer nice yorumlar...

Şovmen sona sakladığı soruyu sordu. "Namık Bey, gençlere mesajınız?"

Namık Candan gülümsedi.

"Ben de gençtim, yolumu kaybetmemiş olmalıyım ki, bu partinin başkanıyım."

Büyük bir alkış koptu. Ardından şovmen Aras'a döndü ve az önce internet haberlerine düşen ve ertesi gün gazetelerde basılacak olan habere baktı. Aras'la aralarında bir soru sözleşmesi yoktu, ama bu haberin partinin izni dahilinde çıktığını düşünerek haberi ekrana yansıttı.

"Sayın Karahanlı, hakkınızda bir haber var. Haberde yetimhaneden çıkan kimsesiz bir kızla dans ettiğiniz belirtiliyor. Bekâr hayranlarınızı üzecek misiniz?" dediğinde, başkanın beti benzi atsa da, Aras sadece derin bir nefes aldı.

İşte gelmişti meteor, hem de hiç ummadığı bir anda. Başkanı kurtaracağım derken kendi hayatı güme gidiyordu. Ama o, Aras Karahanlı, dünyaya bu iş için gelmişti. Düştüğü yerden bir avuç toprakla kalktı.

Şovmenin kullandığı "kimsesiz" kelimesinden rahatsız olmuş gibi yüzüne bir hüzün ifadesi yerleştirdi ve o kelimeyi, sırf ekrandakilerin aklına iyice kazınsın diye bilerek tekrar etti.

"O kimsesiz değil, kaçamak asla değil; o, evleneceğim insan" dediğinde bir alkış tufanı koptu. Ateş topu, yıldız tozuna dönüşmüş, ışıltıları Aras'ın siyasi kariyerini aydınlatıyor, siyasetin renksiz yüzüne bir masalın büyüsünü iliştiriyordu.

Başkanın burnu yükselişin kokusunu aldı. Bu genç adamı yanından ayırmayacaktı. Karahanlı başkaydı. Sosyal medya

külkedisini yazarken, ekran başındakiler sevgiyle gülümsüyordu.
"Hemen alkışlamayın, daha kabul etmedi, bekliyorum."
Bu geceden sonra feriştahı gelse, Rüya'yı Aras'ın elinden alamazdı. Ölür de vermezdi kimseye. Kendi soğuk kalbine koymadığı aşkı, ekran başındakilerin kalbine koymuş, sadece parti yönetimine girmeye hazırlanırken, kendine daha başka kapılar açmıştı. Siyaset halk işiydi, Namık Başkan bunu göz ardı etmeyecekti.

* * *

Aras'ın yardımcısı Emine Hanım, ekran başında gururla komşularını dinliyordu. "Kız, bu adam başka. Ne kadar iyi bu adam, parada pulda gözü yok. Bence bu adam ileride partinin başına geçer, halk çok sevecek onu, baksana ne kadar mütevazı."

Ender Bey kaskatı kesilmiş bir halde kükredi. "Nehir!" Tabii ya, koca yalıda yaşamanın dezavantajları da vardı. Öfke gideceği yere hemen ulaşamıyordu. Hizmetçi taşımalıydı o öfkeyi. "İrina, Nehir'i çağır!"

Terk edilmiş Sedef... Elinde telefonu, dudaklarını ısırıyor ve en önemlisi suya dayanıklı rimelleri akıyordu. Gözyaşları siyahiydi.

Sonra Sami Hanzade... Oğluna döndü. "Bak Oğuz, Avrupa'da bir prens halktan biriyle evlenirse adı aşk olur ve kraliyet ailesinin imajı düzelir; ama burada bunu Aras yaparsa bu siyasi zekâ olur ve basamakları daha hızlı çıkarsın."

Oğuz esrarlı bir ifadeyle babasına baktı. Aras'ın hain planını az çok kavramış olmanın yarattığı öfkeyle konuştu: "Ya o kızı ben istiyorsam?"

Ve prenses... Tüm bunlardan habersiz, Paris yorgunu, aşk yorgunu, ders yorgunu bir halde ellerini yanağının altında birleştirmiş, dizlerini karnına çekmiş, çekyatında mışıl mışıl uyuyordu, hem de tüm güzelliğiyle. Masumiyeti ipekten bir örtü olmuş onu ısıtırken, kimsenin örtmediği örtüsü yanı başında duruyordu. Aras onu sevmese de, bu geceden sonra bir ülke tarafından seviliyordu...

15

Elmas

Sami Hanzade viski bardağını antika ceviz sehpanın üzerine usulca bıraktı. Ayağa kalkarken tecrübeli gözleri, yirmi yedi yaşındaki oğlunda bir şeyler arıyordu. Oğuz'un esrarlı ela gözleri karanlık bir mağara gibi babasını oraya davet ediyor, tam iki sene sonra ilk defa babasına böyle bakıyordu.
Bu sefer yoluma çıkmayacaksın.
Baba Hanzade uzun boylu oğluna yaklaşarak, "Sen o kızı mı istiyorsun?" diye sordu.
Oğuz başını yukarı kaldırarak "Onun ismi Rüya" dedi. Baba oğul düellosunda eller, görünmeyen silahlara kayacak gibi tetikte beklerken, Oğuz ikinci hamleyi yaptı. "Aras, onunla siyasi kariyeri uğruna evlenmek istiyor demek." Her kelimede Aras'a nefreti gün yüzüne çıkıyordu. Sami Hanzade tebessüm ederek derin bir nefes aldı. Nihayet oğlu tarafından affedilmek için bir fırsat geçmişti eline. Nefesini dışarı verirken, iki sene önce sevgilisinden ayırdığı oğlunun yüreğine barış fidanı ekti.
"Öyleyse al o kızı."
Oğlunun yanından geçerek, devasa yalının, antika eşyalarla süslü salonunu terk ederken haince sırıtıyordu. Bir taşla iki kuş vurmuştu kendince. İstemediği halde siyasi evladını sınıyor, kendisine açtığı suskun savaşı bitiren oğluna ise kırmızı elmayı vaat ederek vicdanını rahatlatıyordu. Ama

Hanzade şimdiye kadar özel destek verdiği hiçbir siyasi konusunda yanılmamış, lakin hiçbirini de bu tür bir oyunla sınamamıştı. Oğuz gözlerini televizyona çevirdiğinde, Aras'ın yakın çekim yapılmakta olan yüzüne bakarken mırıldandı. "Rüya'yı asla bu oyuna alet etmene izin vermeyeceğim, Rüya benimle olmasa bile."

* * *

Rüya ılık Nisan gecesinde hafifçe ürpererek uyandığında saat neredeyse gecenin ikisine gelmek üzereydi. Yattığı çekyattan doğruldu, yanı başında duran siyah hırkasını üzerine geçirdi ve mutfağa geçti. Akşam yemeği bile yiyemeden uyuyup kaldığı için dolaptan bir kutu süt aldı. Soğuk süt içmeyi çok severdi. Bardağı doldurdu. Kapıya hafifçe tıklatıldığını duyunca yerinden sıçradı. Elinde bardakla sokak kapısına doğru giderken kara gözlerini ürkekçe kırpıştırıyor, kimin geldiğini merak ediyordu.

"Kim o?"

"Benim Rüya" diyen ses onu belli belirsiz gülümsetse de, artık Aras'ın yaptığı hiçbir şey ona tuhaf gelmiyordu. Kapıyı açtığında gülümsemesi hâlâ yüzündeydi. Rüya bu adamın yanında mutluluğun tatlı sarhoşluğuna kapılıyordu.

Aras kapının önünde bir süre onun gülümsemesini seyretti, ardından bakışlarını kızın elindeki süt bardağına çevirdi.

"Gerçekten ufaklıksın."

"Hoş geldin, girmek ister misin?" diyen Rüya, Aras'ın girmesi için kapının kenarına çekilmişti.

İçeri giren Aras çekyata oturdu ve yanındaki boş yere dokunarak "Buraya gel" dedi Rüya'ya. "Seninle konuşmam gereken bir şey var."

Bu ricayı kırmayan Rüya süt bardağını televizyonun yanına bırakarak, aşkının yanına oturdu.

"Rüya, az önce bir şey oldu, yolda seni aradım ama telefonun kapalıydı."

Rüya bu sözler karşısında gerilerek ellerini birbirine kenetledi. Aras başını kıza çevirdi ve tedirgin bakışlarını bir süre seyretti.

"Biraz önce bir televizyon programındaydım, orada sunucu bana bir haberden bahsetti." Düşünceli bakışları Rüya'nın meraklı bakışlarıyla buluştu.

"Paris'te bizim fotoğrafımızı çekmişler." Aras'ın sesi hüzünden değil, yaşadığı yorucu günden dolayı durgun çıksa da kız bunu anlayamadı. Tuzağa düşmüş bir serçe gibi masum bakışlarını yerdeki halıya çevirdiğinde Aras kızın çenesini kaldırdı.

"Susma Rüya, bir şey söyle." Rüya'nın sessizliği Aras'ı susturmadı. "Yüzün görünmüyor, ama senin kim olduğunu biliyorlar, yine de adını yazmamışlar."

Rüya'nın gözleri doldu, sesi boğuklaştı. Gözünden bir damla yaş süzülürken, "Kimsesiz mi yazmışlar?" diye sordu.

Bu sözün üzerine Aras büyük bir üzüntüyle gözlerini kapadı. "Az önce televizyonda bana o haberi gösterdiler ve ben de seninle evlenmek istediğimi açıkladım" derken kızın yanaklarını iki elinin arasına aldı. Rüya önce geri çekildi, sonra yüzünü kapatarak gözyaşlarını bastırmak istedi, bunu başaramayınca gözyaşlarını eliyle sildi.

"Hayır Aras, ben seninle evlenmeyeceğim."
"Neden?"
"Biliyorsun" derken Rüya'nın çaresiz bakışları kapkaraydı. "Bana karşı bir şey hissetmediğini bilerek seninle evlenmek, senin gözlerine bakmak..."

Aras başını yana çevirerek alnını ovaladı.

"Sen, gözleri görmeyen birinden ışığa bakmasını istiyorsun Rüya. Ben sevmeyi bilmiyorum, ama seni mutlu etmek için her şeyi yapacağım."

Rüya ayağa kalkarak Aras'ın karşısına geçti. "Öyleyse neden sevmediğin bir insanla evlenmek istiyorsun?"

Aras yerinden kalkıp ellerini kızın omzuna attı. "Evet, sen bana 'Kalbini verebilir misin?' diye sordun, ben de evlenmek istediğim insana doğruyu söyledim."

Rüya ıslak kirpiklerini öne eğdi. "Neden benimle evlenmek istiyorsun?"

Aras bu kez kollarını onun narin bedenine dolayarak fısıldadı.

"Birbirimizi tamamlayacağız Rüya."

Zaten Rüya o anda tamamlanıyor, başını yasladığı geniş göğüsten gelen güçlü kalp vuruşları, yalnızlığının ince sızısını susturuyor, Rüya'nın çaresizliğine çare oluyordu. Mühürlenmiş kalp hiç de soğuk gelmiyordu kızın bedenine. Aksine Rüya'yı yakıyor, görünmeyen bir alevle tutuşturuyordu.

"Sana çok ihtiyacım var Rüya." Neden ihtiyacı olduğu öylesine aşikârken, kara planı çok çok derinlerde kabuk tutmuş ilk yarasını kanatıyordu. Hem de kendi sözleriyle, kendi yarasını... Rüya'ya gerçekten ihtiyacı vardı.

Rüya onunla mücadele etmek istese de, Aras'ın kollarının arasındaki bedeni ihanet ediyordu ona.

"Anladın mı Rüya? Seninle evleneceğimi söyledim."

"Seninle evlenmeyeceğim" diye karşılık veren Rüya'nın sesi sakindi.

Aras kızın elini tuttu ve kendi kalbinin üzerine koydu. "Evlenmek istemiyorsun ama benden bunu istiyorsun." Son sözlerini, Rüya'nın kendisine duyduğu aşka vurgu yaparak söyledikten sonra kızı bir kez daha çıkmaza hapsetmenin rahatlığıyla ondan uzaklaştı.

Kalp değildi o. Annesinin terk ettiği gece tohumları ekilmiş, kadınlara güvensizliğin, nefretin, tutkunun, yakıcılığın, kıskançlığın birbirine girmiş olduğu, harap edici bir varlıktı aslında. Aras'ın göğsünde duran, yitik sandığı duyguları pusuda bekleyen, kendisinin bile henüz tanışmadığı bir kalp. Hem Aras'ı ve Aras'ın seveceği kişiyi inim inim inletecek kadar tavizsiz hem de her şeyi aydınlatacak kadar değerli bir elmas.

O karanlık gecenin işlediği, çıkarana ya hayat verecek ya da onun hayatını alacak değerli bir parça. Kapkara bir ışıkla sarmalanmış, mühürlü ama vaat edici bir elmas. Tek sahibi Rüya. Rüya'ya ait elmas...

Aras farkında olmasa da haklıydı. Kendi kalbine tekrar sahip olmak için Rüya'ya çok fazla ihtiyacı vardı. Çünkü ilk defa bir kız, onun yokluğuna teslim olarak Aras'a gözü kapalı gelmek yerine, tam tersini yapıyor hem ondan kaçıyor hem de onu istiyordu.

* * *

Ertesi sabah Karahanlı Hukuk Bürosu'nun işe en erken gideni, yine sahibiydi. Saat henüz sekize gelmemişti. Gece Rüya'nın evinden ayrılmış, kendi villasına gitmiş ve sadece birkaç saat uyumuştu.

Dava dosyalarına yoğunlaştığı sırada odasının kapısı bir kere tıklatıldı ve ardından hızla açıldı.

"Bunu yapma!" diyen Kaan hışımla masasının önündeki deri koltuğa oturdu. "Aras, eğer evleneceksen git Sedef'le ya da başkasıyla evlen."

Aras elindeki dosyayı bırakmadı bile. "Evleneceğim. Futbolcuları bile evlilik hayatlarına bakarak seçiyorlar, ki ben siyaset yapıyorum, siyasetin dinamikleri çok değişti artık."

Kaan siyah kaşlarını havaya kaldırdı. "O zaman başkasıyla evlen."

Aras sandalyesine keyifle yaslandı. "Artık iletişim çağındayız, insanlar siyasilerin hayatlarını didik didik ediyor, eşlerinin giyim kuşamından tut, aralarındaki aşklara kadar bilgi sahibi oluyorlar, bunlar bana artı olarak dönmeli."

"Lanet olsun Aras, çok kötü niyetlisin."

Aras dirseklerini masaya dayadı.

"Sedef'le evlenirsem kötü niyetli olmayacak mıyım? Neden evlenmek istediğim ortada."

"Anlamıyorsun değil mi? Sedef'e siyasette yükselmek için onunla evlenmek istediğini söylesen bile teklifini kabul eder. Sen... sen Rüya'nın bu durumundan..." Dudaklarını sıkıntıyla birbirine bastırdı. "Lanet olsun, onun kötü geçmişinden faydalanıyorsun, nasıl bu hale geldin sen?"

Aras yine arkasına yaslanarak karşısındaki deniz mavisi gözlere, gökyüzü grisi gözleriyle tepeden baktı.

"Siyasetin özü bu Kaan, vermek için, ayakta kalmak için illaki birilerinden bir şey alman gerekir. Hatta kendinden bile... Rüya'dan bir şey aldığım yok benim, ona bunun karşılığını fazlasıyla vereceğim, hem insanlar dün gece yaptığım itiraftan sonra, bu durumdan oldukça hoşnut."

Kaan pes edercesine ellerini havaya kaldırdı. "Dilerim, seninle evlenmez."

Aras haince sırıttı. "Âşık olduğun insandan kaçamazsın Kaan. Önündeki tüm engeller sana vız gelir, öyle değil mi?"

Kaan gözlerini pencerenin ardındaki manzaraya çevirdi. "Ona karşı ne hissediyorsun Aras?"

"Mutlu olmasını çok istiyorum, biliyor musun? Herkes doğum gününü kutlamayı hak eder; doğum günlerini sevmediğini söylediğinde çok üzüldüm." Masanın üzerinde duran dosyaları toparlayarak Kaan'a döndü. "Elif'e yetki belgelerini bırakırsan, senin duruşmalarına ben girerim bugün. Dün gece Nehir'le konuştum, durumu pek iyi değil gibi. Belki de onun yanında olmalısın."

* * *

Rüya evine gelmiş, gün ışığı girmeyen kibrit kutusunun ışığını açarak düşünceli bakışlarını, dün gece Aras'ın ona sarıldığı noktaya dikmişti. "Sen gözleri görmeyen birinin ışığa bakmasını istiyorsun Rüya" demişti Aras. Rüya sessizliğine ortak olan günlüğünü alarak çekyata oturdu.

Yetimhanenin buz gibi koridorlarında büyürken, bir his işler insanın içine. Senin o minicik kalbinin attığı soğuk boşluk sarmıştır dört bir yanını. O boşluk ki sana gülmeyi unutturur, çektiğin acılara isyan etmeni yasaklar. Yeter ki bir çift göz bana baksın, kimsesizliğimde bana bir kimse olsun. Ondandır sana çektirilen acılara suskunluğun, ondandır kalbini yaralayan sözlerin sahiplerine yakınlık hissedişin.

Eğer hayatta sahip olduğun tek şey, üzerinde adının yazıldığı bir kâğıtsa, diğerlerinden daha şanslısındır. Ama o boşluğa düşmemek için sürdürdüğün mücadele hiçbir zaman peşini bırakmaz. Bu yüzdendir külkedisi olamayışın. Eksiltir senin bir yanını inceden inceden. Ve ben, Aras'ın kayıtsız, soğuk bakışlarında olmaktansa, razıyım o soğuk boşluğa dönmeye...

Ağlayarak, Aras'ın hediye ettiği yüzüğü son bir kere parmağına taktı ve nemli gözlerle bir süre seyretti. Aşkını kalbine gömerek, Aras'a iade etmeyi düşündüğü pembe pırlantayı parmağından çıkaracakken kapı çalınca, kapıya koştu.

"Kim o?"

"Efendim, bodrum katını ilaçlıyoruz, eşyanız var mı?"

Rüya panikle kapıyı açtı. Kahretsin, o karanlık bodrum katında onun dünyası, elleriyle dokuduğu tabloları vardı. Bu kibrit kutusu gibi evde koyacak yer bulamayarak sarı kâğıtlara sardığı, en güzel galerilerin duvarlarına layık tabloları, o karanlık pis kokulu bodrumda duruyordu.

"Tablolarım!" dediği anda zayıf esmer bir adam Rüya'nın

ağzını kapattı ve ellerini arkasına kıvırarak, çırpınışlarına aldırmadan kızı kucağına aldı. Apartmanı kontrol eden bir başkası, başıyla işaret edince, adam bir kuşu taşır gibi kızı siyah Mercedes'e doğru götürdü. Rüya'nın atamadığı çığlıklar ciğerini parçalıyor, onu yaşarken öldürüyordu.

Hayattaki tek korkusu ona yine musallat olmuştu: Birinin, onun bedenine isteği dışında sahip olmasından duyduğu korku.

Adam kızı arabaya sokarak yanına oturdu. Ön koltukta şoförün yanında oturan "Topal" kıza kirli bakışlarıyla döndü ve pis kelimelerini kustu. "Seni küçük sürtük, bana para kazandırmadan o zengin piçe kendini satabileceğini mi düşündün?"

16

Korkular

Cevdet, Rüya'yı o gün Oğuz Hanzade'yle gördüğünde hem paraya olan iştahı hem de kıza olan nefreti kabarmış, soluğu Topal'ın yanında almıştı.

"Abi, bu kız kendini satıyor, bir herif yolladı dosyasını da aldırdı. Oğuz Hanzade denen züppeyle takılıyor. Bu kahpe tongaya düşürmüş seni, sensiz para kazanacağını zannediyor."

Topal'ın çakır gözleri öfkeyle parlamıştı.

"Tamam Cevdet, ben hiçbir kızı zorla getirmedim yanıma, hep güzellikle teklif ettim, para isteyen geldi. Ben zamanında ona güzellikle söyledim, 'Gel beraber para kazanalım, himayemde olursun' dedim. Vay kahpe, demek kuş kadar aklıyla bana katakulli yapıyor. Lan sürtük, Hanzade denen para babasının seninle ne işi olur?"

Ardından kızı kaçırmak için adamlarına emir vermiş, şimdi de kızı almışlardı işte. Çakır gözleri, siyah inci avlamış bir avcı gibi parlıyor, Rüya'nın dehşet dolu gözlerini daha bir büyüten kelimeleri püskürtürken ağzı zevkle açılıp kapanıyordu. Kızın yaşadığı korkudan, üç erkek arasında tir tir titreyen incecik bedenin çaresizliğinden, parasına para katacak olmaktan, en çok da Rüya'yı zorla satacak olmaktan keyif alıyor, karşısında duran minik serçeye karşı, erkekliğin kitabını yazıyordu kendince.

Rüya iki yanında oturan, kendisinden en fazla beşer yaş

büyük, karanlık yolun gönüllü yolcuları olan adamlardan olabildiğince uzak durmaya çalışıyor, ağzındaki bant yüzünden sessiz çığlıklar atıyordu. Adamlar, ellerini bir çırpıda bağladıkları Rüya'yı kalın urganla zapt etmeye çalışıyordu.

Topal, Rüya'ya renklerin en çirkiniyle bakan gözlerini kızın üzerinden çekerek şoförüne "Kulübe gidiyoruz" dediğinde Rüya bir daha inledi. Ama ne çare! Gözyaşları, ağzındaki bandın üzerinden akıyor, bu duru masumiyet, her damlada karanlıkların en beterine bulanıyordu. Atamadığı çığlıklarını ve kendini, biraz önce Aras'ın aşkını gömmeyi düşündüğü sonsuzluğa bırakmak, o aşkın yerine kendi vücudunu gömmek ve kendi toprağını kendisi atmak istiyordu. Yeter ki kimse ona dokunmasın, yeter ki yaşarken ölmesindi.

Gece kulübünün önüne geldiklerinde adam, Rüya'nın kolunu tuttu ve kızın bileklerini sıkan ipin ona verdiği acıyı umursamadan onu çekiştirdi. "Yürü, artık sen buraya aitsin."

Topal, Rüya'nın arkasından bakarken, dilini ağzının içinde şöyle bir gezdirdi, sonra da ağzındaki yemek artıklarını yutar gibi yutkundu. "Lan oğlum Murat, onu çatıya kilitle, birkaç gün terbiye olsun kahpe, sonra zaten alışır, hem tadına bakarız" dediğinde Rüya daha fazla ağlamaya başladı; nafile bir çabayla kendini geri çekse de bu ona sadece acı verdi.

Adam kızı merdivenlerde sürükledikten sonra sadece tek kişilik bir yatak ile boş bir etajerin bulunduğu, üç kat yukarıdaki köhne çatı katına fırlattı. Rüya dengesini zar zor sağlayarak kısa bir süre ayakta dursa da, dayanamayıp kendini dizlerinin üzerine bırakarak başını ahşap zemine dayadı ve elleri arkadan bağlı bir halde gözyaşlarına teslim oldu. Süresini bilmediği ağlayışlar sonrasında doğruldu ve dizlerini karnına çekerek beyaz duvara yaslandı.

* * *

Aras yoğun bir günü geride bırakmanın gerginliğiyle, Yavuz'un kullandığı arabaya bindi. Rüya'yı görmeliydi. Arabanın kapısını kapattığı anda telefonu çaldı.

"Efendim Nehir?"

"Abi!" Nehir'in panik içindeki sesi, Aras'ı telaşlandırdı.

"Nehir ne oldu?"

"Abi, ben dün geceki televizyon programından sonra Rüya'yla konuşmak istedim ama..."

"Ama ne Nehir?" Aras'ın sesi yükseldi.

"Rüya evde yok."

Aras gözlerini pencerenin dışına çevirerek Oğuz'u düşündü. Rüya'nın onun yanında olma ihtimali sinirlerini iyice gerdi.

"Abi, evine geldim, Rüya'nın kapısı açık, çantası ve telefonu da burada." Nehir'in sesi ağlamaklı bir hal aldı. "Rüya bunu asla yapmaz, kapısını açık bırakarak bir yere gitmez, korkar o. Kaan da burada ama..." dediği anda Aras telefonu kapattı ve duyduklarının etkisiyle Yavuz'a bağırdı.

"Lütfi nerede?" Yavuz beklemediği bu patırtı karşısında iki büklüm oldu.

"Abi, az önce konuştum, yenge evine giden otobüse binince beni aradı, ben de dön dedim."

Aras kendine hâkim olmak için gözlerini kapadı.

"Rüya'nın evine gidiyoruz!"

Yolda giderken aklına en kötü ihtimalleri getirse de, eve gittiğinde Rüya'nın dönmüş olma ihtimali Aras'ın sessizliğini korumasına sebep oluyordu. Arabadan hızla inerek Rüya'nın evinin bulunduğu apartmana girdi ve zemin kattaki eski püskü ahşap kapının açık olduğunu gördü. Nehir kollarını göğsünde kavuşturmuş, abisine bakıyordu. Abisini görünce, gözyaşlarını daha fazla tutamayarak ona sarıldı.

"Neredeyse bir saat oldu. O bunu asla yapmaz, akademiyi de aradım, orada da yok."

Kaan, abisinin koruyuculuğundan medet uman Nehir'e baktı ve gizli bir kıskançlıkla sarsıldı. Abisine körü körüne inanan sevgilisi, onun karanlık planını ve Rüya için neden bu kadar endişelendiğini bilse, yine böyle sevgiyle sarılır mıydı ona?

Aras Kaan'a döndü.

"Komşulara sordunuz mu?"

Kaan başını salladı. "Nehir hepsine sordu, zaten dört komşu var."

O sırada Nehir Rüya'nın siyah çantasını abisine uzattı.

"Bak telefonu, evinin anahtarları, hepsi burada." Sonra gözlerini abisine dikti. "Polisi arayalım."

Aras başını iki yana salladı.

"Olmaz, kayıp bildirimi için belli bir saatin geçmesi gerekiyor."

"Ama okulda da göremedim" dediği anda Yavuz söze girdi.

"Yok, bugün yengem okuldaydı."

Nehir, dayanacak gücü kalmamış gibi kendini çekyata bıraktı. Aras da yüzünü elleriyle kapatarak kız kardeşinin yanına oturdu. Tekerrür eden tarih yine onu sınıyordu. O karanlık gecede ona hayat veren kadın –annesi– kaybolmuştu; şimdi yine nisan ayının son günlerinde, hayatına almak istediği Rüyası kayıptı. O geceki gibi, yanında duran kardeşine bir daha sarıldı.

"Onu bulacağım Nehir."

Sonra gayriihtiyari Yavuz'a baktı. Bu karanlık ana, onun karanlık geçmişi ayna olacakmış gibi.

Ayağa kalktı ve o çok çalışan aklı her ihtimali, her ismi düşündü. Rüya'nın yanında adı geçen her ismi. Çantasını bırakarak Oğuz'un yanına gitmiş olamazdı. Olağanüstü bir durum olduğu besbelliydi. Ansızın aklına dün gece Yavuz'un arabada kendisine izlettiği video kaydı geldi. "Yavuz" diye seslendi. "Yavuz, bu kız Topal'da, Cevdet'te olabilir mi?" derken sesi Yavuz'u resmen tokatlıyor, bu olayı sert tarzına bağlıyor, ama en büyük payı kendine çıkarıyordu. Çok sevdiği adaletle kendine de ceza kesiyordu. "Biz ne yaptık Yavuz?" Nehir'in sesiyle kendine geldi.

"Abi, sen iyi misin?"

Aras başını iki yana salladı. Bakışları yerde, aklı Rüya'daydı.

"Kaan, Nehir'i benim evime götür." Kaan ile Nehir'in gidişini izledikten sonra Yavuz'a döndü.

"Topal kim Yavuz, Rüya onda mı, Cevdet'te mi? Kızı onlar kaçırmış olabilir mi? Sen Cevdet'i korkuttun diye bu herif kıza zarar vermek istemiş olabilir mi?"

Aras, düşmanı Yavuz'muş gibi ona bağırıyordu.

Yavuz Aras'ın ona bağırmasına hak verircesine başını önüne eğdi.

"Abi, bu canı vereceğimi bilsem de yengemi sana getireceğim, benim canım senindir biliyorsun!"

* * *

İki sene önce

Aras ofisinde, karşısındaki adamı dikkatle süzüyordu. Yavuz Özkılıç. Bazı sıra dışı dosyalara delil toplayabilmek için bu adama parayla iş yaptırmıştı. Adam kendi çapında haraç topluyor, yasadışı işler yapıyordu. Yine de Aras'ın gözünde, diğerleri gibi açgözlü ve acımasız değildi. İriyarıydı, ama merhametli bir kalbi vardı. Aras onun bu işlere, yapacak bir işi olmadığından, biraz da mankafalılığından bulaştığını düşünüyordu.

"Ne oldu Yavuz?"

Yavuz ellerini Aras'ın masasının üzerine koyarak yardım

dileyen bakışlarını bu genç avukata dikti.

"Aras Bey, biliyorsun mevzuyu. Necdet'in dükkâna gittik. Adam palazlanmaya başladı dediler. Hakkı ve diğer adamlarla daldık mekâna. Daha konuşmadan silahlar çekildi. Hakkı'yı vuracaklardı, atladım dostumu kurtardım, sonra da Necdet'in yeğeni vuruldu o hengâmede."

Aras son derece sıradan bir şeyden bahseder gibi, "Senin meslek böyle" dedi.

Yavuz derin bir nefes alarak, "Aras Bey, tezgâh yapmışlar, herifin ölüsünü bana bağlayacaklar" diye karşılık verdi.

Aras, bakışlarını onun gözlerine dikti.

"Yapmadıysan ortaya çıkar. Yaptın mı, yapmadın mı?" Ardından başını sallayarak kendi sorusunu kendi cevapladı. "Yapmadın Yavuz. Yapsaydın, gider onları da vururdun değil mi? Aksi takdirde seni yaşatmayacaklarını biliyorsun."

"Aras Bey, şerefime namusuma ben vurmadım, ama anlaşılıncaya kadar tutuklu kalırsam, içeride beni, dışarıda da Hakkı'yı öldürürler. Bizde hesaplar mahkemeyle kesilmez, ama it oğlu it benden trilyondan fazla para istiyor, ancak öyle vazgeçermiş suçu bana yüklemekten. Cenazeyi polise vermeleri an meselesi. Aras Bey, bunlar suçu benim üstüme atacak orası belli. Ne olur güzel bir savunma yap da tutuksuz yargılanayım. İçeri girmemem lazım."

Dev gibi bedeni öyle küçülmüştü ki bu genç avukatın karşısında, ağzından çıkanlara kendisi bile inanamıyor, ezildiğini hissediyordu. Aras koltuğuna yaslandı ve meramını anlatan Yavuz'a umut verici bir bakış attı.

"Tamam Yavuz."

"İnanıyon mu abi bana?"

Aras gülümseyerek başını sallarken gözleri parlıyordu. En zor anında yardım ettiğin bir insan sadık bir sağ kol olurdu.

"Söyle onlara, parayı akşam onlara götüreceksin ve senin peşini bırakacaklar."

Yavuz'un küçük gözleri fal taşı gibi açıldı.
"Aras Bey, sülalemi satsam o parayı toparlayamam."
Aras ayağa kalktı.
"Ben vereceğim, sen de bundan sonra benim her şeyim olacaksın ve bu pis işleri bırakacaksın."
Yavuz bu cömert teklifi ve canını kurtaran genç avukatı pek de çalışmayan aklına yazarken gevrek gülümsemesine hâkim olamıyordu. Sevinçle Aras'a yaklaşıp elini öpmeye yeltense de Aras buna izin vermedi.
"Abi, senin canın benim canımdır bundan sonra, onu almaya kalkan önce benimkini alacak, ölene kadar yanındayım."

* * *

Yavuz telefonunu çıkardı. "Abi Lütfi'yi ararım, Cevdet'e gider bakar yengem orada mı diye. Ben de Hakkı'ya ulaşırım."
Yavuz'dan telefonda duyduklarına inanamayan Hakkı, tek yataklı odasının kapısını açarak hızla merdivenleri çıkmaya başladı.
O sırada Rüya, bitmiş tükenmiş bir halde, katran karası gözleriyle boş boş bakıyordu. O artık Rüya değildi. Ecelini isteyen, ama bileklerindeki ipleri bir türlü boynuna dolayamayan bir tutam küldü. Yanmış, tutuşmuş ve küle dönmüştü. Tahta kapı aralandığında, biraz önce ağzını kapatan adam elinde bir bardak suyla içeri girdi.
Siyah takım elbiseli adam, yiyecekmiş gibi kıza sokuldu ve bir çırpıda bileklerindeki ipi çözdü. Rüya serbest kalan ellerini yere dayadı ve dizlerini karnına daha çok çekerek adamdan uzaklaştı. Beriki bu harekete aldırmadan kızın ağzındaki plastik bandı çözdü.
"Su iç, yaşaman lazım."
Adam bardağı usulca yere bırakarak kızın suyu içmesini bekledi. Rüya adamın gitmeyeceğini anlayınca bardağı yere

çarparak kırdı ve kırılan parçayı bir kedi çevikliğiyle yerden alarak sol bileğine sürttü. Rüya'nın bileğini yakalayan adam kızın yüzüne olanca gücüyle bir tokat atarak dudağını patlattı.

"Sana ölmek yok sürtük, burada her gün öleceksin sen."

Kızın kanlar içinde kalmış bileğini tutarak bir doktor edasıyla inceledi. "Damarı kesememişsin kahpe!"

Herif yanı başındaki yatağın örtüsünden bir parçayı kolayca yırttı. Kızın bileğini zorla tutarak yırtık parçayı oraya doladı ve sımsıkı bir düğüm attı. Ardından güya Rüya'ya iyilik yapmış gibi, karşılığını istercesine kahverengi gözlerini ona dikti. Rüya önce kesik kesik nefes aldı, sonra bantsız ağzını açarak ilk defa bir çığlık attı. Yetimhanenin ıssız yataklarında bıraktığı sesi bir çığ gibi büyüyüp yankılanırken, adam onu tutup bacaklarını araladı ve elbisesini kaldırdı. Rüya incecik bedeniyle koskoca adama karşı koymak istese de, sadece kendini yoruyordu. Adam tek eliyle Rüya'nın ağzını kapatmış, kızın iç çamaşırını çekmeye çalışıyordu ki, kapı hışımla açıldı.

"Dur!"

Hakkı, yani namı diğer Topal, çırpınmakta olan kıza zorla sahip olmaya çalışan adamını ensesinden yakalayıp savurduğunda, Rüya hemen üstünü başını toparladı. Savrulan genç adam patronuna suçlu suçlu baktı.

"Abi, nerede yanlış yaptım?"

Hakkı kıza iyice yaklaşıp "İyi misin?" diye sordu.

Rüya başını evet anlamında sallarken, neler olduğunu anlayamıyordu.

Hakkı, "Bu kıza sakın dokunma" diye bağırırken öfkesi ve korkusu sesine yansımıştı. Öfkeliydi, Rüya'yı elinden kaçırmıştı. Korkuyordu, Yavuz'a can borcu vardı. Topal Hakkı öfkesini çıkarmak için bilinçsizce Rüya'nın üzerine yürüdü. Rüya Topal'ın kendisine yaklaştığını görünce çığlık atmak istese de, adam onun burnunun dibine kadar sokularak elini kızın ağzına bastırdı. "Sen" dedi dişlerini sıkarak, "sen bundan sonra Aras Karahanlı'nın yanından ayrılmayacaksın. Ayrıldığın an seni geri alırım. Yavuz'a can borcum olmasa seni elimden kimse alamazdı." Topal'ın yaptığı şu hareket bile ölümüne sebep olabilirdi, ama öfkesi bir türlü yatışmıyor, onu şeytana uyduruyordu. Can korkusu dengesini bozuyordu. Çakır gözlerden akan tehdit, o anda Rüya'ya nefes oldu, hayat oldu, gözyaşına karışıp aktı. Aras'a muhtaç olmak, kötünün iyisi değil miydi?

"Anladın mı? Ya Aras ya ben ya da ölüm. Başka seçeneğin yok senin artık."

Rüya başını korkuyla sallarken gözlerini yumdu. Dağılmış saçları yüzüne döküldü. Adamın bakışları canını çok yakıyor, onları görmeye katlanamıyordu. Topal koşar adım odadan çıkarken, Yavuz'un kendisine keseceği hesabı düşünmeye başladı.

* * *

Aras ile Yavuz sözde gece kulübünün eski ahşap binasının önüne geldiklerinde Yavuz, Hakkı'nın bilmeden kendisine ettiği ihanetin öfkesiyle tutuşmuş olarak, Aras ise müstakbel eşine dokunmaya yeltenen elleri kırma isteğiyle gözleri alev alev içeri dalmıştı.

Aslında sadece kadın pazarlama ofisi olarak kullanılan gece kulübünde kırmızı örtülü masalar ve ters çevrilmiş sandalyeler vardı. İçerideki adamlar onları saygıyla, ama daha çok korkuyla karşıladılar. Hakkı yerinden fırlayarak, aslında hiç de topal olmayan ayaklarıyla Yavuz'un öfkesini yatıştırmak ister gibi ona yürüdü.

"Yavuz'um, bilsem yapar mıydım?" dediği anda Aras'ın yumruğu yüzünde patladı. Topal yere düşerken, adamları Aras'a doğru hamle yapsalar da, Yavuz onları bakışlarıyla durdurdu.

Aras yerde iki büklüm olmuş adama eğildi ve soluklarını düzene sokmaya gerek bile duymadan, adamın boğazına yapıştı.

"Sen kimi, nereden kaçırıyorsun orospu çocuğu!" derken, bir yandan da adamı şiddetle sarsıyordu. "Eğer onun kılına zarar geldiyse..."

Soluksuz kalan Topal boğazını Aras'ın güçlü ellerinden kurtarmaya çalışıyordu. Aras ilk defa bu kadar öfkeliydi ve ilk defa kendini zapt etmeye çalışmıyordu. Adam boğulurcasına öksürmeye başladığında Aras ellerini gevşetti.

"Aras Bey, namusum üzerine yemin ederim, bir daha Rüya bana kendi gelse bile yaklaşmam yanına. Bilmiyordum, bilsem..." dedi ayağa kalkarken. Aras adamı bir kere daha yakaladı gırtlağından.

"Hayvan! Benim karım olacak kadın sana gelir mi hiç! Ağzını topla" diye kükredi. "Rüya nerede?"

Topal Aras'ın arkasındaki on beş-yirmi basamaklı ahşap merdivenlere yöneldiğinde Yavuz hemen tahminde bulundu. "Çatıdaki odada sanırım abim."

Topal başını sallayarak Yavuz'u onayladı.

"Evet orada, Yavuz'um bak bir daha söylüyom, saçının teline dokunulmadı."

Aras merdivenleri tırmanırken Yavuz da peşinden gitti. Çatıya ulaştıklarında aralık duran beyaz ahşap bir kapıyı gördüler. Aras içeri girdi. Rüya kollarını dizlerine sımsıkı dolamış, ürkek bir kuş gibi titriyordu. Aras'ı görünce gözyaşları çağlamaya başlasa da, ayağa kalkamadı. Tüm gücü, ruhuyla beraber uçmuş, yaşayan bir ölüye dönmüştü. Bedeni hıçkırıklarla sarsılıyordu. Aras onun yanına çömelerek yaralı bileğine dokundu. Kızın bileğini görünce, "İyi misin? Bunu kim yaptı sana?" diye sordu öfkeyle.

"Ben" diye karşılık verdi Rüya, derin bir iç çekerek. "Ölmek istedim. Ben yaptım."

İyice kara görünen gözlerini Aras'a çevirdi. Aras Rüya'nın

perişan halini görüyor, istemeden de olsa bu olaylara sebep olduğu için kendisini suçluyordu. Nasıl suçlamazdı ki? Şu an baktığı Rüya olsa da, gördüğü ete kemiğe bürünmüş bir korkuydu. Korku bir kere yerleşmeye görsün insanın yüreğine, onu oradan sökmek çok zordur. Ya ölürsün, ya susarsın, ya da üzerine yürürsün. Rüya ikinci şıkkı seçti. Seçebildi... Ölüm az önce sırasını savmıştı. Şimdi susma zamanıydı. Aras'ın yüzüne bakarken Topal'ın sözleri beynine işkence yapsa da Rüya sustu ve Aras'ın aşksız kalbine hapsolmayı, kötünün iyisi bildi. "Ya ölüm ya Aras ya ben" dememiş miydi o hain bakışların sahibi?

"Götür beni buradan" derken sesi ölümün sesiydi. Öyle cansız öyle ruhsuz... Aras, Rüya'yı kendinden bile sakınmak ister gibi kucakladı. Rüya yaralı elini karnının üstüne koyarken, diğer elini Aras'ın boynuna doladı. Başı, sığınacak bir liman arar gibi Aras'ın göğsünü bulduğunda ağlayacak mecali bile kalmamıştı. Aras kızın narin bedenini kucağında aşağı indirirken, Yavuz bir nefes arkasından onu izliyordu. Koca gövdesi, Aras'ın tek bir sözüyle bu mekânın altını üstüne getirmeye hazırdı. Aras durunca Yavuz onun yanına geldi. Aras Rüya'nın morarmış dudağını gözleriyle işaret etti.

"Bunu yapanı ve Topal'ı doğduğuna pişman etmeden sakın yanıma gelme!"

Adamların arasından geçerken Rüya korkuyla Aras'ın boynuna kolunu daha sıkı doladı. Aras biliyordu; Rüya'nın en büyük korkusu buydu. O gece Nehir'in doğum günü partisine Rüya'yı götürürken ona "Benim olacaksın" dediğinde, Rüya'nın bunu farklı anlayıp sapsarı kesildiğini görmüştü. Öyleyse Rüya artık hep onun yanında kalabilir miydi? Kimsesiz bir kız bu adamlar ortadayken, kendisiyle evlenmek isteyen bir adamın yanına gitmeyecek de nereye gidecekti? Hissediyordu, ama tam olarak bilemiyordu; oysa Rüya artık kesinlikle sonsuza kadar onundu, ona gelmişti hem de hiç beklemediği bir şekilde.

Bir şeyi çok istiyorsan eninde sonunda sana gelir Rüya...

17

Aras'ın seçimi

Aras Rüya'nın artık kendi evine gitmeye cesareti olmadığını bildiği halde, sırf ondan duymak için yine de bunu sormuş, Rüya'nın korkuyla irileşen gözleri ve "hayır" cevabı Rüya'nın ne denli kendisine muhtaç olduğunu göstermişti. Yolda Rüya'nın bileğindeki yaranın tedavi edilmesi için onu hastaneye götürmek istese de Rüya buna karşı çıkmış, bunun üzerine Aras bir doktor arkadaşını arayarak Rüya'nın yarasına bakmasını rica etmişti.

Olaydan birkaç saat sonra Nehir ile Rüya evin üst katındaydı. Aras salonun köşesinde bulunan mini bardan kendine bir bardak viski doldurdu. Zihnini bir nebze olsun rahatlatmak isteyerek koltuğa oturdu.

Kaan da onun karşısına geçti.

"Her şeyi anlat, seni dinliyorum." Sıkı bir dostun sorgusundan daha rahatlatıcı ve daha zorlayıcı ne olabilirdi ki? Kaan'ın siyah kaşlarının altından bakan mavi gözleri Aras'ı, daha dinlemeden suçluyordu.

Aras yaşadıklarını anlatırken Kaan'ın gözleri fal taşı gibi açılıyor, kaşları çatıldıkça çatılıyordu.

"Bunlar nasıl insanlar? Rüya'dan uzak dursaydın, kızcağız bu adamların dikkatini çekmeyecekti. Annesi ile babasının izini bulma konusunda sana kızmam mümkün değil, ama bu durum Rüya'ya neredeyse zarar verecekti, hatta vermiş bile; baksana kız nasıl korkmuş!"

"Tamam işte, onu ben koruyacağım. Çok korkuyor biliyorum. Muhtemelen bir daha yanımdan ayrılmaz." Aras başını koltuğa yaslayarak gözlerini tavana dikti. Rüya'nın korku dolu hali gözünün önüne geldiğinde, Rüya'nın yanından ayrılmayacağına duyduğu inanç artıyordu.

Başını iki yana sallayan Kaan, Aras'ın bu şekilde düşünmesinden rahatsız olmuştu.

"Korktuğu için senin yanından ayrılmayacağından çok eminsin. Onunla evlenmeyi düşünüyorsun Aras. Seni sevdiği için seninle olmalı, korktuğu için değil. Hatta beni dinlemeyeceğini biliyorum ama, sen de onu sevmelisin."

"Bana hak vermeni beklemiyorum."

"Aras sen ne yaptığının farkında değilsin."

Aras doğrularak Kaan'a tebessüm etti.

"Farkındayım, hem de her şeyin farkındayım, hatta bu yüzden sana hiç kızmıyorum; bana her şeyi söylemekte haklısın."

Kaan başını ona doğru eğerek ellerini gür siyah saçlarının arasından geçirdiğinde, aslında Aras'ın yüzüne yumruk atmamak için kendini zor tutuyor ve dostunun bu oyunu bitirmesini, kendine gelmesini arzu ediyordu.

"Kendine gel o zaman, bırak kızı gitsin."

"Asla bırakmam! Şimdi bıraksam bile, sonra geri alırım onu. Sadece vakit kaybı olur" diyerek arkadaşına itiraz ettikten sonra sözlerini sürdürdü. "Aslında seni takdir ediyorum Kaan."

"Neyi?" diye sordu Kaan dişlerini göstererek.

"Böyle çırpınmanı."

"Hah, takdirmiş!" Kaan sinirle gülerek ayağa kalktı.

"Evet öyle, çünkü sen benim gittiğim yola, ideallerime baş koymuş değilsin, sadece seyircisin. Bu yolun siyaset ya da başka bir şey olması önemli değil. Önemli olan istediğin şeyin uğruna neleri göze alabileceğin." Aras ayağa kalktı ve Kaan'ın gözlerine baktı. "İnan bana, senin yerinde olsaydım, ben de aynı tepkiyi gösterirdim. İnsan başka birinin amacını ancak bir yere kadar anlayabilir, eğer şu anda bana hak veriyor olsaydın, emin ol Nehir'i senden uzak tutardım, çünkü benim yerimde değilsin ve körü körüne bana destek olman çok abes olurdu."

"En kötüsü de bu değil mi Aras? Bunu bile bile yapman."

Kaan yine öfkesine hâkim olamayarak dişlerini sıktı. Sesi alçaldıkça, tonlamasındaki sertlik arttı. "Lanet olsun, o senin eşin olacak, sevmediğin bir insanla her gece aynı yatağa..." derken, arkadaşına tiksintiyle baktı

"Benim kimi sevdiğimi gördün ki Kaan?" Aras onun bu haklı kızgınlığına ancak böyle cevap verebilirdi.

"Bu, başka Aras! Eşin olacak diyorum, sevilmeye hakkı var, hem de fazlasıyla."

Aras derin bir nefes alarak kayıtsızca dostunu süzdü.

"Onu korumak istiyorum, ona asla sahip olamayacağı şeyleri gözüm kapalı vereceğim. Her şeyi olacak, arzu ettiği her şeye kavuşacak."

Kaan, alaycı bir ses tonuyla, "Öyle mi Aras" dedi. "Sen onu var ederken yok mu edeceksin? Sen kariyerin uğruna mutluluğu herkesten çok hak eden bu kızı böyle mi seveceksin? Lanet olası paranla ve o taş kalbinle."

Aras, "Elimden gelen bu Kaan" derken telefonu çaldı.

Arayan babasıydı ve dün geceden beri beklediği telefondu. Ender Karahanlı'nın sesi ilk defa böylesine sert ve soğuktu.

"Bu gece yurtdışına gidiyorum, yarın gece yalıda ol, konuşacağız."

Aras bakışlarını buzdan bir silah gibi yerin parkelerine yönlendirdi.

"Evet konuşacağız" diyerek telefonu kapattıktan sonra arkadaşına döndü. "Ben Rüya'ya bakacağım."

* * *

Rüya bileğindeki dikişleri ıslatmadan aldığı duşun etkisiyle bir nebze de olsa rahatlamış görünüyordu. Üzerinde Nehir'in beyaz saten pijama takımıyla yatağa oturduğunda, Nehir Rüya'nın ıslak saçlarını taramaya başladı. Tam o sırada odanın kapısı tıkladı.

"Nehir, ben Rüya'nın yanında beklerim, sen yemeğini ye."
Aras Rüya'nın yemek istemediğini biliyordu. O yüzden elinde bir bardak süt vardı. Kıza yaklaşıp sütü ona uzattı.
"Bence içmelisin."
Rüya başını öne eğerek bardağa uzandı. Aras, Rüya'nın yanına oturdu. Aralarında sadece birkaç karış mesafe olsa da Aras ona çok uzak, Rüya ise uzaktan bile yanacak kadar âşıktı ona.

Aras onu bir kere bile incitmemiş, asla zorla dokunmamış ve onu kıracak tek bir söz söylememişti. Ama Rüya hepsini duymuş ve hissetmiş gibi, bu tek taraflı ağır aşkın altında kalmış, ayağa kalkamıyordu.

Aras'ın asla kendisini bırakmayacağını düşünerek onunla mücadele edecekken, şimdi onun oluyordu. Bir an, Topal'ın tehdidini Aras'a söylemek istedi. O adamı buna pişman edebilirdi, ama yine de bunu göze alamadı. O adamları iyi biliyordu. Bir şekilde istediklerini alırlardı. "Ya Aras'ın bile bulamayacağı bir yere kaçırırlarsa beni" diye düşünürken tüyleri ürperdi. Aslında bilmiyordu ki, Topal artık Rüya'nın yanına yaklaşmazdı. Yavuz'u ezmek demek ölüm fermanını imzalamak demekti.

"Artık burada güvendesin Rüya, istediğin kadar kalabilirsin."

Rüya, Topal'ın sözlerini kendine saklarken Aras'a mecbur olduğunu düşünmek istemedi. Hâlâ umudu vardı. Belki gri gözleri aşkla dolar da, Rüya'ya aşk dolu gözlerle bakar umudu...

"Korkma oldu mu Rüya? Sana asla zarar vermem." Aras elini Rüya'nın saçına uzattı, ama Rüya elindeki bardağı daha sıkı kavrarken, başını geriye doğru çekti. Kızların kendilerini seve seve sundukları Aras, hayat arkadaşı olmasını istediği Rüya'nın saçına bile dokunamıyordu. Kız o kadar korkmuştu ki, hem ondan kaçıyor, hem de ona sığınıyordu. Bu nasıl bir çelişkiydi? Bu, Aras'ın hiç ama hiç beklemediği bir sınavdı. Yeniliyordu işte. Kara gözlü kızın bir bakışına, bir sözüne, sessizliğine yeniliyor; kız onun yarasını bile sarmasına izin vermiyordu. Rüya yine de onun varlığından duyduğu memnuniyeti açıkça dile getirdi.

"Senin yanındayken hiçbir şeyden korkmuyorum." Sesi öyle ürkek, öyle korunmaya muhtaç çıkmıştı ki, Aras şefkatli bir gülümsemeyle ona baktı.

"Belki profesyonel bir yardım almalısın, daha çabuk..." dediğinde, Rüya öne eğdiği başını iki yana salladı.

"Hayır Aras, buna gerek yok, onlar sadece dinler, sevgi veremez." Aras'ın yüreğine bir suçluluk hissi çöreklendi. Göz göze geldiklerinde Rüya'nın aklından geçenler belliydi. Aras'a baktı, sadece baktı... Ona da mecburdu. Tıpkı yetimhane gibi. Orayı sevmiyordu, ama kalmak zorundaydı. Aras'ı seviyordu ve onunla olmak zorundaydı. Hangisi daha zordu? İnsan sevdiğine mecbur olurken, sevilmek istemez miydi?

Sevmiyordu işte. İki rengin karışımından oluşan gri bakışları, iç açıcı kokusu ve ona sunduğu koskoca bir dünyası vardı, ama Rüya'yı almıyordu içine.

Aras kendisine duvarlar örmeye başlayan kızın saçlarında gözlerini gezdirdi. Az önce Rüya'nın kendisinden uzaklaşmasına aldırış etmeden, aralarında duvar istemediğini belli ederek, parmaklarını kızın ıslak saçına götürdü.

Aras'a duyduğu aşkın etkisiyle Rüya'nın içi tatlı tatlı ürperse de, o parmakların sahibinin aşksızlığı yüzünden bedeni kaskatı kesildi. Birkaç saat önce yaşadıkları yine gözünün önüne geldi ve başını geriye çekerek ondan uzaklaştı.

Aras elini çekerken, "Sen çok narinsin, saçlarını kurutmalısın, belki makineyi tutabilirim" dedi, gözlerini Rüya'nın yaralı bileğine çevirerek.

Rüya saçlarını ıslak bırakmayı sevmezdi, ama şu anda kurutamayacak kadar bitkindi.

"İster misin Rüya? Sana yardım etmek istiyorum."

Bu tatlı ilginin, onun kendisine dokunmadan yardım edecek olmasının mutluluğuyla bir süre Aras'ın yüzüne baktı. Aras cebinden Rüya'nın telefonunu çıkararak komodinin üzerine bıraktı. Rüya'nın cevabını beklerken kendi telefonu çaldı.

"Efendim?"

"Sayın Karahanlı, ben Namık Candan'ın özel kalemiyim, bugün program dışı bir planımız var. Sami Hanzade'nin yalısındayız. İstanbul'a geldik. Sadece iki saat vaktimiz var. Bu mini zirveye, sayın başkanımız sizin de katılmanızı arzu ediyor."

Aras hiç tereddütsüz "Tamam" diyerek telefonu kapattı. Bakışları hâlâ Rüya'nın üzerindeydi. Genç kızın ona olan ihtiyacı gözlerine yansımıştı.

"Özür dilerim, benim acil bir işim çıktı."

Tabii ki, Karahanlı siyasetle evliydi. Rüya zaten bu kara sevda yüzünden onun yanında değil miydi şu anda? Namık Candan'ın onu özel bir mini zirveye davet etmesi, basamakları çifter çifter çıktığını gösterirken, Rüya'nın yaşayacağı yalnızlığın ve aşksızlığın şekli daha da belirginleşiyordu.

Aras Karahanlı'nın onu sevmeye hem kalbi hem de vakti yoktu. Ayağa kalkarken, Rüya'ya bir daha baktı. Onu bu halde bırakmak ile Rüya'nın yanında kalmak onun için bir ikilem değildi. Kızın saçlarını kurutarak Rüya'ya sıcacık anlar yaşatacağına, siyaset masasında olmak daha evlaydı onun için.

"Yavuz'a söylerim, yarın sabah, resim malzemelerini getirir" derken, Rüya'nın sol eliyle resim yaptığından ve onu bu sefer tam kalbinden yaraladığından habersizdi... Aras'ın seçimi belliydi.

18

İlk ret

Ertesi sabah Rüya'nın aralanan gözkapaklarından sızan gün ışığı, dün gece yaşanan sahneleri aydınlatan bir ışıktan başka bir şey değildi Rüya için. Gün değildi doğan, güneş değildi parlayan. Sadece yaşananları daha çok açığa çıkaran bir parça ışıktı. Yataktan doğrulduğunda gardırobun aynasında kendi yüzünü daha net gördü. Şişmiş ve morarmış dudağına parmaklarını götürdüğünde başucundaki telefonu çaldı.

"Efendim Oğuz?"

"Rüya, iyi misin? Sana ulaşamadım..."

"Bilmiyorum Oğuz."

Kızın sesindeki tuhaflık Oğuz Hanzade'yi endişelendirmişti. Kelimelerin üzerine basa basa, "Seni mutlaka ama mutlaka görmeliyim" dedi.

Rüya'nın kafası, bu ısrarlı cümlenin ardını düşünemeyecek kadar karışıktı. "Neden, sergiyle ilgili bir problem mi var?" diye sordu.

Oğuz sıkıntıyla, "Hayır" dedi. "Başka bir konu. Evinin yerini tarif edersen, seni almaya gelirim."

"Ben evde değilim."

"O zaman sen gel." Oğuz, Aras'ın kötü niyetinden korumayı istediği kızın nerede olduğunu az çok tahmin ediyordu. Yine de sormak istemedi. "Gelebilecek misin?"

Rüya elini morarmış dudağına bastırdı. Kimsenin kendisini böyle görmesine izin veremezdi. "Ben biraz rahatsızım Oğuz, kendimi iyi hissettiğim zaman..."

"Geçmiş olsun Rüya, ama iyileştiğinde lütfen beni ara." Zaten sabırlı olan Oğuz, birkaç gün daha bekleyebilirdi.

"İyileştiğimde galeriye geleceğim" diyerek telefonu kapatan Rüya, duyacakları hakkında en ufak bir hüküm yürütmeden yatağa tekrar uzandığında, Aras'ın dün geceki gidişi geldi gözünün önüne. Onu öylece bırakıp gidişi...

* * *

Aras ile Rüya'nın hayatlarına uğursuz gelen nisan ayının son günleri de geçip gitmişti. Bu son günlerde okula gidemeyen Rüya, evde bütün gün Emine Hanım ve Nehir'le vakit geçirmişti. Aras'ı sadece birkaç akşam görebilmişti. Aras Karahanlı, kendisi için çok verimli geçen mini zirvenin ardından Ankara ziyaretlerini sıklaştırmıştı.

Yükseliş Ankara ziyaretleriyle paralel giderken, ikisinin arasındaki uçurum da açılıyordu. Aras iki gece Ankara da kalmış, bu iki gecenin dışında da üç gün sabah erkenden gitmiş ve gece geç saatlerde evine dönebilmişti.

Babasıyla yapacağı görüşme de bir türlü gerçekleşememişti. Bildiğini okuyacak olsa da, karşısındaki babasıydı ve her iki Karahanlı erkeği de çok inatçıydı. Aras'ın Ankara'da olmadığı günlerde babası ya yurtdışında ya da çok çok önemli bir toplantıda oluyordu. Elbette konuşacakları gün kaçınılmazdı, lakin zaman ilerledikçe her ikisinde de birbirlerine söyleyecekleri söz birikiyor, kararları daha da netleşiyordu.

Aras Rüya'yı ise gecenin geç saatlerinde görüyor ve Rüya bir şekilde sessizce ondan kaçıyordu. Aras'la fazla konuşmuyor, ona hiçbir kızın öremediği duvarları örerken Aras'ı kendinden uzak tutuyordu.

Cuma gecesi Aras yine Ankara'dan dönmüştü. Ofisine pazartesi gününden beri uğrayamamıştı. Yine ofisine uğrayamadan saat dokuza doğru eve geldiğinde, aklı Cevdet'ten zorla aldıkları Rüya'nın dosyasındaydı. Yavuz'a her şeyi anlattırmıştı, ama kendi gözleriyle görmeli, ondan sonra Rüya'yı mutlu edecek kısmını, ona bilmesi gerektiği kadarıyla söylemeliydi.

Eve geldiğinde Rüya'nın tüm gün Nehir ve Emine Hanım'la olduğunu biliyordu. Rüya uyuyordu. Nehir ise Aras'ın geleceğini bilerek evden yeni çıkmış, Kaan'la beraber yakın bir arkadaşlarının nişanına gitmişti.

Aras Karahanlı çok yorgundu. Rüya'yı da içine kattığı fırtına onu zihnen fazlasıyla yormuştu. Rüya uyuyor olsa da, ilk defa onunla yalnız kalabilmişti. Ceketini çıkararak yukarı çıktı. Odasına geçtiğinde telefonu çaldı. Arayan babasıydı.

Ender Bey, "Bu gece müsaidim, yalıdayım. Buraya gel" dediğinde, Aras beyaz gömleğinin düğmelerini çözüyordu.

"Evdeyim, gelemem, yarın akşam konuşalım."

İlk defa baba oğul arasında bu kadar sert ve soğuk rüzgârlar esiyordu. Rüya'yı yalnız bırakmak Aras için söz konusu olmadığından "Yarın akşam" diye tekrarlayarak, bıkkınlıkla soluğunu bıraktı.

Babası bu cevaptan hiç hoşlanmasa da, "Tamam" diyerek telefonu kapattı, ardından şoförü aradı.

"Hemen arabayı hazırla, Aras'ın evine gideceğiz."

Aras üzerindeki kıyafetleri çıkararak kendisini bu ılık mayıs akşamında buz gibi duşun altına bıraktı. Soğuk olan her şey onu kendine getirirdi. Su damlaları bedenine çarparken gözlerini kapatarak, derin derin nefes alıyor, doğru bildiğine ulaşmak için yaptığı yanlışı düşünüyordu. Hem özel hayatıyla hem de siyasi kariyeriyle ilgili kararlarının kendisine fayda getirdiğini bilse de, o kararları alırken ve de uygularken çok ama çok yıpranıyordu.

Emelleri, idealleri yürüdüğü bu yolda hep daha fazlasını istemesine sebep olmuştu. Zirveyi istiyordu. Orada olmak ve insanlara kendi bildiği yöntemle faydalı olmak, orada olmak, o güce sonuna kadar sahip olmak... Âşık olmadığı bir insanla yaşayacak olmak onu zerre kadar rahatsız etmiyordu. Annesinin gittiği geceden beri, ruhunun bir parçası oraya sinmiş kara mevsimi yaşamıyor muydu zaten yıllardır?

Bedenini ve ruhunu soğuk suyla biraz ferahlatmış olarak duştan çıktı ve giyinmeye başladı. Kot pantolonunu giyerken, bahçede oturarak birkaç siyasi makale okumayı düşünüyordu. Tam tişörtünü giyeceği sırada çığlıklar duyarak hemen Rüya'nın odasına koştu.

Kapıyı hızla açtığında, sarı loş ışıkta, Rüya'yı yatağın üzerinde oturmuş, dizlerini karnına çekmiş bir halde titrerken gördü. Yüzünü dizlerine kapatmış hıçkırıyordu. Kızın gördüğü kâbusun ne tür bir şey olduğunu tahmin ediyor ve bunu ona sormak istemiyordu. Rüya'nın hıçkırıkları, hızlı solukları birbirine karışmıştı. Kız gerçek hayattan o kadar kopmuştu ki, Aras'ın odaya girdiğini bile fark edememişti. Aras kızın yanına oturunca, yatağın kıpırtısını hisseden Rüya başını korkuyla ona çevirdi.

Aras belinden yukarısı çıplak bir halde yanında oturmuş, ona bakıyordu. Çünkü yapabileceği başka bir şey yoktu. Hele ki böyle bir kâbus gördükten sonra, zaten kendinden günlerdir kaçan kıza dokunması, onu teselli etmesi imkânsızdı.

Bir süre ikisi de gözlerini bile kırpmadan birbirlerine baktılar.

"İyi misin?" diye fısıldadı Aras. Rüya ona cevap vermiyor, bir şeyleri çözmek istercesine Aras'ın gözlerine bakıyordu.

Genç adam elini kızın terden sırılsıklam olmuş alnına dokundurduğunda, Rüya ani bir tepkiyle geri çekildi. Aras bunun sebebini bilse de, artık böyle olmasını istemiyordu. Gözlerini hafifçe kısarak kıza yaklaştı. "Neden benden kaçıyorsun? Sana asla zarar vermeyeceğimi çok iyi biliyorsun." Bir an durduktan sonra, "Haklısın" diye sürdürdü sözlerini. "Çok kötü bir şey yaşadın, fakat sen benden de kaçıyorsun, hem de günlerdir. Bunu bana yapma Rüya, konuş benimle."

Bir süre daha susan Rüya bakışlarını ona çevirdi. Çakır gözlü adamın sözleri aklında dönüp duruyor, uyuduğu zamanlarda ise kâbus olup uykularını zehir ediyordu. Oysa o hayatına devam etmek, dışarı çıkmak, resim yapmak ve tekrar yaşamak istiyordu. Ruhunu karartan korkulardan kurtulmanın tek yolu buydu. Gri yoğun bulutların ardındaki sisli dünyaya teslim olmak, bilmediği ayazlara kendini bırakmak. Aras'lı bir hayatın sevgisiz diyarlarında belirsiz bir geleceğe gözü kapalı adım atmak. Evlenecekti, ama şimdi değildi. Zaten seviyordu. Tek isteği sevilmekti, hem de kimsesiz hayatında bir dolu insan varmış gibi sevilmek. Ama ne çare, "Ya o, ya ben, ya ölüm" dememiş miydi o adam?

Aras Rüya'nın boş bakışlarının ardındaki fırtınayı hissetmişçesine, "Yanında olmama izin ver" dediğinde Rüya içindeki itirazları bastırarak kapadı gözlerini ve tek kelimeyle yitirdi kendini onun o kış gibi dondurucu kalbinde. "Tamam."

Aras kızın sesindeki mecburi kabulleniş tınısına aldırmadan, ellerini kızın omuzlarına götürdüğünde, Rüya ona karşı koymadı.

"Benimle evlenecek misin?"

Rüya gözlerini ondan çekerken, Aras'a karşı aşkla çağlayan kalbi acıyor, için için yanıyordu.

"Evet, evleneceğim" dedikten sonra Aras'ın duyup duymamasını umursamadan, "Zaten evlenecektim" diye ekledi. *Sadece aşkını istiyordum* cümlesini kendisine sakladı.

Aras istediğini almanın, kendisini çok yoran bu engeli yıkmış olmanın hazzıyla kızı kendine çekerek başını onun boynuna yaklaştırdığında Rüya yine kaskatı kesilmişti. Ama boynunu ısıtan nefesi tanıyordu. Her yudumda ona aşk olup gelmemiş miydi bu yakıcı, yıkıcı nefes?

"Sen" diye fısıldadı Aras, kızı kendi hayatına katmış olmanın taze zaferiyle, "benim olacaksın Rüya."

Aşkla çıkmayan sözcükler Rüya'nın kalbinde serin rüzgârlar estiriyordu. Aras kızın boynuna düşen saçları usulca çekerek dudaklarını kızın hızla atan damarına yaklaştırdı. Bu sahneyi daha önce başka kadınlarla defalarca yaşamış, onların teninde kaybolmuştu. Ama bu sefer öpemiyor, sadece kızın teninin kokusunu içine çekmek, kaybolmak değil, bilmediği bir şeyler bulmak istiyordu.

"Rüya, sen neden böyle kokuyorsun?"

Âşık olduğu insanın nefesi bile yetiyordu Rüya'nın içine bembeyaz bir aydınlık saçmaya. Dizginlenemez bir heyecan kalp atışlarını hızlandırdı; kalbi en son, çılgın gibi korktuğunda böyle atmıştı. İki duygu birbirine karışıp da, tenini yakan nefes, bu sefer onu üşüttüğünde hızla kendini geriye doğru çekerek, yine o dehşetin izlerini taşıyan bakışlarını Aras'a çevirdi.

"Lütfen bana dokunma."

"Peki. İstemediğin sürece asla sana dokunmam."

Yine de bu reddediliş onu yıldırmadı ve "İki hafta sonra evleneceğiz Rüya. Tamam mı?" dedi.

19

Sır

Soluksuz kalan Rüya Aras'ın yüzüne bakakaldı. Beyninde sadece "iki" rakamı yer etmiş gibi, "İki mi?" diye sorarken, gözyaşları aktı akacaktı.

"Evet, iki hafta sonra." Sesindeki tartışma götürmez ton o kadar belirgindi ki, Rüya hiçbir zaman baş edemediği Aras'la şu anda, hem de yaraları varken nasıl mücadele edebilirdi? "Biz gazetelere çıktık Rüya, her an yanlış bir haber yaparak her şeyi mahvedebilirler, çok ama çok üzülebilirsin."

Elbette Aras'ın tek çekincesi bu değildi. Oğuz, Sedef, babası ve daha da önemlisi, partideki hızlı sivrilişinin bazı art niyetli şimşekleri üzerine çekmesi. Zaten pek de düzgün bir özel hayatı yoktu. Sadık Gündoğdu bulduğu ilk fırsatı kaçırmamıştı. Aras bunu onun yaptığını iyi biliyordu. Hem ne fark ederdi ki, daha Nehir'in doğum gününde karar vermemiş miydi Rüya'yla evlenmeye? Ama Rüya'yı kendine âşık etmeye karar verdiğinde böyle bir çetin cevizle karşılaşacağını hiç hesap etmemişti.

Şimdi bu kız, yaşadığı korkunç olayın etkisiyle ondan kaçıyordu. Onun, o adamlardan ölümüne korktuğunu, bu yüzden bir yere gitmesinin zor olduğunu bilse de daha fazla beklemeyecekti. Artık kafası rahat etmeli, bu iş bitmeliydi.

"Anladın mı Rüya? Bu kadar çabuk olması belki seni şaşırtmış olabilir, ama daha fazla beklemek sadece seni üzer."

Kız ağır ağır başını sallarken Aras ona bakıyor, eşi olacak

insanı daha net görüyordu şu anda. Bitmişti artık. Onu ikna etmiş, sürekli kaynayan düşünceleri Rüya'nın verdiği cevap sayesinde durulmuştu. Şimdi tamir zamanıydı.

Aras Karahanlı asla pes etmezdi. Çok güvendiği aklı, kalbinin soğukluğuna yoldaş olur, istediğini mutlaka elde ederdi. Şimdi de Rüya'nın kendisinden kaçmamasını ve onu sevmeyen kalbinde kızın kendine mutlu bir yer edinmesini istiyordu. Kesinlikle bundan da vazgeçmeyecekti.

Başını hafifçe yana eğerek sahip olduğu bir varlığa bakar gibi baktı Rüya'ya. Oyunlar bittiğine göre, Rüya artık böyle bakılası bir kadındı onun gözünde. "Rüya benden saklanma artık. Seni asla ama asla incitmeyeceğim, söz veriyorum" derken sesi son derece inandırıcıydı.

"Ama incitecekmiş gibi bakıyorsun, hem de her zaman."

Hiç beklemediği bu sözler Aras'ı bir an soluksuz bıraktı, gözleri şaşkınlıkla açıldı.

"Öyle mi bakıyorum Rüya?" Aras'ın sesi istemediği halde suçlayıcı çıkmıştı.

Rüya kirpiklerinin altından ona bakarak, "Evet Aras" dedi, "sen bana bakarken ben mutsuz oluyorum."

Aras bu defa gözlerini kısarak, kızın yüzüne dökülen saçlarını geriye doğru çekti.

"Hayır, biz çok mutlu olacağız ve bunu herkes görecek."

İşte buna ne denirdi ki? Bu, Aras Karahanlı'nın tüm varlığıyla istediği görüntüydü. İnsanlar tarafından *görülesi, takdir edilesi mutluluk...*

Rüya yaşayacağı mutluluğa inanmaksızın, başını yastığa koyarak ellerini yanağının altına aldı. "Uyumak istiyorum Aras" dedi. Ona sarılıp uyumanın sadece Aras'a olan aşkını büyütüp besleyeceğini, hissettiği acının kendisini daha da kavuracağını biliyordu.

"Sen beni sevmiyorsun" dedi, odadan çıkmak üzere hareketlenen Aras'ın arkasından.

Bunu söylerken ne sevgi dileniyor ne de onu suçluyordu, sadece bir gerçeği dile getiriyordu. Aras durdu ve başını ona çevirdi.

"Ne dedin sen?"

Rüya masumiyetin meydan okuyan o saf gücüyle Aras'a bakarak, "Sevmiyorsun dedim" diye karşılık verdi.

Aras, kalp atışlarını hızlandıran bu sözlerden rahatsız olduğunu gizlemeksizin Rüya'ya doğru yaklaşarak üzerine eğildi.

"Sana yalan söyleseydim, evlendiğimizde ya da şimdi bunu gözlerimde görmeyecek miydin Rüya?"

Kızın donuk yüzüne bakınca sinirleri daha da gerildi. "Ben buyum, ne sen ne de başkası bunu değiştiremez. Aşk, sevgi bunlar hiçbir şeye yetmez. Bunlara güvenerek kimseyle olma Rüya, bunlar insanı yarı yolda bırakır. Sana yarı yolda bırakılan insanlara dair bir sürü örnek verebilirim." Omuzlarından tutarak Rüya'yı doğrulturken kendini kontrol edemiyor gibiydi. Durdu, derin bir nefes aldı, ardından daha sakin bir sesle, "Ama ben seni asla bırakmayacağım" dedi.

Rüya "Beni yalnız bırakır mısın?" diye fısıldadı.

Bu evlilik Aras Karahanlı için de öyle kolay olacağa benzemiyordu ve Aras bunu ilk defa idrak ediyordu. Rüya'yı hafife alamazdı. Ne de olsa o, yetimhanenin buz gibi koridorlarında ayakta kalmıştı. Hem de bunu nasıl yaptığını bilmeden başarmıştı.

Rüya gözlerini kaparken Topal'ın tehdidini düşündü. Aras'ın yanından gidecek gücü şu anda yoktu, ama zaten yüreği onun yanında kalmayı istemiyor muydu?

* * *

Aras odasına geçtikten sonra tişörtünü giydi ve üç katlı beyaz villayı çepeçevre saran bahçeye çıktı. Büyük ağaçlarla çevrili geniş bahçenin yeşil çimlerinin üzerinde duran masaya geçti. Bahçedeki şık lambaların ışığı altında dergilerini okumaya başladığında, villanın otomatik dış kapısının aralandığını gördü. Sadece ailesi ve Yavuz o kapıdan bu kadar kolay geçebilirdi.

Ayaklarını, uzattığı beyaz sandalyeden indirerek ayağa kalktı ve siyah Mercedes'ten inen babasıyla göz göze geldi. Karahanlı ailesinin iç meselesi bu bakışlarla başlayacaktı.

Siyah takım elbisesinin içinde, beyaz saçları ve çatık kaşlarıyla babası oğluna doğru yürüdü. Sert ifadeli gözleri, birikmiş bir öfkeyle Aras'ına bakıyordu. Tek kelime etmeden beyaz sandalyeye otururken gözlerini oğlundan ayırmadı.

Ender Karahanlı, Aras'ın savunmasını istese de hükmünü çoktan vermiş gibi görünüyordu. Aras bunu sezse de umurunda bile değildi.

"Hoş geldin baba" diyen Aras'ın sesinde zerrece şaşkınlık yoktu.

"Hoş bulduk."

Ender Karahanlı, bakışlarını başka yöne çevirdi. Baktığı yerden kendi düşüncelerini okuyormuş gibi söze girdi.

"Buna asla izin vermeyeceğimi biliyorsun."

Aras dirseğini sandalyenin kenarına, elini de başına dayamıştı. "Bunun dönüşü yok baba."

"Asla dedim sana! Ailemize bunu yapmayacaksın!"

Aras babasına saygısızlık yapmamak için alaycı gülümsemesini sakladı.

"Ailemize mi? Ben ailemize ne yapıyorum?"

"O kız bize uygun değil."

"Onu tanıyor musun baba?"

"Ne demek istediğimi anladın Aras."

Aras istifini bozmadı. "Senin gibi düşünmüyorum ve kararımdan vazgeçmeyeceğim."

Ender Karahanlı sözünü geçiremeyeceğini her kelimede

daha fazla hissediyor ve öfkesi artıyordu. Sert bir hareketle başını oğluna doğru çevirdi.

"Her şeyi yaparım Aras, bu evlilik olmayacak!"

Aras dirseğini sandalyeden çekerek öne doğru eğildi ve babasına daha dikkatli baktı.

"Neyi yaparsın?"

Ender Karahanlı oğlunun kararlılığını görünce son kozunu oynadı. Sözleri, silahın namlusundan çıkan mermiler gibiydi. "Hukuken seni bu aileden uzaklaştırmak ve sahip olduklarımızdan mahrum etmek için elimden ne gelirse."

Aras bu kadarını beklemese de, yediği vurgunu önemsemediğini belli edercesine gülümsedi. "Umurumda mı sanıyorsun, istediğini yapmakta özgürsün."

Ender Karahanlı bu söz karşısında şoke olmuştu. Karahanlı Holding'in prensi tüm varlığını bir kalemde reddediyordu.

"Demek umurunda değil..." Ava giderken avlanan yaşlı bir kurt gibi başka çözüm yolları aradı. "Peki, siyasi kariyerine vereceğin zarar ne olacak Aras? Evlilikler siyasiler için çok önemlidir." Sesindeki hiddet ve söylediği sözler oğlunu can evinden vurmaya yönelik olsa da silah çok yanlıştı. Elini ahşap masaya sertçe vurdu. "Söyle! Kim olduğunu bilmediğimiz bir insana nasıl güvenirsin, onu nasıl koluna takarsın? Senin kim olduğun belli, onun ise..." dedi ve dilinin ucuna kadar gelen daha ağır cümleleri kendine sakladı.

Evleneceği kız hakkında bu yorumları duymak, daha da önemlisi babasının bu kadar ileri gitmiş olması, Aras'ı çok öfkelendirdi. İlk defa babasına böyle bir öfke duyuyordu. Bir sürü cevabı vardı var olmasına, ama hepsini yuttu.

"Bekle" diyerek babasının yanından ayrıldı. Sözlere gerek yoktu, nafileydi. Hızla odasına çıkarak yatak odasındaki duvara monte edilmiş kasadan kâğıdı aldı. Rüya'nın kapısını aralayarak derin uykusunda olan kızı kontrol etti ve bahçeye döndü.

"Al bak bakalım, ben kimim, kimin oğluyum ve sen kimi koluna takmışsın?"

Adam çözemediği sözler ve bilmediği kâğıt parçası arasında sıkışan düşüncelerini netleştirmek için kâğıdı eline aldı ve okumaya başladı.

Ender yapamıyorum, onu severken seninle olamıyorum...
Oğlunun çocukça bir acıyla o gece yaptığı gibi defalarca okudu. Önce şaşkınlıkla, sonra her yeni kelimede bedeni titreyerek. Nihayet kalbinde nefretle karışık acı bir yangın başladı ve o gece kararması gereken kalbi yıllar sonra karardı. Aynı oğlu gibi...

Sadece yakıcı soluklarının sesi vardı bahçenin çıt çıkmayan sessizliğinde. Gerçek denen olgudan mahrum kalmışlığın acısı ve o gerçeğin yıkıcılığı esir almıştı Ender Karahanlı'yı. Parmaklarının arasında tuttuğu kâğıt parçası, yüreğini bıçak gibi kesiyordu. Tıpkı oğlunu kestiği gibi...

Babası okuduğu satırları hazmetmeye çalışırken, Aras ayakta durmuş, yıllar yılı kendisini için için yıkan bu acıyı çoktan kabullenmiş olmanın eksik gücüyle babasına bakıyordu.

"Neden sakladın? Bunu bana neden yaptın?" Bahçeyi inleten sesindeki öfkenin asıl muhatabı mezarındaydı. Hem de sürekli çiçekler bıraktığı mezarında... "Neden diyorum sana?"

Öfkeyle ayağa kalktığında, kendisinden en az on santimetre uzun oğlunu bakışlarıyla öldürmek istiyordu. Ama Aras sakindi.

"Sakladım, çünkü Nehir'in bilmesini istemedim. Sakladım, çünkü benden başka kimsenin ondan nefret etmesini istemedim."

Ender Karahanlı başını iki yana salladı.

"Ben bunu hak etmedim Aras!" Ansızın hayatına girerek direncini kıran ihanet ve çaresizlik, belini bükmüşçesine olduğu yere, sandalyeye kendini bıraktı yaşlı adam ve bir süre sessizliğe teslim oldu.

"İşte ben bunun oğluyum" dedi Aras ona doğru eğilerek. "Başka bir erkek için çocuklarından vazgeçen bir kadının ve o senin karındı. Sakın kimseyi yargılama, sen bu kadını koluna taktın ve sakın bana kimi koluma takıp takmayacağımı söyleme." Babasını suçlarcasına çıkan sesini alçalttı.

"Siz bu musunuz? O, istediği erkekle olmak için çocuklarını terk etti, sen de beni Rüya'dan uzaklaştırmak için paranı mı kullanacaksın? İstediğiniz olmadığı zaman benden ve Nehir'den hep bir şeyler mi alacaksınız?"

Babası bin parçaya ayrılmış gibi oğluna bakıyordu. Hayatının en zor anını, çok sevdiği eşi yüzünden, biricik oğlunun eliyle yaşıyordu. Koca çınar şu anda, içinin nasıl da oyulmuş olduğunu fark ediyor, sevdiği kadının kendisine ve çocuklarına bunu yapmış olması, onu gitgide daha da yıkıyordu.

"Bunu sakın Nehir'e gösterme." Aras içindekileri dökmüş olmanın rahatlığıyla sandalyeye oturdu ve babasının da kendisi gibi alışacağını bildiği için, haline aldırmadan ekledi. "İki hafta sonra evleniyorum. Eğer siyasi kariyerimi gerçekten düşünüyorsan orada olursun." Bu gece ikinci zaferi kazanmış olmanın hazzı yerine ağır yükünü taşıyordu.

Babası oğluna bakarak yavaş yavaş ayağa kalktı. İhanetin yıkıcı gücüne teslim olmuş bir halde bakışlarını masanın üzerinde duran kâğıt parçasına dikti.

"Seni asla affetmeyeceğim Aras" dedi ve çim bahçeyi geçerek arabasına doğru ilerledi. Arabadan inen şoförü bitap düşmüş patronuna kapıyı açtı.

Aras babasının arkasından bir müddet baktı. Bu sırrı babasına söyleyerek onu perişan ettiği için acı çekiyor, annesine olan öfkesi katlanıyordu.

Asıl kabul edemediği, babasının bu evliliğe izin vermemesi değil, Rüya'yı ona yakıştıramamasıydı. Oysa Aras kendisi sevemese de, herkesin Rüya'yı sevmesini istiyordu, çünkü ona göre Rüya sevilmeyi fazlasıyla hak ediyordu ve hayatında böyle bir kızla bir daha karşılaşamayacağını biliyordu. Ama hepsi o kadardı...

Masanın beş altı metre ötesindeki mutfak kapısına doğru ilerlediğinde Rüya'nın bembeyaz olmuş yüzüyle karşılaştı. Kızın tarifsiz bakışları Aras'ın gözlerine akarken, Aras onun biraz önceki konuşmaları duyduğunu anladı. Şimdi bir defa daha onun karşısında kendini çıkmazda hissediyordu. Neyi ne kadar duyduğunu anlamaya çalışırcasına ona bir adım daha yaklaştı. Başını ona eğdiğinde ilk defa kendisi gibiydi ve ilk defa bir kızın duyguları için endişeleniyordu. Babasının Rüya hakkında sarf etmiş olduğu sözlerin onu incitmiş olmasını istemiyordu.

İstese de istemese de, Rüya'yla bir sürü ilke yelken açıyor, şimdiye kadar yaşamadıklarını yaşıyor, hissetmediklerini hissediyordu. Bu da öyle bir andı. Aras ile Rüya yaşananların ve yaşanacakların kaçınılmazlığına teslim olurken, bu gece ortalığa saçılan sır da dahil, birbirlerine dair saklı kalmış her şeyi çözerek birbirlerini tamamlıyorlardı.

İlk parça, bu bütünlemede yerini Rüya'nın farkında olmadan yaptığı hareketle buldu. O sadece masum ve güzel değildi; kalbi, sağaltıcı bir iyiliğin gücüyle de doluydu. Rüya elini kendisi için atmayan kalbin üzerine koyarak Aras'a duyduğu aşkın gücüyle onu sarmaladı.

Kendi acılarını ve babasının kendisi hakkındaki düşüncelerini bir kenara bırakarak, "Sen..." diye fısıldadı hüzünle. "Sen çok yaralısın."

20

Sevmeyi sevmiyorsun

Aras duyduğu üç kelimenin etkisiyle sanki bu dünyadan kopmuştu. O zehirli gecenin sabahını anımsarken, şu anda dünyayla tek bağlantısı Rüya'nın eliydi. Kalbinin üzerinde duran sıcacık eli.

O parmaklardan akan şefkat, çok güçlü bir ruhtan çıkmış değildi aslında. Aras'tan daha yaralı, daha acılıydı. Elini kızın elinin üzerine koyduğunda Aras'ın gözlerine yüklenen anılar, Rüya'nın hüzünlü bakışlarını perdeliyor, o siyah gözleri göremiyordu bile.

O yağmurlu gecenin sabahında uyandığında evde bir sürü insan vardı ve babası bitmiş bir halde salonda oturuyordu. Takım elbisesi dağılmış, perişan bir haldeydi. Kan çanağına dönmüş gözleriyle oğluna bakmış, onu yanına çağırmıştı. Ses tonundaki acıyı saklamaya çalışsa da, sesi hâlâ Aras'ın kulaklarındaydı.

"Oğlum, çok yağmur yağıyor diye annen beni havaalanından almaya gelmiş, sonra da arabası yolda kaymış..." demiş, cümlenin gerisini getirememişti. Adamcağız eldeki verilerden yola çıkarak böyle düşünmüştü. Evden sadece çantasıyla çıkan Yeşim Hanım sevgilisine giderken kendini ölüme götürmüştü. Ve babasının kesik kesin çıkan sesi, Aras'ın ağzını tuhaf bir korkuyla mühürlemiş, babasını ucu bucağı olmayan bir vicdan azabına gark etmişti bilmeden. Sonra da "Ne fark eder ki artık" diye düşünmüştü. O zaten annesinden herkesin yerine nefret ediyordu.

Rüya'nın elini bilinçsizce parmaklarının arasına alırken, kızın yumuşacık sesiyle çıktı o geceden.

"Aras bunu yapmamalıydın. Benim yüzümden babana o kâğıdı göstermek..."

"Hayır Rüya" diye onun sözünü kesti Aras. "Bu sadece seninle ilgili değil." Yüzü, acı ve donuk bir nefretle çarpılmış bir halde kıza baktı. "Sanırım artık zamanı gelmişti, çok önceden söylemeliydim aslında." Gri gözleri aydınlanırken, o gece ikinci defa kendi duygularını arka plana attı. İkisi birbirinin aynısıydı; sadece yüzleri başka yönlere dönük, sözleri başka anlamlar yüklüydü. Oysa ruhları neredeyse birdi, aynıydı. Örselenmiş iç dünyalarına rağmen kendilerini asla düşünmüyorlardı.

"Babamın sözleri seni incitmesin Rüya, inan bana umurumda değil. Çok özür dilerim, bunları duymanı hiç istemezdim."

Rüya kırık bir tebessümle ona baktı. "Babanı suçlayamam Aras, kim olsa böyle düşünürdü. Bizim aramızda uçurumlar var."

Aras'ın gözlerinin ışığı söner gibi oldu ve kızın kollarını tuttu. Sesi onu ikna etmek ister gibiydi.

"Seninle evlenmeme hiç kimse mâni olamaz Rüya, ben onun gibi düşünmüyorum."

Rüya bir adım geri atarak, kollarını pek de sıkmayan parmaklardan kurtuldu.

"Aras, bu neyi değiştirir ki? Sen sevmeyi bilmiyor değilsin, sen sevmeyi sevmiyorsun."

Rüya, Aras'ın kendisini sevebileceğine dair beslediği umudun bittiğini aslında kendine itiraf ediyordu. Bilmeyen öğrenirdi, peki ya sevemeyen?

"Sen annen yüzünden, onun sizi terk etmesi yüzünden sevmeyi sevemiyorsun Aras."

"Öyle olsam da olmasam da, sen artık benimle olacaksın, bunu biliyorsun değil mi?"

Ölesiye korktuğu Topal'ın sözlerini çağrıştıran bu tehdit, Rüya'nın umutlarını iyice tüketti. Nasıl tüketmezdi ki? O, kimsesi olmayan bir kızdı ve sadece ama sadece sevilmek istiyordu, hem de sevdiği insan tarafından. Bunun olmayacağını bilmek, diğer seçenek olan ölümden ne kadar farklı olabilirdi ki? Aras'ın yüzüne her baktığında ölmek değil de neydi?

Rüya ağlamak istese de yapamadı ve umutlarının bitişiyle başlayan yangın bedenine zehir gibi yayılırken ondan uzaklaştı.

* * *

Cumartesi sabahı Aras ve Kaan okçuluk kulübünden geldiklerinde Rüya ile Nehir kahvaltılarını henüz bitirmişlerdi. Rüya elini çenesine dayamış, resim yapamamasının sıkıntısını ilk defa bu kadar derinden yaşıyordu.

"İnanamıyorum, düğün iki hafta sonra demek. Ama bana güven, çok iyi bir şirket biliyorum; her şeyi onlara bırakacağız, oldu mu?"

Nehir'in sözlerini duymayan Rüya'nın gözleri, spordan sonra duşunu almış ve merdivenlerden inmekte olan Aras'a ve üzerindeki beyaz tişörte takıldı. Gözlerini hemen ondan kaçırsa da artık çok geçti.

Aras, "Nehir'e cevap vermeyecek misin Rüya? Bu senin düğünün" dediğinde, kızın bedeni anında buz gibi oldu.

"Sence nasıl bir konsept olmalı Rüya? Yani çiçekler ne renk olmalı ya da şamdanlar? Abiciğim tarihi yalılardan biri mi olsun, yoksa güzel bir otel mi?"

Nehir'in kuş cıvıltısına benzeyen sesi Rüya'yı heyecanlandıramıyor, o neşeli ses ona ulaşmıyor, onu saramıyordu.

"Hadi Rüya..."

Rüya dostunu kırmamak için mecburen konuştu. "Bence bir düğünün konsepti gelin ve damattır. Onları geri planda bırakacak abartılı bir konsept ve koyu renkler hoş olmaz."

Nehir sevinçle Rüya'ya sarıldı. "Tamam tamam, biz de beyaz, uçuk pembe tonlarını seçeriz olur mu?"

Rüya başını sallayarak onu onayladı.

Nehir, "Ben şu şirketi arayacağım" diyerek Kaan'a kaş göz işareti yaptı. Amacı, sevgilisini bahçeye çağırarak abisi ile Rüya'yı yalnız bırakmaktı.

Rüya odasına çıkmak ve ondan uzaklaşmak istediğinde Aras kızın önüne geçti.

"Akşam bir davete katılmak zorundayım Rüya. Bir yardım balosu ve senin de benimle gelmeni istiyorum."

Rüya bu ani teklif karşısında bir an afallasa da, başını iki yana sallayarak, "Hayır" dedi.

"Peki, öyle olsun Rüya." Aras yine reddedilmesini, Rüya'nın şu anki durumuna verdi ve odasına gitmek isteyen kıza mâni olmadı.

* * *

Akşam tarihi yalıdaki yardım gecesinin şık kadınları ve smokinli erkekleri arasında tanıdık yüzler çoktu. Aras, davetin verildiği bahçeye girerken, kararmak üzere olan hava onun çekiciliğini gölgelemeye yetmiyordu.

Siyah smokini, beyaz gömleği, uzun boyu, geniş omuzları bakışların hedefindeydi. Kaçan balık gerçekten çok çok büyüktü. Kumral saçlı, yakıcı bakışlı, gözde bekâr Aras Karahanlı evleniyordu. Beklenmedik bir zamanda ve beklenmedik bir insanla.

Acaba kız hamile miydi? Yoksa bu adam âşık mı olmuştu? Hayır, bu mümkün değildi. Salondaki en genç ve güzel kadınların bir kısmı onu çok iyi tanıyordu. Özellikle kadınların aklında böyle çelişkiler bıraktığını bilerek kimileriyle selamlaştı, kimileriyle sohbet etti ve en son olarak Sami Hanzade'nin gözleriyle yaptığı davet üzerine kendini onun yanında buldu.

Baba aslan, yavrusunu çağırıyordu ve yanında da kendi kanından olanı vardı. Smokinli kapışma, Boğaz'ın tatlı esintisine tezat bir sertlikle başlıyordu.

"İşte, basamakları hızla çıkan Aras Karahanlı burada." Sami Hanzade'nin Aras'la gurur duyan sesi Oğuz'un dişlerini sıkmasına sebep oldu. "Popülariten her geçen gün artıyor Aras ve sen gerçekten bunun hakkını veriyorsun. Partiye katkın çok çok fazla."

"Önemli olan partinin selameti, birlik ve beraberlik. Parti her şeyden önce gelir." Aras inandığını söylüyordu. Parti olmadan kendisi bir hiçti. Sami ona hak verircesine başını salladı.

"Kesinlikle öyle. Seni takdir ediyorum. Her şeyinle siyaset için yaratılmışsın çocuk."

Aras bu övgülerden rahatsız olarak başını sağa çevirdi. Derneğin halkla ilişkiler müdiresi yanlarına gelince adamlar onu kibarca selamladı.

"Aras Bey, bu gece siz de ödül alacaksınız. Malum derneğimize yardımlarınız çok büyük. Fikrinizin değişip değişmediğini sormak isterim."

Aras sarışın kadına baktı. "Fikrim değişmedi Sema Hanım. Ben ödül almak istemiyorum. Yaptıklarım beni tatmin ediyor, başkalarının bilmesine de, ödüle de gerek yok."

"Ama Aras Bey, örnek teşkil etmek açısından bu iyi olmaz mı?" Kadın kesinlikle vazgeçecek gibi görünmüyordu. "Birazdan basın mensuplarını da içeri alacağız, bu hareketiniz takdir görmeli ve teşvik edici olmalı."

"Hayır Sema Hanım, örnek olacak bir sürü tanınmış insan var zaten. Onların aldığı ödüller de aynı görevi layıkıyla görür."

Kadın zorla gülümseyerek oradan uzaklaştı. Aras Karahanlı yaptığı cömert iyiliklerin afişe olmasından kesinlikle hoşlanmıyordu.

Sami Hanzade, "Fikrine saygı duyuyorum evlat, ama sen de benim fikrime saygı duy, çünkü birazdan çıkarak ödülümü alacağım" diyerek önce Oğuz'a, sonra Aras'a baktı ve yanlarından uzaklaştı. Eğitim destekçileri derneğinin yardım balosunun inceliğine yakışmayacak sinir harbi, Sami Hanzade'nin uzaklaşmasıyla başladı.

Smokinleri zırhları, gözleri silahlarıydı. İlk sözü Oğuz aldı. "Rüya nerede?"

"Olması gerektiği yerde" diyen Aras haince gülümsedi. "Benim evimde, daha doğrusu benim yanımda."

"Ne yapacaksın, evlenene kadar onu orada mı tutacaksın?"

Çarpık gülümsemesi hâlâ Aras'ın dudaklarındaydı. "Ben onu tutmuyorum, o kalıyor."

Oğuz kaşlarını havaya kaldırdı. "Hiç inanmıyorum, o senin ne tür bir insan olduğunu bile bile orada kalmaz. Rüya öyle bir kız değil."

"O kadar iyi tanıyorsun demek Rüya'yı?"

Oğuz saman sarısı kirli sakallarını sıvazladı. "Hayır, seni iyi tanıyorum. Sen duygusuz ve ahlaksız bir insansın Karahanlı."

Aras klasik müzik tınılarının yayıldığı bahçede bakışlarını gezdirdi ve gözlerini tekrar Oğuz'a çevirdi. "Ahlak dersi verene bak!"

"Evet, ahlaksızsın. Söyle onu seviyor musun Aras?"

Aras elindeki ince kadehi kontrollü bir şekilde sıktı. "Oğuz, bu seni hiç mi hiç ilgilendirmez!"

"Rüya beni ilgilendiriyor, sen kabul etsen de etmesen de."

Oğuz, Aras'ın planını bildiğini belli etmek istemiyor, onun kurnaz aklının başka bir yol bulmasından ve Rüya'ya ulaşamamaktan çekiniyordu. Aras ise planını Oğuz'un bildiğinden kuşkulansa da, babasının böyle bir şey yapacağına ihtimal vermek istemiyordu. Aile ile siyaseti karıştırıyor olamazdı, değil mi? Her ne kadar Sami Hanzade'nin yolunda olsa da, henüz onun gibi tecrübeli değildi ve bir evladı yoktu. Anlayamazdı.

"Evleneceğim kadından uzak dur, ahlaksız!"

Oğuz, Aras'a yaklaştı ve dişlerini sıkarak cevap verdi.

"Durmayacağım ve Rüya'ya zarar vermene müsaade etmeyeceğim."

Aras gözlerini ela gözlü sarışın adama dikti.

"Sen ve zarar vermek kelimeleri öyle yakışıyor ki birbirine, bence ilk taşı en az günahı olan atmalı Oğuz." Kaşlarını düşünceli bir halde çattı. "Lale. Oğuz'un büyük aşkı. Öyle çok sevdin ki onu. Tüm cemiyetin gözü ikinizdeydi. Haksız mıyım?"

Oğuz bu acı hatıraya öfkelense de Aras'a cevap vermedi.

"Sonra ne oldu? O büyük sevgine ne oldu? Kızın babası iflas edip, adamın adı lekelenince babanın etkisinde kalarak kızı terk ettin. Söyle şimdi Oğuz, onu sevdiğin halde kızın umutlarını yok eden sen mi daha ahlaksızsın, yoksa her şeye rağmen Rüya'yı asla bırakmayacak olan ben mi?" Aras alaycı bir gülümsemeyle sözlerini sürdürdü. "Ben senin yerinde olsaydım ve eğer birini bu kadar sevseydim beni öldüreceklerini bilsem onu bırakmazdım biliyor musun Oğuz? Senin paran ikinize de fazlasıyla yeterdi."

Geçmiş sorgusu, Oğuz'un dengesini sarsmaya başlamıştı.

"Bana en son hesap soracak insan sensin Aras. Ben senin gibi ardımda onlarca kadın bırakmadım."

"Evet haklısın, bir tane bıraktın; kandırdın, yalan söyledin ve kızı yıktın. Ben her zaman kendim gibiydim ve onlar da bunu biliyordu. Peki, sen ne hakla Rüya'yı benden almaya kalkıyorsun Oğuz?"

Oğuz dalgınca yanından akmakta olan kalabalığa baktı,

ardından düşüncelerini toparlayarak Aras'a döndü.

"Oğuz Hanzade ve üstün dünyası... Galeri, yalı ve de yatçılık kulübü. Bu üçü arasında mekik dokur, diğerlerinden farklıymış gibi davranarak dikkat çeker, ama o dünyanın dışına çıkmayacak kadar korkak ve kibirlidir. Başkaları en azından oldukları gibi görünüyor. Haksız mıyım Oğuz? Nehir, Rüya'yı oraya getirmese onun gibilerle nerede karşılaşacaktın? Bu lüks içinde bunalımlarınla yaşayacaktın. Ama eline geçen ilk fırsatı kaçırmadın." Oğuz içkisinden büyük bir yudum alırken, bardağı Aras'ın yüzüne çarpmamak için kendini zor tutuyordu. "Beni sakın sorgulama Aras" dedi sonunda.

"Sorgulamıyorum Oğuz. Sadece babandan intikam almak ve Lale'ye yaptıkların yüzünden dikenlerle dolan vicdanını rahatlatmak için Rüya'yı kullanmana izin vermeyeceğimi söylüyorum."

Bu sözlerden sonra Aras, Oğuz'un yanından uzaklaştı. Biliyordu ki, Oğuz'un en büyük zaafı boyun eğmekti ve şunu da iyi biliyordu, kendisi asla boyun eğmezdi.

* * *

Pazartesi sabahı Aras erkenden evden ayrılmış, Rüya ise Nehir'le beraber okula gitmişti. Dikişleri alınmadığı için derslerde çizim yapması imkânsızdı. En azından dudağı iyileşmişti. Akşam Nehir arkadaşını akademiye bırakmış ve özel bir geceye katılacağı için derse girememişti.

Rüya öğrencilerine ve çok sevdiği dünyasına dönmüş, tekrar nefes almaya başlamıştı. Ders bittiğinde öğrencileri atölyeyi terk ettikten sonra, siyah elbisesinin üzerine incecik beyaz hırkasını giyerek çıkmaya hazırlandı.

"Geçmiş olsun, koluna ne oldu?"

Oğuz Hanzade ellerini lacivert pantolonunun cebine sokmuş, endişeli bakışlarla kıza doğru yaklaşıyordu. Ardından

sıcacık bir gülümsemeyle kızın kolundaki yarayı iyileştirmek istercesine baktı. Rüya onu gördüğüne biraz şaşırsa da, bu içten gülümsemenin güven veren ışıltısına kayıtsız kalamadı.
"Teşekkür ederim, ufak bir kaza."
Oğuz kıza iyice yaklaşarak, "Benimle galeriye gelebilecek misin?" diye sordu.
Rüya bir an duraksadı, ardından başını salladı.
"Elbette."
O sırada Yavuz'un adamı Lütfi içeri girdi.
"Rüya Hanım, Aras Bey'in bir görüşmesi varmış, sizi eve ben bırakacağım."
Rüya "Hayır gelemem, işim var" diye karşılık verdi.
Evet, Aras Sami Hanzade'yle görüşüyordu ve Oğuz bunu bilerek buraya gelmişti.
Lütfi, "Ama Rüya Hanım..." diye itiraz etti, ama tembihliydi. Kıza dokunamaz, onu durduramazdı. Aras Rüya'ya kesinlikle dokunmamaları konusunda onları uyarmıştı.
Lütfi yanlarından geçen çifte baktı ve telefonunu eline aldı.

21

Ölümcül bir aşk

Lütfi söylenerek Yavuz Abisini aradı. Yavuz Abisi bilirdi ne yapılması gerektiğini. Konu kendisini de aşıyorsa Aras'ı arar, talimatlarını ona göre verirdi. Üçlü arasındaki hiyerarşi böyleydi. Aras karşısında, muhatap olarak sadece Yavuz'u görmek isterdi.

"Lan hayvan, kırk yılın başı anamızın babamızın elini öpelim diye Bursa'ya geldik, onun da içine ettin! Niye mâni olmadın lan Lütfi?" Yavuz'un sesi çok öfkeli çıkıyordu. "Lan uzaktan takip et bakalım. Her ayrıntıyı ister şimdi Aras Abim. Bak, sakın görünme. Oğuz Hanzade bilir şimdi senin takip edeceğini."

Lütfi bıkkın bir ifadeyle yüzünü buruşturarak yürümeye başladı. İşini tam yapamamış olmak canını sıkmıştı. "Tamam abim, arkalarındayım" dedi.

"Oğlum bak bir dakika, yengeye sarılmaya falan kalkarsa müdahale et, yoksa Aras Abim bizi mahveder."

Yavuz telefonu kapattıktan sonra, "Tövbe yarabbim. Yenge kapanın elinde kalacak. Bu ne biçim dünya böyle! Aras Abim neye el atsa kıymetli mi olur? Tüküreyim böyle işin içine" diye söylene söylene Aras'ı aradı.

* * *

Oğuz, Aras'ın siyah arabasının yalının bahçesine girdiğini görünce kendi Rangerover'ına atlamış, Mai Sanat Akademisi'ne sürmüştü arabasını.

Rüya artık yüzünü ona dönecek, her şeyi öğrenecekti. Evet evet, bu kıza âşıktı. Duru güzelliğine, suskunluğuna, sanatına ve bu kadar ulaşılmaz oluşuna... Aras olmasa bile ona ulaşmak çok zordu. Umutlu gülümsemesi ela gözlerini parlatırken, direksiyondaki elleri kâh kasılıyor, kâh gevşiyordu.

Aras, Sami Hanzade'nin çalışma ofisine girdiğinde Oğuz'un kat ettiği yoldan habersizdi. Hatta dünyadan bihaberdi. O anda varsa yoksa siyasetti.

"Namık Candan parti meclisine bir teklifte bulunacak. Senin basın sözcüsü olmanı istiyor. Malum, artık fazlasıyla popülersin, seviliyorsun ve bundan ziyade başkanımız sana çok güveniyor."

Aras'ın istediği geliyordu. Kendi zekâsı, Rüya'yla yapacağı evlilik ona hayalini kurduğu şeyi getiriyordu. Henüz milletvekili bile değildi ve bu ayrıcalıklı mevkie layık görülmüştü. Bu daha ilk adımdı ve Aras daha da yükselecekti. Bunu kendisi de, Hanzade de biliyordu.

"Ama bir sorun var evlat..."

Aras oturduğu deri koltuğa yaslandı.

"Evet, ne tür bir sorun?"

Hanzade kaşlarını kaldırdı. Sorun, onu bile aşıyordu.

"Sadık Gündoğdu. Basın sözcüsü o, bunu biliyorsun. Üç dönemdir de milletvekili. Bu mevkii sana asla vermez."

Aras başını sallayarak, anladığını belirtti.

"Ayrıca adam partide çok sözü geçen biri, seviliyor ve bu fikre şiddetle karşı çıkıyor. Arkasında Tuğrul Giritli ve çokça vekil var. Onlar bu konuda diretirse dengeler bozulabilir ve parti tutarsız bir görüntü verebilir."

Aras böyle olacağını biliyordu. Sami Hanzade partideki dengeleri avucunun içi gibi bilirdi. Aras derin bir nefes aldı ve bu kısa görüşmeyi sonlandırdı.

"Bunları benimle paylaştığınız için teşekkür ederim."

Hanzade'nin elini sıkarak tarihi yalıyı terk ederken Oğuz henüz akademiye giriyordu. Aras arabasına bindi ve bir süre cep telefonunun ekranını karıştırdı. "Sadık Gündoğdu" adını görünce tuşa bastı ve aradı.

"Efendim Karahanlı?"

Kısa sözcüklerle sorulan hal hatırdan sonra Aras konuya girdi.

"Sadık Bey, fikrimi değiştirdiğimi belirtmek isterim."

"Hangi konu da Karahanlı?"

"Oğlunuzun davasını almaya karar verdim. Kamuoyu, partimiz içindeki dayanışmayı görmeli. Bunu size borçluyum."

Sadık Gündoğdu kel kafasını kaşıdı. Aras bunu parti içi dengeler için yapıyor olamazdı. Ne olursa olsun fikri asla değişmeyecekti. Basın sözcülüğü onundu. Yine de bu davayı ona teslim etmek istiyordu, hem de fazlasıyla. Ayrıca Namık Candan'ın teklifine karşı geldiğini Aras nereden bilecekti?

"Çok memnun olurum Aras." Bu sefer Aras'a ismiyle hitap etmiş, böylece o tartışmayı geride bıraktığını hissettirmek istemişti. "İlk duruşma yarın."

Aras, "Tamam, siz dava dosyasını avukatınızdan alın ve ofisime yollayın, yarın o davaya ben gireceğim" dedikten sonra telefonu kapattı ve hemen Kaan'ı aradı.

"Kaan merhaba, ofiste kimse var mı?"

"Evet, Murat var."

"Söyle ona beklesin, Sadık Gündoğdu bir dosya yollayacak."

Kaan'ın mavi gözleri irileştiğinde Nehir ona hayretle baktı. Kaan ağzını eliyle kapayarak, sert bir fısıltıyla konuştu. "Sakın bana tecavüz davası deme!"

"Evet, aynen öyle."

Kaan'ın öfkeyle aldığı nefesi Aras hattın diğer ucundan duydu.

"Şu lanet siyasetine şimdi de ofisimizi mi alet ediyorsun? Bu mümkün değil!"
"Oldu bile."
"Aras buna izin veremem." Hışımla yerinden kalktı. "Aras ilkelerimiz vardı, hatırlıyor musun? Her ne olursa olsun tecavüz davası almıyorduk. Belki de bu ortaklığı gözden geçirmemiz gerekiyor" dediği anda Aras'ın telefonunun şarjı bitti.

Aras, Kaan'la daha fazla konuşmak istemediği için eli araçtaki şarj kitine uzanmadı. Eve hem gitmek hem de gitmemek istiyordu. Onunla baş başa kalmak, siyahın soğuğu kaçak gözlerine bakmak ve o bakışları kendisinin o hale getirdiğinin farkında olmak... Oysa cebinde Rüya'yı öyle çok mutlu edecek bir şey vardı ki. Bir an önce eve gitmek ve o fotoğrafı kıza vermek istese de yapamadı. Biraz yalnız kalmak için, zaman zaman yemek yediği Boğaz kenarındaki seyyar dürümcüye giderken, Yavuz Aras'a ulaşamamanın öfkesiyle küfrediyordu, çünkü yengesi şu anda Oğuz Hanzade'nin yanındaydı.

* * *

Oğuz ile Rüya arabaya binmiş, ılık bahar havasının dinginliğinde sessiz bir yolculuk yapıyorlardı.
"Bugün galeriye gitmesek olur mu Rüya?"
Rüya bu cesur teklif karşısında ne diyeceğini bilemedi.
"Ama oraya gitmemiz gerekiyordu."
Oğuz güven verici bir gülümsemeyle kızın yüzüne baktı.
"Gerekmiyor Rüya, sergiyle ilgili konuları başka bir yerde de konuşabiliriz."
Rüya kısa bir an düşündükten sonra "Peki" dedi. Çok bunalmıştı. Kaç gündür dışarıya bile çıkmamış, düşünceleriyle cebelleşmişti. Aras'ın Oğuz'la ilgili söyledikleri aklındaydı, ama bu öyle bir durum değildi. Sadece işti.
Oğuz, Lütfi'nin kendilerini takip ettiğini bile bile arabayı

sahil kenarında bir yere doğru sürdü ve oraya park etti. Nasıl olsa bu geceden sonra Rüya, Aras'ın değil yüzünü görmek, adını bile anmak istemeyecekti.

Güneş ışıkları Boğaz'ın sularının üzerinden çekilirken hafif hafif esen rüzgâr Rüya'nın saçlarını uçuşturuyor, yüzünü tatlı tatlı okşuyordu. Rüya kendini çok iyi hissediyordu. Deniz havası, rüzgâr ve belki de Oğuz... Onun yanında tuhaf bir huzur duyuyordu.

Oğuz hayranlıkla kızın uçuşan saçlarını seyrederken, ikisi de arabaya dayanmış, o anın tadını çıkarıyordu. Bu kız onun kalbinin ihtiyacı olan şeydi. Huzur verici güzelliği, tatlı sesi ve simsiyah ışıldayan bakışları vardı. Oğuz'un tekrar yaşaması için belki de oksijendi.

"Bu yalılar burada olduğu için mi Boğaz bu kadar güzel?" diye sordu Rüya. Kollarını göğsünde kavuşturmuş, karşılara dalmıştı.

Oğuz, elleri ceplerinde, Rüya'nın baktığı yere çevirdi bakışlarını.

"Belki de Boğaz bu kadar güzel olduğu için onlar oradadır."

Rüya hafif bir gülümsemeyle başını sallarken günler sonra ilk defa gülümsediğini fark etti.

"Evet, her şey, her renk, olması gerektiği yerde olunca ortaya başka güzellikler çıkıyor. Tıpkı resim gibi."

Oğuz bu söz üzerine, Rüya'nın da kendisinin yanında olması gerektiğini hissetti. Cesur bir kararla söze girdi.

"Rüya, sen ve Aras gerçekten evlenecek misiniz?"

Rüya, Aras'ın adını duyduğu anda o bilindik acı yine başladı. Tutkulu, baş edilemez, ama Rüya'yı kendisine doğru çeken bir yangın. Başını ağır ağır sallarken hüzün her yerdeydi. Oğuz susmaya niyetli değildi. Kızın bedenini bile saran hüznü görmek, onu daha da cesaretlendirmişti.

"Neden Rüya, bunu neden yapıyorsun?"

Orta sertlikteki ses tonu, Oğuz'un gizli duygularına dair her şeyi dile getiriyordu. Rüya bunu anladığında kollarını göğsüne daha sıkı bastırdı.

"Oğuz bunu yapma, bana bunu sorma."

Genç adam çaresizce elini sarı saçlarının arasından geçirdi.

"Rüya o... o kimseyi..." dediği anda Rüya acı çeken bir ifadeyle onu susturdu.

"Sus!"

Oğuz pes etmişçesine gözlerini kapattı.

"Bunu bildiğin halde neden yapıyorsun?"

Rüya gözlerini ondan kaçırdı.

"Önce teklifini kabul etmedim. Bu soruları ben de sordum..."

Oğuz başını ona doğru eğdi.

"Biliyor musun Rüya? Seni o gece... Nehir'in doğum gününde gördüğümden beri senden hoşlanıyorum. O gece kulübe gittim. Sonra kuzenim Müge'yi onların masasında gördüm ve kibarca o masaya davet edildim. Aras yanımızdaydı. Bir ara kayboldu ve sonra seninle geldi." Bunları anlatırken Rüya'yı ikna etmeye çalışır gibiydi. "Senin yüzündeki o sıkıntılı ifade öyle güzeldi ki. Bambaşkaydın Rüya. Sonra onun yanına Sedef geldi. İşte dedim, bu adam bu. Ve sen orayı terk ederken ben seninle nasıl konuşabileceğimi düşünüyordum."

Rüya bu sözleri duymak istemediğini belli edercesine ondan uzaklaştı.

"Oğuz artık çok geç, lütfen..." Sesindeki çaresizlik öyle belirgindi ki, Oğuz düşünceli bir halde kızın yüzüne baktı.

"Hayır Rüya, değil, neden vazgeçmiyorsun, neden ona sen kimseyi sevemezsin demiyorsun? Bunu bildiğin halde neden, neden?"

Sesi kontrolünü kaybediyor ve bu durum Rüya'yı incitiyordu. Ona bir açıklama yapamamak, zaten çıkmazlarda olan kızı boğuyordu.

"Soramam artık" derken sesi ağlamaklıydı.

Oğuz bu sözlerle kendine geldi ve Rüya'nın iki yana açtığı ellerine baktı. "Neden Rüya, çok mu seviyorsun, çok mu âşıksın ona?"

Rüya daha fazla soruya maruz kalmak istemediğini gösterircesine Oğuz'un sözünü kesti.

"Onunla olmazsam ölürüm ben Oğuz." Topal'ın tehdidi ancak bu kadar açıklanırdı. Daha fazla yapamazdı.

Bu sözler Oğuz'un soluğunu keserek, ela gözlerinin şaşkınlıkla açılmasına sebep oldu. Duyduğu kelimeleri idrak etmeye çalışırken gözleri Rüya'nın sargılı bileğine takıldı. Bunu yapmış olabilir miydi? Rüya ölmek mi istemişti, hem de o kalpsiz yüzünden? Aras'a ölümcül bir aşk mı duyuyordu, onun kendisini sevmediğini bildiği halde?

Oğuz kendi düşüncelerine başını sallayarak onay verirken bir kere daha boyun eğiyordu. Önce babasına boyun eğmiş, sevdiği kızı bırakmıştı; şimdi de âşık olduğu kızın başkasına duyduğu aşka boyun eğerek onu bırakıyordu. Bu bir zaaf mıydı, yoksa sevdiğini düşünmek mi? Kızın bileğini tuttuğunda Rüya onun aklından geçenleri az çok tahmin ediyor, içi cayır cayır yanıyordu. Gururunu kıran bu bakışlar da ölümün başka türlüsüydü.

"Ben burada olacağım Rüya, onsuz yaşamanın seni öldürmeyeceğini anlaman çok uzun sürmeyecek. Bunu anladığın gün ben burada olacağım" dediğinde Lütfi yanlarında belirdi. Yavuz Abisi dokunmak, sarılmakla ilgili kesin talimat vermişti ve adam yengesinin bileğini tutuyordu.

"Rüya Hanım, görüşmeniz bittiyse sizi eve bırakabilir miyim?" dediğinde kız bileğini usulca çekti ve Oğuz'a baktı. Oğuz ona acıyla gülümsedi.

"Rüya, umarım bir an önce tekrar resim yapmaya başlarsın." Rüya'nın sol eliyle resim yaptığını iyi biliyordu. Akademiye ilk geldiği gün onu pencereden dakikalarca seyretmiş ve sol eliyle çalıştığını görmüştü. Rüya Aras'tan duymadığı

bu temenni karşısında bir kere daha sarsılsa da belli etmedi ve ondan uzaklaştı. Oğuz arkasından seslendi.
"Sergiye çok az kaldı Rüya."
Bu, hâlâ yanındayım demekti.

22

Yaz ve kış

Rüya, Lütfi'nin kullandığı arabaya binmiş, Aras'ın villasına doğru gidiyordu. Arabanın arka koltuğuna oturmuş, başını cama yaslamıştı. Matemin aşka bulanmış görüntüsü olur muydu? Olursa Rüya şu anda tam anlamıyla öyle görünüyordu. Aşkın mateminde yitip gitmiş, derin bakışları yas tutuyordu. Akan şehir ışıkları, kayıp giden yol, hiçbiri dikkatini çekmiyor, gözü hiçbir şey görmüyordu. Aras'tan başka. Oğuz'la yapamazdı. Aras'ı sevmeseydi bile Oğuz'la olamazdı. Keşke Oğuz'un kalbindeki aşkı alıp da Aras'ın kalbine koyabilseydi...

Oysa Fransa'da her şey ne güzeldi. Renkleri daha canlı görüyor, havayı bile çok daha iştahlı soluyordu.

Araba villanın önünde durduğunda, Rüya ıssız bahçeden geçip anahtarıyla kapıyı açarak eve girdi. Bu evde ilk defa yalnızdı ve diğer yalnız günleri de pek uzakta değildi. Geleceğe saklanmış bir yalnızlığı vardı onun. Buz gibi, dev gibi ve Rüya'yı yutmaya hazır, şekilsiz bir hayvan gibi. Aras'la beraber gelen bir yalnızlıktı bu.

Rüya odasına geçtiğinde canı hiçbir şey yemek istemiyordu.

Yaklaşık yarım saat sonra Aras eve geldi, üzerindeki ceketi çıkararak Rüya'ya vereceği hediyeyi eline aldı. Odasından çıkmadan önce telefonunu şarja taksa da açmadı. Kendi odasının bulunduğu koridorun sonundaki beyaz ahşap kapıyı tıklattı ve içeri girdi.

Rüya askılı siyah elbisesiyle pencerenin kenarındaki sandalyeye oturmuş, kitap okuyordu. Aralanan kapıdan Aras'ın girdiğini görünce buruk bir gülümsemeyle onun yüzüne baktı. Aras yatağın kenarından dolaşıp kızın yanına kadar geldi. Rüya elindeki kitabı bırakarak ayağa kalktı ve onunla her göz göze geldiğinde olduğu gibi yine yakıcı, yıkıcı çekim başladı.

Aras, Rüya'nın gözlerinin içine baktı. Elinde tuttuğu hediyeyi Rüya'ya uzattı.

"Bu senin için."

Aras'ın karşısında her zamanki gibi duygularını zorlukla kontrol ederek beyaz zarfa parmaklarını dokundurdu.

"Benim için mi?" derken kirpiklerinin altından bakan kara gözleri de aynı soruyu tekrar ediyordu.

"Evet sadece senin için."

Rüya zarfı açıp fotoğrafı görünce tuhaf bir yangın içini kıysa da, anlamsız, belirsiz bir heyecanın coşkusu da ikram edilmişti sanki minicik kalbine.

Hâlâ çözememiş, anlayamamış, ama hissetmişti.

"Aras..." diye fısıldarken parmakları uzun saçlı kadının saçlarına dokunuyor, kendisi gibi buğday tenli adamın yüzünde geziyordu. Gözleri günler sonra yine dolduğunda, yüzünde acı dolu bir ifade olsa da, acıların en aydınlığıydı bu.

"Aras, annem... babam..." derken dudakları öyle titriyordu ki, düşündüğü şeyin aksini duyacak olursa, o sözler cehennem olup yakacaktı sanki onu. Aras ellerini onun omuzlarına koydu ve "Evet, annen ile baban" diye fısıldadı.

Rüya gözlerini tekrar eski fotoğrafa çevirdi. İnci taneleri gibi akan gözyaşları, mavi elbiseli, güzeller güzeli genç kadın ile beyaz gömlekli dünyalar yakışıklısı adamın üzerine akıyor, o gözyaşları sayesinde annesine de babasına da dokunuyordu.

Aras Karahanlı, "Onların yüzü benim için sadece karanlık" diyen Rüya'ya ömrünün sonuna kadar sönmeyecek bir aydınlık, annesi ile babasının yüzünü vermişti. Bunu sadece o yapabilirdi. Tutkuları, hırsları, ayrıntılara olan bağlılığı sayesinde Rüya'nın geçmişine uzanmış, karanlık emeline ulaşmak isterken kıza dünyaları sunmuştu. Aras, aşksız buz gibi kalbiyle Rüya'yı o soğuk dünyasında üşütürken, bir yandan da ona dünyaları veriyordu. Kızın mutluluktan akan gözyaşlarını seyretti bir süre. O gözyaşlarını kendisi kurutmuş ve yine kendisi ortaya çıkarmıştı. Kadınların ağlamasından nefret eden aşksız kalbi küçük bir devrim yaparak parmaklarını oraya, Rüya'nın mutluluk gözyaşlarına dokundurdu. Parmakları ilk defa gözyaşlarıyla tanışırken ıssız kalbi yine kendisiyleydi. Rüya gözyaşlarına kattığı gülümsemesiyle fotoğrafın arkasını çevirdi.

"Deniz ve Fikret, onlar seni asla terk etmedi, hayatta olmasalar da seni çok sevdiklerini hep bil canım kızım."

Annesinin arkadaşı yazmıştı bu notu. Bir daha okudu. Sonra bir daha. Her seferinde gözyaşları mutluluk olup yağdığında geçmişin zift gibi yapışmış karası, Rüya'nın gözlerinden aktı gitti; hiç görmediği ailesinin hayatta olmadıklarını öğrenmiş olsa da. Aydınlık usul usul Rüya'nın dünyasına süzülürken "Annemin adı Deniz'miş" dedi boğuk ama mutluluk saçan bir sesle. "Aynı bana benziyor" derken öyle mutlu öyle mutluydu ki.

Yaşadığı mutluluk Rüya'ya o kadar ağır geliyordu ki, Aras'a fotoğrafı nereden buldun diye soramıyor, sadece bu büyük mutluluğu paylaşmak istiyordu. Kendini tutamayarak başını Aras'ın geniş göğsüne yaslayıp, kollarını beline doladı.

"Teşekkür ederim, çok teşekkür ederim, bana dünyamı verdin" dediğinde Aras onu kollarının arasına aldı ve saçlarını kokladı.

"Senin için elimden gelen her şeyi yapacağım Rüya." Yaralı yüreğe şefkat akıtma sırası Aras'taydı. Birkaç gece önceki roller değişmişti. Biri sevgisiyle merhem olurken, diğeri karanlık işlerle başarsa da yollar hep aynı yere çıkıyordu. Aras ile Rüya'ya.

Rüya yatağının üzerinde otururken, parmaklarının arasında tuttuğu mutluluktu. Aras bu mutluluğu bir süre seyrettikten sonra odadan çıktığında koridorda Nehir'le karşılaştı.

"Merhaba abiciğim."

Aras sevgi dolu gülümsemeyle kardeşine baktı. "Neden bu kadar erken geldin?" diye sordu.

"Kaan biraz gergindi, davetten erkenden ayrılmak istedi. Sanırım işle ilgili bir sıkıntısı var."

Aras başını ağır ağır sallayarak odasına geçip üzerini değiştirmeye karar verdi. Havuza girip biraz yüzmek ve rahatlamak istiyordu. Beyaz tişörtünü ve lacivert şortunu giydikten sonra telefonunu eline aldı. Telefonuna ardı ardına düşen mesajların arasında tanıdığı birkaç numaradan biri de Yavuz'du. Tam Yavuz'un numarasını tuşlayacağı sırada telefon çaldı. Ekranda "Oğuz" ismini görünce yüz ifadesi değişse de ona cevap verdi.

"Efendim?" Sesi buz gibiydi.

"O, sensiz olursa öleceğini düşünecek kadar seni çok seviyor."

Oğuz'un sesi saldırganca çıkıyordu.

Aras elini sertçe saçlarının arasından geçirdi, sinirine hâkim olamayıp bağırdı.

"Sen ne diyorsun Oğuz? Ne dediğinin farkında mısın? Sana, benim evleneceğim kadından uzak dur demedim mi?"

Oğuz bu yüksek sesten çok hoşlanmıştı. Keyifli ve sakin bir sesle, "Bugün onun yanındaydım" dedi. "Senin ne tür bir pislik olduğunu anlayıncaya kadar susacağım Aras, ama işte ondan sonra kork benden."

Aras dişlerini sıkarak, "Evlendiğimde de onun peşinde mi olacaksın adi herif?" diye çıkıştı.

Oğuz, "Evet, bu evlilik senin umurunda olmadığı gibi, benim de umurumda değil. Ama Rüya fazlasıyla umurumda" diye karşılık verdi. Aras gözlerini kıstı.

"Seni öldürürüm Oğuz, bizden uzak duracaksın" diye bağırdı ve elindeki telefonu öfkeyle fırlatarak olduğu yerde bir süre kaldı. Solukları sıklaşmış, gri gözleri kıpırtısızca parkelere kilitlenmişti, ama onları görmüyordu.

Niye kendini zor tutuyordu? Oğuz Rüya'nın yanındaydı. Daha önce de olmuştu ve Rüya'yı güzellikle uyarmıştı. Evleneceği kadının onunla görülmesi, her ikisine de zarar verebilirdi. Elini ensesine götürdü ve soluklarını düzenlemeye çalıştı. Başını iki yana salladı. Hayır hayır, bu öfke, sadece siyasi kariyerle ilgili değildi. Aras tam şu an hayatında hiç vermediği bir mücadeleyi veriyor, ilk defa tanıştığı bir duyguya mağlup oluyordu. Hiç de sakinleşmemiş bir halde odasından çıktığında, ayakları onu koridorun sonuna götürüyor, aklında uçuşan arsız cümleleri bastırmaya çalışıyordu.

O gece yaralarını saran, ona şefkatin en sıcağını akıtan parmaklar sadece Aras'ın kalbine dokunmamıştı. O buzdağından bir damlayı oradan zorla koparmış, kendine almıştı. Şimdi Aras, usul usul süzülen bu damlanın aldığı yola karşı koyamıyor, o sıcaklığın sahibini başkasıyla paylaşmak istemiyordu. Sevse de sevmese de, nedenini bilse de bilmese de, aşksız kalbi Rüya'yı paylaşamıyordu.

Rüya'nın odasına kapıyı bile çalmadan girdi. Kızlar yatağın üzerinde her zamankinden daha neşeli görünüyordu. Aras'ın gözleri öfke saçıyordu ama sesini normal çıkarmayı başardı.

"Nehir, dışarı çıkar mısın?"

Bu beklenmedik sözlere eşlik eden bakışlar Nehir'i korkutmasa da, karşı gelmesine mâni olacak güçteydi. Rüya önce Nehir'e, sonra Aras'a bakınca durumu idrak etmekte çok da zorlanmadı. Mesele Oğuz'du. Aras kapıyı kapatarak kızın yanına yaklaştı ve sağ elini tutarak sertçe konuştu.

"Yüzüğün nerede Rüya, onu takmıyor musun?"

Aras bakışlarını onun gözlerine çevirdiğinde, Rüya daha önce hiç karşılaşmadığı bu bakışlar karşısında tam anlamıyla şoka girmiş, tek kelime edemiyordu.

"Neden Oğuz'un yanında olduğunu söylemedin?" Az önce tuttuğu eli bıraktı. Rüya'nın sessizliği onu iyice çileden çıkarıyordu. "Rüya, sana ne dedim ben?"

Aras Karahanlı kıskançlığın tadına bakarken, damağındaki buruk lezzetin her zerresi bakışlarına yansıyordu. Rüya'nın onun derin yarasını gördüğü geceden sonra pusuya yatan duygular ayaklanıyor ve dile geliyordu. Kızın kolunu tutup onu kendine doğru çekerken bağırıyor, sesi Rüya'nın gözlerinin dolmasına neden oluyordu.

"Bir daha asla onunla görüşmeyeceksin." Derin bir nefes aldı ve sesi iyice gürleşti. "Anladın mı beni?"

Rüya'nın yanağından bir damla gözyaşı süzülürken, "Sergiye az kaldı" dedi. "Yapamam, öğrencilerime söz verdim." Sesi ürkek çıksa da direnişi her şeye bedeldi. Kesinlikle kabul etmiyordu, Aras'ın öfkesini öyle ya da böyle reddediyordu. Aras kaşlarını çatarak başını hafifçe yana eğdi.

"Ne dedin Rüya, bir daha söyle?"

"Ben bunu yapamam, benden sakın bunu isteme, resim benim dünyam, onunla ilgili şeylerden vazgeçmemi bekleme." Sesindeki boğukluğu gidermek için yutkunduktan sonra sözlerini sürdürdü. "Erol Bey'e söz verdim, öğrencilerime söz verdim, bunu yapmak zorundayım, mutlu oluyorum" derken yine ağlıyor, Aras'ın bakışları kızı için için korkutuyordu.

Aras, Rüya'nın kolunu bırakarak geriye doğru bir adım attı. Kızın sarf etmiş olduğu sözlerden sadece birine takılmıştı sanki aklı. "O sergiyi açmak seni çok mu mutlu edecek?" diye sordu kızın mutluluğunu arayan sesiyle.

Rüya korkuyla başını sallayınca Aras doğruldu.

"Mutlu olacaksın."

Yazı kış eden savruk duygularını yerine oturtmuş, bu sefer Rüya'ya kışı yaz etmişti. Rüya'ya kıyamıyordu, ama endişeleri vardı.

"Tamam." Rüya'yı paylaşamamak ve ona kıyamamak... Bu iki duygunun çatışması, az önceki sakinliğini kırıverdi ve o kırıktan kaçan sert ve öfkeli ses yine belirdi.

"Seni oraya Yavuz götürüp getirecek."

Rüya ıslak gözleriyle gülümseyerek başını salladığında Rüya'ya yaşatmak istediği bu mutluluğun ışığını kızın gözlerinde görmek neden onu rahatsız ediyordu? Yanında Oğuz olacağı için mi? Allak bullak olmuştu.

Rüya, Aras'ın yarasını biliyordu. Bilsindi, daha çoğunu öğrensindi ve kimseyi öyle ısıtmasın, sadece onunla olsundu. Bu belki aşk değildi, ama güvenli bir liman arayan günahkâr ruhun, istekli teslimiyetini arayışıydı.

Aşk olsa da, olmasa da...

23

İlkeler

Ertesi sabah adliyenin önündeki basın ordusu, Milletvekili Sadık Gündoğdu'nun davası için ufacık bir görüntü ve haber almak uğruna helak olmuştu. Basın mensupları birbirini ezerek makinelerini şaklatıyor, ünlü siyasetçiden birkaç kelam duyabilmek için yüzlerce soru soruyordu. Sadık Gündoğdu, avukatı ve aynı zamanda yol arkadaşıyla beraber merdivenleri çıkarken basın da onların peşindeydi.

"Sayın Gündoğdu!" En son sıralardan toy ve tecrübesiz bir gazeteci seslendi. "Oğlunuzun o kadına tecavüz ettiğine inanıyor musunuz?"

Şimdi bu adam bu kelimeyi niye kullanmıştı ki? *Tecavüz...* Sinirleri iyice yıpranmış olan yaşlı siyasi arkasına döndü ve sesin geldiği yeri ararken kendisini tutamadı. "İnanmıyorum, o benim oğlum ve yüce adaletimizin tecelli edeceğine inanıyorum." Aras adamın kulağına eğildi. "Siz burada olmasanız daha iyi olur. Mahkemeyi etkilemek istediğiniz düşünülebilir, özellikle bu açıklamadan sonra" dedi. Söyledikleri anlaşılmasın diye elini ağzının önüne götürmüştü. Sadık Gündoğdu karşısında duran onlarca gazeteciye aldırmadan, onun sözünü dinleyerek, çıktığı merdivenleri hızla geri indi. Aras kendinden emin adımlarla adliyenin koridorlarına daldı.

Kaan'la karşılaştıkları an, aralarında soğuk rüzgârlar esiyordu. Aras siyah avukat cüppesini giyerken, "Duruşmalarımız bittiğinde öğlen yemeğine gidelim" diye teklif etti.

"Konuşalım Aras. Sahip çıktığın değerlerden vazgeçmenin seni iyi bir siyasetçi yapmayacağını konuşalım, sonra da ortaklığımızı konuşalım." İlkokuldan beri neredeyse ciğerini bildiği Aras'ın bu davayı almasına inanamıyordu. Oysa iyi bilirdi, Aras inandığı değerlerden asla ödün vermezdi. Sahip olduğu onca zenginliğin içinde, gitmiş kendi isteğiyle en iyi ve en yüksek puanlı devlet üniversitesinde hukuk fakültesini okumuştu. Babası onun Karahanlı Holding'i yönetmesini istediği halde ona ısrarla karşı çıkmış ve kendi yolunu kendisinin çizeceğini söylemişti. Şimdi ise Kaan en yakın dostunun bu yaptığına inanamıyordu. İlkelerinden, değerlerinden, hatta Kaan'dan bile siyasi kariyeri uğruna vaz mı geçiyordu?

Kaan "Benim asliye ticaret mahkemesinde duruşmam var, bittiğinde buluşuruz" derken sesi hiç de dost gibi çıkmamıştı. Birbirlerinden uzaklaşarak mahkeme salonlarına doğru ilerlediler.

Ağır ceza mahkemesinin kapalı kapılarının ardındaki duruşma yaklaşık iki saattir sürüyordu. Koridorlara pek yansımasa da içeride birisi ecel terleri döküyor, yaptığına yapacağına pişman oluyordu. Sanığın tutukluluk halinin devamına ve davanın ek deliller için başka bir tarihe ertelenmesine karar verildi. Fuat Gündoğdu ettiğini çekmeye devam ediyordu.

Aras Karahanlı duruşma salonunu hızla terk ederken cüppesini çıkarmaya fırsat bulamadan kapının önünde onlarca kameranın ve canlı yayın aracının karşısında buldu kendini. Etrafını çevreleyen meraklı gazeteciler ülkenin gündemindeki en önemli davalardan birinin avukatını ellerinden kaçırmak istemiyordu. Karahanlı derin bir nefes aldı ve her telden çalan sorulardan birini seçti.

"Sayın Karahanlı, sanık hâlâ tutuklu, Fuat Gündoğdu bunu bekliyor muydu? Bu gerçekten onun suçlu olduğu iddialarını kuvvetlendiriyor mu?"

Aras Karahanlı etkileyici bakışlarını soruyu soran genç kadına çevirdikten sonra beklenmedik açıklamasını yaptı.

"Değerli basın mensubu arkadaşlarım, her ne kadar savunma hakkının kutsal olduğuna inansam da, vicdani olarak rahat edemeyeceğimi bu duruşmada görmüş bulunmaktayım. Adalete olan saygım ve inancım sonsuzdur, ancak ben şu anda bu davadan ayrılmak istediğimi sizin huzurlarınızda kamuoyuna açıklamak istiyorum."

Ekranları başında oturmuş onu izleyen insanların gönlünü yine fethediyor, onların yanında yer alıyordu.

Aras Karahanlı kesinlikle kalbinin sesini dinliyor, halkın dili oluyordu. Evet evet, bu adam başkaydı. Televizyonlarının karşısında bulunan milyonların evlerine yine girmiş ve yine bir çırpıda onların sempatisini kazanmıştı.

Basın mensuplarının şaşkın bakışları arasında yoluna devam etmek istese de bu haber olağandışıydı, yol arkadaşını, oğlunun suçlu olduğuna inanarak yolda bırakıyordu. Aras Karahanlı'nın midesi hatır için de olsa tecavüz davasını kaldırmamıştı.

"Sayın Karahanlı, davayı almadan önce onun suçsuz olduğuna inanıyordunuz ve hatır için davayı almıştınız öyle mi?"

Ah evet, Aras'ın istediği sorular ardı ardına düşüyordu.

"Yorum yok arkadaşlar, dava sürmekte, o yüzden daha fazla konuşamam."

Aras Karahanlı yürümek istese de onu bırakmıyorlardı. Gösterişli bedenine bir de dürüstlükle beslenmiş bir cesaret iliştiriyor, insanların gözünde gitgide yüceliyordu.

"Sayın Karahanlı, gerçekten onun suçlu olduğuna inandığınız ve tecavüz davaları, ahlaki değerlerinize ters olduğu için mi bırakıyorsunuz?"

"Arkadaşlar lütfen" diyerek hızla onlardan uzaklaştı ve dört beş metre ötede kendisine bakmakta olan Kaan'la göz göze geldi. İkisi de hızla Yavuz'un yanına giderek arabaya bindi.

"Kahretsin, sen tam bir pisliksin!" Kaan çok mutluydu.
"Neden söylemedin?"

Aras cüppesini çıkarırken alaycı bir şekilde gülümsüyordu. Elbette tecavüz davasıyla işi olmazdı. Bu davayla hem Sadık Gündoğdu'nun ayağını kaydıracak, hem de insanların gözünde çok kıymetli bir yer edinecekti. Hesapları tıkır tıkır işliyordu. Eski avukatın yazdığı savunmayı hiç ellemeden, mahkemeye sunmuştu.

"Seni her şeye ortak edemem Kaan, ama bana inanmayı öğren artık. Sana bırakacağım emanetlerim var çünkü, bundan sonra sık sık Ankara'da olacağım."

Yine yapmıştı yapacağını. Milyonların gönlünü kazanmıştı. Elbette partinin basın sözcüsü o olacaktı. Sıra Tuğrul Giritli'deydi. Sempati denen şeyin en büyük payı onundu artık. Sadık Gündoğdu'yu kim ekran karşısında görmek isterdi ki?

"Adam bir de oğlunu savundu" dedi dalga geçercesine. Gri gözleri zevkle parlıyordu. "Kendi sonunu kendi hazırladı. O açıklamayı yapması, istifasına neden olacak."

Adamın o açıklamayı yapmasına bilerek mâni olmamıştı. Halk, Gündoğdu'nun bu açıklamasını asla göz ardı etmezdi.

"Aras seni baroya şikâyet edebilirler. Davayı bu şekilde bırakman pek de etik değil."

Aras gözlerini devirdi. "İyi ya, kınama alırım. Böyle ahlaki bir karar yüzünden kınama almak, insanların gözünde değerimi artırır."

"Peki ya partiden ceza alırsan?"

Aras arka koltukta oturan arkadaşına döndü. "Almam."

"Namık Candan parti içinde böyle durumlardan rahatsız olabilir."

"Bak Kaan, eğer arkanda halk varsa ve seni seviyorsa, önünde hiç kimse duramaz. İnan bana, Sadık Gündoğdu'yu bir an önce oradan alıp yerine beni geçirmek isteyecektir, çünkü biz koalisyon hükümetinin ikinci partisiyiz. Namık

Candan başbakan yardımcısı. Başbakan da bir kadın. Dolayısıyla parti içi mevzular yüzünden bu çok ortaklı hükümeti yıpratma ve bir kadını böyle bir davaya ortak olmuş bir insan yüzünden incitme lüksü yok. Hem başkanımız böyle konularda oldukça titiz ve dürüst bir insan." Arkasına yaslanarak keyifle gülümsedi. "Namık Candan iyi bir adam ve asla taviz vermez."

Elbette Hanzade bunu daha önce Namık Candan'a söylemişti. Aras artık halkın görmek isteyeceği, genç, yakışıklı ve dürüst bir basın sözcüsüydü. Bir de evlenirse insanların gözündeki yeri bambaşka olacaktı. Göz ardı edilemez siyasi zekâsı bu özelliklerle birleştiğinde, ortaya çıkan enerjinin durdurulması çok ama çok zor olacaktı.

Yavuz, Aras Abisiyle gurur duyuyor, Kaan ise dostunun kendisini şaşırtmadığına seviniyordu.

Aras'ın telefonu susmak bilmiyordu. Sadık Gündoğdu'yla yaptığı tehdit dolu konuşma bittiğinde ekrana baktı. Arayan Rüya'ydı. Aras kaşlarını kaldırdı, bunu beklemediği belliydi.

"Efendim Rüya?"

"Akşam bir serginin açılış kokteyli var, oraya davetliyim."

Aras, Rüya'nın mutluluğunu hissedebiliyordu. Bunda Rüya'ya dün gece verdiği kıymetli hediyenin etkisi vardı, bundan emindi.

"Öyleyse Yavuz seni bırakır." Kızın kiminle kimin sergisine gideceğini hiç umursamıyor gibi görünse de, aslında öyle değildi. Oğuz'la olamazdı, dün gece Rüya her şeyi anlamıştı.

Rüya bir an tereddüt etse de, "Sen de gelmek ister misin?" diye sordu.

Aras hiç düşünmeden, "Mümkün değil, akşam bir randevum var" diye kızın teklifini reddetti.

24

Vişne reçeli

Sabah uyandığımda odanın perdelerini açarken içeri düşen aydınlık ne güzeldi öyle.

Işık bugüne kadar sadece fiziksel bir olaydı benim için. Şimdi varlığıma yayılan, geçmişime uzanan bir nehir gibi her şeyi aydınlatarak akıp gidiyordu. Işığın yüzüme dokunuşlarını nefes gibi içime çekerken, annemi ve babamı gözümün önüne getirebiliyordum.

Camın önünde durmuş, zevkle sayıklıyordum.

Annem Deniz. Babam Fikret. Onlar beni bırakmadı.

Allahım, çok mutluydum. Karanlık toprak parçası bedenimden kopmuş, yerini rengârenk çiçeklerle bezeli bir bahçeye bırakmıştı. Bu öyle güzel, öyle tarifsizdi ki. Bunu o yapmıştı. Aras Karahanlı. Âşık olduğum insan.

Dün gece bana hayatımın en mutlu gününü yaşatmıştı. Sayıklamam devam ederken kapıya vuruldu ve o içeri girdi. Kokusu da onunla beraber. İç açıcı kokusuyla mest olsam da, ona kırgındım. Dün gece hak etmediğim öfkesinden yüzünde eser yoktu. Takım elbisesini giymiş, bana doğru geliyordu.

Pencerenin yanına yaklaşırken "Günaydın" dedi. Ses tonu her zamanki gibi kendine güvenliydi. Bunu nasıl yapıyordu? Sarf ettiği bir sözcük bile dünyamı değiştiriyordu. Elbette günaydın. Hem de nasıl günaydın!

"Mutlu musun Rüya?"

Anlaşılan Oğuz krizini bir kenara bırakmıştı.

"Evet, hem de çok. Sana çok teşekkür ederim. Bunun bir karşılığı yok ama..."
Yarım gülümsemesiyle beni izliyordu.
"Hep gülümse yeter."
Ne diyeceğimi bilemeden ona öylece baktım.
"Hadi gülümse."
Tatlı tatlı ısrar etmesi, dudaklarımın ister istemez kıvrılmasına sebep oldu.
"Bunu sen söyleyince yapamam ki" derken bile gülümsüyordum. Kahretsin, bu adam benim gülümsememi bile baştan yazıyordu. İçimden geliyordu. Başımı ona doğru kaldırarak gözlerinin içine baktım. Orada aşk var mı diye arıyordum. Yoktu, hem de hiç. Olsaydı o gri gözler bunu gösterecek kadar güzel bakardı. Oysa şu anda sadece yakıyordu. Her zamanki gibi... İyilik yaparken bile...

* * *

Nehir'le beraber nihayet hastaneye giderek dikişlerimi aldırdık. Derse girdiğimde çizim yaptığıma inanamıyordum. Sayılı günler, yıllar gibi gelmiş, beni çok zorlasa da sıkıntılarımı resim yapmadan atlatabileceğime dair bir inanç geliştirmiştim.

Öğlene doğru dersim bittiğinde telefonum çaldı. Arayan çalıştığım sanat akademisinin sahibi Erol Bey'di. Beni bu akşam yapılacak olan bir resim sergisinin kokteyline davet ediyordu. Daha önce birkaç kez Erol Bey ve sevgili eşiyle bu tür açılışlara gitmiştik. Kendimi tabloların arasında kaybettiğim için olsa gerek, tek başıma olmak beni hiç rahatsız etmemişti. Ama bu sefer onun da katılmasını istiyordum. Aras'ın. O da gelir miydi?

Genç bir ressamın sergisiydi. Çok yetenekli olduğundan bahsediliyordu. Bu durum, onun tablolarını çok merak etmeme sebep oluyordu. Erol Bey'in telefonunun ardından Aras'ı aradığımda, aldığım cevap beni pek de şaşırtmadı. Gelmiyordu.

Derslerim öğlen bitmiş olsa da, okulda vakit geçirerek eksik derslerimi telafi etmiştim. Akşam saatinde Yavuz beni eve bıraktı. Koşarak odama çıktığımda evde Emine Hanım bile yoktu. Nehir ile Kaan geçen hafta benim evimden tüm kıyafetlerimi ve birkaç özel eşyamı getirmişlerdi. Tabii en önemlileri tablolarımdı. Onlar da buradaydı, üst kattaki bir sürü odadan birinde. Nehir odayı kilitleyerek anahtarını bana teslim etmişti.

"Sen istemediğin sürece kimse göremez." Sevgili arkadaşım her şeyi düşünüyordu.

Yavuz'u fazla bekletmek istemiyordum. Aceleyle duşa girip çıktıktan sonra siyah diz üstü elbisemi askıdan aldım. Klasik, her yere giyilebilecek, şık bir elbiseydi. Daha önce katıldığım kokteyllerde hep bunu giymiştim. Zaten başka alternatifim de yoktu. Hâlâ aynı durumdaydım. Oysa Aras bana bir dünya kredi kartı ve nakit para bırakmıştı, ama hiçbirine elimi sürmemiştim. O da bunu görmüş, üstelememiş, ama "Evlendiğimiz zaman tepkim farklı olacak" demiş ve arkasından eklemişti. "Benim olan her şey senin Rüya..." Elbette kalbi hariç.

Elbisenin kare yakısı, ölçülü göğüs dekoltesi, çok da kısa olmayan boyu, zaten zayıf olan bedenime tam oturması, onu diğer siyah elbiselerimden ayırıyordu. Saçlarımı dümdüz tarayarak dudağıma hafif bir parlatıcı sürdükten sonra salona indim.

Sokak kapısını araladığımda onunla göz göze geldik. Beni görünce şöyle bir durarak gözlerini üzerimde gezdirdi. Sonra kısacık bir an, ufacık bir tutku gözlerinde yanıp söner gibi oldu. Göğüs dekolteme takılan bakışlarını tekrar gözlerime çevirdi. Beni ilk defa görüyor gibi bakıyordu. Ya da benim de bir kadın olduğumu yeni fark ediyordu.

Bir erkek yorgun ve dağılmış bir haldeyken bile nasıl böyle çekici görünebilirdi? Buna hakkı yoktu.

Her sabah kravatıyla çıkar, akşamları tek düğmesi açık ve kravatsız gelirdi. Liseli bir fırlama gibi. O kravatları ne yaptığını bir türlü ona soramıyordum. Atıyor muydu acaba? Yine kravatı yoktu. Aras Karahanlı ve tahammül edemediği kravatları...

"Senin randevun yok muydu Aras?" Bu tuhaf durumdan kurtulmak için sormuştum soruyu.

Cevap vermedi. Bunu bilerek yapıyor, sorumu duyduğu halde gözlerini benimkilerden ayırmıyordu. Lanet olsun, bu adam bana niye öyle bakıyordu? Korkuyor muydum? Asla.

"Var. Üzerimi değiştirmeye gelmiştim." Dudakları başka konuşuyor, gözleri bambaşka bakıyordu. Gözlerini kırpıştırarak başını yana eğdi. Hâlâ bana tepeden bakıyordu.

"Sen nereye gidiyorsun Rüya?"

Bu adam hiçbir şeyi unutmazdı. Nereye gideceğimi unutmadığı da belliydi. Nasıl mı anlamıştım? Sesindeki inanılmaz mesafeli ve tehlikeli tınıdan. Sen nereye gidiyorsun Rüya?

Gizemli gülümsemesi çok yakınımdaydı, çok.

"Vazgeçtim, üzerimi değiştirmeyeceğim, seni oraya ben bırakacağım, randevuma oradan giderim."

"Neden Aras?"

Bu daracık elbise hızlanan soluklarımı saklayamıyordu. Bunu durum, gülümsemesinin rengini değiştiriyor, bana bunu yapmış olmaktan zevk alıyordu.

"Neden mi Rüya?" Hâlâ bilinçli bir şekilde gülümserken dudağının kenarını ısırdı. Gözleri, peki ya gözleri? Onlar yine gri ve esrarlıydı. Burnunu iyice boynuma yaklaştırsa da, gözleri soluklarım yüzünden inip kalkan göğsümdeydi.

Kokumu içine çekerken bunu öyle kontrollü yapıyordu ki bu durum sinirlerimi bozmaya başladı. Neden uzaklaşamıyordum? Bana dokunmuyordu bile. Bu yüzden mi? Ona çok güveniyordum.

Sesi meydan okuyordu.

"Neden biliyor musun? Çünkü sen bana aitsin ufaklık, anladın mı, sadece bana."

Kahretsin, yine başlamıştık. Bana ufaklık dediği anlar beni kendine âşık etmeye çalıştığı zamanlardı. Şimdi ne istiyordu? Daha fazla aşk mı? İkimize yeteceğini bilsem, duygularımı iyice özgür bırakır, onun kalbini de istila etmelerini sağlar, aşkla baktırırdım kendime. Mümkün olsa onun yerine severdim kendimi.

Oysa daha fazla aşk, karşılığı olmadığı takdirde safi acı değil de, ne olabilirdi ki? Bir de Aras Karahanlı'ya karşı hissediliyorsa, sert kayalara çarparak geri dönen dalgalar gibi olmaz mıydı? Aşkım da dalgalar gibi büyüse ne yazardı? Sadece o kayaya çarpar, daha çok parçalanır ve denizine geri dönerdi.

"Ufaklık hadi." Elime dokundu ve gözleriyle benden onay istedi. O olaydan beri başlayan kaçışlarım yüzünden elimi tutmak isterken bile gösterdiği özeni kalbi gösterse, çoktan benim elim kenetlenirdi onun eline.

Elimi geri çekince, kabullenmiş yüz ifadesiyle, "Peki, sen nasıl istersen" diyerek gülümsedi ve kapıyı aralayarak geçmemi bekledi. Bahçenin minik taşlarla döşenmiş yolunu adımlarken aramızda çıt çıkmıyordu.

Aslında bana verdiği o eşsiz hediyeden beri ona karşı sessizliğim azalmıştı. O yüzden bugün onu aramış ve sergiye davet etmiştim. Reddedileceğimi bile bile. Ama şu "ya" denilen olasılık yok mu, hem ateş hem buzdu. Ya gelirse, ya severse...

Arabaya bindik.

"Galerinin yerini biliyor musun?" diye sordum.

"Evet, Yavuz söyledi."

"Ona ne şüphe" diye iç geçirdiğim anda arabayı çalıştırdı ve aralanan demir kapıdan süzülerek yola çıktık.

Kısa bir sessizliğin ardından bir an yüzüme baktı. "Rüya, o fotoğrafı keşke daha önce bulabilseydim."

"Bunu neden söyledin?"

"Yüzündeki ışığı daha çok görmüş olurdum o zaman" dediğinde içten gülümsemem doğal bir yol bularak ona aktı.

"Onu nereden buldun Aras?"

Bir süre cevap vermedi. Ardından "Cevdet" dedi.

Adam benim ailemi benden saklamıştı. Bunu hangi vicdansız yapardı? Elbette o. O fotoğrafın varlığını bilseydim, bunun karşılığında benden asla veremeyeceğim bedeller isteyeceğini bilecek ve kahrolacaktım. Bazı şeyleri bilmemek ne kadar iyiydi.

Hayatım boyunca annem ile babamın yüzünü istemiştim. Gelmişti ve onu bana getiren insan da artık ailemden biri gibiydi. Ona olan aşkım bitse bile bu biter miydi? Bitmezdi, kalbimde bıraktığı iz, ölene kadar silinmezdi. Bana verdiği eşsiz aydınlık yüzünden... Yerim yurdum gibi bir aitlikti bu, aşk olsa da olmasa da, yanımda olsa da olmasa da, Aras hep başka olacaktı. Ondan hâlâ kaçmak istesem de, en çok olmak istediğim yer onun yanıydı.

"Rüya, ne düşünüyorsun?"

İrkilerek ona döndüm. "Cevdet, insan olamaz."

Beni rahatlatmak istercesine yüzüme baktı. "Boş ver ufaklık, bunları düşünme sen." Konuyu değiştirmek istediği belliydi.

Sormaya gerek duymadan CD çaları açtı. "Müzik dinler misin ufaklık?"

Şehrin ışıklarını yutan gözleri yolda olsa da çok düşünceli görünüyordu. Onu izliyordum, mükemmel biçimli çenesini, profilden çok daha uzun görünen kirpiklerini ve güzel burnunu. Müzik dinlemek ona yakışıyordu. Onu izlediğimi hissetmiş olsa da gözlerini bana çevirmedi.

Başka bir dünyadaydı. Bu şarkı yüzünden. "Kadınım." Mehmet Erdem çok güzel yorumluyordu. Sanki gerçekten o kadını kaybetmiş gibi. Arkama yaslanarak şarkıyı bir daha keşfe zorluyor, sesi arabanın her yerini sararken sözleri sebepsizce canımı yakıyordu.

Sevdiğim o koku yok artık bu evde... O kapıyı kapat, elini ver bana, dışarıda yalnız, yalnız üşüyorsun... Sen... Sen... Kadınım...

Şarkı bittiğinde CD çaların sesini kıstı ve bir an bana baktı.

"Ufaklık" dedi yine alaycı bir gülümsemeyle. "Sen ufaklıksın öyle değil mi? Ufaklıklar terk etmez." Bu da neydi böyle? Yine beni altüst ediyordu. Bu adamı çözmek çok yorucuydu.

Yolun devamında hiç konuşmadık. Galerinin önüne geldiğimizde, "Sana iyi eğlenceler. Fazla vaktim yok, gitmek zorundayım Rüya" dedi. Nereye gideceğini söylememişti, ben de sormak istemiyordum. İsteseydi söylerdi.

O sırada arabanın kapısı açıldı ve Aras'ın yaşlarında, açık kumral bir erkek bana gülümsedi. "Merhaba Rüya, ben Çağrı Mert Karahanlı."

Şaşkın bir halde Aras'a döndüm.

"Kuzenim Mert sana eşlik edecek."

Bu da neydi böyle? Ona ne zaman ve niye haber vermişti? Evet, o Aras Karahanlı'ydı, yapardı. Bu da başka bir Karahanlı ve oldukça rahattı. Kolunu uzatarak nazikçe beni arabanın dışına davet etti. "Buyurun yengeciğim."

Aras'a baktım.

"Hadi Rüya, geç kalıyorum." dedi. Mideme yumruk yemiş gibi oldum. Çağrı ya da Mert elimi tutarak kolunun üzerine koydu.

"Hadi ama, Nehir'den farkın yok benim için. Utanma" dediğinde neye uğradığımı anlayamadan, arabadan inmek zorunda kaldım.

Galeriye girerken dilim tutulmuş olsa da Mert oldukça rahattı.

"Aras sana eşlik etmemi istedi. Ne de olsa, ailedeki tek sanatkâr benim. Pardon bendim. Şimdi sen de eklendin."

"Sanat?"

"Evet, beş yaşından beri piyano çalıyorum."

Hâlâ şaşkındım. Çağrı Mert'in eğlenceli bir kişiliği ve güldüğü zaman pırıl pırıl parlayan kahverengi gözleri vardı. Yine de Aras'ın, hiç tanımadığım bir insandan sırf kuzeni diye bana eşlik etmesini istemiş olmasından rahatsızdım. Ama bu rahatsızlığımdaki en büyük pay onun yanımda olmamasıydı.

Yürümeye devam ederken, "Senin bana eşlik etmene gerek yok" dedim.

Çağrı Mert önüme geçerek, tıpkı Aras gibi soğuk bir ses tonuyla fısıldadı. "Öğrenmek gerek Rüya, biz Karahanlılar, kadınlarımızı geceleri tek başına davetlere yollamayız."

Hayretle yüzüne baktığımda, sözlerinden hoşlanmadığımı anlayarak, yüz ifadesi gevşedi. "Ne kadar düşünceli ve kibarız değil mi?"

Ona cevap vermedim, ama o sözlerini sürdürdü. "Çok önem veririz, onlar bizimdir."

Gerçekten çok rahat ve açıksözlüydü. Galeriden içeri girdiğimizde serginin sahibi olduğunu düşündüğüm otuzlu yaşlardaki genç ressam yanımıza geldi.

"Hoş geldiniz, ben Yiğit Arman."

Adam bana elini uzatırken, Mert elini araya uzattı. "Ben de Çağrı Mert Karahanlı ve yengem Rüya Karahanlı."

Sergi sahibine "Memnun oldum" dedikten sonra insanların arasından süzülerek tablolara doğru ilerlerken, "Sen rahatına bak Rüya" diyen Çağrı Mert yanımdan ayrıldı.

Tabloların birini incelerken, saçlarını atkuyruğu şeklinde toplamış olan Yiğit Arman yanıma geldi.

"Figüratif çalışmamak daha zor."

Soyut tabloya bakarken başımı sallıyordum. "Çok yaratıcısınız."

Elinde tuttuğu içki kadehini bana uzattı.

"Kandinskiy kadar olamam. Siz nasıl çalışırsınız Rüya Hanım? Erol Bey'in akademisindeki Rüya Hanım'sınız değil mi?"

"Evet, nereden biliyorsunuz?"

"Erol Bey söylemişti."

Yavaş yavaş ilerleyerek diğer tablonun önüne geçtim. Bu sonuncusuydu.

"Ben su resmetmeyi severim."

"Dünyada suyu en güzel resmeden ressam bizim ülkemizde Rüya Hanım, bunu bildiğinize eminim. Neden ikincisi olmasın?"

Ona doğru dönerek, "Evet, Ahmet Yakupoğlu" derken hayranlığımı gizleyemedim.

"Ne dersiniz, bizim gibi birçok ressamın tabloları da bir gün *En-el Hak* kadar itibar görür mü?"

"*En-el Hak* değerini, hatta daha fazlasını hak ediyor. Eminim, sizinkiler de hak ettikleri değeri fazlasıyla görecektir."

Tabloyu incelemeye devam ettim. Yiğit yanımda durmuş, kendi tablosunu benimle beraber seyrediyordu. Sergide bir süre daha vakit geçirdikten sonra Çağrı Mert beni eve bıraktı. Eve geldiğimde yine bomboş bir evle karşılaşmak beklediğim bir durum olmasına rağmen, tüylerimi ürpertti. Bu koca evde daha kaç kere yalnız olacaktım?

Hızla odaya çıktım, elbisemi hışımla çıkarmaya başladım. En sonunda daracık elbiseden kurtulduğumda üzerime siyah askılı tişörtümü ve beyaz pijama altımı geçirerek elimi yüzümü yıkadım. Ardından bir süre kitap okuduğum. Epeyi sonra midemde bir acı hissettim. Acıkmıştım, hem de çok.

Saat neredeyse gecenin ikisine gelmek üzereydi. Onun henüz gelmediğini biliyordum. Hiç ses duymamıştım. Aşağı indim ve kitabı mutfak masasının üzerine bırakarak kendime vişne reçelli bir ekmek hazırlamaya başladım. Bu sefer mutsuzdum, ama yine de canım vişne reçeli istiyordu. Tam dört tatlı kaşığı vişne reçelini ekmeğe neredeyse boca ederek yüksek tabureye oturdum. O sırada duyduğum kapı tıkırtısı içimi hoplatsa da, umursamıyormuş gibi yaparak gözlerimi kitaba diktim.

Yaklaşıyordu. Hissediyordum. O yoğunluğu, iç açıcı kokusunu, hepsini... Buradaydı. Aras burada, âşık olduğun insan, seni bu evde, bu saate kadar yalnız bırakan bencil ve aşksız insan burada. Masanın karşısından beni izliyordu. Bu adam susarken bile bu kadar çok şeyi nasıl anlatıyordu. Başımı henüz kaldırmamış olsam da beyaz gömleğini görebiliyor, kirpiklerimin altından onu izliyordum.

Onun gibi umursamaz davranarak gözlerimi kitabın satırlarında gezdiriyordum. Tam vişneli ekmeği ağzıma götürürken, "Ufaklık, bana bak" diye seslendi.

İnadına başımı kaldırmadım. İşaretparmağını çeneme dokundurarak, başımı yukarı kaldırdı ve bana doğru eğildi. Lanet olsun, gözleri yine beni ele geçirecek gibi bakıyordu, hem de ona bu kadar öfkeli olduğum halde

"Elindekini dikkatli ye Rüya."

Bu neyin tehdidiydi böyle? Ne demek istediğini anlamamıştım, ama baştan çıkarıcı fısıltısı bir çırpıda açıkladı.

"Eğer o reçeli dudaklarına bulaştırırsan, onları öpmek zorunda kalabilirim."

25

Bir meleğin kanatları

Bu gece beni sinirlendirmiş olsa da, şimdi o öfkeyi alıp götürmüştü. Bunu nasıl yapıyordu? Ona âşık olduğum için mi bu hale geliyordum, yoksa o mu benim duygularımı savurmakta bu kadar başarılıydı?

Gri gözlerini kırpmıyordu. "Ben ciddiyim, öperim" diyordu benimkilere çivilenmiş bakışları. Elimdeki vişne reçelli ekmeği neden ağzıma götüremiyordum? Öpmesin diye mi?

Ortada bir savaş vardı. Buz yakar mıydı? Biz buyduk. O yakan bir buz parçası, ben de tutuşanı.

"Hadi Rüya, neden ısırmıyorsun? Seni öpecek olmamdan bu kadar mı korkuyorsun?"

Dudaklarımı aralayabilmem için önce yutkunmam gerekiyordu. Bu hareketimi görünce, başını iki yana salladı ve "Seni öpmemi çok istiyorsun" dedi.

Evet, çok istiyordum. Beni sevmemesine, beni bu saate kadar yalnız bırakmasına, bencilliğine, duygularımla oynayan alaycı sözlerine rağmen istiyordum. Kör bir kuyuya baş aşağı atlamak ister gibi, daha fazla âşık olacağımı bile bile istiyordum. Bana aşkını dile getirmeyen dudaklarını benimkilere hapsetmek, bir ruhsuz gibi onları öpmek, sonra da ruhumu tekrar kuşanarak daha fazla acılara boğulmak istiyordum.

Daha fazlasını yapamaz korkardım; fakat aşkla dolu bir öpücüğü hangi kör âşık istemez, buna hayır derdi ki? Karşımdaki tabureye oturarak beklenti dolu bakışlarıyla "Bekliyorum" dedi.

"Neyi bekliyorsun?"

"Vişneli dudaklarını. Bana bu hediyeyi borçlusun. Hatırladın mı Rüya?"

"Evet, Paris'te bana ilk defa bir doğum günü hediyesi istediğini söylemiştin."

Dirseklerini masaya yaslayarak bana doğru sokuldu. "Evet ufaklık, senden bir öpücük istemiştim."

Ekmeği tabağa bırakacağım sırada hızla tabağı kendine doğru çekti.

"Eğer güzelce yersen, istersen sen beni öpersin."

"Ne, ne dedin sen? Asla, asla öpmem seni!" Arzularımı inkâr etmek ne kadar da zordu.

Beni süzerek başını yana doğru eğdi. Bakışları hâlâ güç bende diyordu.

"Öpemezsin, çünkü bilmiyorsun Rüya."

Bu adam beni delirtmeye yemin mi etmişti?

"Biliyorum, daha önce yaptım."

Yüz ifadesi değişir gibi olsa da kendini çabucak topladı. Neden kıskançlık denen şu illet yüzünden firar edip beni mutlu etmiyordu ki?

"Öyle mi Rüya, demek biliyorsun?"

Belki o duyguyu oradan çeker alırım diye başımı ağır ağır salladım.

"Hem de çok iyi biliyorum."

Aras Karahanlı bilmeden bana film çevirtiyor, harika roller yaptırıyordu. Bu arada öfkem neredeydi? Ben ona çok ama çok öfkeli değil miydim? Şu anda gülmemek için yanaklarımın içini ısırıyordum. Ekmeği hâlâ elimde tutuyor ve başımı sallıyordum. Midem yapışmadan ve öpülmeden bu masadan nasıl kalkacaktım acaba?

"Evet, hem de defalarca Aras."

Kaşlarını yukarı kaldırırken dudakları lanet bir zevkle kıvrıldı. "Biliyorsan, öp o zaman."

Kıskanmamıştı. Umutsuzca omuz silkerek başımı öne eğdim.

"Canın yanar ufaklık."

Gözlerimi kocaman açarak ne demek istediğini anlamaya çalışsam da başımı yukarı kaldıramıyordum. Kıskanmış mıydı? Çeneme usulca dokunarak ona bakmamı sağladı.

"Yalan söylerken yanaklarının içini ısırırsan canın çok yanar. O yüzden ya bir daha bana yalan söyleme ya da yanaklarının içini ısırma, tercih senin."

Gözlerimi kısınca pes ettiğimi anlayarak başını salladı.

"Şimdi açlıktan ölmeden reçelli ekmeğini ye. Korkma, sen istemediğin sürece hiçbir şey olmaz." Çenemdeki parmaklarını gevşetirken, rahatlatıcı gülümsemesi de beni gevşetmeyi başardı. "Hadi, artık ye."

Birkaç lokmayı yuttuğumda delinmek üzere olan midem normale dönmüş, vişne reçelinin güzel tadı beni kendime getirmişti. Sağ tarafımda duran kitabı önüme çekerek okumaya başladım. Yoksa konuşmak zorundaydık. Küçük bir çocuğu seyreder gibi bana bakıyordu. Aslında bu hoşuma gidiyordu. Yatmaya gitmemiş, yanımda oturmayı tercih etmişti. Enteresan bir şekilde içki kokusu da duymuyordum. Aslında gece kulübüne falan gittiğini düşünmüştüm.

"Sen içki içmedin sanırım."

Gözlerim satırlarda gezinse de sesimdeki sorgulayıcı tınıyı saklayamamıştım, oysa sesimin umursamaz çıkması gerekiyordu. Hatta aptalca bir mutluluk bile hissediliyordu sesimde.

"Rüya sence topluma mal olmak üzere olan bir insan ortalık yerlerde içki içer m? O kadar akılsız birine mi benziyorum?"

İçkiyle görülmeye tahammülü olmayan bir insan, yanına bir çift uzun bacak oturtmazdı sanırım. Hem bana söz vermişti, sana sadık olacağım demişti. Dikkatimi çekmeye çalışırcasına hafifçe öksürerek boğazını temizledi.

"Ne okuyorsun Rüya?"

"*Maske*"[*] derken yüzüne bakmıyordum.

"Bazı satırları çizmişsin."

"Evet, hoşuma giden yerleri çizmeyi severim."

Önümde duran kitaba doğru eğilerek, çizdiğim bir satırı tersten okudu.

"Adrian, sorgusuz sualsiz her yaptığına rağmen yargılanmaksızın sevilmek... Tüm günahlarıyla kabullenilip kutsanmak istiyordu."

---

[*] Lemariz Müjde Albayrak.

Derin bir nefes alırken gözlerini masaya çevirdi. Kirpikleri gözlerini örtse de, hissediyordum, o boşlukta bir şey arıyordu. O böyle yapmazdı. Çok konuşmasa bile her şeye bir sözü, her sözüme bir bakışı mutlaka vardı. Niye saklıyordu?

"Aras..."

Yüzüme bakmıyor olsa da kitabın kenarında duran elime dokunarak fısıldadı.

"Sen böyle birini sever misin? Günahkâr birini?"

Bu da neydi?

"Bilmiyorum öyle biri sevilir mi, ama Adrian sevilmek istiyor, hem de tüm günahlarına rağmen. Bence Adrian sevilmeyi sonuna kadar hak ediyor."

"Öyle birini sevmek mi? Bence bunu ancak günahsız biri yapabilir."

Şaşkınlıkla kaşlarımı havaya kaldırdım.

Yarım ama şefkatli bir gülümsemeyle, "Ancak günahsız bir insan, günahkâr birinden sakınmaz ya da onun işlediği günaha ortak olmaz Rüya" diye açıkladı. "O, sadece sever... sorgusuz sualsiz, yargılamadan, tüm günahlarını kabul ederek sever..."

Yavaş yavaş solan gülümsemesinin ardından parmağını yanağımda gezdirdi. "Belki de senin gibi..."

Beni sevmediği için suçluluk duymak yerine, günah işlediğini mi düşünüyordu. Sevmemek günah değildi ki.

"Sen iyi bir insansın Aras." Nedenini bilmesem de bunu söyleme ihtiyacı hissetmiştim o anda.

"Öyle mi ufaklık?"

"Evet, bugün yaptıklarını duydum." Merakını hemen gidermek için sözlerimi sürdürdüm. "Bugün arabada Yavuz senin bir tecavüz davasını bıraktığını söyledi, hem de bunu kameralar önünde açıklamışsın. Bu çok cesurca."

Aklıma Yavuz'la ettiğimiz sohbet geldi. Aras sergiye gelmeyeceği için biraz somurtuyordum. Yavuz mutsuzluğumu fark edip, "Yenge" demişti, "Aras Abimin işi olmasaydı, ölür de seni yalnız bırakmazdı. Bak yenge, o çok iyidir. Bugün kahramanca şu pis tecavüz davasını bıraktı. Hem de herifin babası abimin partiden arkadaşı. Bak yenge, abim onu iplemedi bile."

Yavuz'un sözleri o an beni hem mutlu etmiş, hem de güldürmüştü. Çok sert görünse de, Aras'a candan bağlıydı..

"Hem de adamın babası senin partiden arkadaşınmış, bu sorun yaratabilir, ama sen her şeyi göze almışsın."

Siyasetten pek anlamazdım, ama böyle düşünüyordum. Sonuçta onlar arkadaş değil miydi? Her ne kadar kendime güvensiz ve çekinerek konuşmuş olsam da bana "ufaklık" falan demeden, gayet ciddi karşılık verdi.

"Evet Rüya, tahmin ettiğinden çok daha fazlasını göze aldım, o adama yaptıklarım bunun yanında hiçbir şey."

Ses tonu ürpermeme sebep olsa da, gözlerindeki muazzam inanç görülmeye değerdi. Onunla siyaset konuşmak çok güzeldi. Benimle oynamıyordu. Bu gerçek Aras mıydı?

"Televizyonda seni izleyenler, seni daha çok sevmiştir, ben olsam öyle yapardım."

"Bu demeci verirken beni seyredenlerin duygularıyla oynamadım Rüya, beni sevsinler diye uğraşmadım, sadece onların duygularını fark ettiğimi göstermek istedim."

"Gerçekten bunu mu yapmak istedin Aras?"

Alnını ovuştururken sıkıntılı bir hali vardı. "Evet, bunu yapmak istedim. Onların ortak hisleri ve çok masumane istekleri var. Hayatlarını kazanıyorlar, çocuklarına bakıyorlar, bütün gün çalışıyorlar ve tek istedikleri, doğru olduğunu düşündükleri konularda duygularının fark edilmesi. Ekran karşısında sesleri bir yerlere ulaşamıyor, ama ekranın içinden biri çıkıp da onların doğrularını yüksek sesle dile getirdiğinde bu hoşlarına gidiyor ve karşılıksız seviyorlar o insanı."

Başımı ağır ağır salladım. "Evet, sessiz insanlar fark edilmek istiyor, haklısın Aras. İstekleri çok masumane ve bunların dikkate alındığını görmek onları mutlu ediyor."

"Aynen öyle Rüya. Ben bugün o davayı kullanarak onların yanında olduğumun mesajını verdim. Hem Sadık Gündoğdu benim için bir suçlu. Aslında bunu kendi istedi. Birimiz ayakta kalacaktık ve o farkında olmadan bana yardım etti."

Aras'ın bu konuları benimle böylesine detaylı konuşmasına şaşırsam da şu anda görüyordum ki, siyaset onun bir parçasıydı ve o parçayı tüm benliğiyle seviyordu. Gözlerindeki tutkunun ışığı inanılmazdı.

"O adam suçlu dedin Aras, sana bir şey mi yaptı?"

Kısa bir sessizliğin ardından gecikmeli cevabını verdi.

"Fotoğrafımızın yayınlanması, onun onayıyla oldu, bunu bilerek yaptı."

Siyaset özel hayatı mahvedecek kadar kaynayan bir kazan mıydı? Rahatsız olarak yutkunmam dikkatinden kaçmadı.

"Aslında fotoğraf meselesine sessiz kalmıştım, ama partide yaşadığımız meseleye karşı sessiz kalamazdım. Mücadele etmek iyidir Rüya, en azından denemiş olursun."

Aras'ın bana bu derece açılması yüzünden hayretler içerisindeydim. Bana güveniyordu, ben de ona.

"Yani ondan intikam almadın, sadece kendini savundun" diyerek, gözümün önüne düşen bir tutam saçı geriye attım. Aras yaptığım hareketi izliyordu. Daha fazlasını zevkle izleyecekmiş gibi bakıyordu. Bakışları, tek omzumun üzerine attığım saçlarımın üzerinde epey dolansa da, benim gözlerimi bulduğunda yine siyaset aşkıyla bakıyordu.

"Hayatımda kimseden hiçbir şeyin intikamını almadım Rüya, buna o adam da dahil." Dudakları düz bir çizgi halini alırken elini saçlarının arasında gezdirdi. "Kimse bende böyle bir duyguyu harekete geçirecek kadar yara açmadı, hiç kimseye bu fırsatı vermedim."

Bu konuda en ufak bir endişem yoktu. Ondan hiç kimse istemediği bir şeyi alamazdı, o isterse alırdı. Aras'ı yaralamak imkânsız, onu sevmek ise buzların yaktığı bir cehennemde yaşamak gibiydi. Ona duygu hissettirilmezdi, istediği duyguyu o alır, o verirdi. Biraz önce ona deliler gibi öfkeliyken bir dakika içinde onu deliler gibi öpmeyi arzulamış, sonra da onun beni kıskanmasını istemiş ama bunu başaramamıştım. Şimdi ise oturmuş, büyük bir zevkle onunla sohbet ediyordum.

Dirseğini masanın üzerine yaslayarak çenesini eline dayadı.

"Ama birinden intikam alacağım Rüya." Bu kararlı cümle yine beni altüst etmişti, çünkü söylüyorsa yapardı, özellikle de gözlerinde o bilindik kayıtsız ve soğuk ifade varsa.

"Hani kimse seni o kadar yaralamamıştı?"

"Yaralamadı zaten."

"Peki, öyleyse neden yapacaksın?" diye sordum onu anlamakta zorlanarak.

"Çünkü o şahıs fazlasıyla hak ediyor."

Serinkanlılığı çok ama çok korkutucuydu. Tıpkı kudretli ve gücünün farkında olan bir düşman gibi görünüyordu.

"Başkasını yaraladı ve ben o başkasının mutlu olmasını çok istiyorum Rüya."

Gözlerim dolmak üzereydi. Neden benim mutluluğumun yerine başka birinin mutluluğuna bu kadar önem veriyordu. Sulanan gözlerim yüzünden ona bakamıyordum.

"Kimden intikam alacaksın Aras?" derken, mutlu edeceği insanı o kadar kıskanmıştım ki, bir damla gözyaşı yanağımdan süzülmeye başladı. Pek de yapmadığı bir şeyi yaparak parmağıyla gözyaşımı sildi.

"Kimden intikam alacaksın Aras?"

Sesim öyle dokunaklı çıkıyordu ki, yanağımı okşarken ılık nefesiyle fısıldadı.

"Tuğrul Giritli'den alacağım Rüya, o bir meleğin kanatlarını kırdı ve bunu fazlasıyla ödeyecek."

Bu ismi duymuş muydum? Duyduysam bile şu an hatırlayacak durumda değildim. Sessizce hıçkırarak burnumu çekiyordum. Aras neden benim mutluluğumu istemiyordu, isteyemiyordu?

"Kimin intikamını alacaksın Aras? Kim o?"

Çenemi avucunun arasına aldığında başparmağı çene kemiğimin üzerinde gezerken yüzümün ona bakmasını sağladı.

"O benim ailem."

26

Tutkular

Sabah ben okula gitmeden her zamanki gibi çoktan ofisine gitmişti. Saat sekiz bile değildi. Bu adam hiç uyumaz mıydı? Duyguları yoktu, bunu iyi biliyordum; peki ya uykusu? Uykusu da mı gelmiyordu? Okuldan çıkıp da Yavuz'un bana emanetmişim gibi bakan bakışlarıyla karşılaştığımda telefonum çaldı. Saat neredeyse beşe geliyordu. Arayan Oğuz'du.

"Hazırlanmamız gerek, sergiye sayılı günler var."

"Tamam, geliyorum" dedim. Yavuz'un siyah gözleri bana suç işlemişim gibi bakıyordu.

"Oğuz'un galerisini biliyor musun? Beni oraya bırakır mısın?" Aras Abisinin yerine aldığı derin nefes ve asabi bakışları dikkatimden kaçmadı.

"Tamam yenge. Ben de içeride bir köşede otururum, abim öyle söyledi. Bak yenge, bu benim işim, beni içeri almazsan yeminlen abim beni kovar, aç kalırım senin yüzünden."

Bu adam beni zorla güldürüyordu. Yalan söylediğini iyi biliyordum. Aras'ın sağ koluydu, en fazla yapsa yapsa bağırır çağırırdı. Arabaya binerek yola koyulduk.

"Yavuz, tabii ki içeri girebilirsin. Sonuçta orası bir sanat galerisi. Herkese açık."

"Tamam yenge, ben de resim bakarım, şu ağzı bir yerde burnu bir yerdeler olmasın da. Bak yenge, sen öyle şeyler çizmiyorsun değil mi? Tövbe tövbe, Allah'ın yarattığı hayvan ya da insan öyle çizilir mi hiç?"

Kıkırdamama hâkim olamıyor, akmayan trafikte hiç de sıkılmıyordum.

"Geçen gün gazetede gördüm, bilmem kaç milyon dolara satılmış. Adam at çizmiş, kuyruğu kulağından çıkıyor, gözü gövdesinin ortasında. Mahrem yerlerini hiç demeyeyim, sana ayıp olur. Lan onu evine asıcan, bir de milyon dolar verecen! Hay akılsız! Ona o parayı vereceğine, git fakir doyur." Avucunun ortasıyla direksiyona vurdu. "Tövbe tövbe! Yenge bak, sen her şeyi olması gerektiği yerde çiz, canımı ye. Ama böyle çiziyorsan, inan bana çok üzülürüm." Sonra kendi kendine cık cıkladı. "Yok yenge, sen başkasın. Ne çiziyon sen yenge?"

"Doğayı, ama özellikle suyu."

Gözlerini kocaman açarak bana döndü. "Yenge sen bardaktaki suyu niye çiziyon?"

"Hayır Yavuz, akarsu, deniz, şelale, göl..."

Kabadayı gibi çıkan sesiyle, "En iyisini yapıyon yenge. Aras Abim seni boşuna sevmiyor" dedi, çok doğru bir noktaya isabet etmişim gibi elini direksiyona vurarak.

Yavuz'un son cümlesini düşünürken galeriye gelmiştik bile. Aras tarafından sevildiğime dair duyduğum her söz, onun beni sevmediği gerçeğini hatırlatıyor ve yüreğimi dağlıyordu.

Oğuz beni görünce önünde durduğu tablodan uzaklaşarak yanıma geldi. İçerisi kalabalık sayılırdı. Oldukça ihtişamlı bir galeriydi ve kesinlikle çok değerli sanat eserleri sergileniyordu. Genç sanatçıların eserlerinin burada sergilenmesi onlara epey prestij sağlıyordu. Benim öğrencilerim de önümüzdeki günlerde bu onura sahip olacaklardı.

"Merhaba Rüya." Yanaklarımdan öptükten sonra yüzüme baktı. "İyi görünüyorsun." Ela gözlerinden saçılan huzur ne kadar da rahatlatıcıydı. Sahici bir huzur, insana dinginlik veren bir huzur vardı.

"Merhaba Oğuz." Sanki aramızda o konuşma hiç geçmemiş gibi davranıyorduk.

"Hadi gel, depoya gideceğiz. Bugün tabloların sayısını düşürmemiz gerekiyor. Öğrencilerin çok çalışkan, ama benim galerim o kadar da büyük değil."

Çok mütevazıydı. Depoya doğru yürürken arkamızdan duyduğumuz kalın öksürük sesi bizi durdurdu.

"Öhö öhö!"

"Biz birazdan geliyoruz Yavuz."

Oğuz'un ağzını açmasına fırsat vermesem de bu hiç hoş olmamıştı. Hem benim, hem de Yavuz açısından. Ama bu tamamen saçmalıktı. Aras'ın benim hayatıma bu derece hâkim olmasına izin veremezdim. Sessiz olabilirdim, ona karşı savunmasız da olabilirdim, fakat ben Rüya'ydım. Sınırlarım, duvarlarım hep benimleydi. Karşımda Aras olsa bile.

Depoda sanırım bir saati aşkın kalmıştık. İçerisi iyice kalabalıklaşmaya başlamıştı. Oğuz'a veda etmeyi düşündüğüm sırada beni odasına davet etti.

"Seninle konuşmak istediğim bir konu var Rüya."

Neden depoda konuşmamıştı ki? Gerçi orada onlarca tablonun arasında kendimi kaybetmiştim, o da sadece beni izlemişti.

"Tamam, konuşalım." Camdan duvarları olan ve bir küp gibi görünen odasına girdiğimizde Yavuz daha rahattı. Dışarıdan oldukça net göründüğümüze emindim. Oturmam için krem rengi masasının önünde duran kırmızı koltuklardan birini işaret etti. Kendisi de masasına değil, diğer kırmızı deri koltuğa geçti. Tam karşıma.

İş yapacağım bir galeri sahibi değil, bana karşı duyguları olan bir erkek de değil, bir dost gibi görünüyordu. Açık mavi gömleğinin yakasını üstünkörü düzeltirken söyleyeceği sözler sanırım onu böyle içten gülümsetiyordu. Ben de gizemli bir gülümsemeyle ona karşılık verdim.

"Oğuz bana ne söyleyeceksin?"

Başını öne doğru eğdi.

"Bunu sana ilk söylediğimde cevap vermemiştin, ama şimdi bana evet demeden bu galeriden çıkmana izin vermeyeceğim." Hâlâ gülümsüyordu. "Rüya, senin tabloların burada sergilenmeli, lütfen bana hayır deme."

Arkasına yaslanarak umut dolu gözlerle bana baktı. Kirli sarı sakalının örttüğü ince yüzü ve istekli bakışları yüzünden ağzımı açamıyordum. Dirseklerimi dizlerime yaslayarak ellerimle yüzümü örttüm ve içimdeki heyecan verici kıpırtının sesini dinlemeye başladım.

O kıpırtının kaynağında tazecik bir aydınlık vardı ve engel olamadığım bir coşkuyla bana akıyordu. Aras bana o fotoğrafı verdiğinden beri, üzerinde yaşadığım o kara toprak parçası gittiğinden beri böyleydim. O çorak karanlıkla beraber bu kaçışlarım da gitmişti. Tablolarımı da, kendimi de oraya saklar, herkesten kaçardım. Ama şimdi, şimdi istesem de kaçamıyordum.

Şimdiye kadar tablolarımı sergilemek aklıma gelmemiş olsa da, şu anda bunu çok istiyordum. Hem de deliler gibi. Zapt edilemez vahşi bir özgürlüğün pençesine düşmüştüm sanki. "Evet, kesinlikle evet." Çok mutluydum ve Oğuz'un bana bakan gözlerinde kendi mutluluğumu görüyor gibiydim.

"Ama bu profesyonelce değil Oğuz, sen onları görmedin bile."

"Heyy, öğrencilerine çizdirdiklerini gördüm, onlar fazlasıyla yeter."

Mutluluğumu saklayamıyordum artık. Aras bana bunu da yapmıştı. Gözle görülür mutluluklarım vardı artık benim. Ben ayağa kalkınca, Oğuz da kalktı.

"Öyleyse sen kararından vazgeçmeden, en kısa sürede tablolarını aldırırım." Göz kırptı. "Merak etme, benim depomda çok güvende olacaklar. Öğrencilerinin sergisinden sonra senden biraz süre isteyeceğim, çünkü..."

"Biliyorum, takvimin dolu ve bir tarih kararlaştırmamız gerekiyor."

Yavuz beni eve bıraktığında saat sekize geliyordu. Açlıktan gözlerim kararır gibi olmuştu. Elimi yüzümü yıkayarak çift kapılı buzdolabının önüne koştum. Ne boynumdaki fuları, ne de ince siyah hırkamı çıkarabilecek durumda değildim. Beyaz dikdörtgen tabağın içindeki sarmalar inanılmaz görünüyordu.

Emine Hanım bunları ne ara yapıyordu? Tabağı çıkararak masanın üzerine koydum. Sarmaları ardı ardına yutmaya başladım. Yarısı boşalmış tabağa şaşkınlıkla baktım.

"Rüya sakın bana bu tabağın yarısını yediğini söyleme."

Gelmişti ve ben bu sefer kapının sesini duymamıştım bile, artık nasıl kendimden geçtiysem Aras'ın kokusunu bile duyamamıştım. Yine kravatı yoktu. Bu kravatlara neler olduğunu sormaya niyetlendiğim anda, o da birkaç sarmayı ağzına attı. Sonra "Galeriye gitmişsin" dedi. Ses tonundan ne hissettiği anlaşılmıyordu. Tedirginliğimi anlamış olmalıydı. "Umarım bu sergi bir an önce biter" diyerek yanımdan uzaklaşırken, "On dakika sonra yukarı gelir misin?" diye seslendi.

Beni neden yukarı çağırıyordu? Onunla aynı evde yaşamaktan kesinlikle korkmuyordum; peki ya, neden bu son cümlesi bana böyle tuhaf bir korku hissettirmişti ki?

Onun sözleri, varlığından çok daha etkiliydi. Söylediği her kelime ya esrar olup beni alaşağı ediyor, ya da ona dair umutlarımı yok ediyordu. *Kalbim buz gibi Rüya, onu sakın isteme...* Varlığını benden esirgemeyen adam, kalbini bana yasaklamıştı... Onu duymazdan gelmek ne mümkündü. Ama yaptım, mutfak masasının yanındaki taburede dakikalarca öylece oturdum. O da beni tekrar çağırmadı. Bir süre sonra telefonum çaldı. Arayan, Nehir'di.. Onunla bir süre konuştuktan sonra telefonu kapattığımda Aras'la göz göze geldim. Onu bekletmiş olmama aldırmadan, kravatsız beyaz gömleği ve koyu renk kumaş pantolonuyla manalı bir şekilde gülümsüyordu.

"Hadi artık inatçı ufaklık, bu kadar naz yeter."

Sabır denen şey ona çok yakışıyordu ve sinirleri zerre kadar gerilmiyordu. Dediğim gibi ona istemediği duyguyu hissettirmek kimsenin harcı değildi. Arkasından merdivenleri usul usul çıkarken ne düşündüğü hakkında en ufak bir fikrim olmasa da biliyordum, o hep bana yaşamadığım şeyleri yaşatırdı. İkinci katın koridorunda durduğumuz zaman üçüncü kata çıkan karanlık merdivenleri gösterdi.

"Şimdi oraya çıkacağız."

Henüz hareketlenmemiştim. Yanıma gelerek, boynuma sarmış olduğum siyah beyaz puantiyeli incecik fuları usulca çekti.

"Bana güven tamam mı? Sakın korkma." Fuları gözlerime bağladı ve ben daha ne olduğunu anlamadan beni kucağına aldı. "Ufaklık o merdivenleri böyle gözün bağlıyken çıkmazsın."

Kıkırdamama engel olamıyordum, onun kucağında olmak çok eğlenceliydi. Beni öyle rahat taşıyordu ki, boynuna sarılmama gerek olmasa da bunu yaptım. Bu fırsatı kaçıramazdım, çok güzel kokuyordu ve iç açıcı, denizleri anımsatan kokusu, attığı her adımda daha da yoğunlaşıyordu.

"Seni yere bırakıyorum ufaklık."

Duyduğum koku azaldığında yanımdan uzaklaştığını anladım. Onun yerini keskin taze boya kokusu almıştı. Geri gelerek gözlerimi açtı ve fuları tekrar boynuma sardı. Yanımdan uzaklaştığında ışıkları açmış olmalıydı. Göz alıcı parlaklık yüzünden gözlerimi kırpıştırdığımda kocaman dikdörtgen bir odanın ortasında durduğumu fark ettim. Uzun beyaz bir duvar hariç, üç tarafı camla kapatılmıştı. Yerler bembeyaz lamine parke döşeliydi.

Anlayamıyordum. Bomboş, en az iki yüz metrekarelik odanın ne anlama geldiğini çözmek istiyor, meraklı gözlerle Aras'a bakıyordum. Gözlerini tavana kaldırdığında ben de aynı hareketi yaptım. Oldukça yüksek tavanın ortasında yuvarlak bir buzlucam vardı.

"Senin atölyen Rüya, bundan sonra seni aradığım zaman burada bulacağım sanırım."

Heyecanla derin bir nefes aldım. Gözlerim neşeyle büyümüştü. "Benim... Benim mi?"

"Evet, sadece senin."

Boş odanın ortasına doğru yürümeye başladım; ortada keşfedilecek hiçbir şey olmasa da orada yaşayacağım güzel anları şimdiden aramanın heyecanı sesime yansımıştı. "Ama burası çok büyük, çok güzel."

Yanıma geldi. "Sen okulda olduğun zamanlarda çalıştılar, burası aslında teras katıydı. Atölyen hem büyük hem de ışık dolu olmalıydı."

O konuştukça sevincim daha da büyüyor, o var oldukça hayatım daha da anlamlı hale geliyordu. Ben onunla ne yapacaktım? Bana en sevdiğim şeyleri vererek, hayatımı parça parça tamamlayarak nasıl da aklıyordu beni sevemeyişini. Aklanır mıydı sevmemek, sevememek?

Yüzümü iki avucunun arasına alarak alnıma minik bir öpücük kondurdu.

"Rüya sana söylemiştim, her şey, aklına gelebilecek her şey senin olacak. Mümkün olan her şey, seni bu dünyada sadece ben mutlu etmeliyim." Sözlerinin içtenliği sanki avuçlarının içinde yankılandı ve ellerini saçlarıma doğru kaydırarak gözlerini benimkilere kenetledi. Sadece bakıyordu, "Seni öpmemi ister misin ufaklık, seni öpmek zorunda kalabilirim" gibi laflar yoktu bu sefer baştan çıkarıcı dudaklarında. Gri gözleri başka kelimeler söylüyordu. Aras şimdiye kadar hiç görmediğim bakışlarıyla belki de içinden gelerek beni öpmek istiyordu. Başını biraz daha bana eğdiğinde titreyerek yutkundum, sonra da dudağımı ısırdım. Dudakları benimkilere bir nefes ötedeyken, "Rüya" dedi, "tablolarını yarın şu duvara asalım, eğer onları görmemi istemiyorsan üstü kapalı dururlar."

Bunu söylediği anda korkunç bir suçluluk hissettim. Tablolarımı Oğuz'un galerisine gönderecektim. Bu durumu Aras'a söylemek ölümden daha beterdi.

Ona tablolarımı Oğuz'a vereceğimi söyleyerek aramızda yaşanan bu en özel anı mahvedeceğimi çok iyi biliyordum. Söylemezsem, bu öpüşün arkasında tarifi imkânsız bir suçluluk duygusu olacaktı. Beni öpmesine izin vermeli, sonra mı söylemeliydim? Bu sefer suçluluk denen duyguyu yok etmeye çalışarak yutkundum ve geri çekildim.

"Aras, sana söylemem gereken bir şey var" dediğimde, o bana tekrar yaklaşmıştı bile.

"Söyle ufaklık." Gülümsüyordu. O benim tablolarıma bakmak için izin isterken ben onları Oğuz'a göndereceğimi nasıl söyleyecektim?

"Hadi Rüya, söyle." Sesindeki tutku söyleyeceklerimi bir an önce duymak ve beni öpmek istediğini söylüyordu. Bugüne kadar yaşadığımız en doğal, en saf andı. Dudaklarımı zar zor araladığımda tüm enerjimi harcıyor gibiydim.

"Aras, tablolarımı Oğuz'un galerisine yollayacağım. Sergi açacağız."

Sessizliğin bu kadar yorucu olduğunu bilmiyordum. Sessizlik sürdü ya da o özellikle sürdürdü. Omuzlarımdan tutarak benden uzaklaştığında, gözleri yine ilk defa böyle bakıyordu bana ve bu bakış, beni sevmemesinden bile daha kahrediciydi.

Gri gözleri bir darağacı olmuş, bana akıyor, yüreğime dokunuyor, onu kanatıyordu... Değersiz bir varlıkmışım gibi... Aras'ı kazanmadan kaybettiğimin resmi...

"Birkaç gün Ankara'da olacağım, bu arada düğün hazırlıkları için Nehir'i sakın yalnız bırakma." Bu da onu kaybettiğimin sesiydi. Mutlak soğuğu çağrıştıran, bir buz kütlesinin üşütücü sesi... Ve beni orada bırakarak yanımdan uzaklaştı...

Değersiz bir varlığa bakar gibi üzerime dikilen gri gözleri, içime bu sefer en ağır yarayı açmıştı. Beni sevmemesine razı hale getirmişti. Kollarımla kendi bedenimi sararken, bulunduğum boş odadan bile daha boş olan ruhuma sarılıyordum sanki. Ağır adımlarla tablolarımı asmayı teklif ettiği duvara doğru yaklaşarak, orada az önce hayal ettiği anlarımızı seyrettim.

Duvara gizlenmiş düğmeleri bilinçsizce kurcalamaya başladım. Birden çalmaya başlayan müzik dudaklarımın bükülmesine, gözyaşlarımın artmasına sebep oldu. Müzik sistemini yerleştirmeyi bile ihmal etmemişti.

Gitar eşliğinde İspanyolca söylenen şarkının tutkulu tınılarına sığınarak olduğum yere çöktüm. Dizlerimi karnıma çektiğimde hiçbir şey düşünmek istemiyor, büyük bir duygusallıkla çalan gitarın tellerinin arasında kaybolmak, kaybolmak istiyordum.

Aramızda çakacak bir kıvılcımı, aptal sözcüklerim eşliğinde üflediğim nefesim sayesinde söndürmüştüm. Onun karşısındayken, bakışları dumanlı bir dağın görünmeyen zirvesi gibi tüm sözlerimi, aklımı yutuyordu. Her şey bin beter hale gelmiş, onun acımasız bakışlarına maruz kalmıştım.

Ardı ardına çalan parçaların ritmine kapılan düşüncelerim beni öyle yıpratmıştı ki, oraya konulmuş berjer koltuğa dahi gidemeden, parkelerin üzerine uzandım. Kolumu başımın altına alarak hissettiğim hasarın boyutunu aradım, bulamadım. Nasıl bulabilirdim ki? Bunun bir şekli yoktu. Sadece Aras ve onun gözünde yitirilen değerim vardı. Hasar da, harabe de buydu.

Müziğin tınısına teslim ettiğim gözkapaklarım usul usul kapanırken, tek hissettiğim eskisinden çok daha büyük olan yalnızlığımdı. Hem de bu koca evde, sevdiğim insanın yanında.

* * *

Sıkıntıyla gözlerimi açtığımda, sarı loş ışık aldı önce sersemlemiş bakışlarımı. Sonra o iç açıcı kokuyu duymaya başlayan burnum, hücrelerime yayılan ferahlığın daha fazlasını istedi. Yastığın altında duran elimi yüzüme götürdüğümde o kokunun kaynağı olan yumuşacık yastığa gömüldü yüzüm. Ayılmak isterken daha çok sarhoş oluyor, Aras'ın kokusunu daha çok çekiyordum içime.

Neden bu odada olduğumu sorgulamadan ilkel bir isteğin koynuna atıyordum ruhumu. Gözlerimi açtığımda bembeyaz yatak örtüsünü ve yatağın sağ tarafının hiç bozulmamış olduğunu fark ettim.

Aralanan kapıdan içeri girdiğinde ıslak dalgalı saçları, beyaz tişörtü ve siyah eşofman altıyla nereden geldiği belliydi. Öyle ya, ben koskoca havuzu olan bir masal evinde yaşıyordum. Aşksız prensim de karşımda, o havuzdan gelmiş, bana yine öyle bakıyordu.

Yatağın karşısında duran tek kişilik siyah deri koltuğa otururken bile tüketici bakışlarını üzerimden ayırmadı. Sessizlik savaşımızın silahları haline gelen bakışlarımızı önce hangimiz çekecektik?

Anlaşılan yukarıdaki boş odada uyuyakalmıştım ve yine beni kucaklayarak buraya getirmişti. Kendi odasına. Kendi yatağına.

"Neden beni odama götürmedin?"

Neden dudaklarımdan kelimeler çıkarken, gözlerim ondan kaçıyordu? Ona aynı anda bakmak ve konuşmak ne kadar da zordu, ama sadece benim için. Çünkü o konuştukça bana daha çok bakar ve beni ya daha çok mutlu eder ya da daha fazla canımı yakardı.

"Senin odan aslında burası."

"Henüz değil."

Sözlerimi umursamadığını, hâlâ değişmeyen değersiz bir varlığı bile sahiplenen bakışlarından anlayabiliyordum. Odama gitmek için usulca doğrularak, bacaklarımı yataktan aşağı sarkıttım.

"Öyle değil misin Rüya? Sen sadece benim değil misin?"

Başımı öne eğdim, neyse ki saçlarım yüzümü kapatıyordu.

"Rüya bana cevap ver, tablolarını orada sergilemek zorunda mıydın? Seni onun yüzünden uyardığım, hatta istemeden hırpaladığım halde sen bana bunu yapmak zorunda mıydın?"

Sesindeki sertlik ve insanın içini deşen tını sinirlerimi bozuyor, gözlerimin dolmasına sebep oluyordu. "Bana hesap mı soruyorsun Aras? Bu benim tutkum, resim yapmak hayatım boyunca sahip olduğum ve olacağım tek tutkum."

Ona bu cevabı nasıl verdiğime inanamasam da, uğruna savaştığım şey benim en kıymetli tutkumdu. Savaşırdım, karşımda o olsa bile.

"Ben Oğuz konusunu düşünmedim bile, düşünemedim. Tek bildiğim, tablolarımı kendime saklamaktan artık vazgeçmiş olduğumdu."

Başımı kaldırarak onunla göz göze geldim. Arkasına yaslanmış, kollarını koltuğun kenarına dayamış, yine bana öyle bakıyordu.

"Tutkum, benim vazgeçilmezim." Bu cümleye olan inancım sarsılmaz olsa da, neredeyse mırıldanmıştım. Yine de kararlılığımı fark ederek başını ağır ağır salladı.

"Haklısın, resim yapmak senin tutkun." Aklındaki düşünceleri tartıyor gibi bir süre beni inceledikten sonra, kendini benim yerime koymuş olmalı ki, bana bir şekilde hak verdi.

"Oğuz'un varlığına tahammül edemesem de sanırım seni anlıyorum. Tutkunun peşinden gitmek, bazen istemesen de, etrafındaki insanları yok saymanı gerektirebiliyor. Benim de bu hayattaki en büyük tutkum siyaset Rüya." Ayağa kalkarak yanıma geldi ve yatağa oturdu. Omuzlarımdan yavaşça tutarak kendisine bakmamı sağladı. "Aslında ben de senin gibiyim, hatta çok daha fazlasıyım. Ne olursa olsun tutkumun peşinden gidiyor ve hayatımdaki insanlara karşı suçlar işliyorum. Ne olduğu önemli değil ama suç işte..."

Ne dediğini anlayamıyordum. Siyasete çok bağlı olduğunu biliyordum. Benim resme olan bağlılığım gibiydi. İkimiz de bu uğurda nereye kadar gidebilirdik ki?

"Rüya, sen ve ben bu uğurda birbirimizi incitiyoruz." Bu cümleyi aslında kendi kendine söyler gibiydi. Ardından beni suçlayan tavırları bir anda yok oldu. Ya da bana ortak oldu...

"Ben seni incittim mi Aras?"

Alnını alnıma dayadığında bir süre sessiz kalsa da, "Sen benim dengemi bozmaya başladın Rüya ve bu ikimize de çok zarar verebilir" diyerek gözlerini kapattı.

Gözlerimi sımsıkı kapamış duyacaklarımdan kaçıyordum.

"Seni buraya getirdim, çünkü senin bu odada uyuduğunu ve bana ait olduğunu görmek istedim. Şimdi istersen odana gidebilirsin." Sonra zar zor duyabileceğim bir şekilde sesini alçalttı. "Bilmiyorsun Rüya, sana ait olanın ardından, bomboş bir odada kalmanın ne demek olduğunu bilmiyorsun..."

Ona cevap vermeden ağır ağır ayağa kalkarken başımı öne eğdim ve altüst olmuş bir şekilde odama doğru ilerlemeye başladım.

* * *

Sabah saat onda bineceği Ankara uçağına gitmeden evde karşılaşmıştık. Yaşadıklarımızı sindirmiş bakışları bu sefer ölesiye donuktu bana bakarken. Hissizliğinin ardına sığınarak dengesini sağlıyor gibiydi. Tek bir cümle etmişti: "Döndüğümde düğün hazırlıkları bitmiş olsun ve Nehir'i sakın yalnız bırakma."

Nasıl da mesafeli ve durgun çıkmıştı sesi. Sınırsız uçurumlara daha derinleri, daha fazlaları eklenmişti, hem de bir araya geleceğimiz günler bize bir nefes kadar yaklaşırken.

* * *

Nehir randevumuzun saat üçte olduğunu söylemişti. Öğlene doğru derslerim bitmişti, okulda kalmaya niyetli değildim. Yalnızlığımla hasret gidermek için otobüs durağına doğru yürümeye niyetlendim. Sahilde biraz yürüyüş yapmak iyi gelebilirdi. Okulun ana kapısından çıktığımda yüzünü hatırlar gibi olduğum orta yaşlı bir adam karşımda belirdi.

"Rüya Hanım, iyi günler."

Onu duymuyor, sadece yüzünü hatırlamaya çalışıyordum. Evet, bu oydu. Karahanlıların şoförü.

"Rüya Hanım, Ender Karahanlı sizi arabada bekliyor."

27

Duygu fırtınası

Rüya'nın buz kesmesinin asıl sebebi, kendisini istemeyen bir adamın gözlerinin içine bakmak zorunda kalacak olmasıydı. Ne söyleyeceği belliydi. Her şeyi zaten duymamış mıydı? Parlak siyah Mercedes'e doğru ilerlerken kollarının arasında duran kitaplara daha da sıkı sarılarak şoförü takip etti. Gitmese miydi?

Ne tür bir ikilemdi bu böyle? "Oğlunla evlenmezsem kendimi öldürmek zorunda kalacağım; evet, ona körkütük âşığım, ama ölümümün sebebi bu aşk olmayacak" diyebilir miydi? "Seçeneğim yok", bunu söyleyebilir miydi? Peki ya en can alıcı cümle ne olacaktı? *Oğlun beni sevmiyor sevgili Ender Karahanlı.*

Şimdi bu cümleleri derlese toplasa ortaya ne çıkacaktı? Karahanlı için koskoca bir hiç. Emektar şoför arka kapıyı araladığında koyu gri takım elbiseli adam, kızı başıyla selamladı. Rüya ağır hareketlerle arabaya bindi.

"Merhaba Ender Bey."

Sesinin titrek çıkmaması neyin mucizesiydi böyle? Kendisi de şaşırsa da biliyordu, kaldığı yurtta istenmeyen çocuklar vardı. Onların sıkı sıkıya hayata tutunmaları elbette Rüya'ya çok şey öğretmişti. İşte ilk meyvesini, sesindeki güçlü tonla veriyordu.

Araba hareket ettiğinde Aras'ın babasından duyacaklarını

zihninde tasarlıyor, kendini hazırlıyordu. İnsan istediği kadar hazırlansın, beklediği o sözler başka bir ağızdan çıkınca nasıl da yaralardı kişiyi.

Belli ki adam önemli mevzuları arabada konuşmayı sevmiyordu. Kısa bir yolculuktan sonra şoför önce Rüya'nın, sonra da Ender Karahanlı'nın kapısını açtı.

Boğaz kenarındaki aşırı lüks restoranın görevlileri bu ikilinin karşısında el pençe divan dururken, Rüya öğlen yemeği yiyemeyecek kadar tıkanmıştı. Bu adam müstakbel gelinini ikna etmekte zorlanacağından mı kıymetli iş saatlerini böyle bir yemeğe ayırmıştı?

Sessizliğin eşlik ettiği ikili, beyaz granit döşeli ferah restorana girdiklerinde içerinin uğultusunu bölen bir ses duyuldu.

"Hoş geldiniz Ender Bey, siz de hoş geldiniz hanımefendi."

En köşedeki yuvarlak masalarına geçtiklerinde beyaz saçlı adam gözleriyle Boğaz'ın eşsiz manzarasını taradı, ardından da karşısındaki simsiyah saçlara ve hiç aile görmemiş gözlerin sahibine baktı.

"Özür dilerim Rüya."

Bu yıllanmış olgun sesten gelen ve de hiç beklenilmeyen özür Rüya'nın sessizliğinin sebebini değiştirdi sadece. Sebep, istenmemek mevzusu iken bu sefer beklemediği özrün yarattığı şoktu. Sonuç yine sessizlik, lakin kızın hüzünlerini gömmeye azmeden bir sessizlikti.

Adam onu iyi tanıyordu artık. Oğlu geçen sabah ansızın ofisine gelmiş, kendisine geliniyle ilgili her şeyi anlatmış ve şöyle demişti.

"Sen onu istesen de istemesen de o seni affeder, sevsen de sevmesen de o seni sever."

Rüya ellerini bacaklarının üzerinde birbirine kenetlemiş hâlâ susuyordu.

"Ben o gece her şeyi duyduğunu biliyorum kızım."

Rüya'nın duyduğu kelime hiç bilmediği bir kapıyı açmış,

içini tir tir titretmişti. Kimse ona "kızım" dememişti ki... Gözlerinin dolmasına neden olan bu alelade kelimenin öznesi olabilmek, birisinin kızı olabilmek...

"Annesiyle ilgili durumu bu hayatta sadece üçümüz biliyoruz Rüya."

"Ben kimseye söylemem."

En az oğlu kadar yakışıklı olan yaşlı adam şefkatle gülümsedi.

"Bunu çok iyi biliyorum. Oğluma verdiğim tepki o anda gerekliydi ve şu an yaptıklarım ise gerekenden fazlası. Doğru olanı bu."

Masanın yanına gelen garson deri kaplı mönüyü masaya bırakıp yanlarından ayrıldığında Rüya gözlerini adama dikti.

"Ben ne diyeceğimi bilemiyorum, ama size kızmıyorum. Benim bir ailem olmayabilir ama istenilmemek yabancı olmadığım bir duygu."

Rüya hayatında ilk defa biraz sonra dile getireceği sözleri yetimhanede her gece düşünmüştü. Şimdi bu düşünce Ender Karahanlı'nın karşısında kelimelere dökülüyordu

"Birilerinin beni istemediği ihtimalini de düşündüm. Yurtta kalan birçok çocuğun ya sonradan bir yakını çıkar ve gelir onu alır ya da daha önce istemiyordur, sonra pişman olmuştur ve yine gelir onu alır; ama bana kimse gelmedi Ender Bey." Sonra kızın sesi iki ihtimalin arasına hapsolmuş bir umutsuzlukla soldu. "Ben ya hiç kimsem olmadığını düşündüm ya da birilerinin benim varlığımı bildiğini, ama beni istemediğini. İstemeyerek de olsa iki duyguya da alıştırdım kendimi. O yüzden Ender Bey size kızmıyorum. Özür dilemenize hiç gerek yok."

Karahanlı duyduğu sözlerin acısını olgun yüzüne yine olgun bir gülümseme yerleştirerek yumuşatmaya çalıştı.

"Her ne kadar yaşımızı başımızı almış olsak da, bizler de doğruyu bulmadan önce yanlışlar yapabiliriz. Ben seni istemiyor değilim Rüya, bundan sonra sen de benim ailemin bir parçasısın. İstemesen de senden özür diliyorum."

Rüya, Karahanlı'nın sözlerini dinledikçe içinde biten yediverenlerin ismi aidiyet, sevilmek, istenmek oluyor, kızın her hücresine kök salıyor, onu tarifsiz bir sevinçle dolduruyordu.

"Aras'ın o mektubu göstermesi..." dediği anda adam lafa girdi.

"Hayır, iyi ki yaptı. Oğlum çok güçlü bir insan, ama bu yük her canlıya ağır gelir, ona da geldi, iyi biliyorum. Şimdi daha mutlu olacak. Bu mutluluktaki en büyük pay sahibi de sensin Rüya."

Ardı ardına yıkılan duvarlar Rüya'nın için için hissettiği güzellikleri perçinlerken, belli belirsiz bir gülümseme süzüldü boşluğa. Ender Karahanlı'nın görmek istediği bu ışık, onun özrünün kabulü olup aktı adamın bakışlarına.

"Ben her zaman ikinizin yanında olacağımı ve eğer kabul edersen senin baban olmak istediğimi söylemek için buradayım."

Sözleri son derece içten ve güven vericiydi.

"Baba" kelimesi Rüya'nın güzel gözlerinden bir damla gözyaşının süzülmesine neden oldu. Baba kelimesi söylenildikçe eskir miydi ki? Ya ilk defa söyleyeceksen halin nice olurdu? İşte, Rüya o kelimeyi söylemeye hazır olmasa da, sözcüğün kendine has bir kudreti vardı. Telaffuzu bile Rüya'nın donmuş duygularını alıp kaynayan bir kazana atmaya yetişmişti.

Ender Karahanlı elini Rüya'ya uzattı. "Sen benim gelinim değil, kızım olacaksın." Biliyordu karşısında oturan bu zarif kızın en çok da bu kabullenilmeye ihtiyacı vardı. Aile olmaya, bir aileye sahip olmaya. "Bu konuda üzerime düşen her şeyi fazlasıyla yapacağım Rüya."

Bu sırada garson tekrar masaya gelmişti.

"Ben bir şey yemek istemiyorum."

Karahanlı anlayışla başını salladı. Garsona, "Bize iki tane orta şekerli kahve" derken sesindeki tokluk ve özgüven oğlununkiyle aynıydı.

Rüya akan gözyaşlarını silerken hiç beklemediği yerden açılan bu sevgi kapısının sarhoşluğu başını döndürüyordu. Sevgi böyle bir şey miydi? İnsanı böyle birden ele geçirir, aslında o sevgiye ne kadar ihtiyacı olduğunu ona deliler gibi hissettirir miydi?

Hiç tatmadığı bu sevginin sıcaklığı Rüya'yı bulunduğu mekândan kopararak, adını bile bilmediği diyarlara sürdü. Orası duyguların özgürce çağladığı, sevginin doya doya yaşandığı bir diyardı. Tam da Rüya'nın ait olması gereken yerdi. Oralarda sevgisizliğini bastırmak, kendini tutmak yoktu.

Ender Karahanlı, çok nadiren dolan gözleri ve ağır ağır salladığı başıyla kızın çaresizliğini hem onaylıyor hem de o çaresizliği yok etmeyi arzuluyordu.

Rüya'nın hıçkırıklarında, yetimhanede atamadığı çığlıklar yankılanıyor, gözyaşları kimsesizlik acısını kızın bedeninden koparıyordu.

Kahveler geldiğinde, Rüya başını öne eğerek kahvesini yudumlamaya başladı. Ender Karahanlı karşısındaki mahcup kızı incelerken aklına oğlunun söylediği sözler geldi.

"İşte sana her şeyi anlattım baba. Rüya'nın yerinde Nehir de olabilirdi, sen de Tuğrul Giritli olabilirdin. Çünkü bu yaptıkların, onun Rüya'nın annesine yaptıklarından farksız. Yarın benim başıma bir şey gelecek olsa ve Rüya'nın rahat yaşamasına yetecek kadar param olmasa sen benim çocuğumu fırlatıp atar mıydın?"

Bu sözler Ender Karahanlı'nın başından aşağıya kaynar sular dökülmesine neden olmuştu. Kendisi asla o adam gibi olamazdı ama gözü gibi sevdiği oğlunun onu böyle itham etmesi, yaşlı adamın çok ağırına gitmişti. Rüya'yı kendi dünyalarından bencilce bir düşünceyle ittiği için çok pişman olmuştu.

"Bu bir kader baba, bu durum hepimizin başına gelebilirdi." Oğlunun bu sözleri gerçeğin ta kendisi değil de neydi?

Ender Bey ile Rüya kahvelerini yudumlarlarken, yanağına konan cesur öpücük yüzünden Rüya'nın elindeki fincan düşecekti neredeyse.

"Yengeciğim, seni tekrar görmek ne büyük şeref. Ee, yeni sergimiz ne zaman?"

Rüya utangaç gülümsemesiyle "Merhaba Mert" dediğinde Ender Karahanlı bu durumu gayet normal karşılamıştı. Yeğeni takım elbiseli bir yaramazdı. Öğlen yemeğini fırsat bilerek kravatını gevşetmişti, bir elinde tableti vardı. Diğer eliyle o tabletin ekranına dokunurken amcasına döndü.

"Amca, kararı yönetim kuruluna açıklamadan önce çok fena şeyler yapıyorum."

Ender Karahanlı iş dünyasının kurduydu, Mert de o yolda ilerliyordu.

"Mert hepsini sat, yoksa çok para kaybedersin."

Amcasının yarı şaka yarı ciddi sözlerine karşılık verirken Mert'in gözleri ekrandaydı.

"Merak etme amca, ben bir Karahanlı'yım. Her ne kadar şahsıma ait bir hesap olsa da kendimi riske atmam."

Kahverengi bakışları Rüya'yı buldu.

"Yengeciğim, ben sadece piyano çalmıyorum, borsada oynamayı da çok severim. Özel zevkim." Sonra kaşlarını muzipçe havaya kaldırdı. "O gece bundan bahsetmemiştim değil mi?"

Rüya başını iki yana sallarken zaten şu an hiçbir şey hatırlayamayacak durumdaydı. Mert ekrana son kere dokunduktan sonra tableti masanın üzerine bıraktı.

"İşte tamam. Giritli Holding'in tüm kâğıtlarını sattım. Ben yırttım sayılır, çok değer kaybedecek, çoook. Ailemize yaptıklarını ödeyecek."

Amcası gülümsedi.

"Yarın yönetim kuruluna Giritli Holding'le yaptığımız tüm anlaşmaları feshedeceğimizi açıklayınca ortalık biraz karışacak."

Giritli Holding'e verdikleri tüm bayilikleri geri alacaklar ve imzaladıkları bütün anlaşmaları tek taraflı olarak feshedeceklerdi. Karşı taraf sesini çıkaramazdı, çünkü canı kadar sevdiği oğlu o adamın ağzını açtırmayacaktı ve bu, kesinlikle daha başlangıçtı.

28

Gündönümü

Düğün hazırlıkları artık sadece Nehir'in vazifesi değildi. Rüya, Ender Karahanlı ve Nilgün Hanım da mecburen işin içindeydi. Bir tek damat ortalarda görünmüyordu. Onlarca insanı, hatta gelini bile karşısına alarak gerçekleştirmek istediği bu evlilik nasıl olsa olacaktı.

Zor da olsa, zekâsıyla, hırsıyla zemini hazırlamış, herkesi bir araya getirmiş, Rüya'ya bir aile vermişti. İçi rahat bir halde asıl mevzusu olan siyasetle rahat rahat ilgilenebilirdi.

Rüya bembeyaz gelinliğiyle prova odasından çıktığında Nehir bir çığlık attı.

"Bekle bekle, fotoğrafını çekip abime göndereceğim."

Karşı çıkmasına fırsat tanımadan Rüya'nın gelinlikli fotoğrafını çekti ve fotoğrafı iki gün sonra evlenecek olan çok sevdiği abisine gönderdi.

Yeni patlayan yolsuzluk skandalıyla ilgili acil bir toplantıya girmek üzere olan Aras telefonuna gelen, görmeyi beklemediği fotoğrafa baktı. Bunu göndermeyi Rüya istemiş olamazdı. Her gece bir dakika bile sürmeyen mesafeli telefon konuşmaları, genç kızı bu noktaya getirmez, aksine daha da uzaklaştırırdı.

Gelinini artık çok iyi tanıyordu. Aras'a olan aşkından ölse de susuyordu. Rüya'yla yaptıkları konuşmalardan bile daha uzun bir süre baktı telefonun ekranına. Dudaklarındaki tebessümün nedeni, masumiyetini daha da fazla vurgulayan beyaz gelinlik miydi? Yoksa o gelinliğin içindeki güzelliğin sadece onun olması mı? Elbette her ikisiydi...

Bu acil toplantı, parti meclisinin yaptığı toplantı bitince başlayacaktı. İçeride yaşananları az çok biliyor, sonucu tahmin ediyordu. Bu toplantıdan sonra basın sözcüsü olacaktı. Nihayet iki kanatlı ahşap kapı aralandığında parti meclisi üyeleri teker teker çıkmaya başladılar. Çıkanlar, yorgun bir gülümsemeyle Aras'ın yanına geliyor, tebriklerini bildiriyordu. Aras tebrikleri kabul ederken, her zamanki gibi soğukkanlı ve mağrur bir ifadeyle teşekkür ediyordu. İstanbul milletvekili ve işadamı Tunç Bozdoğan onu çocukluğundan beri tanıyordu. Yaşlı adam neredeyse elinde büyüyen genç siyasinin yanına yaklaşıp babacan bir tavırla omzunu sıvazlayarak kulağına fısıldadı.

"İyi kulis yapmışsın oğlum. Tuğrul Giritli noktayı koydu. Hararetle seni istedi. Seni sevdiğini biliyordum, ama Gündoğdu'ya yaptıklarından sonra arkadaşını tutar diyordum." Sonra Aras'tan biraz uzaklaşarak sesini yükseltti. "Hadi bakalım, hayırlı olsun, parti tarihinin henüz milletvekili olmayan ilk basın sözcüsü oldun. Seni durdurana aşk olsun."

Aras zekâsı sayesinde neredeyse söke söke aldığı bu mevki için adama kuru bir teşekkür etti.

"Aras, iki gün sonra düğünde görüşürüz oğlum. Bu arada gelin hanımın gerçekten hiç kimsesi olmadığı doğru mu?"

O sırada yanlarına yaklaşan Tuğrul Giritli'nin beti benzi soldu. Aras onun rahatsızlığını hissetti. Giritli'nin gözlerinin içine bakmasa da, sözlerinin nereye dokunacağını iyi biliyordu.

"Onun benden başka hiç kimseye ihtiyacı yok, onun için bundan sonra sadece ben varım."

Rüya ile Mert Karahanlı'nın sergiye gittikleri gece

"Hadi Rüya, geç kalıyorum."

Aras, mecburen kuzeninin koluna girmek zorunda kalan Rüya'nın arkasından baktı. Halinden pek hoşnut görünmese de bu gece onun yanında olması mümkün değildi. Müstakbel eşini en güvenilir insana teslim etmişti. Kuzeni Çağrı Mert'e. Rüya'ya yalan söylemek istemediği için randevusu hakkında tek kelime etmemişti. Arabasını havaalanına doğru sürerken zihninde gezinen düşünceler direksiyonu daha sıkı kavramasına sebep oluyor, bir an önce bu işin bitmesini istiyordu. Havaalanında Karahanlı ailesinin minik bir servet değerindeki jetine bindi. Yolculuğu İzmir'eydi.

İzmir'in ılık nemli havası bu mayıs gecesinde düşünceli yüzüne hafif hafif dokunurken ilk gördüğü taksiye atlayarak adama adresi söyledi. Yaklaşık yirmi beş dakikalık bir yolculuğun sonrasında taksiden inerken gözleri büyük yalıyı aramadan bulduğunda kendiliğinden kısıldı. Rüya'nın yirmi iki sene önce yüzüne kapatılan kapı hâlâ oradaydı. Bembeyaz ve ahşap oymalarının en güzelleriyle bezenmiş olsa da iki insanın hayatını söndüren kapı. Deniz'i sonsuzluğa, Rüya'yı yokluğa uğurlayan kapı.

Bu bir gündönümüydü. Bu bir adalet tecellisiydi. Aceleyi pek sevmeyen Aras Karahanlı merdivenleri ağır ağır çıkarken kendinden son derece emindi.

Kapının zilini çaldı. Beklendiğini biliyordu. Ama ev sahibi bu ziyaretin sebebini yanlış tahmin ediyordu.

Acaba Aras Karahanlı buraya kadar basın sözcülüğü için kulis yapmak, destek istemek için mi gelmişti?

Tuğrul Giritli onun kimsesiz bir kızla evleneceğini duymuş olsa da bu kızın torunu olduğuna ihtimal vermiyordu, zaten torununu da tanımıyordu.

"Aras Karahanlı" diye tanıttı kendisine kapıyı açan genç

hizmetçiye. Yirmi iki sene önce Deniz'in kovulmasına gözleriyle şahit olan diğer hizmetçi, para karşılığı tuttuğu sırrıyla birlikte çoktan gözlerini yummuştu bu hayata.

Genç hizmetçi "Hoş geldiniz efendim. Sayın Giritli sizi bekliyor. Kendisi çalışma odasında. Buyurun" diyerek ahşap yalının merdivenlerine yöneldi. Evin hanımı özel bir davetteydi.

"Hoş geldin Karahanlı."

Siyah gözler, bembeyaz saçlar ve zinde bir vücut, bu adamın yaşlandıkça gençleştiğinin kanıtı gibiydi, ancak içini kimse bilemezdi.

"Merhaba Sayın Giritli."

Koyu kahve tonlarının boğduğu oda ve kasvetli ışık sanki bu buluşma için beklemişti yıllar yılı. Klasik deri koltuğa oturan Aras, adamın yüzüne dikkatle, ama soğuk bir ifadeyle baktığında Giritli ona gülümsemek istese de yapamadı. Aslında bu yetenekli siyasiyi pek severdi. Gerçekten bu çocuk başkaydı.

Aras'ın beklemeye niyeti yoktu.

"Sayın Giritli, buraya istemediğiniz torununuzu, sizden istemeye geldim."

İşte Aras buydu. Ansızın beliren bir hortum ya da gökyüzünden kopan bir yıldırım olur, konuya birden girer, sevmediği insanların zihnini dağıtırdı.

"Sen neden bahsediyorsun evlat? Ne torunu?"

Aras'ın gözleri tuzağa düşmüş bir kurda bakar gibi bakıyor ve bu kurdun şaşkınlığıyla alay ediyordu.

"Sayın Giritli, neden bahsettiğimi çok iyi biliyorsunuz."

İddialı sözleri Giritli'nin gardını bir anda düşürdü. Aras susmaya niyetli değildi. Arkasına yaslanarak bacak bacak üstüne attı.

"Sayın Giritli, bunu her türlü ispatlarım. Torunun gibi bakan gözlerinden. O kadın satıcısına akıttığın paralardan. Deniz Hanım'ın üniversite arkadaşlarından..." Ayağa kalktı ve adama yaklaşarak ellerini geniş ahşap masaya dayadı. "Her türlü ispatlarım Giritli, ama en çok da şu saçının telinden. Bu kadar basit. Teknoloji senin gibi kötü sırları tutanlar için de var."

Aksi bir ihtiyar olarak insanları canından bezdiren Tuğrul Giritli, Aras'ın sözlerini duydukça yok oluyor, küçüldükçe küçülüyordu. Tam karşısındaki bakışlar, altmış senelik hayatının en zor anlarını yaşatıyordu Giritli'ye. O gece kızına yaşattıkları, Aras'ın gözlerindeki nefretten kendisine aksediyordu.

"Sen nasıl bir insansın Giritli?"

Adam kravatının bağını gevşetse de nafileydi. Kendisiyle beraber mezara gideceğini sandığı günah, bu dünyada onun cehennemi olmuştu.

"Sen, kendi kanından olan bir insanı sokağa atan bir adamsın." Aras elini masaya sertçe vurdu ve odada yürümeye başladı. "İki gün sonra yeni kabinede aile ve sosyal politikalar bakanı olacaksın Giritli. Bunu hepimiz iyi biliyoruz. Ben de senin bu mevkie çok uygun olduğunu düşünüyordum. Torununu devletin sosyal kurumlarından birisine teslim etmiş bir insan olarak bence bunu halka açıklamalısın. 'Devletimiz kimsesiz çocuklara iyi bakıyor, bizzat tecrübe ettim' dersin." Tiksinti dolu gülümsemesiyle Tuğrul Giritli'yi ezerken ellerini tekrar masanın üzerine koydu. "Ya da ben açıklayayım, ne dersin?"

Elbette bunu yapmayacaktı. Karşısındaki adam lal olmuş, boynuna kalın bir halat gibi dolanan günahı, onu nefessiz bırakmıştı.

"Bir seçenek daha var Sayın Giritli. İkimiz de susarız ve sen gider Rüya'dan af diler, ona yalvarır, beni affet dersin." Adamın perişan haline ve yaşına aldırmadan kükredi.

"Yalvaracaksın, yoksa her şeyi insanlara açıklarım. Yalvaracaksın, çünkü o, birkaç gün sonra Rüya Karahanlı olacak, senin sahipsiz bıraktığın yalnız torunun değil. Birkaç gün sonra benim şirkette sahip olduklarımın yarısı onun olacak ve senin servetin onun elde ettikleriyle boy ölçüşemeyecek. Biliyor musun Giritli, onun senden gelecek ne sevgiye ne de paraya ihtiyacı var. Benim sahip olduğum her şey ona fazlasıyla yeter. Artık parası da var, ailesi de."

Adam güçlükle nefes alarak, "Tamam" dedi, sanki bu kelime ona çok ihtiyaç duyduğu nefesi verecek de işlediği günahı yok edecekmiş gibi. Bir daha söyledi. "Tamam yapacağım, onun karşısına çıkacağım."

Sesindeki telaş ve korku Aras'ın hoşuna gitti. "Evet, yalvaracaksın, ama düğünden sonra. Onu nüfusuna almak istediğini ve ondan aldığın her şeyi geri vermek istediğini söyleyeceksin. Merak etme, senin sahip olmadığın gururun hepsi onda, seni affetmeyecek. Ne soyadını ne de servetini isteyecek." Odanın kapısına doğru yürürken, "Bu konuşmamızın basın sözcüsü makamına gelecek olmamla bir alakası olduğunu düşünme" diye ekledi. "Sadık Gündoğdu gibi tecavüzcü oğlunu savunan bir adamı destekleyecek kadar akılsız olmadığını biliyorum. Ortada bir koalisyon hükümeti var ve sen bakan olacaksın. Gündoğdu'yu desteklersen, hükümet ortağımızın rahatsız olacağını adın gibi biliyorsun ve son bir söz: Sakın arkamdan iş çevirmeye kalkma."

Arkasında bıraktığı enkazı umursamadan kapıyı araladığında koridorun karşısında asılı duran amatör tablo gözüne çarptı. *Kaplumbağa Terbiyecisi* adlı meşhur tablonun acemi bir taklidi olsa da altındaki imzada *Deniz Giritli* yazıyordu. Rüya'nın annesi bu tabloyu çok gençken yapmış olmalıydı. Tekrar odanın kapısını açarak adama son bir işkence daha etti.

"Düğünden sonra Rüya'ya gelirken ona bu emaneti de getireceksin Giritli. Annesinin tablosunu." Kapıyı sertçe çarparak tarihi yalıdan ayrıldı. Aras Karahanlı'nın kapıyı çarpmasıyla tarih tekerrür ediyordu. Ama bu sefer kapı Tuğrul Giritli'nin yüzüne çarpılmıştı ve kapının ardında kalanlar farklıydı...

Hani geç kalmış adalet adalet değildi. Nasıl olmazdı? Aras'ın tuttuğu adalet terazisi, Rüya'ya ailesini tanıma fırsatı verecek, kimsesiz kelimesini silecek, Tuğrul Giritli'ye ise cehennem azabı çektirecekti.

Ve Şermin Giritli... Öldüğü söylenen torununa sarılacak, canının parçasını kollarına alacaktı. Rüya'nın kanından olan ve ona canını seve seve verecek bir insanın var olduğunu Rüya'ya gösterecekti. Anneanne... Rüya'nın kanı, canı olurken en çok da kimsesi olacaktı...

Ama düğünden sonra...

* * *

Düğünden bir gece önce Karahanlı ailesine ait yalıda yenen akşam yemeğinde tek kişi eksikti. Aras Karahanlı. Siyaset yorgunu müstakbel damat ardı ardına toplantılara katılıyor, basın sözcüsü olarak sık sık ekranda boy gösteriyor ve halkın her geçen gün artan sevgisiyle amacına yaklaşıyor, buna mukabil Rüya'dan daha da uzaklaşıyordu. Oysa çok istediği ve insanların peri masalı olarak nitelendirdiği düğüne yirmi dört saatten az kalmıştı. Damatlığını bile abisinin tercih ettiği markayı iyi bilen kardeşi sipariş vermişti.

Nilgün Karahanlı, gelinin varlığından pek memnun olmasa da Aras'ı karşısına almaması gerektiğini iyi biliyordu. Aksi takdirde bu lüks hayatını kendi elleriyle bozmuş olurdu. Yeğeninin gözyaşları Rüya'ya öfke duymasına sebep olsa da, elinden bir şey gelmezdi. Karahanlı ailesinin erkekleri entrikalara gelmeyecek kadar akıllıydı.

Rüya'nın Aras'a duyduğu suskun özlem içini kemirse de,

yüzü gülüyordu. Seviliyordu. Hoş sohbetlerin edildiği akşam yemeğinden sonra şaşaalı salonda ailece vakit geçiriyorlardı. Ender Bey, Nilgün Hanım, Nehir ve bir şeye ihtiyaçlarının olup olmadığını sormak için gelen Mert Karahanlı. Rüya'nın yepyeni ailesi.

"Bence saçlarını toplatmamalısın Rüya" dedi Nehir hevesle.

"Olabilir. Zaten toplamayı pek sevmediğimi biliyorsun."

O sırada çalan telefona cevap vermek için salonun sessiz bir köşesine geçti.

"Sana da iyi akşamlar Oğuz."

"Rüya, bu gece diğer serginin son günüydü. Tabloları toparladık. Birkaç gün boşluğumuz var, öğrencilerinin tablolarını şimdiden asmak istiyorum. Malum her akımdan tablolar var ve onları senin düzenlemen iyi olur diye düşündüm."

"Oğuz, şu anda gelebilir miyim bilemiyorum..."

"Rüya, yarın düğünün var biliyorum ve muhtemelen balayına gideceksiniz. Başka fırsatımız olmayabilir."

"Haklısın Oğuz, gelmeye çalışacağım" dediğinde aslında balayına gidip gitmeyeceğini bile bilemiyordu, çünkü Aras'la bu konuya dair hiçbir şey konuşmamıştı. Yine de bu ihtimali düşünerek, tabloları asma işini bir an önce bitirmesi gerektiğine karar verdi. Telefonu kapatarak Ender Karahanlı'ya yaklaştı.

"Ender Bey, Oğuz'un galerisine gitmem gerekiyor."

Adam bir süre Rüya'nın yüzüne baktı. Kaşları çatılacak gibi olsa da, resmin ve bu serginin Rüya için ne kadar önemli olduğunu oğlundan duymuştu. Karahanlı ailesinin kurallarına ters gelse de onu başıyla onayladı ve sonra Mert'e kısa bir bakış attı.

"Hadi Rüya, seni ben götüreyim" diyerek ayağa kalkan Mert herkese iyi akşamlar diledi ve Rüya'yla birlikte yalıdan ayrıldılar.

* * *

Birkaç saat sonra Aras Karahanlı Ankara'dan henüz gelmiş, kendisini havaalanında karşılayan Yavuz'a talimat veriyordu.

"Rüya şu anda yalıda. Oraya gidelim, sen bizi aşağıda bekle. Onu alacağım, sonra da bizi eve götürürsün."

Çok yorgun ve stresliydi. Fırtına hızındaki günler onu çok yormuştu, ayrıca yeni başlayacağı hayatın bilinmezliği de çelik gibi olan sinirlerini zorluyordu.

Ne de olsa o da bir insandı. Duygularını kontrol etmeyi sevse de, duyguların dümeni hep onda olamazdı. Mesela özlemek... Çok hoşuna giden o kokuyu tekrar duymayı istemek ve koşar adım o kokuya gitmek dümenin her zaman elinde olmadığının en büyük kanıtıydı.

Neredeydi o mis gibi defne kokan tenin sahibi? Yalıdaki sıcak karşılama onun soğuk bakışlarını ısıtmaya yetmedi.

"Rüya nerede Nehir?"

"Abi, Oğuz aradı ve sergi için son hazırlıkların yapılacağını söyledi."

Aras'ın endişesi birden öfkeye dönüştü. Kontrolünü kaybediyordu, hem de ailesinin önünde.

"Ne dedin sen Nehir? Böyle bir gecede Rüya oraya mı gitti? Hem de tek başına?"

Kız kardeşinin üzerine doğru yürüdüğünün farkında bile değilken babasının otoriter sesi onu durdurdu.

"Ben izin verdim. Yanında Mert var."

Aras yanan bakışlarıyla babasına döndü.

"Nasıl izin verirsin? Bizim yarın düğünümüz var. Bu olacak şey değil."

Telefonunu hışımla eline alarak Mert'i aradı.

"Çabuk Rüya'yı buraya getir!"

Kuzeninin cevap vermesine fırsat tanımadan içki dolabına yürüdü, bir kadeh viski aldı ve bir yudumda bitirdi. Genzi alev alev yansa da sakinleşmek için bir kadeh daha aldı.

Ama sakinleşebilmesi mümkün değildi! Delirmişti sanki. Hayatında ilk defa bir kadına böylesine sinirlenmişti. Kendisi günlerdir ortada olmasa da, Rüya'nın böyle bir gecede Oğuz'a gitmesine, sergiyi bu kadar önemsemesine öfkeleniyordu.

"Aras, bence eve gitsen iyi olur."

Babasının sözlerini duymazdan gelerek pencerenin önüne gitti, viskisinden bir yudum daha aldı ve dakikalar boyunca Boğaz'ın göz alıcı ışıklarını seyretti.

Rüya ile Mert salondan içeri girdiklerinde, "Herkese iyi akşamlar" diye seslendi Mert.

Aras hâlâ pencereden dışarıyı seyrediyordu. Duyduğu ses tekrar hiddetlenmesine sebep oldu. Elindeki kadehi yanındaki yüksek sehpaya çarptı ve hızlı adımlarla Rüya'ya doğru yürümeye başladı.

Salondakilerin kaskatı olmasına sebep olan bu hareket, Rüya'nın bakışlarına korku olarak yansımış ve gözlerini ondan kaçırmasına sebep olmuştu. Aras kızın bir adım gerisinde durdu ve siyah saten bir bluz ile koyu lacivert bir kot pantolon giymiş olan Rüya'yı sert bakışlarıyla daha çok korkuttu.

"Bana bak!" Bu buyurgan söz, Rüya'nın bakışlarını yukarı kaldırması için yeterli olmadığından kızın kolunu tuttu. "Sen ne yaptığını sanıyorsun?"

"Aras!"

Ender Bey oğluna doğru yürüdü. Aras başını ona çevirmedi bile.

"Eve gidiyoruz Rüya."

"Hayır Aras! Rüya bu gece burada kalacak, senin yalnız gitmen daha iyi olur." Ender Bey'in sert sesi salonu doldururken Aras kılını kıpırdatmıyor ve susuyordu. Bir süre daha Rüya'ya baktıktan sonra başını salladı.

"Tamam."

Babasının onu sakinleştirmek için verdiği çabaya kayıtsız

kalması mümkün değildi. "Tamam, o burada kalsın, ben gidiyorum."

Sesi sakin çıksa da, bunu zoraki yaptığı gün gibi ortadaydı. Kızın kolunu daha kuvvetli sıkarak başını ona doğru eğdi. Burnuna o çok özlediği koku dolsa da sözlerini sakınmadı.

"Sen bu gece beni çok üzdün."

Kadınlara zaten duymadığı güven duygusu nasıl oluyor da tekrar yok oluyordu? Olmayan bir duyguyu yokluğa sürmek var oluşa aykırı iken Aras Karahanlı neden böyle hissediyordu? Tek kelime dahi etmeden yalıdan ayrılarak evine gitti.

* * *

Aras eve geldikten sadece on dakika sonra, düğün öncesinde dostunu yalnız bırakmak istemeyen Kaan da arkasından içeri girdi. Nehir'in endişeli telefonunun da bunda payı vardı.

Aras keyifsizdi. Kurşuni gözleri, bomboş bakıyordu. Bir saate yakın havadan sudan bahsettikten sonra, Kaan dayanamayarak "Neyin var?" diye sordu.

Sessizlik bu sorunun en güzel cevabı değil miydi?

"Aras Rüya'ya neden o kadar sert davrandın?"

Olanları Nehir'den duyduğunu söylemeye gerek duymamıştı. Aras'ın sessizliğini sürdürmesi suçunu kabul etmesi anlamına mı geliyordu, pişman olduğu anlamına mı?

"Aras, sana neler oluyor?"

Aras boş viski kadehini yavaşça sehpaya bıraktığında, bir türlü durulmayan düşüncelerine lanetler okuyor, daha fazlasını içmek istese de kontrollü yapısı buna izin vermiyordu. Bu gece sarhoş olmayı ölümüne istiyor olsa da, sehpanın üzerine bıraktığı kadehin çıkardığı tık sesiyle bu isteğe noktayı koydu.

"Kaan..."

Kaan derinden gelen bu çağrıya karşılık veremedi.

"Kaan, onun resim yapıp sergi açarak çok mutlu olmasını hem istiyorum, hem de bu mutluluğu çok kıskanıyorum..." Başını iki yana sallarken bunu kendine yediremediği o kadar belliydi ki. "Onu orada göremeyince ve Oğuz ismini duyunca gözlerim karardı." Aras başını koltuğun arkasına yaslarken kıza yaşattığı o anlar gözünün önünde canlanıyordu.

"Sen bir kadına güvenmeyi bilmiyorsun Aras. Şimdiye kadar kimse senin güvenini sarsmadı, çünkü kimsede bu duyguyu aramadın, umursamadın."

Aras annesini düşünerek, acı bir alayla dudağını kıvırdı.

"Boş ver Kaan, kadınlar hep aynıdır."

Kaan, arkadaşının sebepsiz teslimiyetine şaşırsa da derin bir iç çekti. "Aras, bu iş sende çok tehlikeli bir hal alıyor, lütfen kendine gel."

Kaan böyle söylese de, aslında için için onun adına seviniyordu ve bu sevinci kendince paylaştı. "Sana nikâh şahidin olmak istemediğimi söylemiştim, kararımı değiştirdim, oluyorum."

Aras yorgun bir gülümsemeyle başını kaldırarak Kaan'a baktı.

"Artık bu evliliğe karşı değilsin demek."

Kaan kaşlarını havaya kaldırdı. "Değilim, halana söyle Rüya'nın şahidi o olsun, ben senin şahidin olacağım."

29

Masal düğün

Devir ne sarayların ne de masalların devriydi. Dolayısıyla bu peri masalı insanların kalbine işliyor, böyle bir şeyin olabildiğini görmek onları heyecanlandırıyordu. Evet, Karahanlı Holding'in genç veliahdı, siyasetin parlak çocuğu, kimsesiz, güzeller güzeli bir kızın karşısında diz çökmüş ve ona bir masal vermişti. O gece ekranların başında bu aşk itirafını duyanlara göre bir külkedisi masalı olsa da bu, aslında bir parça masaldı.

Prensesin kalbi kırık, prensin kalbi ise bir buzdağı gibiydi. İnsanlar bu durumdan bihaber olsa da masalı yaşayan da, yaşayamayan da, güzeller güzeli, ipek saçlı prensesti. Bu masalın en büyük eksik parçası, onun simsiyah gözlerinin ışıltısını alıyor, sahipsiz kalbini titretiyordu. Prenses sessiz sedasız, ama her şeyden çok onu istiyordu. Aras Karahanlı'nın kalbini.

Aras Karahanlı insanların kalbine ekranlardan akmayı başarmış bir fatihti. Bu devirde toprak fethetmeye gerek yoktu. Eğer şanın yürüsün, adın duyulsun istiyorsan gönülleri fethetmen yeter de artardı bile. Top tüfek eskide kalmıştı, televizyon ve sosyal medya hepsine bedeldi.

Çağ iletişim çağıydı ve Karahanlı da herkes kadar bunun farkındaydı. O kimsesiz kızla evlenerek siyasi kariyerini güçlendirecek ve bunun karşılığını fazlasıyla alacaktı. Kameralar prens ile prensesi heyecanla beklerken, amaçları haber yapmak olsa da, bu genç siyasiyi, duyarlı insanların kalbine daha da fazla kazıyacaklarından haberdarlar mıydı? Aras Karahanlı tecrübesizliğine ve genç yaşına rağmen böyle bir mevkie gelmiş olsa da, onun kameralar karşısındaki karizması, güven veren ses tonu ve cömert kalbi insanları etkiliyor, genç adam onların gönlünde taht kuruyordu.

* * *

Muhteşem yalının üst katındaki yatak odalarından birinde gelinin hazırlığı sona ermişti. Nehir telaşla odadan çıktı. Bir saat sonra başlayacak olan düğün için elbisesini giymesi gerekiyordu.

"Abi, içeride bir peri kızı var" diyerek abisinin vereceği tepkiyi beklemeden, koşar adım merdivenlerden aşağı indi.

Aras elinde eski siyah kadife kutuyla Rüya'nın bulunduğu odanın aralık kapısını tıklattı. Sırtı kapıya dönük gelin, gelinliğinin eteklerini tutarak sesin geldiği yöne dönünce Aras'ın nefesi kesildi.

Bembeyaz straplez gelinliğinin içinde buğday teni, siyah inci gibi gözleri ve toplatmadığı dümdüz saçlarıyla gerçekten peri kızı gibiydi. El işlemeleri olan gelinliği tek parçaydı ve abartısız bir kuyruğu vardı. Uzun sade duvağıyla enfes görünüyordu.

Soluklarını kontrol etmekte zorlanan Aras, "Çok güzelsin" dediğinde Rüya kırgınlığını kalbine gömerek ona gülümsedi.

Aras'ın siyah damatlık ve papyondan oluşan kıyafetini süzerek, bu kıyafetin uzun boyuna ve biçimli vücuduna çok yakıştığını düşündü. Genç adamın gözlerindeki hayranlık dolu bakışlar her şeyi geri planda bıraksa da, o, Rüya'nındı. Kalbini vermese de, Rüya'nın Aras'ıydı o. Kimseye böyle bakmamış, kimseyi böylesine kıskanmamıştı. İtiraf edemese de kimsede o güzel kokuyu duymamıştı.

Aras Rüya'ya biraz daha yaklaştığında, birbirlerine kenetlenen bakışları söylenecek sözleri geride bırakmıştı.

"Sana bir hediye vermek istiyorum."

Birkaç gün önce Rüya'nın anneannesi Şermin Hanım'la görüştüğünde kadın ağlayarak kızının gerdanlığını Aras'a uzatmıştı. Akşam düğünde torununu izleyecek olsa da, düğünden önce Rüya'nın hassas kalbinin bu büyük kavuşmayı kaldıramayacağını bildiğinden sabretmeyi kabul etmişti. Zaten bu bir mucize değil miydi? Yıllar yılı öldü sandığı torununun mutluluğu için birkaç gün daha dayanabileceğini Aras'a söylemiş ve Rüya'nın önce Tuğrul Giritli'yle karşılaşması konusunda Aras'a hak vermişti. Dayanacaktı, sadece birkaç gün daha torununun iyiliği için dayanacaktı.

Aras kadife kutuyu araladı ve göz kamaştırıcı elmas parçalarının dizili olduğu gerdanlığı kızın pürüzsüz boynuna taktı. Rüya aldığı kıymetli hediyeye boy aynasında baktı ve elini üzerinde gezdirerek, "Teşekkür ederim" diye fısıldadı. "Bu eşsiz bir gerdanlık."

Gerdanlığı anlatmaya ne hacet, o annesinindi ve sanki içinde gizli bir ruh barındırıyordu. Deniz'den Rüya'sına... Annesinden kimsesiz kızına... onca yalnız gecelere değerli bir nokta.

Aras Rüya'nın elini tutu ve masal düğüne doğru ilk adımlarını attılar.

* * *

Çırağan Sarayı'nda iş ve siyaset camiasından yaklaşık sekiz yüz kişilik davetli vardı. Sarayın önü basın ordusu tarafından kuşatılmıştı.

Siyah Mercedes içeri akarken flaşlar patladı.

Haziran gecesinin ılık havası davetlilerin yüzlerini yalıyordu. Kadınlar en şık elbiselerini giymiş, şıkır şıkır takılarını takmış, erkekler pahalı takım elbiselerini sırtlarına geçirmişti. Rüya'nın isteği üzerine masalara beyaz renk hâkimdi; geniş yuvarlak masalara değerli şamdanlar ve beyaz krizantem çiçekleri yerleştirilmişti.

Gelin ile damat göründüğünde kopan alkış, Rüya'nın kalbini hoplattığında Aras'ın elini daha bir sıktı. Dudaklarını birbirine kenetlerken mutluluğuna mâni olamıyordu.

Rüya mutluydu. Sevdiği insanla evleniyordu, hem de masal gibi bir düğünle. Bu gecenin öncesi sonrası yoktu. Sadece o vardı.

Sade ama şık nikâh masasında herkesin gıpta ettiği çift "evet" derken nefesler tutulmuştu. Evet, senden gelecek her duyguya, her güne, her güzelliğe, varlığa yokluğa evet...

Genç müzisyen şarkıya başladığında ilk dans onları çağırıyordu. *I give my all...*

Bu noktaya nasıl gelmişlerdi? Birinin kırılgan kalbinden başka verecek hiçbir şeyi yoktu, diğeri kalbi hariç her şeyini vaat etmişti.

Rüya'nın titreyen elleri Aras'ın omuzlarında, gözleri sevdiği adama dünyaları anlatıyordu. Aras gözünü Rüya'dan alamıyor, ona daha sıkı sarılıyordu. Sanki gecenin karanlığına saklanmış güneş kimseye görünmeden onlar için doğmuş da, ışıklarını onların üzerinde gezdiriyor, tenlerini, ruhlarını tutuşturuyordu...

Nihayet bu masalsı düğünün davetlileri teker teker ayrılırken, geride sadece akrabalar ve en yakın dostlar kalmıştı. Çağrı Mert Karahanlı smokiniyle gülümseyerek gelin ile damadın yanına geldi.

"Hadi bakalım damat bey kalk, biz bize kaldık, bana eşlik edeceksin."

Aras, Mert'in ne istediğini biliyordu ve Karahanlı ailesinin uzun zamandır yaşadığı en mutlu gecede çok sevdiği kuzenini kırmadı. Okul yıllarında öğrendikleri ihtişamlı zeybek oyununu şu anda oynamamak için hiçbir sebep yoktu. İki kuzen pistin ortasına geçtiklerinde, Nehir gözlerinin rengindeki gece elbisesinin eteklerini tutarak Rüya'nın yanına oturdu. Ortam artık çok daha samimiydi.

"Mert ile abim zeybek oynayacak Rüya, iyi seyret, Mert'in düğününe kadar bir daha göremeyiz."

Davulun sesi ortalığı inletir, harmandalının bilindik notaları kulaklara akarken Ender Karahanlı, kardeşi Erdinç Karahanlı ve diğer aile üyeleri dikkat kesilmiş, oğullarını izlemeye hazırlanıyordu. Mert ile Aras pistin ortasına geçtiklerinde uzun kollarını omuz hizalarında açmış, başlarını hafifçe öne eğmiş, başlayacakları ritmi bekliyorlardı. İkisi de papyonlarını çıkarmış, gömleklerinin birer düğmesini açmıştı. Rüya nefes bile almadan sevdiği insanı seyrediyor, gözlerini Aras'ın üzerinden alamıyordu.

Ve bekledikleri ritim geldiğinde, sözleşmiş gibi aynı anda zeybeğe başladılar. İki Karahanlı erkeği büyük adımlarla oynanan bu oyunu profesyonelce sergiliyor ve bir an olsun müziğin ritmini kaçırmıyorlardı. Davulun sert vuruşlarında dizlerini ara sıra belli bir düzende yere dokunduruyorlar, seyircilere enfes bir zeybek şöleni yaşatıyorlardı.

Rüya'nın ve diğer seyircilerin nefes bile almadan seyrettiği dans bittiğinde, kopan alkışlarla bu gece sonlanmış oldu. Masal gibi bir düğünle Rüya'nın masalının kapıları iyice aralandı.

30

Üşüyorsun

"Bu ev masallarda olur, benim burada ne işim var" diye düşündüğü eve gelinliğiyle girerken yüzünde şaşkın, ama belli belirsiz bir gülümseme vardı. Rüya kaçamak bakışlarıyla bu tanıdık evi ilk defa görüyormuşçasına süzerken evin eşyaları, duvarları sanki dile gelmiş, Rüya'ya sesleniyordu. *Bizim evimiz...*

Ne yapacağını bilemez bir halde koltukların bulunduğu yere doğru ilerlerken, Aras'ın sesi onu durdurdu. Niye kalbi böyle atıyor ve bilinçsizce dudaklarını ısırıyordu?

"Rüya..." İsmini onun sesinden ilk defa böyle duyuyordu. Muzip bir fısıltı. Başını çevirdiğinde, Aras ona hafifçe gülümsüyordu.

"Bunu yapmak çok klişe, ama beni durduramazsın ufaklık."

Rüya tepki veremeden, kızı kucağına alarak merdivenlerden yukarı doğru taşıdı.

"Heyyy..." Rüya'nın keyifli sesi Aras'ın dikkatinden kaçmadı. Dün gece onu çok kırdığını biliyordu. Rüya'yı koyu renklerin hâkim olduğu yatak odasının ortasındaki beyaz yatağın önünde kucağından indirdiğinde, aralarındaki kuvvetli çekim yine ortaya çıktı. Aras ışığı açarak Rüya'nın yanına yaklaştı.

Dün geceki anlaşmazlık, gri ve siyah gözlerin büyüsünde yok olmuştu. Oğuz'un galerisine giden Rüya'dan bunun hesabını sormak isteyen Aras bunu sonraya ertelemişti, ama hesabı soracak olan pişmandı, hesap sorulacak olan ise bağışlamıştı. Birbirlerinin gözlerindeki mutluluğu içiyorlardı.

"Özür dilerim Rüya."

Kızın gözlerinden ayırmadığı bulutlu gözleri de özür diliyordu. Özrü kabul ettiğini gösteren gülümsemesiyle yatağın üzerine oturdu Rüya; önce saçındaki tokaları, ardından duvağını çıkardı. Bu arada Aras ceketini çıkarmış onun güzelliğini izliyordu.

Rüya aynalı dolabın önüne doğru ilerleyerek, boynundaki kıymetli gerdanlığı bıraktı. Sanatçı gözleri gerdanlığın özenle işlenmiş her ayrıntısını görüyor, onun kıymetini çok iyi anlıyordu. Bir de her zerresinde annesinin kokusu olduğunu bilseydi, kıymetli olduğunu düşündüğü mücevher parçası nasıl da kalbinin bir parçası olurdu.

"Bu çok güzel, bir kere daha teşekkür ederim sana."

Aras bildiklerini anlatıp onu mutluluğa boğmak istese de yapamadı. *Deden seni istememiş, her sene o adama para göndermiş.*

Rüya'yı kahredecek bu cümleyi ona söyleyemezdi. Kurban kendini Rüya'ya sunacak, Rüya'nın önünde diz çökecekti. O anı bekleyerek sabrediyordu, yoksa şu an bu mutluluğu Rüya'ya yaşatmasını hiçbir güç engelleyemezdi. Paris'te o adamın Rüya'nın dedesi olduğunu öğrendiği günden beri bunu planlamıştı. Rüya'yla evlendikten sonra Giritli'yi Rüya'nın insafına bırakmak...

Aras ağzından çıkamayan kelimelere lanet okur gibi derin bir iç çekse de Rüya'nın gülümseyen gözlerini görünce nefesini usulca bırakarak ona yaklaştı. Kızın omuzlarına düşmüş bir tutam saçı geriye doğru çektikten sonra başını omzuna doğru eğdi ve gözlerini yumarak kendini yine o kokuya teslim etti. Defne kokusu, sanki bedenini değil de ruhunun en ücra köşelerini sarıyor, kabuk tutmuş yarasını kanatıyordu. Bunu bile bile, Rüya'yı her kokladığında daha da kanayacağını bile bile, ruhu bu arındırıcı acıyı istiyordu. Rüya'nın ellerini sımsıkı tuttu ve nefesi kızın omzunu yakarken fısıldadı.

"Mutlu musun?"

Rüya gözlerini yumarak başını onun omzuna yasladı. "Benim mutluluğum sensin Aras" dedikten sonra "Ben neden mutluyum?" diye sordu. "Bunun izahı yok değil mi? Bu saçma değil mi?"

Aras tarafından sevilmediğini kastetse de, genç adam ona cevap veremiyordu. Rüya'nın omzuna dudaklarını hafifçe değdirdi.

"Sen mutlu ol. Bunun için her şeyi yaparım. Ben ancak o zaman mutlu olurum."

Rüya gözlerini yumdu. Yanağından süzülen bir damla yaş Aras'ın gömleğini ıslattı. Tam kalbinin üzerini.

"Aras seni çok seviyorum."

Onun gözlerine bakamıyor, yüzünü Aras'ın omzuna daha çok gömüyordu. Kendisini sevmediğini düşündüğü bir insana, hem de kocasına bunu söylemek onu paramparça etse de, söylemezse daha çok dağılacak gibi hissediyordu.

Aras'ın yüzünde acı bir ifade belirdi, Rüya'nın elini bıraktı ve kızın başını okşayarak onu kendine daha çok çekti. Rüya çok güçlüydü. Sevgisini sakınmayacak, saklayamayacak kadar güçlüydü. Onun bu sözlerinin cömertliği karşısında, Aras'ın içinde fırtınalar kopuyor, derin çıkmazlara doğru yol alıyordu. Rüya'nın başının üzerine bir öpücük kondurduktan sonra onun saçlarını kokladı.

"Seni asla bırakmayacağım, asla."

Rüya başını geriye doğru çektiğinde kızın yüzünü avuçlarının arasına aldı ve yanaklarından süzülen birkaç damla yaşı sildi, ardından ellerini önce kızın boynuna, sonra da omuzlarına kaydırdı. Başını Rüya'ya doğru eğerek onu öptüğünde, her ikisi de bunun bir başlangıç olduğunu biliyordu.

Biri ilk defa böyle arzu dolu öpüyor, diğeri onu iliklerinde hissediyordu. Ardından omzuna konan diğer öpücük, Rüya'nın yanaklarını alev alev yaktığında, bu yangını söndürmek istercesine solukları sıklaştı. Teninde hissettiği dudaklar onu kavuruyor, daha fazla yanmak istiyordu.

Aras, gelinliğinin fermuarını ağır ağır açarken Rüya ona teslim olmak için çetin bir mücadele veriyordu. Aras'ın tecrübeli elleri kızın gelinliğini çıkarırken Rüya çift taraflı bir uçurumun zirvesine doğru çekiliyor, orada ayakta kalmaya çalışıyordu. Bir tarafı o adamların yaşattığı korkuydu, diğer taraf ise Aras'ın aşksız kalbi.

Aras'ın kadınlara cesaret verip de onları daha fazlasına teşvik eden dudakları, kendi karısını, Rüya'sını korkuyla yüzleştiriyordu. Rüya'nın günler öncesi yaşadığı korkuyu istemeden de olsa çağırıyor ve genç kızın titremesine sebep oluyordu.

Aras'ın eli daha fazlasını isteyerek tutkuyla Rüya'nın sırtında gezinmeye başladığında, Rüya "Yapamam" diye fısıldadı. Aras'ın elleri aniden durdu, duymak istemediği sözleri kovalamak istercesine gözlerini kapadı. Elini Rüya'nın sırtından çekmeden, "Biz evliyiz ve sen benden korkuyorsun" dedi.

"Ben odama gidip giyinmek istiyorum."

Aras şaşkınlık, öfke duyuyor, ama en çok da duyduklarına inanamıyordu. Mümkün değildi.

"Odana mı gitmek istiyorsun?"

"Bana dokunma Aras, bana karşı bir şeyler hissetmediğin halde bana dokunmana izin veremem."

Rüya'nın zihnindeki korkular, sevilmediği hissi, her şey birbirine girmiş, sevdiği insanla arasına set çekmiş, daha fazlasına müsaade etmiyordu. Aras yüzüne tokat gibi çarpan gerçeğin etkisiyle kıza doğru yürüdü.

"Sen bu gece ve diğer geceler bu odada kalacaksın, senin odan burası."

"Ben odama gitmek istiyorum, kıyafetlerim orada."

Aras Rüya'nın inadı yüzünden çileden çıkmaya başlamıştı. Hızla sağ tarafında duran çekmecelerden birine yöneldi ve oradan kendi beyaz tişörtlerinden birini çıkardı.

"Senin odan burası, anladın mı! Burası benim yanım!" Rüya'nın karşısına geçerek, ona beyaz tişörtü giydirdi.

"İşte giyindin!"

Rüya kaskatı kesilmiş, donuk bir korkuyla onun yüzüne bakıyor, bu bakış Aras'ın daha çok hiddetlenmesine sebep oluyordu. Kızın karşısında durmuş, öfkeyle onu süzüyor olsa da, onu görmüyor, düşünceleri o geceye gidiyordu. Annesinin yatak odasının bomboş görüntüsüne... O odada hissettiği çaresizliğe ve vakitsiz yalnızlığa...

Oysa o kötü anıları derinlere gömmüş, üzerine betonlar dökmüştü. Karşısında duran simsiyah koca gözler korkuyla parlıyor, Aras'ın içinde tuhaf bir rüzgâr estiriyor ve döktüğü o betonları çatlatıyordu. Aras'ı cehennem gibi bir uyanışa mahkûm ediyordu.

Rüya bilmeden derinlerdeki elması keşfe çıkarken, o elmas istemeden de olsa kendini ona vaat ediyordu. Aras kaybolduğu anlardan çıkmak istercesine kızın kolunu tuttu.

"Senin odan burası, anladın mı! Sen benden, kocandan korkuyorsun, ama o herifle depoda yalnız kalmaktan korkmuyorsun!" Rüya'ya biraz daha yaklaşarak, "Sen dün gece onun yanına giderken benden korkmuyordun, ama şimdi benden korkuyor, odama gideceğim diyorsun." Kızın kolunu sertçe sarstı. "Bana bunu açıkla Rüya, onunla yalnız kalmaktan neden korkmadığını."

Rüya telaşla yutkundu.

"O bana zarar vermez."

Aras hayretle Rüya'nın yüzüne baktı. Aslında kıskançlıktan delirmiş olsa da, şaşkınlık daha ağır basıyordu.

"Peki, ben sana zarar mı veriyorum?" Hissettiği kıskançlığın etkisiyle sesi iyice yükseldi. "Söyle, böyle mi düşünüyorsun? O yüzden mi her fırsatta oraya gidiyorsun, benden kaçmak için mi?"

"Hayır, senin öyle bir şey yapmayacağını biliyorum. Ben dün gece oraya gittim, çünkü balayına çıkabileceğimizi düşündüm ve bir an önce hazırlıkların bitmesini istedim."

Aras Rüya'nın kolunu bırakırken alaycı bir ifadeyle ona gülümsedi.

"Demek balayına gidebileceğimizi düşündün. Ben de ne düşündüm biliyor musun Rüya?"

Rüya gözlerini kaçırdığında Aras onun çenesini yukarıya doğru kaldırdı. Derin bir nefes aldı, başını iki yana salladı, sonra kızın gözlerine sinmiş korkuyu görünce, söyleyeceklerinden vazgeçti ve "Rahat rahat uyu" dedi, kapıyı kapatarak odadan çıktı.

Rüya, kapının sessizce kapanmasını izlerken dudaklarını birbirine kenetleyerek boğazına oturan yumruyu yuttu. Bir yanı bu odadan çıkmak istese de, diğer yanı onu odaya mıhlıyordu.

Sıcak yaz gecesinde bedenini üşüten, ürpermesine sebep olan duygulardan kurtulmak istercesine kollarını vücuduna sararak yatağa uzandı. Uykuya teslim olduğunda bilmiyordu ki, onu bu huzurlu uykuya çeken şey içine yayılan güven hissiydi.

Aras aşağı kata indiğinde viski şişesinin bulunduğu yere yönelse de şişeye dokunmadı bile. Koltuğa oturarak karanlığın içine sızan bahçe lambalarının ışığında biraz önce yaşadıklarını düşünmeye başladı. Düşünceleri her an daha geriye gitti. Babasıyla yaptığı konuşmadan sonra Rüya'nın gözlerini gördüğü anlara. Rüya'nın elini onun kalbinin üzerine koyarak, bu acıya ortak olduğu başlangıca. *Güneşin doğuşunu haber eden alaca bir aydınlığa.*

Sabaha karşı Aras oturduğu koltuktan kalktı. Yukarı çıkarak odaya girdiğinde Rüya'nın üstünün açık olduğunu ve dizlerini karnına çekmiş olduğunu gördü. Karısının üzerine beyaz bir örtü örterek kendisi de beyaz bir tişört ile siyah eşofman altını giydikten sonra onun yanına uzandı. Rüya üşümüş gibi, örtüyü üzerine iyice çekti. Gözleri hâlâ kapalıydı. Yüzleri birbirine dönük haldeyken Aras bir süre onu seyretti. Siyah sık ve gür kirpiklerini, zarif yüzünü, daha önce hiç öpmediği pembe dudaklarını. Sonra elini, örtünün üzerinden kızın beline koyarak fısıldadı.

"Üşüyorsun. Senin eşsiz kokun, güçlü sessizliğin ve cesurca yaşadığın aşk, ama en çok da varlığın, kalbimi benden parça parça alıyor Rüya."

Bilmiyordu ki kalbinin parça parça gidişi Rüya'yı üşütüyor olsa da, masalın en büyük eksik parçası yerini buluyordu.

Rüya'ya doğru yaklaşarak bu gece ona yaşattıklarından dolayı özür dilercesine alnına bir öpücük kondurduktan sonra kızın üzerini iyice örttü.

"Üşürsün demiştim Rüya, dayanamıyorsun, aldığın her parçada daha çok üşüyorsun."

31

Söz ver

Alnıma bırakılan öpücük beni tatlı uykumdan nasıl da çekip aldı. Tam gözlerimi aralayacağım sırada yüzümü yakan ılık nefesi beni soluksuz bırakarak cayır cayır yaktı. Oysa "Dayanamıyorsun, aldığın her parçada daha çok üşüyorsun" diyordu. Ona bakmalı, bu anı görmeli miydim?

Gözlerimi açarsam onun gözlerinde bu anı, aşkı, kimsesizliğimin bitişini görecektim. Miladım olacak saniyeler beynime iz bırakırken usulca gözlerimi araladım.

"Rüya..." Sözlerini duyup duymamam umurunda değilmiş, önemli olan şu anmış gibi bakıyordu.

"Üşümüyorum Aras."

Dudakları sözlerimi kabullenmemişçesine hoş bir gülümsemeyle kıvrılırken onun yüzünde ilk defa böyle yorgun, ama içten bir gülümsemenin belirdiğine şahit oldum. Peki ya gözleri? Kendimi tam da kalbime vuran, oraya kenetlenen gözlerinden alamıyordum. Neden görememiştim ki? Hani ben insanların duygularını görür, sezerdim. Neden ölümüne beklediğim bu aşkı görememiştim?

Onun aşkı benim gözlerimi kör mü etmişti? Onun gözleri aşkla parladıkça benim gözlerim kamaşmış, gözlerimi sımsıkı yummuş, sonra da kendi dünyama mı çekilmiştim?

Belimi saran elini çekerek yanağımı okşadığında ona gülümsedim. O da aynı şekilde karşılık verirken, ilk defa gözleriyle gülümsedi. Gülümsemesi... Yağmur sonrası aralanan bulutların arasından parlayan kış güneşi gibi. Gülümsedi... Sanki benim kış güneşim gibi. Isıtmayacağını bile bile aldanıp da parıltısına kandığın kış güneşi. Aras Karahanlı'nın aşkı böyle geliyordu. Bir saklanıp bir açan, ısıtmayan, aldatan güneş gibi, ama yine de güneşin ta kendisi.

Elini tekrar belimin üzerine koyarak beni kendisine doğru çektiğinde kendimi ona bıraktım. Başımı göğsüne dayadığımda, çenesini başımın üzerine dayadı, sonra da oraya bir öpücük bıraktı.

Bu, benim kimsesizliğimin bittiği, hep korktuğum o ıssız boşluğun hayatımdan çıktığı andı.

Aras'ın beyaz örtünün üzerinden belimi saran eli, geçmişimin kuru acısını un ufak ediyor, o hoyrat günleri zihnimden siliyordu. Bu dokunuşu geleceği var ediyor, ruhumu tatlı tatlı yeniden inşa ediyordu. Yüzümü göğsüne iyice gömerek ona sarıldım.

Böyle yaparsam, ona sarılırsam az önceki dargınlığım biter, suçları hafifler miydi? Sevmek bu muydu? Sevdiğine sarıldıkça dargınlığın geçer miydi? Ben küsmeyi bilmezdim ki. Yetimhanede küsebilmen için önce sevilmen gerekirdi. Aksi halde birilerine her küstüğünde kendi mutluluğunu gasp etmiş olurdun. Kimse seni gönlünü alacak, ruhunu okşayacak kadar önemsemezdi. Ona sımsıkı sarılarak yanağımı diğer kolunun üzerine koydum ve çenesinin altından bakarak ona gülümsedim.

"Gitme Rüya, her ne olursa olsun beni bu odada yalnız bırakarak gitme. Arkandan koskoca bir yalnızlığa bakmak istemiyorum."

Gözlerimi yumarak onu onayladığımda, "Söz ver" diye aralandı dudakları.

"Söz veriyorum Aras."

Onu benim gözümde baştan yazan, duygularıma ortak eden, ama en çok da benim Aras'ım yapan tek bir cümle.

"O gece, annemin yatak odasında bizi terk ettiğini anladığımda, kendimi bu dünyada kimsesiz kalmış gibi hissettim Rüya."

Ona daha sıkıca sarıldığımda, başımı aslında onun göğsüne değil de, yaşadığı o karanlık gecede istemeden bana ortak oluşuna, bunu itiraf edişine, en çok da yaralarına bastırdım. Biz aynıydık. İkimiz de kanamış, paramparça olmuştuk. Ben alışmış, kanıksamıştım, ama Aras o gecenin gölgesinde bir türlü aydınlanamamıştı. İkili bir hayat yaşamak zorunda kalmış, büyük sırrı yüzünden kalbi buz kesmişti.

"Aras, ben ilk defa birisine sarılarak uyuyorum ve bu sensin, her şeyimle sevdiğim."

"Ben de Rüya, ister inan ister inanma, ben de ilk defa."

Nasıl inanmazdım ki? Onu tanıyordum. Kalbi taş gibiyken kimseye böyle sarılmayacağından öyle emindim ki. Birkaç saat önce beni acı sözleriyle biçerken, bu odadan gitmeme izin vermezken, aslında bu odada yalnız kalmak istemediğini görüyor ve şu anda ona sarılırken her şeyi tüm sahiciliğiyle hissediyordum. Yüzüne bir daha baktım ve büyük bir huzurla ilk defa böylesi bir uykuya daldım. Kimsesizliğim silinip giderken, Aras benim tüm mevsimlerim, herkesim, en çok sevdiğimdi.

Ne kadar uyudum bilmiyorum, ama kuvvetli yaz güneşi kalın koyu kahverengi perdeden sızarak sırtımı yakmaya başlamıştı. Hâlâ aynıydık. Kollarımı usulca geri çektiğimde ansızın bana daha sıkı sarıldı.

"Hiçbir zaman benden önce uyanamazsın ufaklık, bu mümkün değil."

Şişmiş olduğunu düşündüğüm gözkapaklarımla küçük bir savaş vererek ona baktım. Ne kadar da yakışıklı görünüyordu. Onunla uyanmak öyle güzeldi ki.

"Ne zaman uyandın?"

Bana cevap vermeden ve hiç kımıldamadan yüzüme baktı. Sanırım beni yatakta bırakarak kalkmak istemiyordu.

"Duş almam gerekiyor Aras, hayatımda ilk defa makyajla uyudum."

Burnumun üzerini öperek beni serbest bıraktı.

"Burada al, evin bütün banyolarında defne sabunu var. Evin hanımı sensin."

"İnanmıyorum sana. Bunu mu düşündün?"

"Evet, çoktan beri var. Emine Hanım'a söylemiştim, o koydu."

Kendi odama öyle kapanmıştım ki, ne evdeki diğer banyoları ne de oralarda duran defne sabunlarını fark edebilmiştim.

"Tamam, burada duş alacağım, sonra da odaya giderek giyineceğim."

İyi bir şey yapmışım gibi başını salladı.

"Aferin ufaklık, hem daha önce seni havluyla görmüştüm. Artık senin kocanım, sakın benden utanma tamam mı?"

"Hey utanmıyorum, böyle düşünme."

Yatakta doğruldum. Şöyle bir gerindiğimde otomatik olarak yüzüme bir gülümseme yerleşti.

"Sakın aşağı inme Aras, kahvaltıda sana şu Paris'te yediğimiz pankeklerden yapacağım."

Ellerini başının arkasında birleştirerek kaşlarını havaya kaldırdı.

"Pankek mi?"

"Evet pankek, kahvaltıda onlardan yemiştin. Sade yiyorsun biliyorum, ben de üzerlerine vişne reçeli sürerek yemiştim."

Omuzlarımdan dökülen bir tutam saçı parmağına doladı.

"Vişne demek?"

Manalı bir şekilde sırıttığında ben de ona öyle karşılık verdim ve hayatımın en güzel sabahında yataktan kalktım.

Bugün günlerden o gündü. En mutlu günüm... Öyle çıtkırıldım, yıkılacak, gidici gibi görünerek içimi titreten bir mutluluk değil. Aras'la gelen sapasağlam, hayatımın ortasına saçılan, teslim olunası bir mutluluk...

Duş alıp giyindikten sonra mutfağı iyice karıştırmış, malzemeleri bularak pankekleri pişirmiştim. Yemek yapmayı, el hüneri isteyen bir şeylerle uğraşmayı çok severdim.

Beyaz mutfak masamızın etrafında karşılıklı oturuyorduk.

"Rüya, ben çok şanslıyım sanırım, yalnız şunu bilmelisin ki çok fazla yemek yerim."

"Biliyorum Aras, Paris'te gördüm."

Sözlerini doğrularcasına iki pankeki büyük bir iştahla ağzına atmıştı bile.

"Sen lokmalarımı mı saydın ufaklık?"

Neşeli kahvaltımızın sonlarına doğru Aras'ın telefonu çaldı. Kısa bir süre sonra bir daha çaldı ve bir daha... Anlaşılan onun hayatının en büyük parçası olan siyaset için evliliğimizin ilk günü olması pek de önemli değildi. Bir süre sonra onu beklemekten sıkılarak Nehir'in tabletini aldım ve atölyeme çıktım. Okulun internet sitesine girerek, yakında başlayacak olan final sınavlarımın tarihlerini not almam gerekiyordu.

Atölyemde bu işi hallettikten sonra tuvalimin başına geçtim. Hayatımda ilk defa renkleri beyaz tuvale sürerken böyleydim. Silme bir mutluluk içimde çağlarken, hüzünlü dokunuşlarım yok olmuştu. Renklerin bile rengi açılıyordu. İçimdeki yabancı mutluluk renklere bürünüyor, daha da belirginleşiyordu.

Bir süre böylece kendimden geçtikten sonra müziği açtım ve duvara yaslanarak yere oturdum. Tableti tekrar alarak oyun oynamaya karar verdim. Bilgisayara karşı XOX oynamaya başladım. Biraz eski bir oyun olsa da bunu çok severdim. Az sonra o kokuyu duyduğumda başımı sağa doğru çevirdim.

Birkaç adım ileride, elleri siyah eşofmanının cebinde beni seyrediyordu. Başını hafifçe yana eğmiş gülümsüyordu, hem de gözleriyle.

"Ufaklık, beraber oynayalım mı?"

Yanıma, yere oturarak hızlı bir el hareketiyle oyunu iki kişilik moda getirdi ve başladık. Tam on kere oynadık ve hep o kazansa da hiçbirinde sevinmedi. En sonuncu X'i ben koydum ve kazandım. Benim adıma sevinmiş gibi gülümsedi.

"Bilerek kaybettin" diyerek yeni bir oyun başlatacağım sırada, tabletin ekranındaki elimi yavaşça tuttu.

"Hayır, hepsinde sen kazandın" diye fısıldadı. Ne demek istediğini anlamak istercesine yüzüne bakınca yanaklarım alev aldı sanki. Bir nefes uzağımda, arzu dolu bakışları dudaklarıma dokunuyor ve bu dokunuşla beni hareketsizliğe mahkûm ediyordu. Kıpırdayamıyordum.

Yine de bu tutukluğa rağmen, gayriihtiyari dizlerimi iyice karnıma çektim. Buna aldırmadan dudaklarını benimkilere bastırdığında donup kaldım, hem de dudaklarımda hissettiğim sıcaklığa rağmen. Aras Karahanlı. Buz gibi sözleri, serin bakışları olsa da, ateş gibi dudakları beni yakıyordu. Ve ben nedense daha fazla yanmak ister gibiydim.

Dudaklarını araladığında, ben de soluk alabilmek için benimkileri araladım ve inanılmaz bir yok oluş bizi esir aldığında gözlerim kendiliğinden kapandı. Bu aşkın fiziksel haliydi ve ben aynı anda hem yok oluyor, hem de varlığa karışıyor gibiydim.

Bir eli saçlarımın arasında dolaşırken dudakları kısa bir süre uzaklaştı. Solukları benimkiler gibi düzensizdi.

"Rüya..." dedi, başka hiçbir sözcüğe gerek duymuyormuş gibi. Sesine binbir renk, binbir anlam ve bir sürü duygu hapsetmiş gibiydi. Sanki o an dünya üzerinde onun için tek kelime oymuş da, onunla her şeyi anlatıyormuş gibi.

Bir süre öylece kalakaldık. Nihayet soluklarımız düzene girdiğinde, gözleri beyaz örtülerin ardına gizlediğim tuvallerime takıldı.

"İzin verirsen tablolarına bakmak istiyorum. Sanırım henüz tamamlamadığın tablolar."

Öyleydi, çünkü diğerlerini çoktan Oğuz'un galerisine yollamıştım. Bu işin nereye varacağını kestirememiş ve bir an önce içimden geleni yapmak istemiştim. Oğuz'un galerisinde sergi açabilmek her sanatçının ele geçirebileceği bir fırsat değildi. Ben ve Aras tutkularımız söz konusu olduğunda önümüze gelen her şeyi yakıp yıkacak kadar insafsız sayılırdık.

"Cevap vermedin ufaklık."

"Evet tabii bakabilirsin, ama tamamlanmamış halleri gerçekten berbat."

Ayağa kalkarak tuvallerime doğru yürüdüğünde resimlerimin yarım yamalak hallerini görecek olması beni utandırdı. Yarım bir resim, bir ressamın en sancılı hallerinin de resmiydi aynı zamanda. Benim o halimi de görecekti. Utanç duygusuna daha fazla katlanamayarak salona inmeye karar verdim.

Salondaki tekli koltukta oturarak, tablette düğünümüzle ilgili haberleri okumaya başladım. Manşetlerin ortak dili hep aynıydı. *Modern bir külkedisi masalı...* Karahanlı Holding'in veliahdı, genç ve başarılı avukat Aras Karahanlı, yetimhanede yetişmiş ve kimsesi olmayan ressam bir kızla evlendi. Bu peri masalı insanların yoğun ilgisini çekti.

Yine bir telefon sesi duyduğumda gözlerimi devirerek merdivenlerin son basamağında durmakta olan Aras'la göz göze geldim. Bıkmıştım.

32

Kıskançlık

"Efendim Mert" diyerek bana yaklaşmaya başladı. Ansızın durduğunda Mert'in yüzünü görmek ister gibiydi.

"Ne dedin? Peki, şu anda sağlığı nasıl?"

Bana kaçamak bir bakış attıktan sonra yanımdan hızla uzaklaşarak sağ taraftaki açık mutfağa doğru ilerledi.

"Bunu yapmış olduğuna inanmıyorum."

Bir süre daha Mert'i dinledi ve benden biraz daha uzaklaşarak ona cevap verdi.

"Ne dediğinin farkında mısın sen? Sağlığı iyi, midesini yıkamışlar diyorsun. Mert, benim bir karım var, elbette Rüya'yı bırakarak onu ziyaret etmeyeceğim. Geçmiş olsun dediğimi söylersin."

Telefonu kapattığını görünce hızla yanına yaklaştım.

"Sedef mi?" Sesimin soğuk çıkmasına engel olamamıştım. Tüylerim diken diken olmuş bir halde duyduklarımı sindirmeye çalışıyordum. Onun Aras yüzünden intihara kalkışması beni üzmüştü. Sıkıntılı bir halde başıyla beni onayladı.

"Onun yanına gitmeni mi istiyormuş? Belki de..."

"Belki de ne Rüya? Onu ziyaret mi etmeliyim? Senin yanından kalkıp ona mı gitmeliyim?"

Söylenerek yanımdan uzaklaştı. Sedef'e acıyıp acımadığını bilmiyordum, ama ona gitme fikrini şiddetle reddediyor ve bana kendimi suçlu hissettiriyordu. Aras Karahanlı, intihara kalkışan eski sevgilisine gitmeyecek kadar bana sadıktı. Kesinlikle sarsılmaz kuralları vardı.

Telefonu koltuğa fırlatarak yanıma geldi.

"Rüya, benim acımasız bir insan olduğumu düşünüyor olabilirsin, ama kendi hayatına saygı duymayan bir insana acımamı bekleme."

Ona cevap vermediğimi görünce sözlerini sürdürdü. "Onun hayatından çok daha zor hayatlar var."

"O adam bana dokunmaya kalktığında, ben de aynı şeyi yapmak istedim."

O anları tekrar hatırlamak vücudumdaki bütün kanın çekilmesine sebep olduğu için bir an titredim. Aras'ın koyu karanlığa çalan bakışlarında yakıcı bir öfke vardı! Beni kendine doğru çekerek kollarının arasında neredeyse yok etti.

"Sen kendi hayatına saygı duyduğun için bunu yapmak istedin Rüya. Ve ben olduğum sürece hiç kimse sana dokunamayacak."

Yüzünü saçlarıma gömerken "Asla" dedi. O adamlara savurduğu soğukkanlı tehdit bana doyumsuz bir güven verdi. Kollarımı güven duygusunun vücut bulmuş haline sardım.

Onunla yaşadığım her an, bir bulmacanın eksik parçası gibi hayatımı tamamlıyordu. Annemi, babamı, o çok görmek istediğim *Mona Lisa*'yı, aşkını bana sunarak, kimsesizliğimi yok edip hayatıma ışık saçıyordu.

Kollarını çekerek benden uzaklaştığında boşlukta kalan bedenim titredi. Koltuğa doğru giderken beni de usulca oraya sürükledi. Koltuğa otururken bileğimi kavrayarak beni kendine çekti. Nasıl olduğunu anlamadan kendimi onun kucağında otururken buldum. Kalkmak istesem de buna izin vermeyerek bana sımsıkı sarıldı.

"Bunu bana yapma Rüya, sadece sarılacağım."

Yüzüne tatlı bir gülümseme yayılırken, beni iyice kendine çekerek kollarını doladı.

Başımı omzuna yasladığımda biliyordum, şu anda dünya üzerinde olmak istediğim tek yerdeydim. Ve ona her sarıldığımda daha da vazgeçilmez bir hal alarak, benim için olmazsa olmaz oluyordu. Bir insan nasıl böyle kokabilirdi? İnsanın ciğerlerini değil de, ruhunu temizleyen okyanus misali bir mavilik. Eğer kokuların rengi olsaydı ona engin bir mavilik derdim. Güçlü ve sonsuz...

"Rüya..." Fısıltısı yakıcıydı. "Rüya, seni hissetmeme izin ver."
Dudaklarından dökülen sözler bir anda beni korkutsa da, bu korkuyu ötelemek için o sözlerin sahibine daha sıkı sarıldım.
"Bana güven, sadece tenini hissetmek istiyorum, sana öyle sarılmak istiyorum."
Elleri, ılık bir rüzgârı tenime estirerek tişörtümün altından sırtıma dokundu. Sadece bunu, tenimi hissetmek istediği anlaşılıyordu.
"Korkmuyorsun değil mi?"
"Hayır."
"Balayına neden gitmedik biliyor musun ufaklık? Dün geceki gibi olacağını az çok tahmin ediyordum. Balayında mutlu olmanı istiyorum, korkmanı değil."
"Biraz önce kahvaltıda telefonla konuşurken yarın Ankara'ya gideceğini duydum. Balayına gitseydik ne olacaktı Aras? Açıkçası o yüzden gitmediğimizi düşündüm."
"Hayır" dedi alaycı bir ses tonuyla. "Bununla ilgisi yok. Evet, şu anda partide olağanüstü bir durum var, ben bu yüzden gidiyorum, ama balayında olsaydık... İnan bilemiyorum..."
"Hıh" dedim. Balayımızı yarıda keserek Ankara'ya gideceğinden emindim. "Siyasetle nefes alıyorsun sen Aras. Söyle bana, nereye kadar gitmek istiyorsun?"
Parmakları sırtımda gezinirken, içime işleyen o kötü korkuyu benden söküp aldığından habersizdi. Hissettiğim rahatlamanın etkisiyle cevap vermesini beklemeden mırıldandım.
"Nereyi arzu ediyorsan, istediğini elde edebilmen için elimden geldiği kadar yanında olacağım ve sana destek olacağım sevgilim."
Gözkapaklarım dün geceki uykusuzluğun acısını çıkarırcasına yavaş yavaş kapandı.

* * *

Gözlerimi araladığımda gün ışığı çoktan yok olmuştu. Koltuk pek de yumuşak olmadığı halde epey uyumuş olmalıydım. Çok acıkmıştım.

Koltuğun kenarına tutunarak doğrulduğumda gözlerimin kimi aradığı çok belliydi.

"Uyandın mı ufaklık?"

Tam arkamdaki merdivenlerden inmekte olduğunu gördüm. Dışarı çıkacak gibiydi. Çok açık mavi bir gömlek ve koyu lacivert bir pantolon giymişti.

"Bir yere mi gidiyorsun?"

Alaycı bir gülümsemeyle bana yaklaşarak salonun ışığını yaktı. Parlak ışık gözlerimi kamaştırdığında daha çok gülümsedi.

"Sevgili eşimi yemeğe götüreceğim."

Ayağa kalkarak ona doğru yürüdüm.

"Nasıl bir yere gideceğiz?" Sadece ne giymem gerektiğini anlamaya çalışıyordum.

"Nehir'in doğum gününü kutladığımız kulübe gidebiliriz."

Gideceğimiz yerin neresi olduğunu öğrendiğimde hafızam beni o geceye götürmüştü. Bana "Benim olacaksın" demişti. O anı hatırlayarak gülümsediğimde meraklı gözlerle beni inceledi.

"Ne düşünüyorsun Rüya?" Omuz silkerek yürümeye kalkışsam da önüme geçti. "O geceyi mi?"

"Evet, arabada bana söylediğin cümleyi hatırladım."

Anlaşılan o da hatırlamıştı, çünkü gri bakışları esrarengiz bir hal alarak daha da derinleşti.

"Söylediğimi yaparım. O yüzden o kadar kesin konuşmuştum." Bana biraz daha sokularak muzip bir ses tonuyla sözlerini sürdürdü. "Hayır ufaklık, henüz benim olmadın." İşaretparmağıyla çenemi yukarı kaldırdığında yakıcı bakışlarının altında ezilecek gibiydim. Dudakları dudaklarıma değerken fısıldadı. "Rüya, sen istediğin zaman..."

Küçük öpücükleri dudaklarımda, çenemde ve boynumda, tatlı tatlı dokunan yağmur damlaları gibi gezdikten sonra bir anda son buldu. Öpmek ve gülümsemek, onun o güzel dudaklarına fazlasıyla yakışıyordu. Şanslıydım, her ikisini de bana özel yapıyordu. Kimseye böyle içten gülümsediğine şahit olmamıştım.

"Rahat rahat hazırlanabilirsin. Bekliyorum."

"Birazdan geliyorum" diyerek eski odama çıktım. Aras Ankara'dayken Nehir'le beraber birkaç defa alışverişe çıkmıştık. Özellikle çarşamba günü gerçekleşecek olan sergimizde ne giyeceğimize karar vermek oldukça zor olmuştu. Aslında ben olayı o kadar abartmasam da Nehir benim yerime de abartarak bir dünya kıyafet almıştı. Kabul etmek istemediğimi söylediğimde abisi gibi hazırcevap olduğunu hemen belli etmişti.

"Görümcene sakın karşı gelme, abim bu konuda kesinlikle beni destekleyecektir."

Koyu renkli ahşap dolabı açarak kemik rengi bir elbise seçtim. Hızla hazırlanıp aşağı indim. Saçlarımı topuz halinde toplamış, yüzüme de hafif bir makyaj yapmıştım. Bu iş benim için çocuk oyuncağı gibi bir şeydi. Nehir bile kimi zaman makyajını benim yapmamı isterdi.

Merdivenlerin karşısında durmuş, elleri ceplerinde beni bekliyordu. Keten gömleğinin kollarını kıvırmıştı. O beni süzerken, ben de onu inceledim. Aras Karahanlı'nın beni beklemesi bile çok hoşuma gidiyordu. Ona yaklaştığımda, başını yana doğru eğerek altdudağını ısırdı ve ağır adımlarla etrafımda dönmeye başladı.

İnce bir kumaştan dikilmiş ip askılı mini elbisem ve aynı renk topuklu ayakkabılarımda gözlerini gezdirdi. O, bunları yaparken kaçak gülümsememe mâni olamıyordum.

Aras bunu zaman zaman yapıyordu. Bakışlarıyla bu dünyadaki en önemli varlık benmişim gibi hissetmeme sebep oluyor, beni bilmeden şımartıyordu. Bana, öylesine yabancı gelen bu duyguyu çok seviyordum. Ankara'ya gittiğinde ya da telefonda işle ilgili konuşurken bu dünyada ben yokmuşum gibi davranması ise sinirlerimi bozuyordu. O iki durumu da gayet iyi idare ederken, benim için ikisi arasında gidip gelmek sarsıcı oluyordu.

Uzun boylu, kaslı yörüngem, karşımda durduğunda gizemli bakışları beni dünyaya döndürdü. Ses tonu da gizemliydi.

"Ne giydin Rüya?" Gördüğü halde soruyordu. "Nereye gidiyorsun Rüya?" Bunu da bildiği halde soruyordu. Artık onu çok iyi tanıyordum. Gördüğünü ve bildiğini yine de soruyorsa kıskanıyordu. Aras Karahanlı tarzı kıskançlık...

Bu sefer dudaklarımı ben ısırıyordum, beni kıskanması fazlasıyla hoşuma gitmişti. Bu boyutta kalması en güzeliydi, ancak kesinlikle gözlerinde çok fazla bir potansiyel olduğu aşikârdı.

"Bu elbiseyi benimle olduğun zamanlarda giymelisin."

Bu da neydi şimdi? Onunlayken giyersem mutlu mu olacaktı, yoksa "Ben yanında yokken sakın giyme" mi demek istiyordu? Bu açık uçlu cümleleri çözmek sabrımı zorluyordu.

"Tamam mı Rüya?" Omuz silktiğimi görünce gözlerini kocaman açarak bana doğru eğildi. Elleri hâlâ cebindeydi. "Anlamadım Rüya!"

Her ne kadar gülümsüyor olsa da, bu durum her an değişebilirdi. Tekrar aynı hareketi yaptım.

"Rüya çok cesursun. Beni umursamadığını mı söylemeye çalışıyorsun?"

"Aras bunu neden yapıyorsun?" Ses tonum yumuşak ve sorgulayıcıydı. Onun eksik aşklı kalbine bunu yakıştıramıyordum.

Önce sağ elimi tuttu. Sözleri aslında soruma cevap değil, başlı başına bir itiraftı.

"Seni kıskanmam için bende yeterince sen var Rüya."

Duyduklarım yüzünden gayriihtiyari onun parmaklarını sıktım. Heyecanlanmıştım.

"Bendeki sen çoğaldıkça sana her şeyin daha fazlasını vermek, daha fazlasını hissetmek istiyorum."

Nutkum tutulmuştu. Şu an tek yapabildiğim şey nefes almaktı. Daha fazlasını duymak için yaşamak zorundaydım.

"Bendeki sen çoğaldıkça, her yere senin için defne sabunları koymak, seni deliler gibi istediğim halde sana dokunmamak ve seni sadece ama sadece kendime saklamak istiyorum."

Bilmiyordu ki ondaki ben çoğaldıkça, geçmişimde kalan zifiri karanlık her gün göz kamaştırıcı bir aydınlığa dönüşüyordu. Sanki o günler, Aras'ın geleceği güne kadar karanlık kalmaya yemin etmişti. Sonrası kaçınılmaz bir gün ışığıydı. Tıpkı tablomdaki gibi.

Başımı, ondaki beni bulmak ister gibi tam kalbinin üzerine yasladığımda, "Aras seni çok seviyorum" dedim.

Bana sözlerimin karşılığını vermeyeceğini bile bile söyledim. Biliyordum sevmediği ben değildim. Sevmeyi sevmiyordu. Buna rağmen beni sevmemek için artık ikimizden kaçmıyordu. Hissettiği her duyguyu açık yüreklilikle söylüyor, bendeki sevgisini dağlar kadar büyütüyordu.

Ve yine biliyordum, bir gün bana seni seviyorum derse kalbini yerinden sökmüş ve ellerime vermiş olacaktı.

33

Güven

Ankara'ya gideli tam üç gün olmuştu. Aras'a duyduğum özlem, onsuzluğu biriktiriyor, oyalandığım veya yapmak zorunda olduğum hiçbir şey beni avutamıyor, onun yokluğunu azaltamıyordu. Özlem neden hep artıyordu? Arttıkça kalbin iki parça oluyordu. Bir yarısı onu görene kadar atıyor seni hayatta tutuyor, diğer yarısı o gelene kadar duruyordu. Her gece onun yastığına sımsıkı sarılarak uyuyor, alışkın olduğum yalnızlıktan ilk defa bu kadar rahatsızlık duyuyordum. Yalnızlığım bu koca evde daha çok artarak bana meydan okuyordu. Ama bu geçecekti.

Kulübe gittiğimiz gece bana bir süre sonra Ankara'da yaşamak zorunda olduğumuzu söylemiş ve gelip gelmek istemediğimi sormuştu. Hiç düşünmeden "Evet" dediğimde çok mutlu olmuştu. Orada bir sanat akademisinde çalışabilirdim, ama Aras'tan yaz bitene kadar müsaade istemiştim. Buradaki öğrenci grubumun eğitimi eylülde bitiyordu ve onları yarı yolda bırakmak istemiyordum.

Çarşamba günü öğleden sonra İstanbul'a döndüğünü biliyordum, ancak acil olarak parti merkezine gitmiş, sonra da bir daha konuşamamıştık. Önemli bir toplantıdaydı ve saatlerdir telefonu kapalıydı. Sergiye gitmek için son hazırlıklarımız neredeyse tamamdı. Geleceğinden umudu kesmeye başlamıştım. Üzerime giydiğim sıfır kollu, bisiklet yaka, siyah elbiseye aynada şöyle bir göz attım. Belime kadar inen saçlarımı açık bıraktım. Her zaman fönlü gibi dümdüz dururdu.

Nehir ile Kaan beni bekliyordu. Nehir buz mavisi diz üstü elbisesinin içinde cıvıldayarak yanıma geldi.

"Rüya çok heyecanlıyım, çok." Kollarını boynuma doladı. "Biraz daha bekleyelim, abim mutlaka yetişecektir."
Kaan Nehir'in sözlerini başıyla onaylayarak ayağa kalktı.
"Evet Rüya, mutlaka gelir."
O sırada duyduğumuz kapı zili umutlarımızın gerçekleştiğini tasdik eder nitelikteydi. Kapıyı heyecanla açtım. Gelmişti!
Kollarımı boynuna doladığım zaman bu sadece sarılmak değildi, çok daha fazlasıydı. Bir elini belime dolayıp yüzünü saçlarımın arasına gömerek bir süre öylece bekledikten sonra yanağımdan öptü.
"Hoş geldin."
İçeri doğru yürüyerek Kaan ve Nehir'le merhabalaştıktan sonra hızla yukarı çıktı. Sessiz ve gergin hali, bizi de germişti. Aras'ın her hali bizi neden böyle derinden etkiliyordu?
Kısa bir süre onu bekledik. Dayanamayıp yukarı çıkmaya karar verdiğimde merdivenlerden indiğini gördüm. Az önce olmayan kravatının yerine yenisini takmış ve takım elbisesini değiştirmişti. Hızlı adımlarla yanına yaklaşarak boynuna sarıldım.
"Geliyorsun demek."
Sevincime hiç tepki vermedi.
"Gelmiyor musun yoksa?"
Sesimdeki umutsuzluk Nehir'in ayağa kalkmasına sebep oldu.
"Rüya, sence öyle bir şey yapar mı?" Yanıma gelerek beni teselli edercesine sırtıma dokununca ona gülümsedim.
Sanırım Aras'ın duygularını saklayan hallerine alışmam gerekiyordu. Ayrıca çok yorgun olduğunu da biliyordum. Alnını ovuşturarak başını öne doğru eğdi.
"Gelmiyorum ve sen de gitmiyorsun." Ses tonu oldukça berrak ve kararlıydı.
Gülümsememi solduran bu sözler yüzünden kulaklarım uğuldamaya başladı. Şoktaydım. Nehir de öyle.
"Ama abi..." demeye kalkışsa da, Aras'ın bakışı onu susturdu.
Sergi için yaşadığım heyecanı beyazdan siyaha döndüren sözlerini idrak edemiyordum.

"Bu saçmalık. Üzerini değiştirmişsin."

İtiraz dolu sesimi umursamadan mutfağa geçerek buzdolabına yöneldi ve bir bardağa soğuk su doldurdu. Yüzüme bakmıyordu.

"Gelecektim, ama biraz önce partide bir toplantı yaptık. Akşam katılmamız gereken özel bir davet var."

Hiddetle yanına yürüdüm.

"Bu akşam sergiye gideceğimizi biliyordun, hem gelmek istemiyorsan sen oraya git, ben açılışa gideceğim."

Suyunu büyük bir soğukkanlılıkla içerken gözlerimin içine ifadesizce bakıyordu. Bardağı tezgâhın üzerine bıraktı.

"Davete katılamayacağımı söylemiştim, ama olağanüstü bir karar alındı ve partide göz önünde olan herkesin orada bulunması gerekiyor. Bazı özel durumlar var."

O sırada Kaan'ın sesi duyuldu. İkimiz de başımızı ona çevirdik.

"Nehir, hadi biz çıkalım." İkinci şoku yaşıyordum. Kaan'ın zaten benden pek hoşlanmadığını hissediyordum, ama bu kadarını beklemiyordum. Aras'ı ikna etmeye bile çalışmıyor ve hiç de şaşırmış görünmüyordu.

Aras kardeşine baktı. "Hadi Nehir!"

Nehir'in dudakları kıpırdanmak istese de o gücü kendinde bulamıyordu. Abisi önceliğiydi. Nehir yanağıma bir öpücük kondurduktan sonra oldukça mutsuz bir şekilde Kaan'la beraber evden çıktı. Biliyordum ona karşı gelemezdi.

"Gidiyorum, sen gelsen de gelmesen de gidiyorum."

"Gitmiyorsun, benimle geleceksin."

Sesinin kararlılığı irademi zorluyordu. Sesimi ikinci defa bu kadar yükseltiyordum.

"Aras, ben oraya gideceğim. Öğrencilerim, Nehir, Erol Bey ve..." deyip sustum. Bu sergi için bize galerisini açan Oğuz'un ismini söyleyemedim.

"Ve kim Rüya? Ve Oğuz mu? Ona ayıp mı olur? Üzülür mü?"

Geriye doğru bir adım attığımda bana daha çok yaklaştı, ama susmadım.

"Sadece o değil, sen benden şu anda imkânsız bir şey istiyorsun

Aras. Bunu neden yapıyorsun? Hani benim mutluluğuma çok önem veriyordun? Bana yalan mı söyledin?"

Boğuk sesim bakışlarını yumuşatır gibi oldu ve elleri yanaklarıma dokundu.

"İstiyorum. Bunun için sana izin verdim. Sergi için tüm hazırlıkları yaptın. Bu gece orada olmak istediğini biliyorum, ama ben olmadan mümkün değil."

Son cümlesi gözlerimin kocaman açılmasına ve sesimin yine yükselmesine sebep oldu.

"Lanet olsun, bugüne kadar yanımda yoktun. Bu benim için çok önemli, buna hakkın yok."

Koluma doladığı parmaklarını sıkmak yerine dişlerini sıktı.

"Gitmeyeceksin, benim karım kendisine âşık bir insanla sergide insanlara ev sahipliği yapmayacak. Ben gelemiyorsam, sen de gitmeyeceksin."

Bu sefer gözyaşlarım boşaldı. Kıskançlığının bu kadar ileri gideceğini ne o, ne de ben biliyorduk. Onu sakinleştirmek için ses tonumu alçaltsam da sözlerim onu daha da delirtti.

"Seninle gelmeyeceğim, sergiye gideceğim."

Kolumu sertçe sarsarak bana doğru eğildi.

"Bana söz vermiştin, yanında olacağım demiştin. Şimdi bu bir fırsat Rüya, ikimizin dünyası çakışıyor ve sen kolay olanı seçiyorsun."

"Seçmiyorum. Bu sadece bir gece ve ben dahil, birçok kişi için çok önemli."

Söylediğimiz her kelimede duygularımız ve tartışmamız daha çok çıkmaza giriyordu. Bakışları ise gitgide kararıyordu. Kolumu bir daha sarstı.

"O adamın yanına ben olmadan gitmeyeceksin ve tablolarını da geri isteyeceksin. Sana bir sürü galeri bulabilirim."

Ağlayarak başımı iki yana salladım ve çaresiz bir kabullenişle, "Nereye gidiyoruz?" diye sordum. Beklemediği bu soru onu kendine getirdi ve hırpaladığı koluma baktı, ardından parmaklarını gevşetti.

"Kadına Yönelik Şiddete Hayır Derneği'nin gecesine."

Ondan bir adım uzaklaşarak gevşeyen sinirlerimin etkisiyle gülmeye başladım.

"Siyaset" dedim kendimi toparlamaya çalışarak, "siyaset bize ne yapıyor Aras?"

Hızla ondan uzaklaşarak koltuğun üzerinde duran çantamı aldım ve gözyaşlarımı sildim.

"Ben gidiyorum, seninle gelmeyeceğim."

Sokak kapısına doğru ilerlerken, suskunluğu, bana kement atmış gibi durmama sebep oldu. Kapıyı açtığımda göz göze gelmek için başımı ona çevirdim. Hiç kıpırdamıyor olsa da ezici bakışları beni durdurmaya yetecek gibiydi.

"Rüya" diye seslendiğinde içim titredi. Sanki az önce bağrışan biz değildik. İlk defa konuşan iki yabancı gibi bakıyorduk birbirimize.

"Rüya, eğer gidersen bütün güvenimi yok edersin."

Sözleri soluğumun kesilmesine yol açtı, kapının kolunu sıktım.

"Bu yalan değil Rüya. Seni tehdit etmiyorum, sadece olacakları söylüyorum."

34

Aynadaki pişmanlık

Rüya kapının kolunu tüm gücüyle kavradı. Aras, Rüya'nın haklı isteği karşısında, kalbine boyun eğmek istese de aklı buna müsaade etmiyordu. Oğuz'un "Bu evlilik senin umurunda olmadığı gibi, benim de umurumda değil" diyen sesi Aras'ın zihninde sivri uçlu taşlar gibi geziyordu.

Kendisiyle mücadele etmiş de yorulmuş gibi sakin ve soğuk bir ses tonuyla karısına yaklaştı.

"Mutluluğun için elimden gelen her şeyi yaptım, ama gitmek istiyorsan seni tutamam."

Aras'ın sesindeki vazgeçmişlik Rüya'yı biraz öncekinden çok daha fazla korkuttu. Söyledikleri tehdit değildi, içinden gelenlerdi. Bir kadına güvenmenin eşiğindeki bir adamın, o güvenli limandan uzaklaşmasının sesiydi. Aras'ın geçmişinin, bugüne nasıl da ket vurduğunun itirafıydı.

Rüya'nın kapının kolunu tutan parmakları gevşedi. Aras'a doğru yürüdü.

"Oğuz'a gitmiyorum, sergime gidiyorum."

Rüya'nın yumuşak sesi Aras'ın bakışlarını aydınlatmadı. Başını iki yana sallayarak, "Fark etmez Rüya" dedi. "Sana âşık bir adamın yanına gidiyorsun."

Annesi de öyle yapmamış mıydı? Ona da güvenmemiş miydi?

Aras'ın içinde kopan fırtınaların uğultusu, Rüya'nın simsiyah bakışlarını titretirken her ikisi de geri adım atamıyordu.

"Benim yarım saat içinde orada olmam gerekiyor. Başkan gelmeden önce hepimiz orada olmak zorundayız. Yavuz önce beni, sonra seni bıraksın."

Rüya ağır ağır bahçedeki siyah Mercedes'e doğru yürüdü. Bir kadına güvenmek, ona âşık olmak ve onu deliler gibi kıskanmak Aras'ın yeni keşfi olsa da, bu duyguları dizginlemeye çalışmak, belli ki her ikisini de oradan oraya savuracaktı. Sadece birkaç dakika önce Rüya'yı ne olursa olsun Oğuz'a göndermeyecekmiş gibi kararan gözleri, ne olmuştu da bu kadar çabuk vazgeçmiş gibi bakıyordu.

Arka koltuğa oturduklarında Aras ile Rüya arasındaki fiziksel mesafe onlarca denize, yüzlerce toprak parçasına denkti. Sessiz bir savaş alanında yan yana oturmuş bir halde, aşka kıyısından bakmak, Rüya'nın canını ölesiye yakıyordu.

Ellerini birbirine kenetleyerek başını öne eğdi. "Seninle geliyorum" derken biliyordu, Aras'ın kalbindeki yara tekrar iyileşene kadar önce zehirlerinden arınacaktı. Yine de sesinin mesafeli çıkmasına engel olamadı, çünkü sadece bedeni gidiyordu Aras'la. Genç adam derin bir nefes alırken Rüya'ya bakmadı.

Sessiz yolculuk bitip de kongre merkezine ulaştıklarında takım elbiseli siyasetçiler ve onların güler yüzlü eşleri, kadınlara destek için bir aradaydı. Çok beklenen çift el ele arabadan indiğinde flaşlar ardı ardına patladı.

Peri masalının prensesi simsiyah saçları ve güzel yüzüyle vakit gece de olsa, ilk defa gün yüzüne çıkıyordu. Asil görüntüsü, belli belirsiz gülümsemesi ve sanatçı ruhu, Aras Karahanlı'nın karizması ve yakışıklılığıyla muhteşem bir ahenk oluşturuyor, aşkın aşka hediyesi gibi duruyordu.

Rüya sergiye gidemeyişinin yarattığı hayal kırıklığı ve kırgınlığın etkisinden çıkamadığı halde, karşısında gördüğü kalabalıktan ürkerek Aras'ın elini sımsıkı tutmuştu.

Aras basın mensuplarının aşırı ilgisine ve bitmez tükenmez sorularına hazırlıklı olsa da, bir an önce içeri girmek için adımlarını hızlandırdı.

"Sayın Karahanlı, birkaç soru sorabilir miyiz?"

Sesin sahibi, liseden çok yakın bir arkadaşı olan siyaset muhabiriydi. Hızlandırdığı adımları o sesi duymazdan gelmeye yetmedi. Dostluğun ördüğü köprü, sert adımlarını durdurdu. Rüya'nın elini *yanındayım* dercesine sıkarak arkadaşına döndüğünde, muhabirin etrafı diğerleri tarafından sarıldı.

"Sayın Karahanlı, mutluluklar dileriz."

Aras mutluluk sebebini onlara gösterircesine Rüya'ya kısa bir bakış attıktan sonra, "Teşekkür ederim" diye yanıt verdi.

"Sayın Karahanlı, seçimlerde ön sıralardan İstanbul milletvekili adayı olacağınız söyleniyor."

Elbette lise arkadaşı çok güçlü bağlantıları olan bir muhabirdi ve Aras'ın beklediği bir durumu, şu anda halka açıklayarak insanların bilinçaltına mesaj yolluyordu. Aras her zamanki bakışları eşliğinde kontrollü bir saygıyla cevap verdi.

"Hangi görev layık görülürse, o görev için elimden geleni yaparım, ancak bunları konuşmak için çok erken arkadaşlar."

Arkalardan bir soru daha yükseldi.

"Sayın Karahanlı, gitgide artan bir popülerliğiniz var. İnsanlar sizi seviyor, partide bazı iç çekişmeler olduğu söyleniyor. Bu konuda bir açıklama yapmak ister misiniz?"

Aras Karahanlı beklediği bu soruya cevap vermekte hiç zorlanmadı.

"Arkadaşlar, ben partinin basın sözcüsü olarak bu konuda bir açıklama yaptım. Partide yaşananlar bir çekişme değildir, daha iyi siyaset ve hizmet yapabilmek adına doğruyu arayıştır. Demokrasi tüme varmalı ki hakkıyla layığını bulsun. Partiden devlete, oradan da halka. Hepinize iyi akşamlar dilerim."

Ayaküstü yapılan röportaja böylece noktayı koyarak kongre salonuna yöneldi. Rüya yabancısı olduğu bu ortamda heyecanını bastırmak için susuyor, önünden akıp giden kalabalığı görmemeye çalışıyordu. Kongre merkezinin kokteyl salonuna girdiklerinde ilgi çekici çifte yönelen bakışlardaki gülümsemelerin nedeni, Rüya'nın zor hayatının mutlu sonla bitmesine duyulan sevinçti.

Derneğin halkla ilişkiler sorumlusu genç kadın, Karahanlı çiftine "Hoş geldiniz" diyerek onları içeri davet ettiğinde, Rüya'nın yanına yaklaşan kadınlar kendiliğinden oluşan bir karmaşayla onu Aras'tan uzaklaştırdılar. Rüya'nın zorlu yaşamına saygı duyan dernek üyeleri, bu güçlü kadını da aralarında görmek istiyor, ona yoğun ilgi gösteriyorlardı. Sohbet ilerledikçe Rüya da konuya daha fazla ilgi duyarak onları dikkatle dinlemeye başladı.

Aras eşini her ne kadar gözucuyla takip ediyor olsa da, siyasetin dayanılmaz hafifliği onu ele geçirmişti. Karşı parti mensuplarının da katıldığı hayır gecesinde, siyasetin sert rauntlarına sessiz bir ara verilmiş gibiydi. Hükümetin büyük ortağının başkan yardımcısı, Aras'ın elini sıktıktan sonra onu bir kenara çekti.

Mahmut Özdener kısa boyuna rağmen dağ gibi tecrübesiyle bugünlere kolay gelmemişti. Havadan sudan yaptıkları sohbetin ardından, karşısındaki genç ve yetenekli siyasiye dikti olgun bakışlarını.

"Sayın Karahanlı, yeni seçimlerde sizi de aramızda görmek istiyoruz. Bu ani teklifim, sizi düşündürmek adına ufak bir ipucu olsun. Enine boyuna bir teklif hakkında görüşmek istediğimizden emin olabilirsiniz."

Çok nadir gelişen bu siyasi durumun bir anlamı vardı ve Aras bunu çok iyi biliyordu. Karşı partinin bile saygısını kazanmış olmak, yolun başındaki bir siyasetçi için büyük bir fırsattı. Özdener kendi destekçilerinin onu ne kadar sevdiğini iyi biliyordu. Karahanlı, partilerüstü bir duruşa sahip, nadir siyasi şahsiyetlerden biriydi bu yaşlı siyasetçinin gözünde.

Aras Karahanlı elbette farklı bir yeteneğe sahipti, lakin her yetenek yolunu kolay kolay bulamıyordu. Körleşmemek için verilen çabalar, bazen vazgeçişler, bazen de ümitsizlikler yüzünden yetenekler yerin altına gömülerek saklanıyordu. Bazen de bir söz, bir tartışma, belki de bir evlilik o yeteneğin çağlayarak ortaya çıkmasını, görülmesini sağlıyordu. Aras Karahanlı da yaptığı seçimle, yeteneklerini medya vasıtasıyla insanlara sunmuş ve her şey yavaş yavaş yolunu bulmuştu.

Mahmut Özdener, bu evlilikle ışığı artan ve ardından basın sözcülüğü göreviyle kıvrak zekâsını ve sağlam duruşunu ortaya koyan gencecik siyasetçiye sonsuz saygı duyuyor ve onu partisinde görmek istiyordu. Aras Karahanlı çok sevdiği siyasetçinin candan teklifini her ne kadar memnuniyetle karşılamış olsa da, mensubu olduğu parti ona yetiyordu.

"Sayın Özdener, bu teklifinizden onur duydum, lakin partimin geleceği benim siyasi geleceğimden çok daha önemli. Eğer partiye bir katkım olacaksa orada kalmayı tercih ederim. Yine de güveniniz için çok teşekkür ederim."

Kararlı sözleri elbette Özdener'i vazgeçirmedi. Siyasette vazgeçmek diye bir şey olmazdı.

"Sayın Karahanlı, size çıtlattığım bu teklif sadece teklif değil, partimizin yeniden yapılanması için bir taş ve bu konuda aklınızı karıştıracak kadar ısrarcı olacağız."

Özdener yaşının verdiği tecrübeyle sohbeti başka konulara çekti. Dakikalar süren sohbetin sonunda, "Bu arada güzel evliliğinde mutluluklar dilerim" dedi. "Kesinlikle kıymetli eşin ve sen, halkın gözünde önemli bir yerdesiniz. Emin ol, çok fazla kamuoyu araştırması yapıyoruz."

Tecrübeli politikacı Aras'tan müsaade isteyerek uzaklaştı. Aras'ın adamdan duyduğu son sözler, hep hayalini kurduğu, istediği bir durum olduğu halde neden tüm vücudu bir anda buz kesmişti? Buzları ısıtmak ve kendine gelmek için gözlerini Rüya'sına çevirdiği anda, kendini ilk defa böyle çaresiz hissederek gözlerini kırpıştırdı.

Kalabalık bir grubun ortasında kalan o masum külkedisini kendi elleriyle koymamış mıydı oraya? Herkes sevsin, ben sevmesem de olur diye düşünmemiş miydi? Neden şu anda önünü alamadığı bir duygu onu ele geçiriyor, tam tersini istiyordu?

Rüya onundu. Rüya'nın etrafına saçtığı gülücükler, gri gözlerine karanlıkların hücum etmesine sebep olurken, kalbinin üstündeki bu ağırlığın sebebini sorguluyordu. Yoksa aşksız kalbine aşkın hükmü mü çöküyordu? Kendine gelmek istercesine Rüya'ya doğru yaklaşırken birkaç parti mensubu etrafını sardı. Adamlar Aras'ın içinde kopan fırtınadan habersiz, onunla sohbete başladılar.

"Namık Candan beş dakika sonra içeri girecek" dedi içlerinden biri.

Bu sözler Aras'ı gerçeğe döndürdü. Rüya'yı ve hissetmeye başladığı derin sızıyı geçici bir bahaneyle bastırarak onu karşılamaya gitti.

Aras, parti başkanı Namık Candan'ın sahip olduğu mevkii, hatta daha ileri mevkileri arzu etse de, bu arzusunu saklıyordu. Başkanına en ihtiyaç duyduğu anlarda tüm varlığıyla yardım ediyor, onun önüne geçecek hamleler yapmak yerine her şeyiyle onun yanında oluyordu. Aras Karahanlı, lideriyle yarışa girilmemesi gerektiğini çok iyi biliyordu.

Diğer taraftan Rüya henüz tanıştığı bir başka kadın grubuyla sohbete dalmışken telefonu çalınca, müsaade isteyerek onlardan uzaklaştı.

"Rüya, Nehir gelemeyeceğini söyledi."

Rüya'nın hayal kırıklığı başka bir boyuta geçerek Oğuz'a karşı bir mahcubiyete dönüşse de kol kırıldı yen içinde kaldı.

"Haklısın, haber vermem gerekiyordu. Aras'la beraber katılmamız gereken bir davetteyim şu anda."

Oğuz elbette buna inanmıyordu. Nehir'in ağlamaktan kızarmış gözleri her şeyi yeterince açıklamıştı.

"Rüya, onun seni zorla götürdüğünü biliyorum. Bu daha bir şey değil, çok daha fazlası olacak."

Rüya için için Oğuz'a hak veriyor olsa da, aşk iki kişilikti ve iki kişi arasında yaşanan her şey, iyi de olsa kötü de olsa iki kişinin arasında kalırdı.

"Oğuz, bunları konuşmak istemiyorum. Zorla olan hiçbir şey yok. Bu durum için senden çok özür dilerim, ama elimden gelen her şeyi yaptım zaten, bu gece öğrencilerimin gecesi."

Oğuz'a iyi akşamlar diledikten sonra telefonu kapattığında içine attığı acısı yüzüne yansıdı. Telefonu siyah çantasına koyarken Aras'la göz göze gelse de ona gülümsemeden bakışlarını sevdiği insandan kaçırdı. Aras siyah gözlerin kendisinden kaçmasına aldırmadan, bakışlarını onun üzerinde gezdirmeye devam etti. Oysa etrafında on kişilik bir kalabalık vardı ve içlerinde hatırı sayılır işadamları da bulunuyordu.

"Mutluluklar dilerim Arasım."

Sesin sahibi babasının yakın arkadaşlarından biriydi. Adama başını sallayarak karşılık verdiğinde, tek düşündüğü şey Rüya'yı bir an önce buradan çıkarmaktı.

Öyle ya da böyle insanların ilgisini çekmeyi başarmış, kapılar ardı ardına önünde aralanmaya başlamıştı. İstediği de tam olarak buydu. Elinde tuttuğu su bardağını sıkarken, gözlerinin hapsindeki karısını kendisinden sakınamadığını görüyordu.

Çok arzuladığı basamakları ona hızla tırmandıran, insanların dikkatini öyle ya da böyle çekmesini sağlayan bu evliliğin sebebi, diken gibi kalbine batıyordu. Çünkü orası, Rüya'ya aşk duymadan çıktığı bu yolda, karşı konulmaz bir aşkla doluyordu. Aras Karahanlı'nın tek vazgeçemeyeceği aşkı siyaset değildi artık.

Kim aşkına zarar verdirirdi ki? İnsanların Rüya'ya sıcacık gülümsemeleri, ona için için acımaları ve onun yüzünden Aras'ı takdir etmeleri zehir gibi bedenine yayılıyordu. Yüzleşmek denen gerçeklik, tam da arzularının gerçekleştiği an su yüzüne çıkıyordu. Rüya'nın üzerinde gezen her çift göz berrak birer ayna oluyor, Aras'ı kendi vicdanına mahkûm ediyordu.

* * *

Rüya gecenin ilerleyen saatlerine kadar Aras'tan köşe bucak kaçarak insanların ilgisine sığındı ve o da Aras gibi aralarında esen soğuk rüzgârları kimseye hissettirmedi.

Sessiz bir savaş sürdüren Aras ile Rüya parti başkanının yanına gitmek için bir araya geldiler. Parti başkanının Rüya'yla tanışmak ve evliliklerini tebrik etmek istediğini her ikisi de biliyordu. Namık Candan'la yapılan kısa görüşmenin ardından bir süre daha bulunmak zorunda oldukları gece bittiğinde, biri sergisine gidememiş, diğeri kariyer basamaklarını biraz daha tırmanmıştı. Biri kocasına dünyalar kadar kırgın, diğeri kendi kalbinin aynasında gördüklerine bin pişmandı.

Yavuz'un bile sessizliğe teslim olduğu araba yolculuğu bittiğinde, evleri de onlar gibi sükûta gömülmüş bir halde sahiplerini bekliyordu. Rüya, Aras'ın yüzüne bakmadan odaya çıktığında, Aras kravatını gevşeterek içki dolabına doğru yürüdü. Geniş bardağa doldurduğu viskiyi yine bir yudumda içti. Belki etkisini daha çabuk gösterir de, bu gece hissettiklerini unutturur diye. Belki daha çabuk tesir eder de, benliğini ele geçiren pişmanlığın yükünü hafifletir diye.

Bardağı dudaklarına götürürken Rüya'ya karşı işlediği suçu dondurmak istese de olmuyordu. Hiçbir duyguyu sokmadığı kalbine aşkın bir parçası yetiyordu.

Bardağı usulca ceviz sehpaya bırakarak, yüzünü özlediği Rüya'ya doğru merdivenleri tırmandı.

Odanın kapısını araladığında, loş ışığın altında yatağa dağılmış ipek saçlar oradaydı. Kollarının arasına sevdiği adamın yastığını almıştı.

Aras, Rüya'nın uykusunu bölmeden yatağa yaklaşarak bembeyaz çarşafların üzerine oturdu. Yatağın kıpırtısıyla derin bir nefes alan Rüya yastığa daha sıkı sarıldığında Aras'ın dudakları gülümsese de, gözleri hiç de öyle bakmıyordu.

İşaretparmağının tersini Rüya'nın pürüzsüz yanağının üzerinde gezdirmeye başlayınca gözlerini yumdu. Yataktaki sırça bedeni gerçeklerin ölümcül kırıcılığından korumak istercesine bir daha dokundu âşık olduğu kadına.

Rüya yanağının üzerinde gezen dokunuşlarla uyansa da, gözlerini aralamadı. Aralayamadı. Kırılmış kalbi sessiz kalırken Aras onun uyandığını biliyordu. Rüya da onun bunu bildiğini.

Aras elini Rüya'nın saçlarında gezdirirken suçunu temize çekiyor, karısının saçlarını avuçlarının arasında hissederken sadece arınmak istiyordu. Ama olmuyordu. Her saç teli ayrı ayrı hesap soruyor, her dokunuş daha fazla azap veriyordu.

Ceketini çıkararak Rüya'nın yanına uzandığında kördüğüm olmuş duygularını çözmek istercesine onun masum yüzünü izledi.

Sabah saat altıda Ankara'ya uçacaktı. Zamanın daha çabuk geçmesi için gözlerini yumsa da olmadı. Odanın sessizliğinde aşk, Aras Karahanlı'dan diyetini istiyordu. Sabah erkenden evi terk ettiğinde, Rüya onsuz bir sabaha daha uyandı ve peşine yalnızlığını takarak okuluna gitti.

35
Tehdit

Oğuz sergi gecesinde Rüya'yla konuştuktan sonra, gündüz galeride olmadığı saatlerde kendisini soran Cevdet ismindeki adamı aramıştı. "Rüya'yla ilgili bir durum" olduğu yazılı notta, bir de telefon numarası vardı. Oğuz notu defalarca okumuş, bu meçhul adamı ve söyleyeceklerini merak etmişti. Ama Cevdet'e bir türlü ulaşamamıştı. Sabah Cevdet'i bir kez daha aradığında sonuç yine aynıydı.

Cevdet pek çalmayan telefonunu şarja takmayı ihmal etmiş, öğlen olmadan da içip sızmıştı. Oğlu kapıyı anahtarıyla açtığında babasına tiksintiyle baktı. Otuzlu yaşlarında, at yarışları ve bilumum şans oyunları bağımlısı Yıldıray babasına çıkıştı.

"Sen busun işte!"

Ayakkabılarını çıkarmadan kirli kanepeye yürüdü ve babasına doğru eğildi. Şimşek gibi çakan kahverengi gözlerindeki öfke, açgözlü karakterinden beslenerek babasına akıyordu.

"Tuğrul Giritli'nin seni öldürtmediğine dua et. Sen adamı gammazlarsan, böyle avucumuzu yalarız."

Tuğrul Giritli, Aras'la konuştuktan sonra tüm sinirini Cevdet'ten çıkarmış ve ona artık para göndermeyeceğini, konuşursa onu öldüreceğini söylemişti. Cevdet bu duruma itiraz etmek istese de, can korkusu onu susturmuştu. Giritli, Cevdet'i tehdit de etmişti

Giritli'den ödü kopan Cevdet sesini çıkaramasa da, oğlu kaderine razı değildi. Babasının kirden kararmış beyaz fanilasına yapıştı.

"Şu adamı bir daha ara. Rüya'nın yanında onu da gördüm diyordun. Aras Karahanlı onun kocasıysa biz de anlarız o zaman Oğuz'la ne işi varmış?" Cevdet korkuyla kendi yarattığı canavara bakarken ağzını bıçak açmıyordu. Kendisi gibi bir eş bulan oğlunun tek derdi babasının paralarını harcamak ve hiç çalışmadan yaşamaktı. Babasına daha önce defalarca attığı yumruklarını sıktı. "Para bulacaksın baba! Bana para bulacaksın! Git bir daha! Git öğren, Rüya'nın nesiymiş. Eğer düşündüğüm gibiyse dosyanın kopyasını ona sat. Topal ne dedi sana?"

Cevdet titreyen dudaklarını araladı. "Kızın Karahanlı'nın nişanlısı olduğunu söyledi."

Yıldıray bir elini kalın telli siyah saçlarının arasından sertçe geçirdi.

"Hanzade'ye sor bakalım, kız biliyor mu dedesini? Dene baba, dene ki biz de yolumuzu bulalım. Yavuz denen adam bizi gebertmeden biz onları mahvedelim."

Babasından uzaklaşırken gözleriyle ona kalkmasını emretti.

Cevdet eski ve bol kot pantolonuna kemerini taktı ve fanilasının üzerine gri yakalı tişörtünü geçirdi. Arka odaya geçerek, Yavuz'a verdiği dosyanın fotokopisini aldı. Telefonunu aklına bile getirmeden galerinin yolunu tuttuğunda, aklındaki tek soru Oğuz'un Rüya'yla olan ilişkisiydi.

Rüya'yı Topal'a gammazlarken Oğuz'un sevgilisi sanmıştı. Hâlâ da Oğuz ile Rüya'nın arasında bir bağ olduğu hissinden kurtulamıyordu. Yavuz'un adamı Nuri'den yediği dayağa rağmen Rüya'nın yerini söylememişti. Televizyonda gördüğü anlı şanlı düğün görüntüleri oğlunun salyalarını iyice akıtmıştı. Onun gözünde Rüya para demekti. Cevdet deneyecekti, oğlunun gazabından korunmak için, tekrar para bulmak için ayrıkotu gibi yine bitecekti. Rüya gerçeği bilseydi, Giritli kendisini niye arasındı? Olmuş bitmiş bir şey için niye kendisini tehdit etsindi?

Oğuz'un ihtişamlı galerisine girince asılı tablolara yabancı gözlerle baktı. Kendisini gören kadın çalışan onu hemen tanıdı ve "Oğuz Bey odasında" diyerek bu çelimsiz, tuhaf adama herhangi bir hitapta bulunmaktan kaçındı.

Cevdet, Oğuz'un cam odasına girdiğinde, yeni para kaynağı ela gözleriyle onu inceledi.

"Ben Cevdet" derken, elini uzatmadan kırmızı koltuğa bıraktı bedenini. Oğuz dünden beri aradığı adamı karşısında görünce, gözlerini kısarak bildiklerini okumak istercesine bakışlarını üzerinde gezdirdi.

Kirliydi. Bu adamın dışı gibi bakışları da kirliydi.

"Ne istiyorsun?"

Oğuz'un aşağılayıcı sesini adam umursamadı bile. Ne de olsa alışkındı. Birazdan zaten kendisine muhtaç hale gelecekti Oğuz Hanzade.

"Para" derken öyle rahattı ki, Oğuz hayretle dudaklarını büktü.

"Neden?"

Cevdet elinde tuttuğu saman sarısı zarfı masanın üzerine bırakırken restini çekti.

"Bunun için. Rüya'yla ilgili her şey için."

Oğuz rahat görünmeye çalışsa da, beyaz masanın kenarını sımsıkı kavramış, zarfta ne olduğunu öğrenmek için çıldırıyordu.

"Rüya'yla ilgili bir konuyla ilgileneceğimi de nereden çıkardın?"

Cevdet alaycı bir gülümsemeyle Oğuz'a bakarken, neyi kimden alacağını bilen hisleri için için bağırıyordu: "Sen kazandın Cevdet, sen kazandın!"

"Tamam öyleyse, sizi meşgul etmeyeyim" diyerek zarfı göstere göstere havaya kaldırdığında Oğuz kükredi.

"Bırak!"

Cevdet tarifsiz bir hazla, zarfı masanın üzerine bırakmadan önce, kağıt kalem alarak bir şeyler karaladı.

"Burada yazan miktar, bu hesaba sevgili Oğuz Hanzade."

"Önce zarf."

Cevdet başını iki yana salladı. "Önce para."

Oğuz hiddetle ayağa kalktığında, öfkesi sesine de yansımıştı.

"Güvenilmez olan sen misin, ben mi?"

Böyle adamlar baştan ayağa yalandı, ama büyük paralar karşılığında en bilinmeyen sırları verirlerdi. Cevdet bir adım geri atarak zarfı Rüya'nın âşığı olduğuna kanaat getirdiği genç adama uzattı.

"Okulun önünde sizi birlikte görmüştüm ve beraber olduğunuzu düşünmüştüm."

Kâğıt parçasını Oğuz'un önüne doğru sürerek son sözlerini söyledi. "Para bugün hesabımda olsun. Dosyanın orijinali Aras Karahanlı'da."

Cevdet'in arkasından bakmaya bile gerek duymayan Oğuz, zarfı alarak büyük bir heyecanla açtı. Para dekontlarına önce pek anlam veremese de kâğıtta yazılanları okuduğunda tüm parçalar kendiliğinden yerine oturdu.

Deniz Giritli'nin okul arkadaşı Gülden Hanım, her şeyi ama her şeyi açıklayan bir mektup bırakmıştı Rüya'ya. Şu satırları defalarca okudu:

"Giritli Holding'in sahibi Tuğrul Giritli senin öz dedendir kızım. Yazdıklarımı okuduğun zaman ona gidip gitmeyeceğini bilmiyorum ama bilmeye hakkın olduğunu düşünüyorum. Bu satırları sana bırakmak bir insanlık görevi..."

Çok daha fazlasının bulunduğu satırları defalarca okudu. Heyecandan gözleri kâh parladı, kâh söndü. Dekontlara bir daha göz attı. Giritli kendi ismiyle yatırmamıştı, ama yüklü paralar bu sırrı örtbas ederken gencecik bir kızın hayatını karartmıştı.

Her şey yerli yerine oturduğunda ayağa kalkarak arkasında duran duvara sertçe bir yumruk attı. Seviyordu, ona âşıktı. Etrafındaki tüm erkekler Rüya'nın mutluluğunu, hayatını çalıyordu. Bu düşünceyle bir yumruk daha attı sert duvara.

Az önce istemsizce döndürdüğü sandalyesinin yönünü tekrar masaya doğru çevirerek oturdu ve başını geriye yasladı.

"Bilmiyor" dedi usulca, "o bunu bilmiyor."

Çünkü Tuğrul Giritli düğün günü, düğüne saatler kala kendi yalılarına uğramış, oradan da tekrar Ankara'ya uçmuştu. Dedesi olarak düğüne gitmemesi mümkün değildi.

"Aras tabii ki bunu saklayacak." Karşısında Aras varmış gibi bağırdı. "Saklayacaksın ki, emeline daha rahat ulaşasın!"

Dirseklerini masanın üzerine koyarak başını ellerinin arasına aldı. Kendini sakinleştirmek istese de olmuyordu.

"Rüya'ya söylemeliyim. Rüya'ya bir ailesi olduğunu, kim olduğunu söylemeliyim. Dedesi onu istese de istemese de, kim olduğunu bilmeye hakkı var."

Masanın üzerinde duran her şeyi olanca nefretiyle yerlere savururken ayağa kalktı. Acı bir haykırışla öfkesini kustu.

"Sen nasıl bir insansın Karahanlı?" Tiksintiyle boşluğa bakarken, Rüya'ya duyduğu şefkatle gözleri doldu. "Karahanlı, sen aşağılık bir insansın ve bunun hesabını vereceksin."

Rüya'yı üzmek en son istediği şeydi ve bu haberin doğruluğunu araştırmak için babasını aramaya karar verdi. Bu gerçeği ilk ağızdan Sami Hanzade'den başkası öğrenemezdi.

"Onun, uğruna ölünecek bir insan olmadığını öğreneceksin Rüya. Sen dahil, kimseyi sevemeyeceğini öğreneceksin."

Rüya'ya ailesini vermek isterken, âşık tarafı Aras'ı saf dışı bırakmak istiyor, diğer tarafı ise ne olursa olsun Rüya'nın her şeyi öğrenmesi gerektiğini düşünüyordu. Dedesinin şimdiye kadar yaptıklarına Rüya'nın üzüleceğini bilse de, sevdiği kızı yaralayacak olsa da ona söyleyecekti.

Babasının numarasını tuşladı.

"Efendim oğlum?"

"Baba müsait misin?"

Oğuz masanın etrafında bilinçsizce attığı adımlarının farkında bile değildi.

"Evet Oğuz, mesele nedir?" Sami Hanzade son iki senedir oğlundan telefon almaya pek alışkın değildi.

"Baba, sana Tuğrul Giritli hakkında bir şey soracağım."

"Ne öğrenmek istiyorsun?"

Oğuz hiç tereddüt etmeden konuştu.

"Bugün buraya bir adam geldi ve bana bir dosya bıraktı. Dosyanın içindeki bilgilere göre Rüya Karahanlı, Tuğrul Giritli'nin torunu."

Sami Hanzade'nin kaşları hayretle havaya kalktı.

"Oğuz, ne dediğinin farkında mısın?"

"Evet baba, dosyanın üzerinde kız yetiştirme yurdu yazıyor, adama sormadım, ama sanırım o yurtta çalışmış. Dosyada bir mektup var. Bu mektubu, Deniz Giritli'nin bir arkadaşı, Rüya'ya verilmek üzere oraya bırakmış."

Sami Hanzade şirketteki odasının penceresine doğru ilerlerken başını iki yana salladı.

"Oğuz, bunu öğreneceğim, lakin bu durumdan kimsenin haberdar olmaması gerekiyor. Bu adam koalisyon hükümetinde bir bakan."

Oğuz babasının sözünü kesti.

"Biliyorum baba, adam yıllarca torununun kimliğini gizlesin diye bana gelen adama düzenli olarak para yollamış."

Sami Hanzade kravatını gevşetirken oldukça gergindi. Bu adam Aras Karahanlı yerine neden oğluna gitmişti?

"Oğuz, bu durumu Karahanlı biliyor değil mi?"

Oğuz gözlerini kısarak cam odasından salona baktığında,

iri cüssesiyle Yavuz orada duruyordu.

"Biliyor baba."

"Oğuz, bu çok tehlikeli bir mesele. Hükümeti yıpratabilecek bir durum. Tuğrul Giritli'nin meselesi bile olsa hükümetin prestijini lekeleyebilir."

Oğuz derin bir nefes aldı.

"Baba, bunu bana ispatla. Sadece o adamın ağzından bu gerçeği duymak istiyorum."

Sami Hanzade oğlunun Rüya'dan vazgeçmeyeceğini görüyor, ona gerçeği getirmediği takdirde yanlış bir şeyler yapmasından korkuyordu.

"Tamam. O, şu anda yurtdışı temaslarında. Geldiği zaman görüşeceğim, ama o kadın Aras'la evli oğlum, bunu kabullen artık."

Oğuz, "Tamam bekleyeceğim" diyerek telefonu kapattığında Yavuz da kısa bekleyişini bitirerek Oğuz'un odasına girdi. Oğuz beklenmedik misafirine "Hoş geldin" derken sesindeki soğukluk adama değil de, onun Karahanlı'nın adamı oluşunaydı.

"Hoş buldum Oğuz Bey."

Oğuz sandalyesine doğru yürürken sessiz kalarak onun konuşmasını bekledi.

"Oğuz Bey, ben Rüya Hanım'ın tablolarını almaya geldim."

Sarışın genç adam masanın kenarında durarak, Yavuz'a doğru dönmeden, "Nedenmiş o?" dedi sertçe. Aslında sebebini çok iyi biliyordu.

"Aras Abimin emri."

"Ona bana emredemeyeceğini söyle. Tabloları vermeyeceğim."

Bu talebin Rüya'dan gelmediğini biliyordu. Aras bu kadar ileri gidebilecek cesareti kendinde nasıl bu kadar kolay bulabiliyordu ki?

Yavuz, Oğuz'a hiç cevap vermeden odayı terk etti. Aras'ın sağ kolu, koca ellerini sımsıkı yumruk yapmış, sanat eserle-

rinin arasından öfkeyle yürüyor, bir yandan da kendi kendine söyleniyordu.
"Aras Abim çok sinirlenecek. Lan ne olurdu tablo yerine yasadışı bir şey isteseydi. Bak o zaman silah, zor kullanma, tekme tokat nasıl dalardım karşımdakine."
Galeriden çıkarken dudakları kıpırdanıyor, başarısızlığına sinirleniyordu.
Yine de Aras Karahanlı'yı aramak zorunda olduğunu biliyordu. Aras'ın tahmini Yavuz'u epey zora soktu.
"Vermedi mi?"
Aras'ın sesi öyle sakin çıkıyordu ki Yavuz sesini alçaltma ihtiyacı duydu.
"Vermedi abim. Bana emredemez dedi."
Aras, Namık Candan'la beş dakika sonra başlayacak toplantısına girmek üzere olsa da bu mesele de onun için çok önemliydi. "Tamam" deyip telefonu kapadıktan sonra, Oğuz'un numarasını tuşladı. Ani gelişen bir durum üzerine yapılacak olan üç kişilik mini toplantıya parti merkezinde bulunan diğer yöneticiler alınmayacaktı. Namık Candan sadece Aras Karahanlı ve diğer danışmanla görüşmek istemişti. Aras toplantı odasına girerek açık kahverengi toplantı masasının en ucuna doğru ilerledi ve siyah deri sandalyelerden birinin arkasını tuttu.
"Oğuz!"
Sert sesi Oğuz'un umurunda bile değildi.
"Ne istiyorsun?"
"Senden istediklerim eşime ait biliyorsun ve o da bana."
Son kelimeleri üstüne basa basa söyledi. Oğuz alaycı bir gülümsemeyle Aras'ı iyice sinirlendirmek istese de, karşısındaki adamın istediği zaman ne kadar duygusuz olduğunu iyi biliyordu.
"Eşini siyasi kariyerinde kullanacağın bir eşya gibi kendine ait gördüğünü biliyorum Aras."

"O benim karım ve onunla aramızda olan hiçbir şey seni ilgilendirmez Oğuz."

"İlgilendirir Aras. Kimsesi olmayan bir kızı eşya gibi siyasi gecelere sürükleyip de çok istediği sergiyi açmasına izin vermeyecek kadar acımasız ve duygusuzsan bu beni ilgilendirir." Aras bakışlarını yerin bordo halısına çivilerken kendine hâkim olmak için derin bir nefes aldı.

"Oğuz, Rüya senin galerinde sergi açmayacak, istediği her yerde açabilir, ama orada açmayacak anladın mı beni?"

Oğuz sinirli bir kahkaha attı.

"Tablolarını bana teslim ettiğine göre burada açmak istiyor. Aksini isteseydi sana söylerdi. Sen onunla evlisin, ama burnunun dibindeki eşinin ne kadar mutsuz olacağını anlayamayacak kadar bencilsin. Onu görmediğim halde, sergiye gelemediği için ne kadar üzüldüğünü ben buradan görürken sen oradan göremiyorsun. Pardon, umurunda değil mi demeliydim?"

Aras saatine baktı. Rüya'nın tabloları göndermesine sesini çıkarmamış, kendi iradesiyle geri almasını beklemişti, ama Rüya'ya karşı duyguları değiştikçe bu duruma olan tahammülsüzlüğü artıyordu. Biliyordu, orası en saygın sanat galerisiydi ve Rüya'nın büyük tutkuyla yoğurduğu tablolarını oraya göndermesi, hatta bunu Aras'a rağmen yapmış olması çok normaldi. Çünkü resme büyük bir aşkla bağlıydı, kendisinin siyasete bağlı olduğu gibi...

"Oğuz, o benim karım. Burnunu onun mutluluğundan da, tablolarından da çek."

"Hayır Aras, o senin karın falan değil. Sen evliliği bile basitleştiren bir adamsın, o yüzden ben de bu evliliğe senin gibi bakıyorum, basit ve değersiz... Ama ben, Rüya'ya senin vermediğin değeri veriyorum."

"Bizden uzak dur anladın mı?" Aras'ın adeta kükreyen sesi, açık kalan kapının önünden geçenlerin bakışlarını çekse de, Aras oralı bile olmadı.

"O sergi açılacak, bunu Rüya'nın ne kadar istediğini biliyorum. Eğer onu bu konuda zorlarsan, emin ol sen de çok zorlanacaksın."

"Aşağılık herif, sen beni tehdit mi ediyorsun?"

"Rüya'nın mutlu olması ve senin ne tür bir insan olduğunu görmesi için susmuştum, ama görüyorum ki böyle devam edersen susmamam daha iyi olacak." Oğuz, Aras'ın az önceki tepkisini umursamadığını açıkça belli ederek, "Ve evet aynen öyle yapıyorum" diye ekledi. "Hem de yediğin haltı Rüya'ya anlatmakla tehdit ediyorum."

36

Özlem

Namık Candan, diğer danışmanıyla beraber toplantı odasının kapısında göründüğünde Aras hayatında ilk defa birine boyun eğdi. "Bu daha bitmedi Oğuz, şimdilik sen kazandın" dediğinde iyi biliyordu, boyun eğdiği kişi Oğuz değil de, günahıyla birlikte kendisiydi.

Namık Candan ve elli yaşlarındaki danışmanı Faik Bey masanın en ucuna geçtiklerinde, Aras da onların yanındaki sandalyeye oturdu. Parti içi bir mevzuyla ilgili üyelere dağıtılmak üzere bir bildiri hazırlamak isteyen Namık Candan, en tarafsız bulduğu iki yol arkadaşının fikirlerini almak istiyordu. Böylece hem parti içindeki gruplaşmalara sıcak bakmadığını, hem de bu bildiride hiçbir grubun fikrini beyan etmediğini tüm parti üyelerine göstermiş oluyordu. Tecrübesi, dürüstlüğü ve tüm gruplar tarafından seviliyor olması onu güçlü kılsa da, parti içi çekişmelere mâni olamıyordu. Üçlü toplantı sona erdiğinde Namık Candan mevzuyu değiştirdi. Konuşmadan önce kristal kesme bardağı dudaklarına götürdü ve bir yudum alarak boğazını temizledi.

"Evlat, anketlerde ismin çok geçiyor, insanların dikkatini çekiyorsun. Onları duyduğunu ve en önemlisi, anladığını düşünüyorlar. Şeytan tüyü var sende. Milletvekili seçimlerinde en genç aday olmaya hazır mısın?"

Aras çok çabuk gelen bu teklife soğukkanlılıkla, "Siz nasıl uygun görürseniz başkanım" diye karşılık verdi.

Namık Candan onun saygısını, dürüstlüğünü, işine bağlılığını, en çok da fikirlerini seviyordu.

"Tamam ben çıkıyorum, hazırladığımız bildiri en kısa zamanda yerlerine ulaşsın. Tabii ki sebepleri üçümüzün arasında kalsın" diyerek mini toplantıyı bitirdi. Aras parti merkezinde bir süre daha vakit geçirip siyaset havasını doya doya soluduktan sonra havaalanına doğru yola çıktı.

Takside giderken Rüya'yı aradı. Siyah beyaz siyaset havası Rüya'nın yumuşacık sesiyle dağıldığında, Aras başını taksinin koltuğuna yasladı.

"Rüya, merhaba."

Aralarında esmekte olan soğuk rüzgârlar dinmemişti. Bunun sebebi Aras'ın kendini affettirecek vaktinin olmayışıydı.

"Merhaba."

"Akşam yalıya amcam ve eşi gelecek, oraya davetliyiz."

Rüya, Aras'ın sesini duyduğuna memnun olsa da, bunu belli edemiyordu. Nehir'den serginin çok güzel geçtiğine dair duyduklarını gözleriyle görememiş olmak onu çok üzmüştü. Sonuçta o tabloların hepsinde emeği vardı. Her öğrencisinin yeteneğini nakış gibi dokumuştu.

Rüya araba kullanmakta olan Nehir'e kısa bir bakış attı; amacı, sesindeki soğukluğu onun da fark edip etmediğini anlamaktı.

"Biliyorum, Nehir'le beraber yalıya gidiyoruz. Orada görüşürüz" diyerek telefonu kapattığında, Aras'ı görecek olmanın verdiği mutluluğa mâni olamadı bu sefer. Belli belirsiz bir gülümsemeyle kıvrıldı dudakları. Yalının önüne geldiklerinde gülümsemesi iyice belirginleşmişti.

Büyük salona geçtiklerinde yemek masası ışıl ışıl şamdanlarla donatılmış, gümüş çatal bıçak takımları özenle yerleştirilmiş, en nadide porselenler masaya dizilmiş, Karahanlı ailesinin bir araya gelişini bekliyordu.

Nilgün Hanım yapmacık bir sıcaklıkla "Hoş geldiniz" derken, Ender Bey kızları büyük bir coşkuyla karşıladı. Amca Erdinç Karahanlı, abisinden uzun endamıyla kızlara doğru yürüdüğünde Nehir onun kollarına atıldı.

"Amca, çok özlettin kendini."

Erdinç Karahanlı Bodrum'da yaşamayı seçmiş bir mimardı. Şirkete abisinin zoruyla ortak olmuştu. Abisi Ender Karahanlı, yıllar önce işlerini genişletirken kardeşine şirketten azımsanmayacak bir hisse vermişti. Erdinç Karahanlı, Aras gibi özgürlüğüne düşkün ve kendi seçimleri doğrultusunda ilerleyen bir adamdı. Aras gibi o da yönetim kurulunda sadece imza atıyordu. Karahanlı Holding'in asıl vârisi siyaseti seçtiği için, şirketi diğer vâris Çağrı Mert Karahanlı yönetecekti.

"Kızlar, nerede kaldınız, çok acıktık!" Mert'in sesi ortama neşe saçıyordu.

Mert, amcası Ender Karahanlı'nın yolunda ilerlerken işine olan düşkünlüğü ve pratik zekâsıyla amcasının güvenini boşa çıkarmıyordu.

Herkes masanın etrafında yerini aldığında, Rüya Ender Bey'in sol tarafındaki boş sandalyeye kaçamak gözlerle baktı. Aras'ın sandalyesini boş görmek canını yakarken, çatalıyla dalgın dalgın tabağını karıştırmaya başladı.

Yemek bitip de erkekler iş sohbeti yaparken, Nilgün Hanım ile Lale Hanım gelecek hafta katılacakları daveti konuşuyorlardı. Nehir'in Kaan'la yaptığı telefon konuşması uzadığı için Rüya sıkılarak bahçeye çıkmak üzere salondan ayrıldı.

Yaz gecesinin tatlı melteminde saçları uçuşurken deniz havasını içine çekti. Çimlerin üzerinden geçerek iskeleye gitmeye karar verdiğinde kendisine seslenildiğini duyunca başını çevirdi.

Bahçenin parlak ışıkları gözlerini kamaştırdığı halde, kızıl saçları, bembeyaz teni ve kendisinden en az on santim uzun boyuyla birkaç metre ötesinde duran Sedef'i görünce donakaldı Rüya. Turkuvaz mavisi gömlek ve beyaz pantolon giymiş olan Sedef göz alıcı fiziğiyle Rüya'ya yaklaştı.

Rüya ürpererek siyah bluzunun açıkta bıraktığı kollarını sıvazladı.

Sedef "Bana burada ne işin var der gibi bakıyorsun Rüya" dedi alaycı bir ifadeyle.

Rüya onun sözlerini karşılıksız bırakırken Sedef ona biraz daha yaklaştı. Gözleri Rüya'nın parmağındaki pembe pırlantalı yüzüğe takılınca Aras'a duyduğu karşılıksız aşkı büyüten bir acı kalbine oturdu.

"Burası benim teyzemin evi" derken bile gözleri pırlantanın üzerindeydi. Pembe taş, bahçe lambasının ışığında parlarken, Sedef'in yeşil gözleri doluyor, onun parmağında olması gereken ışığı iyice kıskanıyordu. Güzel yüzüne yaptığı makyaj mutsuzluğunu örtememiş, Aras'a olan özlemini saklayamamıştı.

"Ben" dedi boğuk bir sesle, "onu yıllarca sevdim Rüya." Dudaklarından bilinçsizce dökülen kelimeler Rüya'yı değil, Aras'ı suçluyor, çaresizliğini haykırıyordu. "Bende olmayan ne vardı sende?"

Rüya'nın suskunluğu Sedef'e konuşması için daha çok cesaret verirken Rüya kızın bu haline üzülüyor, gitmek istese de gidemiyordu. "Sana hiç aşkım dedi mi Rüya? Söyle! O sana âşık mı? Hayır, değil mi?"

Sedef'in rahatsız edici bir sakinlikle çıkan sesi Rüya'yı endişelendirmeye başladı.

"Belki de içeri girmeliyim."

Sedef acı bir gülümsemeyle başını iki yana salladı. Aşkın yorgunluğuna direnen sesi çok derinlerden geliyordu.

"Hangisi zor Rüya, sana âşık olmayan bir adamın yanında olmak mı, yoksa ondan ayrı kalmak mı? Bence ikimiz de aynı durumdayız. Aras'ın yanında olmak da, olamamak da aynı acıyı verir."

Kendi sözleri kalbine hançer gibi saplandığında hissettiği büyük acı bedeninden çıkmak ister gibi her yerini yakmaya başladı. Aynı acıyı Rüya'ya da yaşatmak istercesine gözlerinden akan yaşlarla aniden ellerini kızın boynuna doladı. Rüya'dan daha güçlü olan bedeni, Rüya'dan daha zayıf olan duygularına yenilmiş, acısına onu da ortak etmek istemişti.

"Ben onun yanında olurdum Rüya, beni sevmese de olurdum. Ama biliyor musun, onun bir kalbi yok. Eğer olsaydı benim olurdu senin değil."

Her kelimede Rüya'nın boğazını farkında olmadan daha çok sıkıyordu. Rüya nefes alabilmek için Sedef'in parmaklarını gevşetmeye çalışsa da başaramıyordu. Bu mücadele Nehir'in çığlığıyla kesintiye uğradı.

Sedef'in elleri, duyduğu çığlığın etkisiyle az da olsa gevşediğinde, bahçe kapısından girmekte olan Aras gördüğü manzara karşısında dehşete düştü. Onların yanlarına koşup Sedef'i omuzlarından sertçe savurduğunda Rüya özgür kaldı. Nehir, Rüya'nın başına kötü bir şey gelmiş olmasından korkarak ardı ardına acı çığlıklar atıyordu. Rüya nefessiz bir halde çimlerin üstüne yığıldığında Aras korkuyla ona yaklaşarak omuzlarından sarstı.

"Rüya, aç gözlerini!"

Rüya yarı baygın, gözkapaklarını aralayarak vücudunun ihtiyacı olan havayı ciğerlerine çekti. Ani bir öksürük onu kendine getirdiğinde, "İyiyim" diyebildi zar zor. Rüya soluklarını düzenlemeye çalıştıkça kendine geliyor, o kendine geldikçe Aras daha da öfkeleniyordu. En nihayetinde öfkeyle derin bir nefes alarak Rüya'nın boynunu sıkan ellerin sahibine yöneldi.

"Şimdi ben de sana aynısını yapacağım!"

Sesi öyle serinkanlı çıkıyordu ki, söylediğini yapmakta tereddüt etmeyecek gibiydi. Sedef elleriyle yüzünü örtmüş, korkuyla Rüya'ya bakıyordu. Nihayet gözlerini Aras'a çevirdi ve ona yalvarırcasına bakmaya başladı. Ama bu bakışlar başka bir şey için yalvarıyordu. Aras sol eliyle Sedef'in boynunu kavradığında parmaklarını sıkmak yerine dişlerini sıktı.

"Sen ne yaptığını sanıyorsun?"

Sedef gözyaşlarını serbest bıraktı ve ağlamaklı sesiyle "Öldür" dedi. "Öldür de bitsin. Dayanamıyorum, beni terk ettiğin günden beri açmadığın telefonlara, beni gördüğün yerde görmezden gelmene, bana hiçbir şey yapmadan bu kadar acı çektirmene dayanamıyorum."

Sedef'in sözleri, Aras'ın kalbini zerre kadar yumuşatmasa da, onun nasıl bir ruh halinde olduğunu anlayarak elini usulca Sedef'in boynundan çekti.

Nehir'in çığlıklarıyla ev ahalisi bahçeye fırlamıştı. Mert, Aras'ın elini Sedef'in boynundan güç kullanmadan indirdi ve Aras'ın küçük düşürücü bakışlarıyla kıza daha da acı vermesine dayanamayarak Aras'ı oradan uzaklaştırmak istedi. Ancak Sedef buna mâni oldu. Sevdiği adamın kollarını tutarak, bir ona bir Rüya'ya dehşetle bakan insanlara aldırmadan tüm gücüyle haykırdı.

"Sen bana bu dünyada yokmuşum gibi davranarak en büyük cezayı veriyorsun Aras." Bir elinin tersiyle gözyaşlarını sildi. "Sırf seni sevdiğim için bana bir hiçmişim gibi davranıyorsun. Değmem değil mi, boğazımı sıkmana bile değmem!"

Rüya, Nehir'in desteğiyle ayakta dururken bunları daha fazla duymak istemeyerek içeri yöneldiğinde Aras'ın sesiyle olduğu yerde kaldı.

"Ben sana hiçbir zaman seninle evleneceğimi söylemedim Sedef. Eğer söyleseydim evlenirdim ve bu geceden sonra sakın bir daha karşıma çıkma." Sonra babasına döndü ve ona olan saygısından dolayı sesini makul bir düzeye getirerek, "Onun bir daha bu eve gelmesini istemiyorum" dedi, parmağıyla arkasında duran Sedef'i göstererek. Sözleri Nilgün Hanım'a olsa da, onunla bu konuda muhatap olmak istemiyordu.

"Nehir, Rüya'nın eşyalarını getirir misin?" diye seslendikten sonra karısının yanına gitti ve onun yüzünü avuçlarının arasına alarak başını ona doğru eğdi. "İyi misin?"

"Evet, daha iyiyim."

Az sonra Nehir, Rüya'nın çantasını uzattı. Aras karısının elini tuttu ve "İyi akşamlar" dedikten sonra yalıyı terk ettiler.

Caddede duran arabaya bindiler. Yavuz şoför koltuğunda oturuyordu. Aras, Rüya'ya sarıldığında özlemleri, kırgınlıkları, pişmanlıkları bu sarılışla geride kalmış gibiydi.

"Sedef iyi değil" dedi Rüya. Aras'ın göğsüne başını yaslamıştı. Yine olmak istediği yerde olsa da, az önce yaşadıklarının etkisinden çıkamamıştı. Aras Rüya'yı incitmeden biraz daha sıkı sarıldığında, sesinde en ufak bir duygu belirtisi yoktu.

"Ona hiçbir şey vaat etmedim. Bu kadar kötü olmasının sebebi ben değilim. Teyzesine güvenerek kendi kendine planlar yaptı. Gerçekleştiremediği planlarının üzüntüsünü yaşıyor."

Rüya, Aras'ın Sedef'ten bu kadar duygusuzca bahsetmesini duymak istemiyormuşçasına beline daha çok sarıldı.

"Rüya..." Aras elini ceketinin cebine sokarak siyah kadife bir kutu çıkardıktan sonra arabanın lambasını yaktı. "Bu senin."

Rüya gözlerinin önünde duran kutuya şaşkınlıkla bakarak başını geriye doğru çekti.

"Bu nedir?"

"Senin için Rüya. Havaalanından dönerken aldım. Mücevher firması sahibi bir dostumdan sana özel bir tasarım yapmalarını istemiştim."

Rüya, hediyenin kendisinden daha güzel olan bu düşüncenin etkisiyle gözlerini sevinçle Aras'a doğru çevirdi. "Bana özel tasarım mı?"

Aras, Rüya'nın neşeli sesine kayıtsız kalamadı. "Evet, adını da Rüya koydular."

Rüya kadife kutuyu zarif bir hareketle açtığında beyaz altından bir zincirin ucunda asılı duran kolye ucuna baktı. Yuvarlak kesimli, sıra sıra dizilmiş rengârenk pırlanta taşlar, değerli bir renk ve ışık cümbüşünü Rüya'nın siyah gözlerine sunuyordu.

"Bu... bu çok güzel. Çok teşekkür ederim" derken nefesi kesilmiş gibiydi.

"Senin renkleri sevdiğini biliyorum Rüya. Sana en değerli taşları almak istiyordum, dostuma bu ikisini bir araya getirmesini söyledim."

Rüya parmaklarının arasına aldığı kolyeye büyülenmiş gibi bakıyordu.

"Şimdi bu kolyenin adı Rüya mı?"

"Evet, öyle."

Aras kolyeyi karısının elinden alarak onun simsiyah saçlarını diğer omzuna doğru attı. Kolyeyi Rüya'nın boynuna taktıktan sonra onu omuzlarından tutarak kendine doğru çevirdi. Arabanın ışığını kapattıktan sonra Rüya'yı yine kollarının arasına aldı.

"Rüya, seni çok özledim." Bunca pişmanlık, Oğuz'la mücadelesi, Sedef'in yaşattıkları, Rüya'yı kırarak mutsuz edişi... Hepsinin arasından kopup gelen bir özlemdi bu. Rüya'nın yanında olduğunda bile onu özlüyordu. Gri gözlerine her geçen gün daha güçlü yansıyan aşkla Rüya'sına varmak isteyişinin özlemiydi. Rüya'ya tertemiz duygularla en baştan âşık olmaya duyduğu özlemdi...

"Kimse olmasın. Birkaç gün sadece sen ve ben. Cunda Adası'nda bir çiftliğimiz var. Oraya gidelim."

Rüya'nın bunu kabul etmeyeceğini düşünüyordu. Rüya, Aras'ın yüreğinden kopup gelen ve ruhunu okşayan bu sözleri içine çekerek sevdiği adama baktı.

"Çok mutlu olurum."

37

Mutluluğu öpmek

Aras mutlulukla ona daha çok sarıldı.
"Bu gece gidelim."
"Tamam gidelim." Rüya bir zamanlar canını yakan, ama şimdilerde ruhunu okşayan, o çok sevdiği kalbin ritimlerini dinliyordu. Aras'ın kalbini.
"Sergi için beni affetmediğini, kendimi affettiremeyeceğimi bilsem de özür dilerim Rüya." Pişmanlığı o kadar sahiciydi ki, sesinin rengini bile soldurmuştu.
"Affettim."
Nasıl affetmezdi ki? Her şeyi oydu. Bir tek o...
"Aras Abim, geldik." Yavuz arabayı kaldırımın kenarına çekerken yüzünü ekşitti.
"Elif'i ara, İzmir'e ilk uçak saat kaçta onu öğrensin ve bana dönsün."
"Olur abim, hemen." Yavuz arabayı durdurdu. Rüya gözlerini açarak arabanın camından dışarı baktığında nefesi kesildi.
"Araas!"
"Sergi iki gün sonra bitmiyor mu? Cunda'dan dönüşte çok geç olabilir."
Rüya'nın gözleri siyah italik harflerle yazılmış tabelanın üzerindeydi. Ozz Sanat Galerisi...
Şaşkınlığını gidermek istercesine yutkunduğunda Aras çoktan arabadan inmiş, Rüya'nın da inmesi için ona elini uzatmıştı. Göz göze geldiklerinde "Kendimi affettirmek için

değil, sadece mutlu olman için" derken durgun gri gözleri kıskançlık dalgalarını bastırmış olsa da, aslında onları en derinlerde hâlâ saklıyordu.

El ele galeriye giden yolu yürürken Rüya, Aras'ın elini sımsıkı tutmuş, sergiyi ziyaretçileriyle görecek olmanın heyecanını yaşıyordu. Tabloların asıl sahibi kendisi olmasa da, üzerlerindeki sayısız fırça darbelerinin arasında onunkiler de vardı.

Aras bugün Oğuz'dan duyduğu tehditle Rüya'yı kaybedebileceğini çok iyi biliyordu. Asla kaybetmeye tahammülü olmadığı karısını, onu en mutlu edecek yere, kendi dünyasına götürüyordu. Onu içeride kaybedebileceğini bile bile mutluluğa boğmak istiyordu. Oğuz'un elindeki kudretli koza rağmen Rüya'yı ondan, daha doğrusu, mutlu olacağı şeyden uzak tutmak gelmiyordu elinden. Aras Karahanlı kalbini delik deşik edebilecek dikenlere rağmen, Rüya'nın yüzünü güldüreceğine inandığı gülü oradan koparıyor, karısına sunuyordu.

İçeri girdiklerinde bu ünlü ve seçkin galerinin beyaz duvarlarına asılmış tablolardan ilkiyle karşı karşıya geldiler: *Dalgalar*.

Rüya ilk defa görüyormuşçasına tablonun adını söyledi. Gözlerini tablodan alamıyordu. "Nehir'in tablosu."

Aras gülümseyerek önce tabloya, sonra da Rüya'ya baktı. "Bizim ufaklık oldukça yetenekliymiş, bunu satın almalıyız, ama bence Kaan çoktan almıştır bile."

Üzerinde Rüya'nın da emeği olan *Dalgalar*'a gelen bu güzel teklif, genç kızın aşkla kocasına bakmasına sebep oldu. Oğuz başını onlara çevirdiğinde Rüya'nın gözlerindeki aşk ışıltısı genç adamın içine kapkara bir hüzün olup aktı. Duygularına ışık yapacak nefret alevini tutuşturmak için Aras'ı süzdü. Aşkı ve nefreti el eleydi. Yanlarına doğru yaklaşarak iki duygunun arasına hapsetmeye çalıştığı ses tonuyla "Hoş geldiniz" dedi.

Rüya "Hoş bulduk" diye karşılık verdi.

Oğuz'un Rüya'ya karşı hislerini bilmek, Aras'ın içinde fır-

tınalar koparsa da Rüya'yı üzmek istemiyordu.
"Nasılsın Oğuz?"
"İyiyim Aras, ya sen?"
"Çok iyiyim."
Sarışın adamın dudaklarından her an dökülebilecek sözler, Rüya'yı ve bu evliliği karanlıklara gömebilecek kadar zehirliydi. Ama her ikisi de hiçbir şey yokmuş gibi davranıyordu. Biri diğerinin bu gerçeği şu an açıklayamayacağını biliyor; diğeri de karısını bile bile buraya getiren Aras'ın, Rüya için neleri göze aldığını görüyordu. Oğuz'u susturan, Aras'ı ise oraya götüren ortak payda, Rüya aşkıydı.
"Rüya, sergin için çok yakında sana tarih verebileceğim sanırım."
Aras, bakışlarını koyulaştıran hiddetini saklamak istercesine zoraki bir tebessümle Rüya'ya döndü. "Rüya, tablolarını bir an önce görmek istiyorum." Rüya'nın kalbini hoplatan sözlerini Oğuz'a bakarak sürdürdü. "Umarım o tarih çabuk gelir" dedi ve ardından Rüya'yı kendine doğru çekti. "Fazla vaktimiz yok, daha yola çıkacağız."
Genç çift yanından uzaklaşırken, Oğuz, Aras'a karşı bin kat daha büyüyen öfkesiyle arkalarından baktı. Bakışları öfke ile aşkın arasında gidip gelirken onların hafta sonu için bir yerlere gideceğini ve Aras'ın hep Rüya'nın yanında olacağını çoktan anlamıştı.
Tüm tabloları gördükten sonra, Aras Rüya'nın bir adım gerisinde telefonundan uçak biletlerini onaylıyordu. İşini bitirdikten sonra Rüya'nın yanına yaklaştı.
"Aslında jeti alabilirdik ama babam bu gece yurtdışına çıkıyormuş. İzmir havaalanından araba ayarlandı, daha sonra birkaç saatlik yolumuz olacak."
Baş başa geçirecekleri anların mutluluğu ikisinin de gözlerinden okunuyordu.
"Geç kalmayalım, daha valizlerimiz hazır değil."

Aras Rüya'yı kolunun altına doğru çekerek alnına bir öpücük kondurduğunda muzipçe gülümsedi.

"Umarım Nehir'le yazlık alışveriş yapmışsınızdır diyeceğim, ama o cadının bunu atlayacağını sanmam."

"Denize giremeyeceğimi söylediğim halde, kaç tane bikini aldırdığını bir bilsen."

* * *

Yavuz onları önce yapacakları kısa hazırlık için evlerine, sonra da havaalanına bıraktı. Kırk beş dakikalık uçak yolculuğu sona erdiğinde uçak İzmir'e indi ve Rüya doğduğu şehrin havasını ilk defa soludu.

"Mis gibi bir hava, ne kadar yumuşak ve farklı."

Doğum yeri: İzmir. Kiralık siyah Rangerover'a bindiklerinde, Rüya'nın gözü, ait olup olmadığını bilmediği şehirdeydi. Arabanın camını kapatamıyor, yüzünü sevdiği adama bile çeviremiyordu. Araba Karşıyaka'ya giden anayolda ilerlerken yıllar önce yüzüne kapatılan kapı sadece birkaç kilometre ötedeydi.

Gözlerini Aras'ın profiline çevirdiğinde onun düşünceli halini fark etmedi bile. Genç adamın yüzü, Rüya'sını bu hayata mahkûm eden insan karşısında duruyormuş gibi asılmıştı.

"İzmir'i beğendin mi?"

Aras alacağı her iki cevaba da üzülmeye hazırdı. Rüya "Beğenmedim" derse, İzmir'in memleketi olduğunu bilmeyişine verip üzülecekti; "Beğendim" derse de İzmir'i daha önce hiç göremeyişine...

Tam Karşıyaka'ya dönen kavşağın yanından geçerken Rüya kolunu arabanın camından dışarıya uzatarak, İzmir havasının parmaklarının arasından süzülmesine izin verdi. Uykuya teslim olmak üzereyken belli belirsiz mırıldandı.

"İzmir çok güzel kokuyor. Burada denizin bambaşka bir kokusu var ve ben bu kokuyu sanırım çok özleyeceğim. Çoktan içime işledi bile."

Saatler sonra duyduğu köpek havlamaları Rüya'nın uykusunu böldü. Çiftliğin emektar çalışanı Yılmaz Efendi köpeği susturmak için çabalıyordu. "Tamam Boza sus! Sus oğlum, onlar yabancı değil!" Esmer adam zayıf ama çevik bedeniyle bir yandan çiftliğin demir kapısını açıyor, diğer yandan Kangal cinsi köpeğe emir veriyordu. Israrla kesilmeyen havlamalar, Yılmaz Efendi kapıyı açtıktan sonra, arabanın patika yolda ilerleyip uzaklaşmasıyla son buldu.

Yüzlerce zeytin ağacıyla çevrili taş evin önünde duran arabadan, uyku mahmuru gözlerle inen Rüya çoktan keşfine başlamıştı. Sanatçı bakışları bu kadar gerçek bir doğal güzelliği ilk defa yerinde görüyor, her rengi ve her ayrıntıyı tek tek hafızasına kazımaya çalışıyordu.

"Burası çok güzel!" Sesindeki hayranlık Aras'ın yüzünü güldürdü. Şafak henüz sökmüş, sabahın taze ışıkları çevreyi aydınlatmaya başlamıştı. Rüya etrafına bakmaya doyamıyordu. Doğal sesler kulaklarına dolarken daha fazlasını dinlemek istiyor, biraz ötedeki çam ağaçlarının kokusunu ciğerlerine doya doya çekmek istiyordu. Bir koyun melemesi duyunca başını arkaya çevirdi. Tellerin arkasında onlarca koyun vardı. Yılmaz Efendi çoktan yanlarına gelmiş, on iki senedir görmediği ve oğlu gibi sevdiği Aras'la hasret gideriyordu. Rüya'nın yanına yaklaşarak, ona da "Hoş geldin" dedikten sonra bir kuzuya çevirdi gözlerini.

"İki gün önce doğdu."

Rüya hayatında ilk defa gerçek bir kuzu görüyor, bir mucizeye tanık olmuş gibi baktığı yavruya dokunmak istiyordu. Onun bu hali yaşlı adamın gözünden kaçmadı, ağıla girerek kuzuyu alıp Rüya'ya uzattı.

Rüya bembeyaz minik kuzuyu kucağına alarak büyük bir şefkatle okşamaya başladı. Yüzündeki tebessüm onlarca gülüşten daha içtendi.

"Ne kadar da tatlısın sen öyle."

Aras, Rüya'nın birkaç metre gerisinde ellerini cebine koymuş, ona eşsiz gelen bu manzarayı izliyordu.

"Senin gibi tatlı."

Rüya utancını bastırmak için dudağını ısırsa da, mutluluk saçan gülümseyişine engel olamadı. Aras, Rüya'nın yanına yaklaşıp ona belinden sarılarak, Rüya'nın omzunun üzerinden kuzuya baktı.

"Onu evimize mi götürmek istiyorsun yoksa?" diye sordu.

"Sence onu annesinden ayıracak kadar bencil bir insan mıyım ben?"

Aras, Rüya'nın yarı şaka yarı ciddi söylediği sözlere, yanağına bir öpücük kondurarak karşılık verdi.

Yılmaz Efendi o sırada ağılın arkasına geçmiş, koyunların yemlerini hazırlıyordu. İşi bittiğinde genç çifte yaklaştı.

"Aras oğlum, yaz başından beri birileri gelebilir diye her hafta evi temizlettiriyorum. Ev hazır oğlum. Bir şeyler yemek isterseniz, size çardakta güzel bir kahvaltı hazırlayayım."

Aras Rüya'nın gözlerine baktığında Rüya başını iki yana salladı. "Canım bir şey istemiyor, ama eğer süt varsa bir bardak içebilirim."

Yaşlı adam tüm cana yakınlığıyla "Olmaz mı kızım?" dedi. "Sabah dörtte sağdım, kaynattım, yeni ılındı."

Rüya hayatında hiç böyle süt içmediği için sevinçle Aras'a baktı.

"İnanmıyorum, ben neredeyim böyle?"

Aras minik kuzuyu Rüya'nın kucağından alarak Yılmaz Efendi'ye verdikten sonra karısının elini tuttu.

"Ufaklık, sen sütünü içtikten sonra uyumamız lazım."

Rüya adamın kucağındaki kuzuya baka baka Aras'ın elinden tutmuş, onu takip ederken yaşamının yine en güzel günlerinden birine güneş ışıkları saçılıyordu.

Dikdörtgen şeklindeki tek katlı büyük çiftlik evinin ahşap

kapısını aralayan Aras, Rüya'nın içeri girmesini bekledikten sonra kapıyı kapattı. Doğrudan salona açılan kapının önünde duran Rüya etrafa göz gezdirdi. Açık kahverengi ve oldukça konforlu görünen koltuk takımı ahşap zeminin üstüne yerleştirilmiş, ortasına da kocaman ahşap bir sehpa konmuştu. Kitaplarla dolu koskoca bir kitaplık ve tam karşısında yine ahşap bir televizyon ünitesinin üzerinde duran bir televizyon vardı. Açık bırakılmış krem rengi perdeler salona oldukça şirin bir hava veriyordu.

Aras, Rüya'yı kendine çekerek yüzünü saçlarının arasına gömüp doyasıya kokladıktan sonra onu kapıya yasladı. Kollarını kapıya dayayarak karısının başını hapsetti. Rüya'nın siyah gözleri, Aras'ın bakışlarındaki aşkı görebiliyordu. Aras başını biraz daha eğdi.

"Orada kuzuya çok güzel gülüyordun." Sesinde şehvet değil, aşk vardı.

Rüya'nın kalbi güm güm atıyor, ellerini kapıya yaslayarak soluklarını kontrol altına almaya çalışıyordu.

"Bana onu kıskandığını söyleme sakın."

Aras'ın dudakları alaycı bir tebessümle kıvrılırken sesi hiç de öyle değildi.

"Tabii ki kıskanmadım bebeğim."

Rüya'nın dudaklarına bir an baktıktan sonra bakışlarını tekrar kızın gözlerine çevirdi.

"Sadece istedim."

"Neyi istedin Aras?"

Rüya'nın dudaklarına nefesini dokundururken gözlerini yumdu.

"O kadar güzel gülüyordun, o kadar mutlu görünüyordun ki Rüya..." Soluklanmak için durdu. Onu ne kadar istediği sesinin her tınısında yankılanıyordu. "Ben senin gülüşünde gördüğüm mutluluğu öpmek istedim."

Dudaklarını Rüya'nınkilere hafifçe dokundurdu; bu dokunuşun alevi içini sardı. Aşkın tadını Rüya'nın dudaklarından alırken, bu duygunun kaybına dayanamayacağını hissederek karısına fısıldadı.

"Tablolarını Oğuz'un galerisinden al Rüya. Sana başka bir galeri ayarlayabilirim."

Böylesi güzel bir anı bölen bu istek Rüya'nın kalbini sızlattı; "hayır" demek yerine bir süre sessiz kalmayı tercih etti. Aras'ın Oğuz'a olan tahammülsüzlüğünün boyutundan bihaber, hayatı boyunca kendisini ayakta tutan tek tutkusunu savundu.

"Bunu benden isteme Aras. Benden hayallerim konusunda taviz vermemi isteme."

Aras, Rüya'nın yıkılmayan inadı karşısında, bu konuda şimdilik daha fazla üstelemek istemedi. Dudaklarını ondan uzaklaştırıp alnını karısının alnına dayadığında, nefesleri başka dünyanın kapılarını zorla aralamak ister gibiydi.

"Sanki beni tekrar var etmeye geldin sen." Aras'ın sesindeki isyan, eski hayatınaydı. Sesindeki arzu, Rüya'nın tenini değil, o tene bulanmış güzel ruhunu da çağırıyordu. "Sadece varlığın değil, senin yokluğun da bana ait."

Kendisine ait kıymetli bir varlığa dokunur gibi elini onun boynunda gezdirmeye başladı.

"Senin mutluluğun, acın başkasının olamaz, buna tahammül edemem ve edemiyorum Rüya."

Rüya'yı kalbine aldığından beri hissettiği aşk, duyduğu pişmanlıklar, kıskançlıklar, Aras'ın kalbini karanlıklardan çıkararak gün ışığıyla buluşturmuş, hayata dokundurmuştu. İşte bu yüzden Rüya onundu. Rüya'nın saçlarını geriye doğru iterken tüm bu karmaşık duyguların yaşattığı hazla gözlerini onun siyah gözlerine kenetledi. Sonra yaklaşmakta olan fırtınalara meydan okurcasına, "Sen sadece benimsin" dedi. "Kimsenin bana böyle ait olmaya gücü yetemez, yetmedi de. O yüzden gitmene asla izin vermeyeceğim."

38

Gözleri zaten masaldı

Aras'ın sözleri o kadar gerçek ve somuttu ki, sanki en çok istediğim o kelimeyi elimle tutacaktım. *Benimsin!* Ben ki kötü niyetli kişiler yüzünden birine ait olma düşüncesinden ölesiye kaçmış bir insandım.

"Asla gitmeyeceğim Aras."

Bana binlerce gibi gelen birkaç öpücük tenime aşkın imzasını atarken, boynuna daha sıkı sarıldım. Tüm aşkımla, tüm aşkını arzulayarak... Biz birbirimizi zaman zaman çıkmazlara sokup tükettikçe nasıl da böyle tekrar çoğalabiliyorduk? Elleri saçlarımın arasında gezerken beni kendine doğru çekiyor ve fısıldıyordu.

"Hayatım boyunca bu kokuyu özlemiş, aramış olabilirim." Dudaklarını boynumdan uzaklaştırarak beni kucağına aldığında yine o yarım gülümsemesi dudaklarındaydı. "Sanırım buldum."

O sırada kapı tıklatılınca, Aras bıkkın bir nefes aldı.

"Doğru ya, karımın bir süt bebeği olduğunu unutmuştum. Sakın bir yere gitme" diye söylenerek kapıyı açtı. Yılmaz Efendi bir elinde süt bardağı, diğer elinde kocaman bir tabak tutuyordu.

"Kızımıza sütünü getirdim. Oğlum sana da tost yaptım. Onca yoldan geldin, içime sinmedi."

Yılmaz Efendi beyaz saçları ve güneşten kararmış esmer teniyle o kadar iyi niyetli ve düşünceli görünüyordu ki, Aras'ın gazabından bu sayede kurtulduğuna emindim.

"Teşekkür ederim" diyerek sütü ve tabağı adamdan aldı ve ahşap mutfak masasına doğru yürüdü.

"Buraya gel ufaklık, sütünü iç." Sesindeki tatlı öfke de neyin nesiydi böyle?

"Sen bir şeyler yemeyecek misin?"

"Duştan çıktığımda tostumu bitirmemiş olursan, yerim belki."

Sesine bile bile yerleştirdiği sitemkâr ifadeyle arkasına bakmadan salondan çıktı.

"Sen beni ne sanıyorsun?" diye arkasından bağırdım, ama tostun inanılmaz kokusu bana hem tostu hem de sözümü yedirecek gibi görünüyordu. Tostun yarısını bitirdiğimde salona açılan koridordan geldiğini gördüm. Üzerinde sadece bir şort vardı ve de saçları hâlâ ıslaktı.

"Çok acıkmışsın sanırım."

Tabakta duran yarım tosta şöyle bir baktıktan sonra elini uzattı.

"Hadi gel!"

"Geliyorum!" diyerek elimi hiç tereddütsüz ona uzattım, o uzun, çok kapılı koridora doğru ilerledik. Ahşap kapılardan birini açtı, çok sade bir yatak odasına girdik. Gümüş rengi bir başlığı olan bembeyaz bir karyola, ahşap parkeler ve koyu gri, kolçaksız, uzun bir koltuk. Hepsi buydu. Bir de aynasız sürgülü bembeyaz bir dolap... Koyu renk perdeler kapalıydı ve burnuma dolan mis gibi sabun kokusu odanın her yerini sarmıştı. Açık banyo kapısını gösterdikten sonra dudağıma bir öpücük kondurdu.

"Burası benim odamdı, ama artık benim değil" Dudakları açılıp kapandıkça benimkilere dokunuyor, beni allak bullak ediyordu.

"Artık kimin odası Aras?"

Bu saçma soru ne hale geldiğimi gösteriyordu. Ah, o alaycı gülümseme bu sefer bir nefes uzağımdaydı.

"Bizim."

Alçak ama kendinden emin ses tonu kelimeyi kalbime neredeyse çiviledi. Bizim. Aras'ın ve benim... İkimizin...

Bir tane de yanağıma öpücük kondurduktan sonra yanımdan uzaklaştı.

"Eşyalarımızı almaya gidiyorum."

"Tamam" diyerek banyoya yöneldim. Hava çok sıcak olmasına rağmen sıcak suyla yıkanmayı tercih ettim. Soğuk sudan nefret ederdim. Çocukluğumda sular hep soğuktu, hem de çok soğuk... Beyaz havluya sarınarak duştan çıktığımda Aras henüz ortada görünmüyordu. Yatağa uzanıp gözlerimi kapadım.

Ve işte hayatımda ilk defa yanağımda hissettiğim bir öpücükle uyandım. Tıpkı şu masaldaki gibi. Prensin kızı uyandırdığı masal... Gözlerimin içine bakıyordu. Onun gözleri zaten masaldı; bana aşkla bakarken, hep masal anlatır gibiydi. Prensin üzerinde beyaz bisiklet yaka bir tişört, koyu lacivert bir şort vardı. Muhteşem kelimesinin şekil bulmuş hali gibiydi. Yatağın kenarında durmuş, belli belirsiz gülümsüyordu.

"Sen hiç uyumadın mı Aras?"

Kollarımın arasındaki yastığı çekerken dudakları iyice kıvrıldı.

"Geldiğimde birisi yastığıma sarılmıştı."

Bunu bilinçsizce, ama mütemadiyen yapıyordum. Uykumun arasında, Ankara'da olduğu zamanlar Aras'a böyle sarılıyordum. Ruhum artık yalnızlığı da, kimsesizliği de kabul etmiyor, yanımda hep onu istiyordu.

Elini yanağımın üzerinde gezdirirken yüzüme baktı.

"Seni uyandırmak istemedim."

"Uyanmazdım ki."

"Yanında öylece uyumam mümkün değil artık Rüya, ya uyandıracaktım ya da gidecektim. Mecburen dışarıdaki hamakta uyudum."

Eli yanağımın üzerinde gezinirken izini sürdüğüm aşk, kapalı perdeler yüzünden ışık girmeyen odanın karanlığında bile seçiliyordu.

"Bir dahaki sefere bu yatağa yattığında uyumana izin vermeyeceğim Rüya. Ama şu anda dışarıda enfes bir kahvaltı seni bekliyor." Beni kendine doğru çekerek yanağıma bir öpücük daha kondurdu.

"Kahvaltıdan sonra denize gidelim."

Açılmasın diye havluyu göğsümde sıkıştırdığımı görünce

gülümseyerek odadan çıktı. Deniz suyuyla haşır neşir olmayacak gibi görünen siyah bikinimi, beyaz şortumu ve siyah askılı tişörtümü üzerime geçirdikten sonra çardaktaki bol peynirli ve zeytinyağlı kahvaltı sofrasına oturdum.

İnsana neşeli bir melodi gibi gelen kuş cıvıltıları, hiç susmayan cırcırböcekleri, toprağın mis gibi... Ve yapraklarının yeşilini çok beğendiğim yüzlerce zeytin ağacı... Böyle bir yerde insan neyin tasasını yaşardı ki? Ancak hasta olan koyunlar ya da sütten kesilen inekler üzüntü kaynağı olabilirdi.

Kahvaltımız bitince yürüyerek çiftlikten ayrıldık. Patika bir yoldan karşıya geçerek sadece on beş-yirmi metre yürüdüğümüzde muhteşem bir koy çıktı karşımıza. Tahta bir tabelanın üzerinde "Patricia Koyu" yazıyordu.

Koy son derece güzel, ama çok tenha göründüğü için olsa gerek, insanların bu güzelliği neden keşfedemediğini düşündüm.

"Burası bu kadar güzel olmasına rağmen çok sakin değil mi?"

Yüzüne çok yakıştığını düşündüğüm güneş gözlüğü yüzünden gözlerini göremesem de, yüzünü bana doğru çevirdi ve başıyla sağ tarafımızı işaret etti.

"Yol birkaç kilometre ileride son buluyor, sonra bu toprak, berbat yol başlıyor. İnsanlar arabaları zarar görmesin diye bu yola girmek yerine oradaki plajları tercih ediyorlar. Kısacası, buraya ulaşım oldukça zor."

Gözlerimi devirerek, "Belediye başkanının suçu" dedim.

Gözlüğünü eline alarak gözlerini kıstı ve yüzüme baktı.

"Sit alanı."

Bunu bilmiyor olmak beni biraz utandırmıştı, ama belli etmedim.

"Bence sit alanı olmasaydı bile bu yolu yaptırmamalıydı. Ulaşılamayan güzellikler hep öyle güzel kalır. Ben belediye başkanı olsaydım bu yolu daha çok bozabilirdim. Böylece burası kendi çapında korunmuş olurdu."

Kumsala doğru yürürken bu aykırı düşüncesini başımı sallayarak onayladım. Onun beyninin dolaylı ya da dolaysız hep siyasetle dolu olduğunu görüyordum. İyi bir belediye başkanı olabileceğini düşünsem de, o daha fazlasını istiyordu ve bence almalıydı.

Plaj kenarında derme çatma bir büfe ve şezlongların üzerinde gölge yapan hasır şemsiyeler vardı. Çantamı ahşap şezlonga bırakırken etrefıma bakındım. Neredeyse kimsecikler yoktu.

Cunda Adası'nın en ucundaydık. Işıltılı bir çarşaf gibi görünen berrak denizin dibindeki kumlar göz alıcıydı. İyot kokusunu içime çekerken, Aras da beni süzüyordu.

"Bir şeyler içmek ister misin?"

"Hayır, sen denize gir, ben biraz güneşlenmek istiyorum."

"Sıkılmayacağından emin misin?"

"Burada böyle bir şey mümkün mü?" diyerek soyunmaya başladım. O da tişörtünü çıkararak denize doğru yöneleceği sırada sabahtan beri susmayan lanet telefonu yine aramıza girdi. Acaba bu sefer Ankara'da ne olmuştu?

Kulağına götürmeden telefonu açtığı anda, yarı Türkçe yarı İngilizce okkalı bir küfür ikimizin de kulaklarında yankılandı.

"Hayvan herif, yanımda Rüya var!" diyerek şezlonga, yanıma oturdu. Elinde tuttuğu telefondan halasının oğlu Emir'i ilk defa gördüm. Kendisi Amerika'da yaşıyordu ve düğünümüze gelememişti.

Aras beni ona gösterirken, "Sana merhaba demek istiyor" diye söylendi. Onu ilk defa görüyordum. Bu Karahanlılar sıradan bir göz rengiyle dünyaya gelmemeye yemin mi etmişti? Gece mavisi. Gözleri esrarlı, parlak bir gece mavisiydi ve simsiyah saçları vardı.

"Merhaba Rüya. Ailemize hoş geldin."

Aras gibi değildi. Aras'ın gözlerinde bir gülümseme izi oludu, ama Emir'de o da yoktu.

"Merhaba" dediğimde Aras telefonu hızla çekti.

"Yeter bu kadar, balayındayız."

"Tamam anladım, evlendiniz. O zaman sizi gereksiz de olsa tebrik ederim" dediğinde Aras sinirli bir ifadeyle dudaklarını ısırdı.

"Senin için gereksiz. Saygılı ol!"

Emir, Aras'ın sözünü keserek, "Rüya'ya on dört yaşına kadar oynadığımız buz oyununu yap" dedi. Sesi o kadar sert ve buyurgandı ki, şakası bile insanı geriyordu. Aras telefonu onun yüzüne kapatarak son cümlesini duyup duymadığımdan emin olmak için yüzüme baktı.

"Duydum."

"Onu duymasan da olur Rüya."

"Anlat" diyerek şezlonga uzandım.

Gözlerini üzerimde gezdirdikten sonra "Olmaz, çok saçma" diyerek benden uzaklaştı.

"Anlatmazsan, Emir'i ararım."

Tehdidimi umursamadan denize gitti. Ortalık o kadar sessizdi ki, kitap okumanın iyi bir fikir olduğunu düşünerek birkaç sayfa okumaya çalıştım, ama sıcak yüzünden mayıştım. Kitabı yüzüme kapayarak uykuya daldım. Az sonra çığlık çığlığa uyandım. Göbeğimin üzerine birden bırakılan buz parçalarından kurtulmaya çalışırken, bir yandan da içimi titreten soğuk yüzünden çığlıklar atıyordum. Çok terlemiştim ve buz parçaları çivi gibi batıyordu tenime. Sonuncudan da kurtulduğum zaman tepemde beni keyifle izleyen kocamı fark ettim. Saçlarından süzülen su damlaları ve kendinden memnun gülüşü ona çok yakışsa da, bunu onun yaptığını bilmek, ona bağırmam için yeterliydi.

"Dondum, ne yapıyorsun sen?"

Aras Karahanlı her zamanki gibi, istemediği zaman kimsenin keyfini kaçırmasına izin vermiyordu.

"Buz oyunu ne diye sordun, ben de uygulamalı olarak gösterdim." Sırıtıyordu.

Hışımla ayağa kalktım.

"Siz on dört yaşında bu oyunu kızlarla oynuyordunuz ve şimdi bunu karına mı gösteriyorsun?"

Keyifli gülümsemesi hırçınlığım karşısında iyice belirginleşti. On dört yaşındaki veletleri kıskanmış olmam onu mutlu etmiş olmalıydı.

"Mert, Emir ve ben her yaz burada bir araya gelirdik." O günleri hatırlamak hoşuna gitmiş gibiydi. "Mert plajda uyuyan kızlara sinir olurdu. Biz de içtiğimiz limonataların buzlarını o kızların göbeğine atar kaçardık. Üçümüz ne zaman plaja gelsek, kızlar uyuyor numarası yapmaya başladı."

Zorla tuttuğum kahkahama mâni olamadım.

"Ama ilk yaptığımız sene yedi yaşındaydık ve aslında Mert bu oyuna tepki olarak başlamıştı."

"Ne tepkisi?" diye sorarken hâlâ gülüyordum.

"İçtiğimiz limonataların dibindeki buzları yememize izin vermiyorlardı."

"O zaman da mı kız arkadaşlarınız vardı Aras? Onlar mı izin vermiyordu?"

Hayretle yüzüne bakarak başımı iyice ona doğru yaklaştırdım.

"Saçmalama Rüya. İzin vermeyenler onlar değildi. Halam, Lale Yenge ve annem..."

Huzurlu, muzip ve doğal sohbetimiz, Aras'a ilk defa o kahrolası geceyi bir anlığına da olsa unutturmuştu.

Nefret ettiğiniz için "o" diye bahsettiğiniz birinin adını anmanız, nefretinizin bitmiş olduğu anlamına gelir miydi?

Tablomdaki bir parça gün ışığı

Benim hiç kullanamadığım bir sözcüğü onun sarf etmiş olması, neden benim yüzümde güller açtırmıştı ki? Kendine gelmesi uzun sürmedi.
"Bu kadar yeter Rüya, soğuk bir şeyler içmek ister misin?"
Şimdi ona birkaç kelime etsem, biraz önceye dönelim desem, nefretini körüklemiş olur muydum? Oysa tek istediğim nefretinin onu ne kadar yorduğunu görmesiydi.
"Hayır Aras, kaçma! Ne olursa olsun o senin..."
Omuzlarıma şefkatle dokunsa da kısılan gözleri beni yine susturmaya yetti.
"Sen ve ben çok farklıyız Rüya. Bunu anla artık. O kelimeyi söylemiş olmam hiçbir şeyi değiştirmez ve bir daha söyleyeceğim anlamına gelmez. Öyle bir insan yok!"
İnandığı yokluk az önce ağzından kaçarak var olmaya çalışmıştı, ama nefret dolu bakışları ve dondurucu sesiyle onu yine yok etti.
"Denize girmek ister misin? Çok sıcaksın."
Önce sağ tarafımda kalan masmavi denize, sonra da karşımda duran dipsiz koyu okyanusa baktım. Gözlerine.
"Olur, sadece biraz serinleyip çıkacağım."
Sığ görünen denizin kıyısına geldiğimizde elimi tuttu. Sanırım yüzme bilmediğim için korktuğumu sanıyordu. O sırada biri, Aras'a seslendi. İkimiz de başımızı sesin geldiği yöne çevirdik. Simsiyah dalgalı saçlarını tepede toplamış, güneş gözlüklü bir kız bize doğru yaklaşıyordu.
"Sen buralara kadar gel ve bana uğrama, öyle mi Aras Karahanlı!"

Aras'ın yaşlarında, kırmızı elbiseli ve dolgun dudaklı kızla birlikte tuhaf bir his de bana doğru yaklaşmaya başladı. Oysa bu kıskançlık hissini Sedef'te hiç yaşamamıştım. Onun çaresizliği yüzünden mi bu duyguyu hissetmemiştim?

"Merhaba Rüya, ben Buket. Eşinin çocukluk arkadaşıyım." Aras' a bakarak gözlerini devirdi. "Her ne kadar davet edildiğim halde düğününüze gelememiş olsam da hâlâ öyleyim, değil mi Karahanlı?"

Hayatımda hiç böyle samimi ve rahat bir insan olamamıştım. Kızın rahatlığı öyle sevimliydi ki, onunla beraber gelen o his yok oldu, ta ki parmak uçlarında yükselerek Aras'ı yanağından öpene dek. Onu öperken bir kolunu da boynuna dolamayı ihmal etmemişti.

"İsmini çok duydum Rüya, ayrıca sanatla ilgilendiğini de biliyorum."

"Rüya, Buket hemen bitişikteki çiftlikte yaşıyor." Aras bizi tanıştırırken yine o eski haline bürünmüş ve gülümsemesinin aslında sadece bana özel olduğunu belli etmişti. Onun bu soğuk hallerine sevineceğim hiç aklıma gelir miydi?

"Hâlâ çiftlikte mi yaşıyorsun?"

Buket güneş gözlüğünü başının tepesine doğru kaldırırken Aras'ın sorusuna cevap verdi.

"Evet, freelance çalışıyorum. Burada daha yaratıcı oluyor insan. İstanbul insanın zamanını çalan bir hırsız. Ailem buraya pek gelmiyor artık." Sesi birden neşelendi, gözlüğünü tekrar taktı. "Sizi buldum, asla bırakmam. Akşam bizde bir davet var. Bazı dostlarım olacak. Buna belediye başkanı da dahil. Onu sen de iyi tanıyorsun."

"Bana değil, Rüya'ya sor Buket."

Orada bir siyasetçi arkadaşı olacaktı ve Aras kararı bana bırakıyordu. Bu hoşuma gitmişti, ama kararsızdım. Az önce kıskandığım kız oldukça samimi görünüyordu. Sonuçta Aras'ı tüm kızlardan saklayamazdım.

"Rüya, dünyaca ünlü heykeltıraş bir arkadaşım da geliyor. Seni onunla tanıştırmayı çok isterim."

Buket'e meraklı gözlerle baktım.

"Çınar Ahmedov."

Gözlerimi fal taşı gibi açıldı. Buket; annesi buralı, babası Azerbaycanlı şu meşhur genç heykeltıraştan bahsediyordu. Çok çok yetenekliydi. Sanat çevreleri tarafından dâhi çocuk olarak anılıyordu. Onun ülkemizde bir sergi açmasını ve sanat eserlerini yakından görmeyi dört gözle bekliyordum.

"Tabii, neden olmasın. Çok sevinirim." Sevinmek ne kelime, havalara uçacaktım neredeyse..

Aras başını bana doğru eğerek öyle güzel gülümsedi ki... *Mutlusun. Mutluyum.*

"Tamam Buket, akşam görüşürüz" dedikten sonra, ayaklarımızı yalayan ince dalgaları yararak denize doğru ilerledik.

Denizden çıkınca plajdaki duşta tuzlarımızdan arındık ve çiftliğe dönüp arabayı aldıktan sonra Cunda Adası'nın merkezine doğru gittik.

Ayvalık'a köprüyle bağlanmış muhteşem adayı gündüz gözüyle görmek çok güzeldi. Kendine özgü mimarileri olan evler oldukça dikkat çekiciydi. Adanın merkezi deniz kenarıydı. Şirin dükkânlar ve ufak bistro kafeleriyle her yer öyle sıcak, öyle mütevazı görünüyordu ki, bakmaya doyamıyordum.

Küçük bir kafede yediğimiz yemekte aslında tadını aldığım tek şey mutluluktu. Sanki tüm duyularım sadece bunu algılıyordu.

Çiftliğe döndüğümüzde güneş henüz batmamıştı. Defne sabunumla yıkandım. Katılacağımız davet için siyah ip askılı mini elbisemi üzerime geçirdikten sonra saçlarımı bol bir topuz yapmaya karar verdim. Son tokayı saçlarıma tutturduğumda omzuma değen dudaklar ürpermeme sebep oldu. Kollarını belime sardığında yüzünü göremiyordum, ama nefesini varlığını fazlasıyla hissettiriyordu.

"Odaya girdiğini duymadım. Sen bahçede ne yapıyordun?"

Dudaklarını boynumdan uzaklaştırmadan, "Senin kuzunun fotoğraflarını çektim" dedi. "İstanbul'a gittiğimizde onu özleyebileceğini düşündüm."

Aniden heyecanla ona döndüm.

"Sen... sen gerçekten bunu mu düşündün?"

"Hayır, kuzu çok ısrar etti, fotoğraflarını çekmemi istedi."

Telefonunu bana uzatarak, duş alıp hazırlanmak için yanımdan ayrıldı. Ayağıma bordo renkli açık ayakkabılarımı geçirirken Aras'ın telefonunda kuzunun fotoğraflarını aramaya başladım. Az sonra beyaz keten gömleği ve koyu renk pantolonuyla göründüğünde heyecandan dudağımı ısırdım.

"Ufaklık, bu daveti kabul etmek zorunda mıydın?" Elimi tutarken benimle dalga geçmeye devam etti. "Çok erken döneceğiz, söz mü?"

"İyi de, onlar senin arkadaşların, senin mutlu olacağını düşünmüştüm."

"Doğru düşünmüşsün. Onları görmek iyi olacak, ama uykun gelirse bu senin için iyi olmayacak!"

Boza adındaki köpek bu sefer bize havlamadı. Etrafta ay ışığından başka hiçbir ışık yoktu; cırcırböceklerinin sesi müzik gibi geliyordu. Kısa bir toprak yolu kat ederek Arasların evine benzer bir taş evin önüne geldiğimizde Buket yine kırmızı bir elbiseyle bizi karşıladı. Bu sefer dalgalı siyah saçlarını salmış ve çok güzel kırmızı bir ruj sürmüştü. Bu görüntüsüyle ona Carmen diyesim geldi. Bıcır bıcır olduğunu düşündüğüm neşeli sesiyle Carmen cıvıldadı.

"Yakın komşular elbette erken gelecek. Hoş geldiniz. On dakika sonra herkes burada olur."

Bahçedeki neredeyse on iki kişilik uzun ahşap masayı işaret etti.

"Her şey hazır, ama ben mahzene kadar ineceğim. Geçin lütfen, masaya buyurun."

Masanın etrafına yerleştirilmiş, rengârenk minderleri olan ahşap sandalyelere oturduk. Sofradaki çeşit çeşit mezeleri ve ot yemeklerini pek bilmesem de, renkleri ve şekilleri çok hoşuma gitmişti.

Aras'la sohbet ederken çiftliğin girişindeki iriyarı siyah köpek çılgın gibi havlamaya başladı. Biz kapıdan girerken böyle havlamadığı için şükrettim. Az sonra iki siyah araba demir kapıdan içeri girdi. Birinden belediye başkanı, eşi ve başka bir çift; diğerinden ise Çınar Ahmedov ile iki kadın indi. Onunla tanışacağım için heyecanlıydım. Misafirler herkesle selamlaştıktan sonra Buket'in özenle hazırladığı sofraya geçtiler ve sıcak yaz akşamında, zeytin ağaçlarının arasında, umduğumdan çok daha keyifli anlar başladı.

Aras ve dostları derin sohbetlere dalmıştı. Çınar Ahmedov'la yaptığımız sohbet onun sanatına duyduğum hayranlığı artırıyordu. Oldukça kibirli olsa da ben, kendine has tarzıyla biçimlendirdiği heykelleriyle ilgileniyordum. Soluk siyah tişörtü, karışık sarı saçları ve hangisinin sevgilisi olduğuna karar veremediğim bakımlı kız arkadaşlarıyla gerçekten ilginç bir adam vardı karşımda.

"Demek, Tankut Öktem'den ders alma fırsatın oldu."

Efsanevi anıt heykeller yapan heykeltıraştan ders almış olması çok ilgimi çekmişti. Yanında oturan kumral kız arkadaşı içki bardağından bir yudum alarak adamın omzuna sokuldu.

"Aşkım o kim?"

Çınar kızın yüzüne bakmadan, "Çanakkale *Yaralı Asker Anıtı*, Seul *Sevgi Anıtı*" dedi.

"Ama sen anıt yapmıyorsun" diye karşılık verdi kız.

Çınar sıkıldığını belli edercesine derin bir nefes aldı.

"Hocamın yonttuklarını yontmuyorum güzelim, sadece ondan incelik dersi aldım."

Sonra bir ayağını dizinin üzerine koyarak sandalyesinde iyice kaykıldı.

"Rüya, ben gittiğim her ülkede genç bir ressamı sergime ortak ederim. Neden Ozz'da beraber sergi açmıyoruz?" dediğinde küçükdilimi yutacaktım. Demek hakkında duyduklarım doğruydu. Kendisi kibirli, sanatı konusunda ise destekleyici ve cömertti.

"Ama daha tablolarım hakkında bir fikrin yok."

Bu reddedilemez teklife balıklama atlamak istesem de böyle de bir gerçeklik vardı.

"Ozz'da sergi açacağına göre oldukça yetenekli olmalısın."

Az önce ona Ozz'da bir sergim olacağını, ama tarihinin kesinleşmediğini söylemiştim. Sahi ben Ozz'da sergi açma konusunu neden hiç sorgulamamıştım? Oğuz öğrencilerime iyi bir öğretmen olduğumu referans alarak tablolarıma bakmadan bana sergi teklif etmişti. Bunun sebebi, Aras'ın dediği gibi Oğuz'un bana ilgi duyması ise Çınar'ın sergisine ortak olmamalıydım, ama sebep bu olsa bile onunla sergi açabilmek müthiş bir şeydi ve hiçbir sebep caydırıcı olamazdı. Olmamalıydı. Aras bile.

Başımı öne eğdim ve kendimi soktuğum bu çıkmazdan kurtulabilmek için ona tutundum. Aras Karahanlı'ya... Başımı ona çevirdiğimde zaten bana bakıyordu. Onun ne düşündüğünü az çok tahmin etsem de gözlerimi ondan kaçırmadım.

"Telefonundan bana tablolarından birinin fotoğrafını göster Rüya."

Çınar samimi bir el hareketiyle benden telefonumu istedi. Ama telefonumun fotoğraf makinesi o kadar berbattı ki, hiçbir tablomun fotoğrafını çekememiştim.

Aras sergi hakkındaki tüm olumsuz düşüncelerini bastırarak kulağıma doğru eğildi.

Bir yandan bana fısıldarken, bir yandan da telefonunu karıştırmaya başladı.

"Bunu nasıl atladım? Hemen yarın sana bir telefon alıyoruz ufaklık."

Çınar'a doğru uzanarak kendi telefonunu ona verdi.

"Rüya'nın bu tablosunun ismi *Gün Işığı*."

Mutluluktan vurgun yemiş gibiydim. Ölebilirdim. Ben şu anda Aras'ın derinlerinden gelen bu vurgunla seve seve ölebilirdim. Nehir'e hediye ettiğim tablonun fotoğrafı ne zamandan beri oradaydı? Peki ya, Aras'ın tabloya benim verdiğim adın aynısını vermiş olmasına ne demeliydim? *Gün Işığı*...

Yaşamım boyunca, tablolarımda ve kalbimde hep arzuladığım bir parça gün ışığı... O tabloda olduğu gibi kara bulutların arasından çıkan gün ışığı... Yanımdaydı işte. Yanağına sevgiyle, ama en çok da onun yaşamıma saçtığı sonsuz mutlulukla bir öpücük bıraktım.

Çınar tablomun fotoğrafına dikkatle bakarak dudaklarını memnuniyetle kıvırdığında sanatçılık yaşamımın en güzel anlarından birini yaşıyor olsam da, ondan daha güzeli yine Aras'ın fısıltısıyla geldi.

"Biliyor musun ufaklık, ben senden önce sanırım tablona âşık oldum."

40

Aşka dokunmak

Dudaklarımı yanağından çekmeden mutluluğumu ona hissettirmek istercesine burnumu yanağına sürttüm.

"Neden daha önce söylemedin?"

"Şımarma diye. Sonra şımarık bir sanatçıyla uğraşmak zorunda kalabilirdim."

Çınar, "Çok iyi göremiyorum, ama dediğim gibi zaten Ozz'da sergi açacak olman benim için iyi bir referans" dedi. Fazla açıksözlüydü. Telefonu Aras'a uzatırken bana bakıyordu.

"İkimizin de Rodin'ci olması, benim için oldukça teşvik edici Rüya."

Az önce Rodin'e olan hayranlığından bahsederken ben de onu çok beğendiğimi söylemiştim, ama onunki fanatizm derecesindeydi. Benim *Mona Lisa*'dan çekindiğim gibi, o da *Cehennem Kapıları*'ndan çekiniyordu. Şu akıllı (!) kız arkadaşı yine konuştu.

"Rodin hani şu akıl hastanesinin önündeki *Düşünen Adam*'ı yapan sanatçı değil mi?"

Anlaşılan Çınar sıkılsa da, onun bu sorularıyla uğraşmayı seviyordu. Çünkü her sorduğunda ya gözlerini deviriyor ya bıkkınlıkla bir nefes alıyor, ama yine de usanmadan cevap veriyordu.

"Bebeğim, o Rodin'in heykelinin kopyası."

İsminin Nilay olduğunu öğrendiğim diğer sarışın kız kırmızı şarabından bir yudum alırken gözleri Çınar'ın bebeğinin üzerindeydi. Bardağı masaya bırakırken çok şuh bir kahkaha attı. Bu arada Aras tabloma olan aşkını çoktan unutmuş, en büyük aşkına geri dönmüştü: siyaset.

Nilay, "Melis tatlım" dedi, "*Düşünen Adam, Cehennem Kapıları*'nın en tepesindeki figür ve *Cehennem Kapıları* da ünlü şair Dante'den esinlenmedir."

Bir kahkaha daha attığında aslında sarhoş olmadığını biliyordum.

"İnsanlar bunu bilemez tabii."

Çınar önce bana, sonra kıza baktı.

"Rüyacığım, Nilay benim hem öğrencim, hem de asistanım. O da bir heykel sanatçısı."

Kızın iğneleyici sözlerinden rahatsız olan Çınar'ın bebeği Melis, Nilay'a döndü.

"Ne olmuş Nilay, bilmiyor olabilirim!"

"Evet tatlım, bilmediğin ortada."

O sırada Aras soğuk bir nezaketle, "Nilay Hanım, bir şey sormak istiyorum" dedi.

Kız içkisinden bir yudum daha alarak hevesle Aras'a döndü.

"Elbette."

Aras'ın sesi hâlâ aynıydı.

"Rica etsem, ekmeğin fiyatını söyleyebilir misiniz?"

Nilay bir an gözlerini kırpıştırarak düşündü, ardından başını iki yana salladı.

"Gördüğünüz gibi, herkes her şeyi bilmek zorunda değil. İnsanlar önceliği neyse onu bilmeyi tercih ediyor."

Nilay'ın düştüğü durum Melis'in çok hoşuna gitmişti, kıkırdamaya başladı. Kıkırdaması bittiğinde Çınar'a iyice sokuldu.

"Evet hayatım, bana istediğin her marka rujun fiyatını sorabilirsin."

Çınar yine derin bir nefes aldığında, bu kızın doğal saflığından hoşlandığına emin oldum. Ne de olsa sanatçıydı ve her şeyi en doğal halinde görmeyi seviyor olmalıydı. En azından ben öyleydim.

Nilay kendini kurtarma ihtiyacı hissetti.

"Aras Bey, haklı olabilirsiniz, ama ben sadece ortaya çıkarılan eserlerin hakkının verilmesini istiyorum."

Aras arkasına yaslanarak başını yana doğru eğdi. Bakışları hâlâ soğuktu.

"İşte o heykelin hakkı verilmiş. Hastanede yatan bir heykeltıraş eseri kopyalamış, sonra da başka bir hasta tamamlamış. Şu an ülkede en tanınan sanat eserlerinden biri. Yoksa insanlar onu bu kadar tanımayabilirdi. Merak edenler zaten araştırır."

Nilay mücadele etmeye kararlıydı. "Rodin'in heykeli..." diye söze başladı, ama Aras onun daha fazla konuşmasına izin vermedi.

"Siz böyle davrandığınız sürece insanlara sanatınızı nasıl anlatacaksınız Nilay Hanım? Sanatı insanlardan soyutlayarak, onları hakir görerek mi sanat yapacaksınız? Ben yazayım, çizeyim, anlayan bendendir, anlamayan bilgisizdir, öyle mi? Bu sizi yüceltmez!"

Çınar, Nilay'ın ileri gittiğini anlayarak olaya müdahale etti.

"O şu anda kendini tanıma aşamasında, elbette sanatı insanlardan koparamayız" diyerek hem öğrencisine sahip çıktı hem de onu susturdu. Ardından gergin havayı dağıtmak için sarı saçlarını şöyle bir karıştırdıktan sonra bana döndü ve sol bileğimin üzerinden tuttu.

"Hey, sen solak bir ressamsın! Bu yara yüzünden ne kadar ara vermek zorunda kaldın?"

Bilmeden ettiği bu iyi niyetli sözler bana o geceyi hatırlatınca bir an titredim. Aras, Çınar'ın bileğimi tutan eline alev alev yanan gözlerle baktı.

"Bunu nasıl anladın?" diyerek kolumu çektiğimde, Çınar bilmiş bir tavırla yüzüme baktı.

"İncelikler benim işim Rüya."

Yine Aras'a tutunmak için ona baktım. Yüz ifadesi bir kendini, bir beni suçluyor, ama en çok da Çınar'ı öldürmek istiyor gibiydi. Aras'ın bakışlarından ve Çınar'ın o geceyi hatırlatan sözlerinden kurtulmak için içeri girmek ve elimi yüzümü yıkamak istedim.

Ben kalkınca Aras da arkamdan kalktı ve Çınar'ın kulağına eğilerek sert bir vurguyla tek cümle etti.

"Sakın bir daha dokunma!"

Masadan uzaklaşarak evin ahşap kapısından içeri girdim. Salona açılan kapıdan geçip hızla koridorun tam karşısındaki kapıya doğru ilerledim.

O gece, Aras'ın beni o halde bırakarak bir toplantıya gitmesi, sol elimle çizim yaptığımın farkında olmayarak resim malzemelerimi getirtmesini bir lütuf olarak görmesi... Hepsini unutmak istiyor, ama en çok da şu an arkamdan gelen hızlı adımlardan kaçıyordum.

Bu ev de onların evinin aynısıydı. Banyonun kapısını açarak içeri girdim ve kapıyı sertçe kapattım. Hiç sevmediğim buz gibi suyu açtığımda alev alev yanan bedenimde tek serinletebileceğim yerim yüzümdü. Bir avuç dolusu suyu yüzüme ilk çarpışımda o geceden; ikincisinde Aras'a olan kırgınlığımdan; üçüncünde az önce Çınar'ın fark etmeden tuz bastığı yaramdan kurtulmak istedim, ama olmadı. Kapının tıklatılmasıyla kendime geldim.

"Git buradan Aras!"

"Hayır, dışarı çık!"

Kapıya sırtımı yaslayarak yere çöktüm. "Bir şey söyleme Aras. Bunu bilmek zorunda değildin."

"Bilmek zorundaydım. O geceden sonra Nehir'den öğrendim. Hayatım boyunca her şeyi unutsam bile senin solak bir ressam olduğunu unutmayacağım Rüya. Ama ben kendimi affetmiyorum, çünkü ben bunu bilmeliydim, hem de o lanet olasıca gece bilmeliydim."

Sesinin böyle çaresiz çıkması, gözlerimin dolmasına neden oldu. Canı yanıyordu ve ben buna dayanamıyordum.

"Rüya, bunun için özür bile dileyemem. Dilesem de, affetme tamam mı?"

Ayağa kalkarak kapıyı araladığımda dudaklarım titriyordu. Banyonun kapısını iyice açarak beni dışarıya çekerken gözleri bomboş bakıyordu.

"Ben az önce delirdim." Solmuştu. Bakışları da, sesi de, sözleri de solmuştu. "Öncelikle o gece bunu fark etmeyişime, sonra da o adamın bunu anlamasına, sana dokunmasına..." Kendini toparlamak için ensesini ovuştururken derin nefesler aldı. "Artık dönelim."

Başımı iki yana sallarken, "Hayır" dedim. "Bir yere gitmiyoruz. Buradayız."

Bunu beklemiyordu. "Gidiyoruz. O kızın saçmalıkları ve o adamın sana dokunması bu gece için çok fazla Rüya."

"Hayır Aras, fazla olan hiçbir şey yok. Çınar'ın kötü bir niyeti yoktu. Bunu sen de biliyorsun. Hem mesele sadece bu değil."

"Mesele ne Rüya?"

"Mesele, senin bunu hep yapman. Benim işimle ilgili ortamlardan beni uzaklaştırmak istemen."

Ellerini kapıya dayayarak bana iyice yaklaştı. "Çünkü seni kıskanıyorum Rüya."

"Hayır Aras. Bu yetmez. Ben nasıl senin siyasi gecelerine tahammül ediyorsam, sen de benim mutlu olduğum ortamlara tahammül etmek zorundasın."

Başını iyice bana doğru eğdiğinde onu sinirlendirmeye başladığıma emindim.

"Biz normal bir çift değiliz, değil mi Rüya? Hasta olduğun gece bana, 'Sen, ben ve aşk... Bu üçü bir arada asla ayakta duramaz Aras' demiştin. Olmuyor değil mi?"

"Olmuyor Aras! Çünkü bizim başka başka aşklarımız var ve ben senin siyaset aşkına göz yumarken, sen benim yanımda gördüğün her insanı kıskanıyorsun. Oysa sergiye zor da olsa izin verdiğin için artık olabileceğini düşünmeye başlamıştım."

Sergiden bahsettiğim anda, bilinmedik bir duygu onu esir almış gibi sesini yükseltti.

"Senin hiçbir şey bildiğin yok Rüya."

Bu da ne demek oluyordu, ama düşünmeme fırsat vermedi.

"Anlamıyorsun değil mi? Benim hâlâ aynı Aras olduğumu, sadece sana karşı değiştiğimi anlamıyorsun. Sana kalbimi hiç düşünmeden verirken, bunun ikimizi de ne hale getirdiğini gördüğün halde her şeye karşı çıkıyorsun. Evet Rüya, seni paylaşamıyorum! Evet, ben aslında hâlâ benim ve senin dışında hiç kimseye bu tür duygular beslemiyorum."

"Hayır. İnsanları ve duygularını olduğu gibi kabul edeceksin. Ben seni kıskanmıyor muyum sanıyorsun? Ama biliyor musun, benim gibiler için kıskanmak kapkara akan bir nehirdir. Hiçbir şeyin olmadığı için arkadaşının süslü kalemini kıskanmak ile onun annesini kıskanmak aynı acıyı verir."

Elimin tersiyle gözyaşlarımı silmeye başladığımda başını öne eğerek kollarını benden uzaklaştırdı.

"Neden aynıdır biliyor musun? İkisine de sahip olamayacağını iyi bilirsin. Sonra her şeyi kıskanmaya başlarsın. Yıllar boyu aynı renk çarşaflarda yatmak, aynı beyaz floresanlara bakmak, aynı kahvaltıları yapmak... Bunları yapmak zorunda olmayan insanları kıskanırsın ve o kapkara nehir hep akar, ta ki sen onu görmezden gelmeyi başarana dek!"

Gitgide boğuklaşan sesim geçmiş hayatıma söver gibi çıkıyordu.

"Daha yirmi iki yaşındayım Aras, bugün Buket'i kıskanarak onu terslemem ve o gittikten sonra kapris yaparak ikinizin geçmişini bana anlatmanı istemiş olmalıydım ama yapamadım."

"Neden yapmadın?" dediğinde yüzüme bile bakmıyordu.

"Çünkü öğrendim. Sahip olduğum tek varlık sensin ve eğer bu kötü duyguyu aramıza sokarsam yine acı çekeceğimi biliyorum." Başımı iki yana salladım. "Benim artık acı çekme gibi bir lüksüm yok, sadece mutlu olmak istiyorum. Sen de öyle yap, bırak mutlu olalım."

"Hayır Rüya, ben senin gibi değilim." Serinkanlı sesi beni çileden çıkarmaya başladı.

"Evet, biz aynıyız. Sanat ve siyaset için birbirimizi incitebiliriz, ama bir şeyleri olduğu gibi kabul edersek..."

"Hayır, olduğu gibi kabul edeceğim bir şey yok! Sen sadece benimsin ve şimdi buradan gidiyoruz."

Bileğimi tuttuğunda sertçe geri çektim.

"Hayır gelmiyorum. İstesen de istemesen de kabul edeceksin. Buna hakkın yok, hem de hiç yok. Orada çok sevdiğim bir sanatçı var ve ben onun yanında biraz daha vakit geçirmek istiyorum, bunu en iyi sen anlarsın Aras. Kabul et, ben her şeyi kabul ettim."

"Neyi kabul ettin Rüya?" Dişlerini sıkıyor, kimsenin yanında kaybetmediği kontrolünü yitiriyordu. Ama ben de ondan farklı değildim ve bugün ağzından kaçırdığı o insan yüzünden bu halde olduğunu da iyi biliyordum.

"Ben birçok şeyi kabul ettim. Ailemin beni terk ettiğini, birilerinin beni istemediğini, bu yüzden onlardan nefret etmenin beni ne kadar yaraladığını kabullendim Aras. Seni bu hale getiren o geceyi artık hayatından at ve annenin seni terk ettiğini kabullenerek onu affet. Bunu yaparsan çok mutlu olacağız, bana güvenmeyi öğreneceksin ve seni asla terk etmeyeceğimi daha iyi göreceksin."

Onun gri öfkesi artarken, benim sesim kısılıyordu, ama yine de vazgeçmedim. Şimdi konuşmazsam bir daha asla bu konuyu açamayacağımı biliyordum. Aras önce yutkundu, sonra söylediklerime inanamazcasına beni süzdü. Onun karanlık bir kutsalına haddim olmadan dokunmuşum gibi kolumu tutarak beni sarstı, ama susmadım. Yaralıydı ve kanamadan tekrar iyileşemezdi. İçinde zehir kalmıştı.

"O gece, senin bütün insani hislerini almış Aras. Şimdi bir tek bana karşı böylesin ama canımı acıtıyorsun. Benden senin hayatına saygı bekliyor, beni kendi hayatımdan şiddetle uzaklaştırmaya çalışıyorsun."

Beni sertçe kendine doğru çekerek bir süre sessizce yüzüme baktı, sonra kolumu bıraktı.

"Demek aileni affettin Rüya! Ben sana o resmi vermeden önce, yani annenle babanın seni terk etmediğini öğrenmeden önce onları affetmiş miydin?"

Korkuyla başımı sallayarak sözlerimi sürdürdüm.

"Bir tek onları değil. Eğer varsa varlığımı bilen, ama beni hayatında istemeyen tüm yakınlarımı affettim. Onlara karşı kötü bir his beslemiyorum Aras. Ben senin gibi değilim."

Bu sefer nazikçe kolumu tuttu ve delici gri bakışlarını benimkilere sabitleyip "Affedemezsin ufaklık" dedi. "Bunu insan olan kimse yapamaz. Affettiğine inanıyorsun çünkü..."

Öyle sakin, öyle tane tane konuşuyordu ki yıllardır uyuttuğum her nefret kırıntısını tek tek hücresinden çıkarıyordu.

"... Çünkü bir umudun var Rüya. Birilerinin senin karşına çıkarak sana bunu yaptıkları için pişmanlıklarını dile getireceğine dair bastırdığın bir umudun var. O insanların varlığını bilmiyorsun, ama umudun sana yetiyor."

Gözyaşlarım oluk gibi akmaya başlayınca bir adım geri çekildi.

"Benim affetmem mümkün değil, çünkü o öldü. Çünkü asla yapmaması gereken bir şeyi yaparak küçücük çocuklarını arkasında bırakarak öldü." Yılların söndüremediği cehennemi hâlâ yanıyordu. "Ben gidiyorum, sen istediğin zaman gel."

Arkasına bile bakmadan uzaklaşırken kendimi tekrar banyoya attım. Aras buydu. İçimdeki bir karanlığı daha aydınlatarak beni bana anlatmış, ardına bakmadan gitmişti. Aras buydu. Duygularının ortası yoktu. Ve benim için dahi olsa orada oturmak istememiş ve uzaklaşmayı tercih etmişti.

Gözlerimin kızarıklığı biraz düzeldikten sonra ne yapacağımı bilmeyerek masaya döndüm. Kimse, onun beni burada bırakarak gitmesine şaşırmamış gibiydi.

"Siyaset bitmez Rüya Hanım. Bu saatte de olsa videodan toplantı talep ederler."

Belediye başkanının bu sözleriyle, Aras'ın onlara uydurduğu bahaneyi öğrenmiş oldum.

Belediye başkanının sarışın, güzel eşi de, "O sıkıcı toplantıların bitmesini beklemektense, burada kalman daha iyi" diyerek bana destek oldu.

Bir süre daha orada kaldım, ama Çınar'la sanat hakkında sohbet etmek bile tat vermez olmuştu. Müsaade isteyip kalktığımda Yılmaz Amca'nın sesini duydum.

"Kızım ben buradayım." Anlaşılan Yılmaz Amca'yı hemen buraya yollamıştı. Adam siyah köpeğin yanında durmuş, kim bilir kaçıncısını içtiği sigarayı tüttürürken beni bekliyordu. Onunla beraber yürürken nasıl bir Aras'la karşılaşacağımı iyi biliyor ve onun o mesafeli halini görmek istemiyordum.

Yılmaz Amca demir kapıyı kapattıktan sonra hızla yanımdan uzaklaşarak çiftlik evinin yanındaki küçük eve girdi. Ortalık çok sessiz ve karanlıktı; evin yanan sarı ışıkları dışarının kesif karanlığını aydınlatmaya yetmiyordu. Kapıya doğru ilerledim, açmak için kapının kolunu tuttuğum anda onun sert sesini duydum.

"Rüya!"

Olduğum yerde sıçramama sebep olan bu çağrının ardından ona

döndüm. Zayıf ışık yüzünden zar zor seçebildiğim hamakta oturmuş, muhtemelen bana bakıyordu.

"Buraya gel!"

Buyurgan ses tonu sinirlerimi bozmaya yetse de ondan kaçmayacaktım. Orada öylece oturmuş, beni bekliyordu. Sakinleşmeye ihtiyacı yoktu. Bana ettiği her kelimeyi bilinçli olarak söylemişti. Tam karşısında durdum. Zifiri karanlıkta ışıldayan bakışlarını bana yöneltti. Bakışları bir yandan ikimize de hak veriyor, diğer yandan ikimizin de haksız olduğunu söylüyordu.

"Evet, umut ettim. Ailemden birinin bir gün karşıma çıkarak beni neden terk ettiğini söylemesini hep umut ettim." Gözlerim yine dolmaya, bacaklarım titremeye başladı. Aras elimi tutarak beni yanına çekti. Bana, geçmişime, karanlık umuduma şefkatli dokunuşuyla öyle güzel ortak oluyordu ki, daha fazla ağlamak istedim. "Sen affedemiyorsun, çünkü o öldü. Seni terk ettiği için pişman olduğunu söyleyemez Aras. Duymak istediklerini sana veremez. Biliyorum duymak istiyorsun. Nehir ile senin de diğer çocuklar gibi bir anne tarafından sevilmeye layık olduğunuzu sadece ondan duymak istiyorsun."

Aras beni kendine, kalbine ve o geceye katmak istercesine sımsıkı sarıldı.

"Asla başkasından değil, sadece ondan duymak istiyorum Rüya. Bunu yaptığı için pişman olduğunu bilmek istiyorum ve bunu yapamadığı için onu affedemiyorum."

Kollarımı onun beline doladığımda gözyaşlarım hiç dinmeyecek gibi akıyordu.

"Ama ben ailemin varlığını bilmiyor olsam da senden daha şanslıydım Aras. Hayatta olduklarına dair umudum, nefretimi uyutmamı sağladı. Bana acı veren bu duygunun üstünü örttü. Birileri karşıma çıkacak ve beni bu hayata mahkûm ettiği için özür dileyecek diye anlamsızca düşler kurdum."

Beni kendinden uzaklaştırarak gözyaşlarımı sildikten sonra alnını alnıma dayadı.

"Hiç vazgeçme oldu mu Rüya? Seni bu yükten arındıracak o umudun peşini hiç bırakma! Annenin, babanın bunu sana yapmamış olduğunu bilerek mutlu ol, ama diğerleri için vazgeçme söz mü?"

Hıçkırarak yanağımın üzerindeki elini tuttum.

"Nasıl vazgeçebilirim ki Aras? Hayatım boyunca birileri benim hayatıma ve bedenime zorla sahip olacak diye saklanarak yaşamak, buz gibi banyolarda titremek, çaresizce uyandığım kâbusların çocuk aklımı almaması için yorganın altına saklanmak... Beni bu hayatın içine bırakan birileri varsa eğer, onlara olan nefretimden ben vazgeçsem de, geçmişim vazgeçmez Aras."

Başımı tekrar göğsüne yaslayarak içim dışına çıkana kadar, karanlıklarım ağarana kadar ağladım. Onun varlığının bana verdiği her şeye şükrederek, her gözyaşımda onu bin kat daha çok severek ağladım.

Nihayet derin bir nefes alarak doğrulduğumda hamakta yan yana oturuyorduk. İkimiz de geçmişlerimizin acı anlarını sözlere dökmüş olmanın ferahlığıyla bir süre öylece sustuk.

"Seni seviyorum."

Bu sözlerin yine karşılıksız kalacağını iyi biliyordum. Yine de söyledim, üstüne basa basa yineledim.

"Seni o kadar çok seviyorum ki, hayatında hiç kimsesi olmayan bir insanın kimseye veremediği tüm sevgisiyle seviyorum Aras."

O an bir rüzgârın esmesini ve Aras'ın sevmeyi sevmeyen kalbindeki tüm saklı duyguları silip süpürmesini istedim. Çenemi tutarak başımı kendisine doğru çevirdi, dudaklarını benimkilere bastırdı. Kendiliğinden aralanan dudaklarım ona karşılığını fazlasıyla verdi. Bir süre sonra alnını alnıma dayadı.

"Rüya!"

Elbisemin askısını başparmağıyla usulca aşağı indirerek elini tenimin üzerinde bir daha gezdirdi.

Ben onun her temasında bu büyülü başlangıçta kaybolurken, aralanan dudakları bir mucizeden bahsediyor gibiydi. Asla gerçekleşmeyeceğine inandığı bir mucize...

"Sana dokunmak; sanki aşka dokunmak Rüya. Bunun aksini düşünmem mümkün değil artık."

41

Cennetim

Aşkın tadı Rüya'nın dudaklarındaydı. Şekli ise onun tenine bürünmüş bir halde Aras'ın parmaklarının ucundaydı.

Daha fazla hissetmek istercesine, diğer elini de Rüya'nın pürüzsüz teninin üzerinde kaydırmaya başladı. Elbisenin öbür askısını da usulca indirdiğinde artık biliyordu. Aşk oradaydı. Dokunduğu yerde... Rüya ise bedenine can veren yerdeydi. Kalbinin her yerinde...

Kaçınılmaza giden dokunuşlar siyah gözleri ışıl ışıl parlatırken, Aras o ışıltıyı daha da artırmak istercesine Rüya'nın boynunu öptü. Kavurucu yazı ılık bahara dönüştüren nefesi Rüya'nın tenini ürpertirken, "Sana ihtiyacım var Rüya" diye fısıldadı.

Karısının incecik belini şehvetle değil, büyük bir ihtiyaç duyuyormuş gibi sımsıkı sararken defne kokusunu içine çekti.

"Ruhuna, bedenine ve sevgine ihtiyacım var."

Bu sözler Rüya'nın ayaklarını yerden keserken, Aras'ın öpücükleri genç kızın boynundan dudaklarına doğru yol aldı. Ardından Aras ayağa kalkarak onun elini tuttu.

"Sen kimsin Rüya?"

Parmakları sevdiği adamın parmaklarına kenetlendiğinde, Rüya Aras'ın kapkara mevsimlere teslim olmuş kalbinin aydınlıklara firar ettiğinden bihaberdi. O mevsimleri yaşayan kalbi, Rüya'yı zorla kendi dünyasına hapsettiğinde, tek amacı, onu Aras Karahanlı'nın eşi yapmaktı.

"Sen Aras Karahanlı'nın eşi değilsin. Sen sadece Aras'ın eşisin" derken bir pişmanlığı dile getiriyordu.

Rüya'nın başını göğsüne bastırarak, karısının bu sözlerin ardındaki gerçeği göremeyeceğini bile bile tekrar etti. "Sadece Aras'ın..."

Karısının elini tutarak eve doğru yürüdü; ruhunu pişmanlıkla arıtırken tek tesellisi vardı: Rüya'ya âşıktı. Rüya onu baştan yazan bir aşktı.

Aras evin kapısını açtı. Hiç konuşmadan, uzun koridoru el ele geçerken ikisinin de bedenini arzu sarmıştı.

Odanın aralık kapısından içeri girdiler. Rüya Aras'ın elini bilinçsizce sıkınca, Aras onu rahatlatan bir gülümsemeyle baktı. Onun heyecanını, korkusunu yok etmek istercesine yüzünü ellerinin arasına alarak, başını ona doğru eğdi.

"Korkuyor musun?"

Korkmuyordu, tek istediği oydu. Şu anda tek bildiği, Aras'ın kendisine büyük bir aşkla dokunduğuydu. Yine de titreyen dudaklarını zorla aralayarak, "Hayır Aras, senin yanında çok mutluyum" dedi.

Bu cevap Aras'ın gri bakışlarını yumuşatırken, öpücükleri Rüya'nın çenesinden boynuna doğru kaydı. O anda iki beden birbirinden başka hiçbir şey istemiyor, iki kalp her atışta tutkuyla doluyordu. Sözleri bitiren, dilleri lal eden, ama aşkı dile getiren bir andı bu...

Rüya'yı baştan çıkaran her öpücük, Aras'ın kalbindeki aşkın izini de tenine bırakıyordu.

"Bana özel cennetimsin. Dudakların sonsuza kadar benim, tenin benim, kalbin benim..."

Rüya'nın boynunda, omuzlarında, yüzünde gezinen elleri, o cennette ilk defa var olmanın gizlerini çözerken, Rüya da sevdiği adamın göğsüne, omuzlarına dokunuyor, böylece kendinden önceki tüm dokunuşları yok ettiğini bilmiyordu.

* * *

Sabah olduğunda güneş ışığı içeri sızıyor, bembeyaz yatağı aydınlatıyordu. Aras, Rüya'nın beline sarılmış, uyanmasını beklerken, âşık olduğu kadının saçlarını kaldırdı ve ensesine dudaklarını değdirdi.

"Ya sen uyurken ben seni çok özlüyorsam..."

Rüya'nın gözleri kapalı olduğu halde, duyduğu sözlerin etkisiyle dudakları kıvrıldı. Belini sımsıkı saran kolu çekerek Aras'a doğru döndü.

"Ne zaman uyandın?"

Aras, Rüya'nın sorusuna cevap vermek yerine onun gülümseyen dudaklarına baktı.

"Böyle gülümsersen..." diyerek baştan çıkarıcı dudaklarını Rüya'nınkilere değdirdi. Az sonra nefes nefese geriye çekildiğinde, Rüya'yı sakinleştirmek için ellerini onun saçlarında gezdirdi.

"Canın acıyor mu?"

Rüya, dudaklarını bilmiyorum dercesine kıvırdı. "Şu anda hayır."

Aras ağırlığını vermeden Rüya'nın üzerine çıktığında teşvik edici bakışları karısının yüzünde geziniyordu. "Şu anda hayır derken, sonrasını bilemeyiz, deneyelim mi demek istiyorsun bebeğim?"

Rüya bile bile bu tuzağa düştüğünü belli edercesine gülümsediğinde Aras tekrar onun yanına uzanarak karısını kollarının arasına aldı. Yaşadığı huzuru içine çekmek istercesine, önce saçlarını, sonra boynunu kokladı.

"Daha önce neredeydin Rüya? Seni asla bırakmam."

Aras'ın kollarını doladığı Rüya ona daha çok sokularak, başını onun kalbine yasladı.

"Burada olmayı çok seviyorum. Senin kalbinin sesini dinlemeyi, kalbin her çarptığında sanki ben nefes alıyormuşum gibi hissetmeyi çok seviyorum Aras. Burada, tam kalbinde olmadan önce sadece yaşıyordum. Bir hayatım vardı ve ben onun içindeki bir figüran gibiydim Tek bildiğim ismimin Rüya olduğuydu. Gerisi hep yalandı." Başını kaldırıp siyah gözlerine koskoca umutlar yükleyerek Aras'a baktı. "Sonra sen geldin. Önce acı da olsa, tüm yalanlar gerçeğe dönüştü. Artık annemin ve babamın yüzünü biliyorum. Onların beni bırakmadığını, isimlerini, hangisine benzediğimi bile biliyorum."

Uzanarak Aras'ın dudaklarına bir teşekkür öpücüğü verdikten sonra başını tekrar onun göğsüne yasladı.

"Benim hayatım artık senin yanında, senin getirdiğin gerçeklerle, aşkınla parçaları tamamlanmış bir hayat. Senin olduğun yerde asla yalan yok ve artık hayatımda tek istediğim sensin." Derin bir nefes alarak gözlerini yumdu. "Bundan sonra hayatımda tek istemediğim şey ise yalan. Çünkü canımı çok yaktı."

Aras gözlerini tavana dikti. Müzmin bir acıya dönüşen kendi günahını orada görüyormuş gibiydi.

"Hadi Rüya, kahvaltı edelim, sonra sen ne istiyorsan onu yaparız."

"Ne zaman döneceğiz?"

Rüya'nın elleri sevdiği adamın göğsüne dokunurken bu anların bitmesini hiç istemiyordu.

"Yarın gece dönmemiz gerekiyor. Pazartesi sabahı bir sınavın var."

Rüya, Aras'ın sözlerini idrak etmek istercesine gözlerini kırpıştırdı.

"Sen benim sınav tarihlerimi mi biliyorsun?" diye sordu kıkırdayarak.

Aras Rüya'nın çenesini kaldırarak şakayla karışık söylendi.

"Evet biliyorum, sınavlarına çalıştın mı ufaklık?"

Rüya örtüyü koltuğunun altına sıkıştırarak doğruldu ve arkasına yaslandı.

"Hey, sen Ankara'dayken çalıştım! Ayrıca dün geceden sonra bana hâlâ ufaklık mı diyorsun?"

Aras keyifli bir ses tonuyla, "Benim ders çalışan ve her akşam yatmadan önce süt içen bir karım var, ufaklık kelimesinin hakkını fazlasıyla veriyor" diyerek onu tekrar yanına çekti.

"Ufaklık değilim ben."

"Aşkımsın Rüya, sen benim aşkımsın. Bunun dışında sana söylediğim her kelime sana olan aşkımın başka bir ifadesi. Anladın mı Rüya?"

* * *

İstanbul'a döndüklerinde pazartesi sabahı erkenden Aras, Rüya'yı okuluna götürüyordu.

Saat on birde başlayacak sınava henüz iki buçuk saat vardı.

"Neden bu kadar erken çıktık Aras? Duruşman mı var? Ben kendim de gidebilirdim. Hem benim sana sormak istediğim bir soru var."

"Nedir?"

"Her sabah kravat takarak çıkıyorsun, ama akşam geldiğinde nedense o kravat yok olmuş, gömleğinin bir düğmesi de açılmış oluyor."

Aras kırmızı ışığı fırsat bilerek Rüya'ya döndü ve onun sorusunu anlamamış gibi yaparak gözlerini kıstı.

"İş saatleri bittiğinde biraz rahatlamak istemem normal değil mi bebeğim?"

"Elbette normal, ama ben o kravatları ne yaptığını çok merak ediyorum."

Aras muzipçe dudaklarını kıvırırken başını iki yana salladı.

"Sen benim karım olduğuna göre, eşyalarımın nerede olduğunu bilmelisin."

Rüya hayretle dudağını ısırarak, "Bilmeli miyim?" dedi.
"Bence söylemelisin, o kadar kravatı ne yapıyorsun?"
"Kocasının kravatlarının ne olduğunu bilmeyen bir karım olamaz benim."
Arabayı bankanın önüne park etti ve Rüya'ya döndü.
"Seni okula bırakmadan önce şu işi halledelim. Son zamanlarda Ankara'da olduğum için buna fırsatım olmadı."
Rüya, Aras'ın ne demek istediğini anlamak için yüzüne baktı.
"Neye fırsatın olmuyordu?"
"Bankadaki tüm hesaplarımı seninle ortak bir hesaba çevireceğim. İmzaların gerekiyor."
Rüya büyük bir şaşkınlıkla başını iki yana sallarken, Aras'ın bakışlarında yine o tehlikeli ve mesafeli soğukluk belirdi.
"Sakın bana itiraz etme Rüya, başka seçeneğin yok, bunu daha önce konuşmuştuk."
Rüya'nın cevap vermesine fırsat tanımadan arabadan inerek onun kapısını açtı.
"Hadi aşağı in!"
Rüya, Aras'ın asla pes etmeyeceğini iyi biliyordu. Daha fazla itiraz etmeden arabadan indi. Yaklaşık bir saat süren işlemler sona erdikten sonra Aras onu okuluna bıraktı.
Sınav bittiğinde Yavuz'un kapıda beklediğini biliyordu. Yavuz'un emaneti kollayan bakışlarına uzaktan sıcacık bir tebessümle karşılık verdiği anda ansızın önünde beliren ela gözlere şaşkınlıkla baktı.
"Merhaba Oğuz!"
Oğuz'un oraya kendisi için gelmiş olma ihtimalini düşünmek istemese de, o gözler karanlık bir dikkatle ona bakıyordu.
"Rüya benimle gelmen gerekiyor."
Rüya başını iki yana salladı, ama Oğuz'un kıpırtısız gözleri ve son derece kararlı çıkan sesi onu meraklandırmıştı.
"Oğuz neden?"

Yavuz ikilinin yanında bitince Rüya bakışlarını Oğuz'dan kaçırdı.

Oğuz, Yavuz'un bakışlarına aldırmadan sevdiği kadına acı gerçeği söylemek üzere onu kolundan tutarak Yavuz'dan uzaklaştırdı. Yavuz bu duruma müdahale etmeden önce Aras'ı aramaya karar verdi.

Oğuz Rüya'yı birkaç adım öteye götürerek onun kolunu bıraktığında, bakışlarında sessiz ama güçlü bir öfke vardı.

"Bir ailen olduğunu ve Aras'ın bunu senden sakladığını biliyor musun Rüya?"

* * *

Aras telefon ekranında Yavuz'un adını görünce Rüya'yla ilgili bir mesele olduğunu anladı. Yavuz'un söyledikleri, hiddetle ayağa kalkmasına neden oldu.

"Sakın..." dediği anda Nehir, Aras'ın ofisinin kapısını aralayarak içeri girdi. Aras'ın kızıl öfkesi, Nehir'in kan çanağına dönmüş gözleri karşısında donuverdi.

Nehir bir yabancıya bakar gibi abisinin karşısında durdu.

"Yapmaz dedim. Aras Karahanlı yapsa bile benim abim bunu yapmaz. Bana Oğuz'un anlattıklarının yalan olduğunu söyle abi."

Sesindeki mecalsizlik, ufacık bir ümidinin dahi olmayışından kaynaklanıyordu.

42

Benim ailem sensin

Aras Nehir'in kastettiği gerçeği anlamak ister gibi kardeşinin yüzüne baktı. "Sabah galeriye gittim. Oğuz'a sergi için teşekkür etmek istemiştim." Aras, Oğuz'un ismini duyunca elinde tuttuğu telefonu tekrar kulağına götürdü. "Hemen Rüya'yı eve götür" diye bağırdı Yavuz'a. Yavuz onun sesini ilk defa böyle duyuyordu.
"Zorla mı abim?"
Aras yumruğunu sıkarak derin bir nefes aldı.
"Evet, zorla!"
Telefonu kapatınca kardeşine doğru bir adım atsa da, Nehir ondan kaçar gibi uzaklaştı. Aras'ı yıkan bu hareket, etrafı yakıp yıkacak öfkeyi de yanında getirdi, ama genç adam kendine hâkim olmayı başardı. Nehir'in sözcükleri, gözyaşları eşliğinde dökülüyordu.
"Oğuz'un odasına girdiğimde çıkmak üzereydi. Bana bir şey söyledi abi." Nehir'in sesi boğuklaştı. "Bana Tuğrul Giritli'nin Rüya'nın dedesi olduğunu söyledi ve beni suçlayarak... Bunu bilip bilmediğimi, benim de senin gibi bu gerçeği Rüya'dan saklayıp saklamadığımı sordu." Acıyla başını salladıktan sonra ekledi. "'Saklıyor' dedi, 'saklıyor, çünkü senin abin Rüya'yla, onu siyasi kariyerine alet etmek için evlendi.'"

Nehir konuştukça, Aras kendi günahıyla bir kere daha yüzleşiyor, aslında sadece Rüya'ya değil, kardeşine de zarar verdiğini görüyordu. Nehir, gözyaşlarını ellerinin tersiyle silerek ufacık bir umut kırıntısıyla abisine baktı.

"Aras Karahanlı bunu yapmaz. Herkesin hayran olduğu siyasetçi bunu yapmaz! O yapsa bile, benim abim bu vicdansızlığı yapmaz!" Sesi çaresizlikle yükselirken, yeşil gözleri bir parça umut için dileniyordu.

Aras onun artık her şeyi bildiğini anlamıştı. Bugüne kadar Nehir'e hiç yalan söylememişti, şimdi de söylemeyecekti.

"Yaptım. Evet, Rüya'yla o yüzden evlendim."

Aras'ın bu itirafı son köprüyü de yıktığında, Nehir duyduklarına inanamıyormuşçasına başını iki yana sallıyor, hıçkırıklarını zapt edemiyordu.

"Bu yüzden mi ailesini sakladın? Hayır de! Onu bile bile kimsesiz bırakmazsın sen! Beni bırakmadın, Rüya'ya da yapmazsın!"

Aras birkaç adım atarak kardeşinin omuzlarından tuttu. Onu kendine doğru çekince Nehir başını abisinin göğsüne yasladı.

"Yalvarırım, bana bir şey söyle. Ben sana hep inandım, böyle bir insan olmadığını söyle. Biz böyle değiliz abi. İnsanlara zarar vermeyiz. Öyle değil mi? Sen hiç vermezsin."

"Verdim. Ben Rüya'ya zarar verdim Nehir."

Nehir onun kollarından uzaklaştı.

"Sen, benim abimsin. 'Onunla o yüzden evlendim' deme bana, 'ailesini sakladım' deme, 'zarar verdim' deme. Ne olur, bunları söyleyerek beni sensiz bırakma. Sana olan sevgimi mahvetme!"

Hıçkırıkları artmış, sesi kısılmıştı.

"Lütfen bir şey söyle. Şaka yaptığını söyle. İnanmak istemiyorum. Sen bu değilsin!"

Nehir konuştukça Aras kendinden daha çok nefret ediyordu. Sesi, günahını kabullenmiş gibi büyük bir pişmanlıkla çıktı. "Bazen insanlar farklı bir insana dönüşebiliyormuş Nehir. Ben hangisiydim bilmiyorum? O gece yalıda, senin doğum gününde, Rüya'yla evlenmeye karar verdiğimde amacım sadece buydu."

Nehir abisine öfkeyle bağırdı.

"Bana hastanede onu üzmeyeceğine söz verdin."

"Biliyorum. Bunun için elimden gelen her şeyi yaptım, ama istemeden onu incittim." Nehir'den uzaklaşarak pencerenin kenarına doğru gitti. "Ben hangi insandım bilmiyorum. Rüya'dan öncesi mi, yoksa sonrası mı?" Kız kardeşine doğru dönerek İstanbul manzarasını arkasında bıraktı. Nehir onun ifadesindeki değişikliği görünce yanına yaklaştı.

"Ona âşıksın." Nefesleri sıklaştı. "Sen ona çok âşıksın." Sesi eski gücüne yavaş yavaş kavuşuyor, buna mukabil soğuk bir hal alıyordu. "Sen şu anda bu yaptıklarının cezasını zaten çekiyorsun ve çekmeye devam edeceksin. Sen sevdiklerin için ölürsün ve şu anda bunu ona yaptığın için her gün ölüyorsun." Hayatta en çok sevdiği insana bunları söylediği için canı yanıyordu. "Oğuz Rüya'ya birazdan bir dedesi olduğunu söyleyecek, ama diğer meseleden bahsetmeyecek. Oğuz'u durduracak gücü kendimde bulamadım. Gerçeği senden duymak istedim."

Aras başını öne eğerek alnını sıkıntıyla sıvazladı.

"Öğrenecek biliyorum. Oğuz diğer meseleyi şimdilik söylemeyecek. Rüya'ya çok âşık ve Rüya'yla evlenme sebebimi açıklarsa onu mutsuz edeceğini biliyor, ama fırsatını kolluyor. Sadece beni..." Oğuz'un kendisini tehdit ettiğini söylemeyi gururuna yediremedi. Derin bir nefes alarak kardeşine yaklaştı. Ona sarılıyormuş gibi yapsa da, aslında ona sığındı, tıpkı Nehir'in de abisine sığındığı gibi.

"Dedesinin varlığını söylemedim, çünkü Tuğrul Giritli'yi

onun ayağına getireceğim Nehir. O adam, torununu bile bile o hayata mahkûm etmiş."

"Onunla ne için evlendiğini Rüya'ya söylemeyeceğim, ben bunu yapamam. Onu yıkamam." Abisine iyice sokularak ekledi. "Seni çok seviyorum ve buna nasıl dayanacağımı bilmiyorum, ama şunu çok iyi biliyorum: Benim abim eninde sonunda doğru olanı yapar. Yine yapacaksın, ne yapacağını bilemiyorum, ama eminim en doğrusunu yapacaksın ve ben ancak o gün sana tekrar güveneceğim abi."

Aras kardeşinin saçlarını okşarken gözlerini yumdu.

"Eğer her şeyi başa alabilseydim bu kötülüğü Rüya'ya asla yapmazdım. Ama onu bana getirecek olan tek şey buysa, aynısını yine yapardım."

Nehir zorla yutkunarak abisinden uzaklaştı.

"Neden sana olan sevgimi öldürüyorsun?"

Aras ona cevap vermeden odadan çıktığında, Nehir hâlâ abisinin son sözlerini düşünüyordu.

"Seviyor..." diye mırıldandı, hâlâ uçmayı umut eden yaralı bir kuş gibi.

* * *

Aras arabasına binerken, önce Tuğrul Giritli'yi aradı.

"Sami Hanzade ve Oğuz nereden biliyor?"

"Sami Hanzade aradı. Cevdet'ten öğrenmişler."

Aras arabasını plazanın otoparkından çıkarırken direksiyonu sertçe sıktı.

"Ne kadarını söyledin?" diye sordu. Mesela Oğuz, dedesinin Rüya'yı istemediğini biliyor muydu?

"Sami Hanzade'ye yalan söyleyemem, eninde sonunda gerçeği öğreneceğini biliyorsun."

"Bütün görüşmelerini iptal et ve hemen evime gel, sana adresi yolluyorum."

Tuğrul Giritli başka seçeneği olmadığını biliyordu.

Aras öfkeyle direksiyona bir yumruk atarken Oğuz'un yüzü gözünde canlandı.

Ardından Şermin Giritli'yi arayarak, onunla kısa, ama kadına dünyaları veren bir görüşme yaptı. Rüya'ya gitmek istese de, dizginlemek istemediği hiddeti arabaya yön verdi. Oğuz'un galerisine gidiyordu.

"Deden seni istememiş." Bu cümleyi kendisinden duymaması için elinden gelen her şeyi yapacaktı. Rüya'ya bunu söylemeye gücü yoktu. İstenilmemenin, geride bırakılmanın acısını kendisi de biliyordu.

Yaklaşık bir saat kadar sonra evin bahçesinden girerken Oğuz'la aralarında geçen tartışmanın etkisi altındaydı hâlâ. Oğuz, Aras için sadece sevdiği kadını isteyen bir âşık değildi. Günahının, kayıplarının ve kaybedebileceklerinin cisimleşmiş haliydi.

Arabasından indiğinde Yavuz'la göz göze geldi.

"Çok ağladı, eve gelmek istemedi, ama zorla getirdim" diyen Yavuz Rüya'yı zorlamış olmaktan pek hoşnut değildi.

"Bir şey söyledi mi?"

"Hayır abi."

Aras Yavuz'dan uzaklaşarak anahtarla kapıyı açtığında Rüya ortalarda görünmüyordu. Nerede olduğunu tahmin ederek atölyeye çıktığında bütün tuvaller devrilmişti. Rüya yere oturmuş, dizlerini karnına çekmiş, bitkin bir haldeydi.

Bir süre öylece karısını seyretti. Rüya başını Aras'a doğru kaldırdı. Siyah gözleri sevdiği adama bomboş bakıyordu. Her şeyim dediği Aras, onun kapkara gözlerine dipsiz bir boşluk döşemişti.

"Dedemin kim olduğunu senden duymalıymışım, bana öyle dedi." Bir saattir döktüğü gözyaşlarının kaynağı çoktan kurumuş olsa da, sesi cayır cayır yanıyordu. " 'Bir ailen var ve kocan bunu senden saklıyor' dedi. 'Ailemi saklamıyor, bizden uzak dur artık, çünkü ben ailemi gördüm, bana getirdi' dedim."

Aras elini Rüya'nın yanağına götürünce, Rüya hızla onun elini itti.

"Sakın bana dokunma! Bana bir daha asla dokunma!" Sesindeki sertliği kendine kalkan edinmiş, haykırmasına gerek kalmamıştı. "Benim ailem kim?"

Aras, suskunluğunun aralarına mesafeler koyduğunu biliyor, buna rağmen konuşamıyordu. Rüya ellerini saçlarının arasından geçirerek, bir süre parkelere baktı.

"Gitmek istiyorum. Şu anda senden uzaklaşmak ve gitmek istiyorum. Seni terk etmek istiyorum ama yapamıyorum." Ellerini çaresizce iki yana açtı, ardından biriktirdiği korkuların sel olup akmasına izin verdi.

"Bak gidemiyorum. Benden ailemi sakladığın halde, bana bu acımasızlığı yaptığın halde gidemiyorum. Neden biliyor musun? Çünkü Topal denen o adam bana tek seçeneğimin sen olduğunu söyledi." Parmağını Aras'ın göğsüne bastırarak, bakışlarını suskun gri gözlere dikti. "Çünkü sen yoksan, o varmış. Sence hangisi daha çok acı verir Aras? Sevdiğim, hayatta sahip olduğum tek insanın bana bunu yapmış olması mı, yoksa bunu bile bile senin yanında kalmak zorunda olmak mı?"

Rüya hayattan kendine düşen payı istiyormuş gibi güçlü bir ses tonuyla bağırdı.

"Söyle, dedem kim? Neden sakladın? Bana sebebini söyle!"

Aras sadece tek bir kelime edebildi.

"Söyleyemedim."

Rüya o ana uymayan bir uysallıkla fısıldadı.

"Neden?"

Gri bir gökyüzünden yağmur dileyen kupkuru bir çiçek dile geliyordu sanki.

"Neden, yalvarırım söyle neden?"

"Buna gücüm yoktu Rüya" diye karşılık verdi Aras, aynı ses tonuyla.

Rüya'nın omzuna dokunmak istese de buna cesaret edemedi. "Sana bunun sebebini söyleyemeyecek kadar seninle doluyum Rüya. Birazdan o gelecek, her şeyi ondan duy, benden değil. Ondan sonra istersen beni terk edebilirsin. Topal senin saçının teline dokunmayacak! Dokunursa onu diri diri gömerim!"

Rüya'yı orada bırakarak atölyeden çıktı. Rüya bitap düşmüş bir halde, sırtını duvara yasladı. Aras'a ısrar etmenin faydasız olduğunu biliyordu. Aras'ın bakışlarındaki hüzün gözlerinin önünden gitmese de, Aras'a hak vermesini hangi gerçek sağlayabilirdi ki?

Yerde öylece otururken, geçen her dakika ondan bir parçayı alıp götürüyor, hayalini bile kuramadığı ailesini beklerken Aras'tan yana eksiliyordu. Hem de ruhu onunla böylesine doluyken...

Hiçbir şey düşünmek istemiyor, ailesinin onun varlığını bilip bilmediğini bile kendine soramıyordu. Sorarsa daha çok azalacak, belki de etrafı ilk defa bu kadar doluyken hiç olmadığı kadar yalnız olacaktı.

Hava karardığında ayağa kalkarak bilinmez bekleyişini sona erdirdi. Evin karanlığını yara yara salona indiğinde loş ışığın altında oturan adama hâlâ âşık olsa da, o aslında az sonra terk edeceği insandı. Ailesini kendisinden kopardığını düşündüğü asıl ailesiydi. Yeri asla dolmayacak bir insandı. O, çok sevdiği Aras Karahanlı'sıydı. Rüya'nın gecelerini güne vardıran, geçmişine aydınlık nehirler salan...

Az sonra bahçeden içeri süzülen araba farları evin içinde yanıp söndü. Dışarıdaki hareketlilik Tuğrul Giritli'nin korumalarının aldığı tedbirlerden başka bir şey değildi.

Aras elinde tuttuğu viski bardağını sehpaya bırakarak salonun ışığını açınca Rüya'yla göz göze geldi. Rüya gözlerini ondan kaçırdığında Aras kapıyı açtı. Tuğrul Giritli eve girerken, kendisi bahçeye çıkarak dede ile torunun kavuşmasını ardında bıraktı.

Tuğrul Giritli bembeyaz teni ve saçları, biçimli çatık kaşlarıyla Rüya'ya aşina geliyordu. Simsiyah gözlerini kendisine veren dedesini süzerken, güm güm atan kalbinin üzerine elini koydu. Yaşlı adamda kendini, geçmişini ve geleceğini aramanın heyecanı tüm bedenini sardı.

"Sizi tanıyor gibiyim."

Torununa çektirdiği acıların karşısında, eğilmez başını eğmek zorunda kalan Tuğrul Giritli, "Tanımıyorsun" diye karşılık verdi. Adını, unvanını değil de, canının parçasını terk eden insanı tanımadığını kastediyordu. "Ben Tuğrul Giritli."

Rüya bu ismi nasıl unuturdu?

"O bir meleğin kanatlarını kırdı ve bunu fazlasıyla ödeyecek."

Aras'tan kıskandığı kadın kendisiydi.

Dedesinden gözlerini kaçırarak, sevdiği adama tutunmak istercesine bahçeye koştu ve onlarca korumanın arasında gözleri telaşla onu aradı. Aras, Rüya'nın bahçeye çıktığını fark ederek endişeyle yanına gittiğinde, Rüya sevdiği adamla göz göze geldi. Karanlıkların içinde yine bir yıldız parladığında, Rüya Aras'ın ceketinin yakasını kavrayarak bir kere daha ona tutundu, ardından başını göğsüne yasladı.

"Aras yanımda ol! Benim ailem sensin, sadece sen!"

43

Senin yanın

Karşınızda sizin çocukluğunuzu, hayatınızı, ama en çok da hayallerinizi, yokluğuyla çalan bir insan varsa o, sizin aileniz olamaz. İsmini duyduğum anda önce o geceye, Aras'ın intikam almaktan bahsettiği ana, sonra da Aras'a gittim. Başımı göğsüne yaslamadan önce söyledim. Artık kendimi tamamen ona bıraktım. Şu, içeride durmuş, gözlerime bakan adamın yokluğunda örmek zorunda kaldığım duvarların en sonuncusunu, en yıkılmazını yıkarak kendimi sevdiğim insanın kalbine kattım. Ailesi olan herkesin yaptığı ve hissettiği gibi... Ben kendimi aileme bıraktım.

"Benim ailem sensin, sadece sen."

O aileydi, o bendi, o aşktı.

Bir kolunu belime sımsıkı dolarken, diğeriyle sırtımı okşayarak beni olabildiğince kendine çekti. Daha önce hiç böyle sarılmamıştı ve ben hiç bana böylesine sımsıkı sarılmasını istememiştim.

Tamamlanmaya muhtaç iki parça, içerideki insanın gelişiyle kendiliğinden tamamlanıyordu. Geçmişimde yüzüne hasret kaldığım ailem o adam değilmiş. O Aras Karahanlı'ymış. Bunu daha iyi anlamam için meğerse gerçek ailemi tanımam, sonra da en gerçeğini bulmam gerekiyormuş. Onu, çok sevdiğimi, her şeyimi...

"Yanındayım, her zaman, her gece, her gündüz, hep yanındayım Rüya."

Sözleri ruhuma işliyor, beni varlığıyla iyileştirmek, daha çok kendi içine ve ruhuna almak istiyordu. Aras Karahanlı'ya ait olmak buydu.

Eğer onunsan her şeyiyle seni kendine alırdı.

"Bir meleğin kanatlarını kırdı" demişti. Nasıl unuturdum o sözü, onu nasıl kıskandığımı? Nereden bilebilirdim onun nazarında bir melek olduğumu? O böyle sahiplenirdi, bilmediğiniz hallerinizi bile...

"Ondan intikam alacağım dedin, onu buraya sen getirdin, o yüzden sakladın." Başımı arkaya atıp, karanlıklara inat pırıl pırıl parlayan, ama sadece bana, benim hayatıma parlayan gözlerinin içine baktım. "Özür dilerim, ben seni terk etmek istedim. Az önce kendimde değildim. Yetimhanede her şeyden korkan, kaçan o kıza dönüştüm bir anda."

Sanki onlarca koruma bizi seyretmiyormuş gibi, sanki yalnızmışız gibi, kimseye aldırmadan, ruhuma hayat verircesine dudaklarıma bir öpücük kondurdu.

"O kız, kimseye teslim olmazdı. Az önce artık o kızın gittiğini gösterdin Rüya."

Onu onaylarcasına tüm gücümle bir daha sarılarak yanağımı kalbine dayadım. Kolunu belimden çekerek elimi sımsıkı tuttu.

"Hadi Rüya!"

Ses tonu cesaret vericiydi. Tuğrul Giritli'nin karşısına el ele çıktığımızda bir an onunla göz göze geldik. Şu anda karşımda, bana sadece annemi babamı anlatacak, beni yaralayacak olsa da gerçeği verecek bir insan vardı. Başka hiçbir şey yoktu, olamazdı da.

Tuğrul Giritli önce bana, sonra Aras'a bakarken ne diyeceğini bilemiyor gibiydi. Aras, sessizliği bozarak koltuk takımını işaret etti. Soğuk nezaketi beni bile rahatsız ederek, tüylerimin diken diken olmasına sebep oldu.

"Buyurun Tuğrul Bey." Adam koltuklardan birine oturdu.

Aras, diğer koltuğa oturup beni de yanına çekti. Bu hareketi yapmasına ihtiyacım vardı. Çünkü gözlerimi adamın üzerinden alamıyor, duyacaklarımın korkusu yüzünden aklımı bir türlü toparlayamıyordum.

Annem ile babamın beni istediğini biliyordum. Demek ki şimdi anlatacakları yüzünden en çok da anneme yanacaktım.

Kimse tek kelime edemiyordu. Ben hakkım olanı duymaya, o ise suçunu itiraf etmeye başlayamıyordu. Söyleyeceklerini kafasında kurarken başını öne eğdi, ardından kollarını göğsünde kavuşturdu.

"Nereden, nasıl başlayacağımı bilmiyorum. En başta yapılması gereken en sonda yapılıyor Rüya."

İsmimi telaffuz etmesi içimi titretti. İsmimi en çok duymam gereken insandan ilk defa ve belki de zoraki duyuyor olmak...

"Bana annem ile babamı anlatın."

Gözleri kısa bir an parkelerin üzerinde gezinirken, Aras beni duyacaklarımdan korumak ister gibi kolunu belime doladı.

"Deniz, babanla ansızın evlendiğinde onu evlatlıktan reddettim."

Kimsesizliğimin tohumunu atan olay buydu demek.

"Onu öyle güzel yetiştirmiştik ki, ailemizin kabul edemeyeceği bir insanı tercih ederek, bize karşı gelmesi beni yıktı."

"Babamı neden istemediniz? Size göre o nasıl bir insandı?"

Bir an düşündü ve pişmanlıkla bana baktı.

"Fikret, Deniz'in sınıf arkadaşıydı. İkisi de iç mimar olacaktı. Annen babanın çizim konusunda çok yetenekli olduğunu söylüyordu. Önce arkadaş olmuşlar, sonra da..."

Derin bir nefes alarak, farkında olmadan, onların adına bu adama haykırdım.

"Öyleyse neden?"

"Öyleysesi yok Rüya! Onca servetin içinde büyüyen bir kız kendi dengi olmayan bir eş istediğinde ne olursa o oldu."

Gözlerimden yaşların akmaması için dudaklarımı sıkıca kenetledim. Nihayet konuşacak hale geldiğimde, "Annemi bu kadar mı sevdiniz?" diye sordum. "Kendi dengini seçmezse, onu yok sayacak kadar mı?" Başımı iki yana sallarken annem ile babamın yüzünü özlemle anımsadım. "Sonra ne oldu?"

"Annen kucağında seninle kapımıza geldiğinde babanın öldüğünü söyledi." Sesinde acı ve pişmanlık iç içe geçse de, o günü geri getirecek gücü yoktu.

Gözlerimden süzülen yaşlar annemeydi. Onun kapıdaki haline, tanımadığım babamın ölümüne... Nasıl olurdu? Görmediğim halde içim nasıl böyle yanıp kavrulurdu?

"Daha fazlasını anlatmayın, istemiyorum!" Boğuk sesim, Aras'ın endişeyle bana bakmasına sebep oldu.

"İyiyim" dedim, gözlerinin derinliklerine akmak istercesine. "Gerçekten iyiyim." Aras belimdeki kolunu boynuma doladı ve alnıma bir öpücük kondurup ayağa kalktı. Sonra da yanımızdan uzaklaştı.

Tuğrul Giritli'nin aileme, kendi ailesine yaptıkları dudaklarından kapkara bir çamur gibi akıp her hücremi ateşlere salan bir yangına dönüşüyordu.

"O gece anneni kabul etmediğim zaman, Deniz gitmiş ve seni bir karakolun önüne bırakmış." Gözleri bir an dalsa da hemen toparlanarak yüzüme baktı ama sesi çoktan dağılmıştı. "Sonra da hastalığı sebebiyle o da hayatını kaybetmiş."

Elimi ağzıma bastırarak gayriihtiyari ayağa kalktığımda Aras omzuma dokundu ve mutfaktan getirdiği su bardağını bana uzattı. Hayır anlamında başımı salladım, gözyaşlarım tenimi yakıyordu.

"Artık susun, dayanamıyorum!"

İçime derin bir nefes çektiğimde yandım. Adam ayağa kalkınca arkamı dönerek ondan uzaklaştım. Hıçkırıklarımı zor tutuyordum ama içimdeki yangını bastırarak hızla ona doğru yürüdüm. Gitmesini değil, kalmasını istedim. Susarsam bu yangın nasıl sönecekti? Bakışlarımla devam etmesini istedim..

"Seni İzmir'den İstanbul'a göndermişler. Orada çalışan Cevdet ismindeki bir adam, annenin bir arkadaşının gelerek sana bir mektup bıraktığını söylemek için beni aradı. Senin kimliğini öğrenmiş. Susması karşılığında benden para istedi."

Dizlerimin bağı çözüldü. Aras'ın elini tutarak koltuğa oturdum, Tuğrul Giritli yine karşıma geçti. Aras'ın gözlerinin içine bakarken, ondan çok çekindiği belli oluyordu. Konuşmak zorundaymış gibi tekrar bana baktı.

"Ona senin bir aileye verilmeni engellemesini ve sana göz kulak olmasını söyledim."

"Sen bunu nasıl yaptın? Nasıl bu kadar acımasız olabildin?" Sesim onun insanlığına dair bir parçayı ararcasına yalvarıyordu.

"Bir hata yaptım ve dönüşü olmadı. Anneannene senin de öldüğünü söyleyerek, ona kimsesiz bir çocuğun mezarını gösterdim. Deniz'e her şeyi vermiştim, bize sırtını dönmesini kabul edemeyerek ben de onunla ilgili her şeye sırtımı döndüm."

Anneannem, İzmir... Bu kelimeler zihnimde belli belirsiz bir şeylere dokunsa da, o kadar yorgundum ki, bunu daha sonra Aras'a sormaya karar verdim.

"Deniz'in ihanetini de, seni de kabul edemedim Rüya. Sizi yok saydım. Eğer seni alsaydım kızıma yenilmiş olacaktım. Seni yetimhanede bıraktım, çünkü seni Deniz'in çocuğu değil de, onun bize tercih ettiği insanın çocuğu olarak gördüm. Babanın sen doğmadan bir süre önce ölen annesinden başka yakını olmadığı için, kimsenin seni almaya gelmediğini biliyorum. Başka bir ailenin yanına verilmeni de istemedim, çünkü yaptığım yanlışın duyulabileceğini düşündüm. Cevdet bu sırrı tutmak için ne gerekiyorsa yaptı, ama onun son yaptıklarını öğrenince dünyam başıma yıkıldı. Bu kadar ileri gidebileceğini tahmin edemedim."

Kendimi tükenmiş gibi hissediyordum. Bundan daha fazla bir acı var mıydı? Varsa da beni artık acıtamazdı.

"Şimdi senden beni affetmeni, özrümü kabul etmeni diliyorum. Yapamayacağını bilsem de bunu diliyorum."

Bu sefer suskunluğa sığınan ben oldum. Aklımın bir türlü almadığı sözleri, kalbim çoktan kabul etmiş, orayı dağlamasına müsaade etmişti.

"Giritli Holding'deki her şeyimiz ve soyadımız senin Rüya."

Birden öfkem körüklendi.

"Hayır!" diye bağırarak ayağa kalktım. Aras beni sakinleştirmek için elimi tutma ihtiyacı hissederek bana doğru uzandı. Elimi hızla ondan çekip Tuğrul Giritli'ye doğru yürüdüm.

"Zorla geldiğin bu evde, bana hayatta istemeyeceğim şeyleri mi veriyorsun? Benim tek istediğim sevgiydi, senin soyadın değil! Benim bir soyadım var ve ölünceye kadar da öyle olacak!" Ona tiksintiyle baktım. "Karahanlı... Benim soyadım Karahanlı!"

Aras bana soğukkanlı bir memnuniyetle baktı. Bakışları, "Öylesin, sen Karahanlı'sın" diyordu. Aras'ın yanına kendimi bıraktığımda bir süre hepimiz sustuk. Suskunluğumuz onun günahına duyduğumuz utanç yüzündendi. O kendi günahından, ben onun adına, Aras ise Giritli'nin bana yaptıklarından utanıyordu.

Sessizlik ayıbı örter miydi? Örtemezdi... Örtmedi de...

"Seni affettim."

Sesim çok rahat çıkmıştı. O iki sözcük ziyan olmuş geçmişimden değil, şimdiden kopup gelmişti. Geçmişim bunu yapamazdı. Aras başını bana doğru çevirerek gözlerini yüzümde gezdirdi. Gerçekten onu affetmiş olup olmadığımı anlamak istiyordu.

Tuğrul Giritli, elini hiç dökülmemiş, sık ve gür saçlarının arasından sıkıntıyla geçirirken gözlerimi kısarak ona bir daha baktım.

"Ben affettim, ama önemli olan sizin kendinizi affetmeniz, bu benim elimde değil."

Ben onu affettikçe koskoca günahı eksilmiyormuş da artıyormuş gibi başını önüne eğdi.

"Ben sizi affettim, ama sizi bir daha görmek istemiyorum."

Ayağa kalkıp ona gitmesini istediğimi belli ederek kapıya döndüm. Sonra da ona bir adım yaklaşarak karşısında durdum. Başını kaldırdığında bana yaptığı eziyet neden onun gözlerine çöreklenmişti?

"Ben affettim, ama on sekiz yılını yokluğun batağında geçirmek zorunda kalan o kız affetmedi! Affedemez!"

Yutkunarak bomboş bakışlarımı yüzüne diktim.

"Oralarda yokluğunuz yüzünden üşüyen o kız, bir aileye sığınabilmek ve ısınmak için her şeyini verebilirdi. Sırf bu yüzden bile sizi affetmez. Asla affedemez!" Acı geçmişim sesimdeki güce tutunuyor, onu o hale getiren adama meydan okuyordu.

"Zorla geldiğiniz bu evde ben yine de sizi affettim Sayın Giritli, ama bugünkü Rüya olarak affettim."

"Evet, buraya Aras'ın zoruyla geldim, ama yirmi iki senedir vicdanımı yok sayarak, içime hapsettiğim bütün hataları ilk defa bu gece dile getirdim. Dile gelen her söz beni mahvetti Rüya. İster inan, ister inanma, ama böyle oldu. Artık keşke diyemem, telafisi yok, ama yüzünü görmek beni öldürdü."

Kendimi ondan saklamak istercesine bir adım geri çekildim. "Artık git ve bir daha da hayatıma girme! Eskiden üşürken senin varlığına muhtaçtım, ama bundan sonra sadece senin yokluğunu isteyeceğim. Anladın mı Sayın Giritli? Artık her üşüdüğümde gözümün önüne senin yüzün gelecek, özlemin değil! Ve ben bunu istemiyorum, seni de, sana ait olan hiçbir şeyi de istemiyorum!" Yerimden hiç kıpırdamadan onun gidişini izledim. O uzaklaştıkça kendimi cehennem çukurundan çıkmış gibi hissediyordum. Aras "Birilerinin senin karşına çıkarak sana bunu yaptıkları için pişmanlıklarını dile getireceğine dair bir umudun var" demişti. Haklıymış, beni o umudun ayakta tuttuğunu anlıyordum.... Karanlık tünellerde o umudu ben beslemiş, büyütmüştüm, Aras da ayağıma getirmişti. Ve şimdi her yer aydınlıktı.

Ne gariptir ki geçmişimin sönmeyen tek yangını annem ile babamdı. Onların acıları hep içimi sızlatacaktı, tıpkı şu anda olduğu gibi...

Aras Tuğrul Giritli'nin arkasından kapıya kadar yürüdü, kapının eşiğinde bir süre durdular. Korumalarından biri sarı kâğıda sarılmış bir paketi Tuğrul Giritli'ye uzattı. Aras paketi alacakken "Hayır!" diye seslendim. "Sakın alma, istemiyorum."

Aras gözlerini benden çekerek paketi alınca hızla ona doğru yürüdüm. Tam o sırada Aras, Tuğrul Giritli'nin arkasından kapıyı kapatıyordu. O hiddetle kapının koluna uzanırken öfkeyle bağırdım.

"Onun verdiği hiçbir şeyi evimize sokma!"

Bir eliyle paketi tutarken, diğer eliyle belimi kavrayarak beni havaya kaldırdı ve kapının yanından uzaklaştırdı. Öfkemi ondan çıkarmaya niyetlendiğimi görünce, paketi mutfak masasının üzerine bırakarak diğer elini de belime doladı ve yüzünü boynuma gömerek olanca sakinliğiyle fısıldadı.

"Sakin ol. O, annenin tablosu bebeğim."

Işıl ışıl bir bayram sevinci tüm hücrelerime yayıldı. Aras o sevinci ikiye katladı. "Ben istedim. O tablo sana ait."

Boynuma ılık bir öpücük kondurduğunda, gözyaşlarım yanaklarımdan süzülüp gitti. Bu gece böyle bir geceydi; bir devir öyle ya da böyle kapanırken, acı da olsa artık benim de sırtımı yaslayabileceğim bir gerçeğim vardı. O benim hayatımdı ve sahip olduğum bir gerçekti. Yadsıyamayacağım tek şey bu gerçeği öğrendikten sonra ruhumun çok daha özgür olduğu, hafiflediğiydi. Bunu bana o getirmiş, geçmişimi doldurmuş, geleceğimi kendine almıştı.

"Benim ait olduğum yer ise senin yanın Aras."

Beni usulca yere bıraktığında gözlerini üzerimden hiç ayırmadan çenemden tutup dudağımın kenarına aşkını bıraktı.

"Seni yarın İzmir'e, evine götüreceğim. Anneannen seni bekliyor Rüya Karahanlı."

44

Yüzün tarifsiz bir karanlıktı

Anneannem beni mi bekliyordu? Evet, az önce o adamdan duymuş ve Aras'a sormaya karar vermiştim. Anneannem beni istiyordu! Aras'ın boynuna tarifi mümkün olmayan bir sevinçle sarıldığımda mutluluktan ağlıyordum. Ağlamak ne güzeldi.

"Hadi aç!"

Gülümseyerek gözyaşlarımı sildim ve sarı kâğıdı parçaladım. Hem de nasıl parçaladım! Anneme ulaşmak, ona varmak ister gibi paramparça ettim. O parçalandıkça ben tamamlanmaya yol aldım. Ve tabloyu, *Kaplumbağa Terbiyecisi*'nin acemice bir taklidini elime aldığımda gözyaşlarımı gözlerime hapsettim. Bir damla gözyaşı annemle arama girmesin, onun fırça darbelerini gözlerim iyice görsün...

Parmaklarımı tablonun renklerine dokundurdum. O küçücük kıza annesini vermek istercesine renkleri ayrı ayrı hissettim. Kırmızıya sürüdüğüm parmaklarım yangınlarımı söndürdü, yerdeki yeşil yapraklar acılarımı emdi, masmavi çiniler sonsuz bir huzuru içime işledi.

Annem oradaydı. Tablonun renklerinde. Beni ayakta tutan, hayattaki tek avuntum olan, en sevdiğim renklerde...

Mutfak masasında duran o tabloya, annesizliğimi iyileştirene kadar bakmak istedim. Akıp giden zaman, bu sefer hayatı yutmak yerine bana yitirdiklerimi geri veriyordu.

Belki de saatler sonra, Aras anneannemin düğünümüze geldiğini, düğünde bana taktığı gerdanlığın anneme ait olduğunu söyledi. Her parça kalbimin derinliklerine işlerken ben de ışıldıyordum.

Tüm o sevinç, hüzün, ama en çok da mucizeler durulduğunda güneş doğmak üzereydi ve biz hâlâ beyaz mutfak masamızda göz göze oturuyorduk.

"Sen iyi ki varsın Aras. Hayatımdaki her şeysin, her şeyimsin."

Gözlerimi boş tabakların üzerinde gezdirdim. Emine Hanım dün gelmemişti ve bir hafta daha gelmeyecekti. Evde yemek olmadığı için ikimize de birer peynirli tost yapmıştım. Masadaki boş tabakları topladıktan sonra Aras'a sarıldım.

"İki saat sonra uçağa bineceğiz ve sen hiç uyumadın Rüya."

"Sen gelmek zorunda değilsin Aras" dedim, çünkü gece bir telefon gelmiş ve Ankara'ya çağrılmıştı.

"Seni bıraktıktan sonra hemen döneceğim, sabah doktor arkadaşımı ararım, sana bu hafta girmen gereken sınavlar için rapor yazar."

"Hey, çok kötü bir şey bu! Bunu yapacağımı hiç düşünmezdim."

İkimiz de haince gülümsedik. Alnını benim alnıma dayadı.

"Anneanneni göreceğini de düşünemezdin ufaklık. Doktor arkadaşım seve seve yazacaktır raporu, emin ol. Mutluluk kadar güzel bir ilaç var mı sence?"

"Aras seninle nasıl baş edeceğim ben?"

El ele merdivenlere doğru yürüdük.

"Aras gerçekten gelmeni istemiyorum. Onun beni beklediğini bilmem yeter, beni İzmir'e bıraktıktan sonra Ankara'ya dönmek seni çok yoracaktır."

* * *

Sabah saat altıda beni İzmir uçağına yolcu ederken, onu nasıl ikna ettiğimi ben de bilmiyordum, ama en doğrusu buydu. Yaklaşık elli dakikalık yolculuk boyunca sadece masmavi gökyüzünü seyrederken sevinçlerim de bana eşlik etti. Tuğrul Giritli'yi düşünmüyor, yaşayacağım mutluluğa gölge düşürmesini istemiyordum.

Minik sırt çantamla iç hatlar çıkışına geldiğimde, elindeki beyaz kâğıtta adım soyadım yazan yaşlı bir adam beni bekliyordu. "Sen sadece uçağa bin" demişti Aras, ben de öyle yapmıştım. Ne olacağı hakkında hiçbir fikrim olmasa da sürgünlerin bittiğini biliyordum. Gerisi boştu. Yaşlı adam bembeyaz saçları, tonton göbeği ve sıcacık gülümsemesiyle beni bağrına basarken gözyaşlarına engel olamıyordu.

"Annene ne kadar benziyorsun!"

Bir süre sonra pantolonunun cebinden çıkardığı beyaz mendille gözyaşlarını silerken gözlerini benden kaçırarak zorlukla konuştu.

"Özür dilerim kızım. Ben Cavit Amcan. Kırk senedir Giritli ailesinin yanında çalışıyorum." Sırtımda asılı duran çantaya uzanarak hemen karşıda duran simsiyah arabayı işaret etti. "Sadece ben biliyorum, başka kimse bilmiyor. Anneannen seni bekliyor yavrum." Yolun tam ortasında durduğumda o da durarak teselli edercesine bana baktı. "Senin evinin kapısını sana kendi elleri ile açacak kızım." Sesi boğuklaştığında halime üzüldüğü, geçmişe lanet ettiği besbelliydi. Susuyor olsam da sevinç çığlıkları atıyor, nefes alıyor olsam da heyecandan ölüyordum.

İzmir'i seyrederek, koklayarak, farklı parlayan güneşinden gözlerimi sakınmayarak yaptığım yolculuk bittiğinde eski bir yalının önünde durduk.

Bembeyaz, ahşap oymalı bir kapısı ve içeride hayalini bile kurmaya çekindiğim sevgi vardı. Sekiz basamaklı merdiveni tırmandım. Annemin yüzüne kapatılan kapı kendiliğinden ardına kadar açıldı. Ve işte, karşımda o bal rengi sıcacık bakışları gördüğümde kim olduğunu, kime geldiğimi iyi biliyordum. Onu ilk defa görüyor olsam da, hiç de öyle hissetmiyordum. Beyaz teni, omuz hizasında, kırlaşmış kumral saçları, bana benzeyen yüzü ve tüm sevgisiyle anneannem...

"Rüyam, annem neredeydin sen?" Haykırışını duyduğum an, cayır cayır yanan yüreğim bu dağ gibi sevgiye kendiliğinden teslim oldu. Omuzlarımı bir an tuttuktan sonra kalplerimizi dağlamış ayrılığımızı unutturmak istercesine bana sımsıkı sarıldı; güven, sıcaklık, ama en çok da sevgisi üzerime yağdı.

Kollarımı ona doladığımda hıçkırıklarım kesilmiyor, gözyaşlarım beyaz gömleğini sırılsıklam ediyordu.

Beni kendinden uzaklaştırarak bir hayali süzüyormuşçasına baktı. Acıların sevince dönüşmesiyle parlayan gözleri beni de o ışığa çekti. Tüm kuvvetimle ona sarıldım.
"Annem hoş geldin evine. Hoş geldin bir tanem."
İçimi titreten sözleri ve tüm hayatım boyunca biriktirdiğim yokluk, çağlayarak tekrar akmaya başladığında sanki içim boşaldı ve istediğim sevgiye seve seve yer açtı.
Hasretin bile imkânsıza vurduğu bir hayattı benimkisi. Kan gibi akan yokluktan başkasını özlemek bile yasaktı. Şimdi ise esaret bitmişti. Eve doğru ilk adımlarımı attığımda biliyordum, benim de artık hayatımda herkes gibi, kırsanız, incitseniz bile döneceğini bildiğiniz insanlar vardı.
"Ölümden başkası beni senden ayıramaz artık Rüyam" dediğinde, bir kere daha tamamlandım.
Ahşap merdiveni çıkıp uzun bir koridordan geçtik. Anneannem koyu kahverengi bir kapıyı araladı, demir başlığı olan bembeyaz bir yatağı işaret etti. Hemen anladım, orası annem doluydu. Yatağa oturdu. Ben odayı inceleyip annemin gençlik fotoğraflarına bakarken o da beni seyretti.
Nihayet ona doğru döndüğümde, "Aras aradığında Deniz'in yanındaydım" dedi. "Annene emanetini bulduğumu müjdeledim. Senin çok iyi bir insanın yanında olduğunu, sevildiğini, çok mutlu olduğunu söyledim Rüya."
İkimiz de sessiz sessiz ağlarken ona yaklaşarak yanına oturdum. Başımı göğsüne yasladım, sonra da kıvrılarak dizine yattım.
"Aras'a seni evine getirmesini söyledim Rüyam." Saçlarımı okşarken hissettiğim duyguya öyle yabancıydım ki... Bu dokunuş, Aras'ın bana yaşattığından bambaşkaydı. Aras'ın elleri yaralarımı sarıp beni iyileştirirdi. Ama anneannemin elleri beni çocukluğuma götürüyor, örselenmiş çocukluğumu siliyordu.
Gözlerimi açık renk ahşap döşemeye çevirerek acıyla gülümsedim.
"Bir çocuk vardı yurtta. Annesi babası ölmüştü ve anneannesi ona bakamadığı için onu oraya bırakmak zorunda kalmıştı." Dizlerimi karnıma doğru çekerek devam ettim. "Anneannesinden bahsederken

hep ona 'anne' derdi. Neden böyle dediğini sorduğumda 'anne demek istiyorum, bu benim hakkım' derdi."

Anneannem alnıma bir öpücük kondurduğunda gözlerimi ona çevirerek gülümsedim. Yüzündeki taptaze sevgi pınarı ezberime kazınıyordu.

"Söyle meleğim, bana ne istersen öyle de. Yüreğin acımasın meleğim."

Gözlerimi ondan kaçırdım. Çöken hüznü belki de saklamak istedim.

"Ben de o günden sonra hep bunu hayal ettim." Ellerinin her dokunuşu saçlarıma gül yaprakları dökerken gözlerim boşluğa dalıp gitti.

"Ama söyleyemem artık."

"Neden Rüyam?"

"Çünkü Aras üzülebilir. O anne diyemiyor." Yanağımı öptüğünde ağlamaya başladığını yüzüme düşen yaşlardan anladım.

"Sen aynı Deniz'e benziyorsun, hem de her şeyinle..."

"Anneme gitmek istiyorum."

"Elbette, canımın içi."

Huzur denen eşsiz duyguya teslim oldum ve hayatımda ilk defa katıksız sevginin bağrında uyuyakaldım. Ne kaybetme korkusu, ne acı ne de hüzün... Sadece sevgi... Benim canımdan, benim kanımdan...

Gözlerimi açtığımda, ayrı kaldığımız her günü, aramıza inşa edilen duvarları bir bir yıkarak yaşamlarımızı, özlemlerimizi birbirine vardırdık. Kâh gülerek, kâh ağlayarak sıcacık sözleri bana aktığında ben de tereddütsüzce tüm duygularımı ona açtım.

Annemin yanına yalnız gitmek istediğimi söylediğimde Cavit Amca beni mezarlığa götürmek için kapıya geldi. Beni annemin mezarının başına bıraktıktan sonra biraz öteye giderek beklemeye başladı. Beyaz mermere dokundum. Sonra da o toprağın üzerinde bitmiş çiçeklere gülümsedim. Deniz Giritli Akten...

Başımı sağa çevirdim, babamın mezarının da orada olduğunu biliyordum. Anneannem öyle olmasını istediğini söylemişti. İkisine de doya doya ağladıktan, topraklarını okşadıktan sonra anneme dönerek, aslında çok karanlık olan beyaz mermere sarıldım.

"Senin yaşındayım anne, tam senin yaşında seni buldum. Öyle özledim ki seni, yüzün tarifsiz bir karanlık, kokun bilemediğim bir kokuydu. Şimdi hepsini biliyorum. Sen olmasan da seni biliyorum." Burnumu çekerek elimin tersiyle gözyaşlarımı sildiğimde bu sefer kavrulduğum yangın bambaşkaydı.

"Hayat, en büyük haksızlığı bize yapmış olsa da ben mutluyum anne. Anneannem bana her şeyi anlattı. Babamı nasıl sevdiğini, onun seni nasıl sevdiğini... Sonradan öğrenmiş, bir arkadaşına yardım etmek isterken inşaattan düşmüş." Yüzümü beyaz mermere kapattığımda artık hıçkırıklarımı tutamıyordum. "Ben eşini çok seven bir kadının ve çok cesur bir babanın kızıyım anne. Ben de sizin gibi resim yapıyorum, beni gördüğünü biliyorum, ama yine de söylemek istedim." Burnumu çeke çeke önce babamın mezarına, sonra tekrar anneminkine baktım. "Çok teşekkür ederim bana böyle bir hediye bıraktığınız için. O karanlık günlerde bana en güzel ışığı bıraktınız anne. Renkleri bıraktınız. Ruhum kirlenmeden her acıyı o renklerle temizledim ben. Onlarla nefes aldım, onlarla ayakta durdum"

Kapkara toprağı okşarken yanağımı buz gibi mermere yaslayınca sımsıcak güneşe rağmen ürperdim. Aklımdaki düşünceler yüzünden ölesiye ürperdim.

"Canım çok yandı, bana orada birisi dokunacak diye her gün öldüm. Oradan kurtulana kadar saçlarımı kısacık kestirdim, hiç konuşmadım. Kendimi herkesten, her şeyden sakladım anne. Sadece ayakta kalmak için hep sustum, saklandım."

Güneş yüzünden gözlerimi kırpıştırırken yorgun kalbim anneme akıyor, yenilenmek istiyordu.

"İlkokulda bir kız vardı. Annesi onun saçlarına rengârenk kurdeleler takardı. Onları her gördüğümde kısacık saçlarıma dokunur, sana kızardım. 'Neden sen de benim saçıma kurdele takmıyorsun?' derdim."

Bir süre sustum. Gözyaşlarım hâlâ akıyor, soğuk mermere yasladığım yanağım üşüyordu.

Biraz daha kendime geldiğimde ellerimi hâlâ annemin mezarından ayıramıyordum. Nasıl ayırabilirdim ki? Yirmi iki yıllık anne yokluğu, beni onun mezarına bile razı hale getirmişti.

"Anneannem onu boşamayacakmış, çünkü sahip oldukları her şeyi bana vermek istiyormuş." Sanki annem vücut bulmuş, karşımda duruyordu. "Hayır, istemiyorum desem de itiraz etti. Onlar zaten seninmiş. Anne, babanı sevmiyorum. Eğer onu sevseydim asla affedemezdim. Çünkü insanın canını sanırım en çok sevdiği yakabilir. Bunu Aras'ı sevdikten sonra anladım." Derin bir nefes aldım.

"Affetmezdim anne, bir daha canım öyle yanmasın diye affedemezdim."

* * *

Bir hafta boyunca her gün annemi ve babamı ziyaret ettiğimde bir kere de o küçücük bebeğin mezarına uğradım. Ona bildiğim tüm duaları ettikten sonra anneannemi belirsizlik denen duyguyla kahretmediği için teşekkür ettim. O mezar onun avuntusuydu. Olmayışı çok daha zordu. Bunu iyi biliyordum.

Yüzlerce fotoğraf zihnime, bir sürü anı aklıma ve anneannemin sıcacık sevgisi kalbime doldu. İzmir'i bu sefer aidiyet duygusuyla gezdim. İnsan asıl ait olduğu yere ne de çabuk alışıyor, taşını toprağını kendine ait kılıyordu. İzmir o yüzden bana başka kokmuştu, hâlâ da kokuyordu. Denizi başka mavi, güneşi başka sarıydı.

Anneanneme akrabalarımızdan kimseyle tanışmak istemediğimi söyledim. Tuğrul Giritli ünlü bir insandı ve bir kişinin dahi öğrenmesi bütün ülkenin öğrenmesi anlamına gelebilirdi. Buna katlanmam mümkün değildi. İstenmediğimi benim bilmem fazlasıyla yetiyordu. Anneannem bunu tahmin ederek, evdeki yardımcı kadın da dahil kimseyi eve kabul etmedi. Hep baş başaydık, bana kendi elleriyle yemekler yaptı. Ondan annemin en sevdiği yemekleri yapmasını istedim.

Beraber İstanbul'a döndüğümüzde artık benim de özlediğim insanlar vardı. Anneanneme doyarken Aras'ı çok özlemiştim. İzmir'deyken her gün beni defalarca aramış, her şeyi dinlemişti.

Pazartesi günü sınava girdikten sonra, anneannemin İstanbul'u ziyaret ettiği zamanlarında kaldığı, Boğaz kıyısındaki villasına gitmiş, sonra da evime dönmüştüm. Artık bana daha yakın olabilmek için orada yaşayacaktı. Aras gece yarısına doğru Ankara'dan dönecekti. Benim İzmir'de olduğum süre boyunca o da hep Ankara da kalmıştı. Onu televizyonda seyretmiş, basın mensuplarına kıvrak zekâsıyla cevap vermesini izlemiştim.

Anneannemin evinde akşam yemeği yemiş olsam da yine acıkmıştım. Aras'ın da karnının aç olacağını tahmin ederek Emine Hanım'ın pişirdiği mantıyı masaya koydum. Kapı çaldığında artık ona kavuşmama sadece birkaç adım kalmıştı. Kapıyı açtım. Başını hafifçe yana eğerek beni süzdü. Yine kravatı yoktu.

"Ufaklık beni beklemiş." Sözlerine aldırmadan boynuna sarıldığımda kollarını belime dolayarak beni havaya kaldırdı ve içeriye yürüdü. Ben onun yanağına, boynuna telaşlı öpücükler kondururken, o da kokumu içine çekiyor, bana daha sıkı sarılıyordu.

"Seni çok özledim bebeğim." Binlerce öpücüğe, söze bedeldi bu cümle. Ondan çok zor duyulabilecek sözcükler olduğu için mi bu kadar mutlu olmuştum?

Beni mutfak masasının yanında duran tabureye indirip siyah gömleğimin düğmelerini tek tek açmaya başladı. Ama üçüncü düğmeye geldiğinde durarak gülümsedi.

"Gecenin bu saatinde mantı mı yemeyi düşünüyorsun?"

"Canım istiyor."

Biraz geri çekilerek beni inceledi. "Çok mu istiyor?"

Gözlerimi kapayarak ona sarıldım.

"Şu düğmeleri açmayacak mısın?"

İradesi sinirimi bozsa da, fısıltısı beni baştan çıkarıyordu.

"Hayır, açmayacağım, hadi yemeğini ye."

"Yapma!" dediğimde sesimdeki inilti onu gülümsetti. Sonra bir düğmemi ilikleyerek merdivenlere doğru yürüdü.

"Birazdan geliyorum."

Üzerini değiştirerek masaya geldiğinde yemeklerimizi yedik ve her şeyi en ince ayrıntısına kadar konuştuk. Yine zamanın nasıl geçtiğini anlayamamıştım, çünkü gözlerim kapanmak üzereydi. Masadaki tabakları toplamaya başladım. Aras da elindeki tablette bir şeylere bakıyordu.

"Çok mu uykun geldi ufaklık?" diye sordu.

Esnememe mâni olmak için ağzımı kapatırken, "Çok uykum var" diye karşılık verdim.

"Korkma uykunu çalmayacağım." Pis pis sırıttıktan sonra yine tabletine döndü.

"Bana yardım eder misin Aras?"

"Ben o sevimli kocalardan değilim bebeğim. Masa falan toplamam."

Hayretler içinde yüzüne baktığımda kendini savundu.

"Arkadaşlarım hep bundan şikâyet ediyor. Onlar gibi ikiyüzlü olmamı ister misin?"

Şaşkınlığım artsa da topladığım tabakları bulaşık makinesine yerleştirmeye başladım. Ve canımı şu anda en çok sıkan konuyu onunla paylaşmadan edemedim.

"Nehir bir ailem olduğunu biliyor mu Aras? Bir haftadır hiçbir telefonuma cevap vermiyor. Sanki benden kaçıyormuş gibi davranıyor. Bu davranışının sebebi sence ne olabilir?"

45

İkimizde de var olan karanlık

Sabah bir sınavdan daha çıktığımda aklım hâlâ Nehir'deydi. Aras onun sınavları olduğu için böyle davrandığını söylese de bana pek de inandırıcı gelmemişti. Nehir'i aramak için telefonumu elime aldığımda zil sesini duydum. Arayan Çınar Ahmedov'du. Cunda Adası'nda birbirimize numaralarımızı vermiştik.

Çınar benimle buluşmak istediğini söyledi. Büyük bir alışveriş merkezinin kafelerinden birinde buluşmak için sözleştikten sonra Aras'ı aradım. Bir randevusu olduğunu, daha sonra bize katılacağını söyledi. Ben de kararlaştırdığımız yere gitmek için bir taksiye bindim. Yaklaşık yarım saat sonra beyaz deri koltukları ve sandalyeleri olan kafeye geldiğimde masada iki kişi vardı. Oğuz ve Çınar.

Masaya giderek Çınar'ın yanındaki boş sandalyeye oturdum. Aslında çekip gitmek istesem de Çınar'a olan saygım buna mâni olmuştu. Oğuz'un da, benim de yüzüm gergindi.

"Seninle konuşmak istiyorum Rüya."

Çınar eline telefonunu alarak yanımızdan uzaklaştı. Oğuz gözleriyle Çınar'ı işaret ederek yüzüme bakmadan konuştu.

"Onun hiçbir şeyden haberi yok. Sadece sana bir özür borcum olduğunu biliyor. Seni aramasının sebebi sergiyle ilgili programımızı netleştirmek. Bunun için önce senin beni affetmen gerektiğini ona söyledim. Senden özür dilerim Rüya. Sadece senin gerçeği bilmeni istemiştim."

"Hayır, sen Aras'ın zor duruma düşmesini istedin."

"Neden böyle düşünüyorsun Rüya?"

"Düşünüyorum, çünkü bana, onun uğruna ölmeye değmeyeceğini söylemiştin. Ben o sırada, bana karşı hissettiğin duygular yüzünden öyle söylediğini düşünsem de sen öyle olmadığını gösterdin."

"Neyi gösterdim?"

Ellerimi saçlarımın arasından geçirerek gözlerimi ondan kaçırdım.

"Evliliğimize saygı duymadığını."

"Evliliğinize saygı duymamak mı?" diye mırıldandı. "İnan bana sana olan saygım, Aras'a olan sevgin, bu evliliğe fazlasıyla saygı duymamı sağlıyor. Kocana asla güvenmememe rağmen..." Alnını sıvazlarken başını öne eğdi. "Sen ve o mutlusunuz, bunu görüyorum, ama deden seni istememiş olsa bile bu gerçeği bilmeye hakkın var diye düşündüm. Ben ne olursa olsun bilmek isterdim."

Samimi olduğu belliydi, ama ona kırgınlığımın sebebi Aras'a olan düşmanlığıydı.

"Ama sen bu durumu Aras'ın benden sakladığını düşündün."

"Peki sen Rüya, sen ne düşündün?" diye sorduğunda gözlerimi ondan kaçırdım.

"Ben de aynısını düşündüm." Sesimi alçaltarak devam ettim. "Onu çok sevdiğim, ona hep inandığım halde onu bu yüzden terk etmeye kalktım."

"Öyleyse bana hak ver Rüya. Sana karşı hissettiklerim yüzünden burada olmadığımı bil. Buraya geldim, çünkü seni incitecek bir hata yaptım ve pişmanım. Sadece ailenin kim olduğunu öğrenmen gerektiğini düşündüm." Ellerini iki yana açarak yalvarırcasına bana baktı. "Hepsi bu. İnan bana, sadece bu."

Haklıydı. Ben Aras'ı bu kadar sevdiğim, bildiğim halde onu suçlamış, ona inanmamıştım. Oğuz'un böyle düşünmesi olağandı. Yine bakışlarımı ondan kaçırak düşüncelere daldım.

Biz birbirimizden başkasıyla olamazdık. Bir başkası bizi anlayamaz, bizim kalplerimize dokunamazdı. Bir yaralıyı ancak diğeri anlardı. Aras'ın beni, benim de onu anladığım gibi...

İkimizde de aynı karanlığın olduğunu bilmek bize yetiyor da artıyordu. Oralarda saklı acılarımız birbirimizi hem daha çok acıtıyor, hem de iyileştiriyordu. Beni iyileştirmek adına Tuğrul Giritli gerçeğini benden saklaması gibi... Onun acısını almak için elimi kalbinin üzerine dokundurmam gibi...

Ben onu sadece sevmiyordum, Aras'a her baktığımda aslında kendimi de seyrediyordum. Biz Rüya ve Aras değildik. Biz sadece ve gerçekten "biz"dik. Oğuz bunu anlayamazdı. Bizi, bizim gibi olmayan hiç kimse anlayamazdı.

Düşüncelerimden sıyrıldığımda "İnanıyorum Oğuz" dedim. Ardından telaşla ekledim. "Sanırım gitsen iyi olacak. Eğer Aras ile karşılaşırsanız..."

"Bir şey daha var Rüya... Bu olanlar yüzünden lütfen hayalinden vazgeçme."

Sergiyi kastediyordu. Sağım çorak bir toprak, solum masmavi bir deniz... Bu ikisi arasında sıkışmış kalmış gibiydim. Sergiden vazgeçsem de vazgeçmesem de ben kupkuru bir ıssızlığı seçmiş olacaktım. Ya kendime ihanet edecektim, ya da bize...

"Lütfen Rüya bundan vazgeçme. Çınar Ahmedov gibi bir sanatçıyla ortak sergi açmak için canını verebilecek ressamlar var. Prestij, ün, tablolarının hak ettiği değeri görmesi..." Sanki tek derdi benim mutluluğummuş gibi bana baktı. "Çınar bu durumdan bahsettiğinde senin adına çok sevindim. Bana, yüzden fazla genç sanatçıdan teklif aldığını, ama bir çılgınlık yaparak senin tablolarını bile görmeden bu teklifi sana yaptığını söyledi. Sanatçılar bazen böyledir Rüya. Haksız mıyım?"

İçinde bulunduğum ikilemi yok etmek isteyerek başımı ağır ağır salladım.

"Evet, sanatçılar bazen her şeyi bir kenara bırakarak radikal kararlar alabilirler. Bu onların doğasında var."

"Sen de her şeyi bir kenara bırak" dedi alçak, ama oldukça ikna edici bir ses tonuyla.

"Aras..." diye fısıldarken başımı bir suçlu gibi öne eğdim. Tüm bu olanlardan sonra bunu istemeye hakkım olmadığı halde sergiden vazgeçme düşüncesi işkenceden beterdi.

Ve korktuğum şeyin gerçekleştiğini kafenin aralanan cam kapısının ardındaki öfkeli gözleri görünce anladım.

Aras sert bir ifadeyle yanımıza geldi. Gri gözlerini Oğuz'a dikerek, yanıma oturdu ve beni kendine doğru çektikten sonra belime sarıldı.

"Demek buradasın." Bu sözler Oğuz'aydı. Beklemediğim soğukkanlı tepkisine rağmen, sesi çok soğuktu.

Oğuz, "Şimdi gidiyordum" dedikten sonra bana dönerek, "Sergi için tüm hazırlıklar tamam" diye ekledi. Kararsızlığımı ciddiye almadığı ortadaydı.

Dudaklarımı ısırarak başımı öne eğdim. En kötü, en yalnız günlerimde bana yoldaş olan renklere bunu yapıyor olmak canımı o kadar yaktı ki, gözlerimin dolmasına engel olamadım. Evet, başka bir galeride sergi açabilirdim, ama orası ne bir Ozz olurdu ne de yanımda Çınar Ahmedov...

Oğuz, "Aras'ın seni bu konuda destekleyeceğine eminim" dediğinde, tehlikeli bakışmaların arasında kaldığımı iliklerimde hissediyordum. Oğuz'un sebepsiz yere beliren tehditkâr bakışları ve ses tonu aynı şekilde karşılık buldu.

"Benim adıma çok fazla konuşma."

Oğuz ona karşılık vermeyerek bana döndüğünde yumuşayan ses tonunun Aras'ı deli ettiğine emindim.

"Tanıtım ve reklam çalışmaları çoktan başladı Rüya. Bu senenin en gözde sergisi olacak. Tüm sanat camiası bu konuda benimle hemfikir."

Aras omzumu sıkarak saçlarımın üzerine bir öpücük kondurduğunda başımı kaldırdım ve bana gösterdiği şefkatin Oğuz'a verdiği cevapta nasıl yok olduğunu gördüm.

"Rüya'nın bu sergiden vazgeçmeyeceğini biliyorum, ona destek olmama gerek yok." Şok edici sözleri bana üstü örtülü onay verirken, Oğuz'un sebepsiz tehdidini boşa çıkarıyor gibiydi. "Rüya ne istiyorsa, nasıl mutlu olacaksa onu yapmalı." Aslında bu sözler, Aras'tan beklediğim sözler değildi ve bu durumu zoraki, beni kırmamak için onayladığını hemen belli etti.

"Sadece sergi gecesine kadar galeriye uğramasını istemiyorum Oğuz Hanzade. Beni anladın mı?"

Oğuz durumu daha fazla zorlamayarak onu bakışlarıyla onayladıktan sonra yanımızdan uzaklaşarak Çınar'la ayaküstü bir şeyler konuştu.

Çok tedirgin de olsam, bastıramadığım mutluluğumun gözlerimden Aras'a aktığına emindim.

"Gerçekten bunu istiyor musun Aras?" diye sordum.

Suskunluğunu Çınar'ın sesi böldü.

" 'Su ve Kadın' adlı sergimiz için son detayları konuşalım mı artık Rüya?"

46

Bu gece özel bir gece mi?

Çınar ve Oğuz'la yaptığımız görüşmenin üzerinden haftalar geçmesine rağmen Aras'ın gözlerine yapışmış kalmış tarifsiz duygu hep aramızdaydı. Sergiye zorunlu olarak müsaade ettiğine dair bir izlenim yaratıyordu bende. Günler geçsin, büyük bir heyecanla beklediğim sergim açılsın ve Aras'ın yaşadığı bu duygu bitsin istiyordum. Bu aslında çok tuhaftı. Anneanneme durumdan bahsettiğim zaman, "Seni kırmak istemiyor ama Oğuz'la ortak bir şeyler yapacak olmana tahammül de edemiyor" demişti. Öyle miydi? Öyleyse neden daha önce kırmıştı? Bu sefer serginin sahibi ben olduğum için mi? Aras için fark eder miydi? Oysa Oğuz'dan tablolarımı geri almam konusunda bana çıkıştığı anlar daha dün gibi aklımdaydı.

Günler geçerken, akademide ders veriyor, boş vakitlerimde anneannemle görüşüyor, Nehir'i özlüyordum. Onunla sadece telefonda konuşabiliyordum, çünkü Fransa'daki yazlık evlerine gitmişti. Her ne kadar öyle olmadığını söylese de benden uzaklaşmış gibiydi. Bir ara Kaan'la aralarında çok ciddi sorunlar olduğunu, ama şimdi her şeyin düzeldiğini söylemişti. Sergiye gelecekti. Biliyordum, beni asla yalnız bırakmazdı.

Temmuz ayının sıcacık günlerinde her günüm eskisinden çok daha güzel geçiyordu. Emine Hanım'a anneannemden bahsetmemiştim. Belki Tuğrul Giritli siyasetten emekli oluncaya kadar, belki de ömür boyu bunu herkesten saklayacaktım.

Tuğrul Giritli televizyona her çıktığında başka kanala geçiyordum.

Siyasetten anlamıyor, hiç ilgilenmiyordum, ancak siyasetin sadece halk üzerinde değil, siyasetçiler üzerinde de müthiş bir gücü olduğuna inanıyordum. Dönüştürücü ve baştan çıkarıcı mutlak gücünü hiçbir siyasetçi inkâr edemezdi. Aras bile...

Siyaset bir tercih değildi, bir yaşam biçimiydi. Siyaseti yaşamına katarak yoluna devam edemezdin, siyaset kendi istediği yaşamı seçmen için seni zorlardı.

Aras daha yolun başındaydı ve tüm kalbimle umuyordum ki, onun hayatını benden çalarak Aras'ın başka bir insan olmasına sebep olmazdı.

Sergimden bir gün önce anneannemin evinden çıktığımda güçsüz akşam güneşi Boğaz'ın suları üzerinde ışıldıyordu. Güneş sessiz sedasız İstanbul'u terk etmeye hazırlanırken telefonum çaldı.

"Nereye gidiyorsun?" Aras ve "merhaba" demeden konuya girmesi... "İyi misin?" diye sormaya gerek duymuyordu. Zaten iyiydim, hem de çok iyi... Masalın mutlu prensesi...

"Eve dönüyorum."

"Dönme. Ofise gel, beraber yemeğe gidelim."

"Hangi plaza olduğunu biliyorum, ama gerisi hakkında hiçbir fikrim yok."

Bana alaycı alaycı baktığını görür gibiydim. "Eşinin ofisini bilmiyor musun sen Rüya?"

Sesi alaycı da olsa, bu durum bir şekilde hoşuna gitmiş gibiydi.

"Bekle, seni almaya geliyorum. Bana tam olarak nerede olduğunu söyle."

"Birkaç dakika önce anneannemin evinden çıktım. Sahildeyim."

"Hımm, bensiz!"

"Evet sensiz, çünkü ya ofiste oluyorsun ya da Ankara'da."

Kısa, sağır edici bir sessizlik... Yanlış bir şeyler söyleyerek onu kırmak istemesem de sanırım bunu başarmıştım, ama durumu hemen toparladı.

"Her ikisinin de bu gece canı cehenneme! Bu gece önce dışarı çıkacağız, güzel vakit geçireceğiz, sonra da evimize..." Cümlesinin devamını kasti olarak tamamlamayarak gerisini benim hayal gücüme bıraktı.

"Bu gece özel bir gece mi Aras?"

"Özel bir gece Rüya."

Gözlerimi Boğaz'ın sularına dikerek düşündüm.

"Bilmiyordum."

"Bilmiyorsun, çünkü seninle geçirdiğim her gece çok özel, ama bu bambaşka."

Kıkırdayarak telefonu kapattım ve onu beklemeye başladım.

Bir süre sonra siyah arabası yolun kenarında durduğunda, camları açık arabanın içinde arka koltuğa oturmuş olan Aras'ı gördüm. Arabanın krem rengi deri koltuğuna yaslanmış, uçuk mavi bir karton dosyanın içindeki kâğıtlara dalmış, çalışıyordu. Yine kravatı yoktu ve gömleğinin tek düğmesini açık bırakmıştı. Bu dağınık görüntü ona çok yakışıyordu. Beni fark eder etmez dosyayı bırakarak sıcacık gülümsedi. Ardından Yavuz'a bakıp bir şeyler söylerken yüz ifadesi tekrar ciddileşti. Bir insan nasıl aynı anda böyle iki değişik ifadeye sahip olurdu?

"Merhaba bebeğim." Sesi de sıcacıktı. İnsana kendini hem özel hem de bencil hissettirmeyi başarıyordu. Özel hissettiriyordu, çünkü bana özeldi. Bencil hissettiriyordu, çünkü bana özel olması gururumu okşuyor, başkasını öyle sarmalama ihtimali bencilliğimi su yüzüne çıkarıyor, onu paylaşmak istemiyordum.

Arabaya bindiğimde bana sarılarak, saçımı kaldırdı ve enseme bir öpücük kondurdu.

"Hımmm... Çok özlemişim seni bebeğim."

Az önce dikkatle incelediği kâğıtlardan birini bana uzattı. "Evimizi senin üzerine yapabilmek için gerekli olan tüm evraklar hazır. Bizde zaten vekâletin var, ama şuraya bir imza atman gerekiyor Rüya."

Sözlerinin üzerimde yarattığı şok yüzünden aniden doğrularak, "Hayır!" diye itiraz ettim. "Bunu kabul etmem mümkün değil. Bana sorman gerekiyordu." İtirazım onu zerre kadar etkilememiş görünüyordu, çünkü ses tonu hâlâ alçak ve oldukça rahat çıkıyordu.

"Bu ev senin."

"Benim ya da senin olması fark etmez Aras, o evi benim evim yapan, senin orada olman. Seninle orada yaşıyor olmak." Öyleydi. Orası benim masal evimdi ve ancak Aras yanımdayken bu sıfatı hak ediyordu.

İtiraz ettiğim için kırılmaya başlamıştı.

"Bu hediyeyi sana vermeme engel mi olacaksın?" diye sordu gümüş renkli kalemi bana uzatırken. Kalemi aldım, imza atmamın tek sebebi, vermek istediği hediyeye engel olmamaktı.

İmza atma işini bitirdiğimde kâğıtları alarak dosyanın içine yerleştirdi ve dosyayı arabanın kapısındaki cebe koydu. Ardından buz gibi görünen bir şişe su alarak önce bana uzattı. Başımı hayır anlamında salladım, temmuz sıcağında olsak bile bünyemin soğuk su içecek kadar güçlü olmadığını biliyordum. Ama Aras'ın yaz kış soğuk su içtiğine daha önce şahit olmuştum.

Onu ilk gördüğümde yalının mutfağında Nehir'le bir şeyler atıştırıyorduk. O sırada Aras içeri girerek Nehir'in yanağından öptükten sonra beni görmezden gelerek buzdolabına yönelmiş ve kışın ortasında iki bardak soğuk su içmişti. Kaç bardak içtiğini saymıştım ve bana "Merhaba" demesini beklemiştim. Hizmetçi telaşla içeri girmiş, "Suyu benim getirmem gerekirdi, özür dilerim efendim, ama Nilgün Hanım'ın misafirleriyle ilgileniyordum" diyerek, bana göre gereksiz yere kendisini savunmuştu. Aras kadının söylediklerine aldırmadığını belli ederek "Getirmen gerekmiyor" demiş ve mutfaktan çıkmıştı.

Nehir'e onun ne kadar soğuk bir insan olduğunu, suyu bile soğuk içtiğini, hizmetçi kadına hata yapmadığını söylerken insana kendini rahatsız hissettirdiğini söylemek istemiş, ama susmuştum.

Yavuz bugün epey sessizdi. Aras bir elini omzuma atmış, diğer eliyle tabletinde e-postalarını kontrol ediyordu.

"Sen beni ilk gördüğün anı hatırlıyor musun Aras?"

Beni duyduğunu biliyordum, ama yine de gözlerini tabletinden ayırmadı.

"Evet portakal suyu içiyor, tost yiyordun."

Kaşlarım hayretle yukarı kalktı. Bu şaşkınlığımı görmediği için sevindim.

"Ben de aynı böyle soğuk su içiyordum. O günü mü hatırladın ufaklık?"

Bu adamla baş etmek mümkün müydü? Aklımı okuyor, hiçbir şeyi unutmuyordu.

"Neden beni görmedin?"

"Gördüm, hatta çok güzel olduğunu düşündüm."

"Bana bakmadığın halde mi?"

Kalbim deliler gibi atıyordu ve bunu duymasından korkuyordum. Sözlerimi karşılıksız bırakarak birkaç e-postaya cevap yazmaya başladı.

"Beni Nehir'in yalıdaki doğum günü yemeğinde fark ettiğini düşünmüştüm. Sen bana o gece neden öyle kaçamak ve gizemli gizemli bakmıştın?"

Tabletin üzerinde gezen parmağı ansızın durduğunda, nefesini tuttuğunu hissedebiliyordum. Başını düşünceli bir halde bana çevirdiğinde, başımı göğsünden çekerek ona baktım.

"Ne? Yanlış bir şey mi sordum? O gece bana nasıl baktığını görmedim zannetme."

Gözlerini kırpıştırdı, gerginleşen çenesinden dişlerini sıktığı belli oluyordu.

"O gece seni hayatımda istedim ve sen gittikten sonra tablonda gördüğüm şey, bundan iyice emin olmama sebep oldu."

Heyecanla doğrulduğumda sözcükler benden izin almadan dudaklarımdan çıktı. "Ne gördün?"

Bir süre şaşkın bir yüz ifadesiyle beni değil de, heyecanımı izledi. Daha sonra uzun kirpiklerini düşünceli bir ifadeyle kırptı.

"Ne gördüm biliyor musun Rüya? Ben orada senin ve benim..." dediği anda telefonunun daha önce hiç duymadığım melodisi çalmaya başladı. Kişiye özel atanmış olmalıydı. Kaşları çatılarak "Namık Candan arıyor" dedi. Acaba olağanüstü bir durum mu vardı?

"Efendim başkanım." Yüz ifadesi değişmiş, bambaşka bir âleme gitmişti. Siyaset ya da politika her ne ise Aras'ı benden koparıyor, ne geçireceğimiz özel geceye, ne de özel hayatımıza saygı gösteriyordu. Aras, "Tamam başkanım. Yarın sabah Ankara'dayım" deyince buz kestim.

"Akşama döneceksin değil mi?" Haftalardır ince bir buz tabakasının üzerinde yürüyor ve Aras'ın hoşnutsuzluğunu görmezden gelmeye

çalışarak sergiyi bekliyordum.
"Döneceğim" dese de söyleyeceklerinin henüz bitmediği belliydi.
"Ankara'da bir sorun mu var Aras?"
"Bilmiyorum" diye karşılık verdi. "Parti ve hükümet için çok büyük bir sorun. Yakında seçimler var ve bu durum partimizin dengelerini hem içeriden hem dışarıdan sarsabilir, ama benim için gerçekten sorun mu bunu bilmiyorum Rüya."
Sözleri kafamı karıştırmıştı. "Bu da ne demek?" diye sordum.
"Tuğrul Giritli, Namık Candan'a önümüzdeki hafta siyaseti bırakacağını iletmiş."
Bir süre birbirimizin düşüncelerini okumak ister gibi bakıştık. Giritli'nin bunu neden yaptığını ikimiz de çok iyi biliyorduk. Çektiği vicdan azabını azıcık da olsa azaltabilmek için çıkış yolu arıyordu.
"Demek öyle" dedim gözlerim dolu dolu. "Bunu yapması bir işine yaramayacak. Kimsenin bir başkasının hayatını çalmaya hakkı yok ve o bana bunu yaptı. Bunun yükünden kurtulmanın bir yolu var mı sence? Yok! Çok sevdiğin bir şeyden vazgeçsen de, yok..."

47

Hayalleri izlemek

Nehir'in doğum gününü kutladığımız kulüpteydik. Müziğin hoş melodisine eşlik eden kadın şarkıcının sesi ruhumu okşuyordu. Birkaç saat önce Ankara'dan gelen telefonun ardından sarsılan dengem yerine gelmişti. Çok daha iyiydim ve bunda, kollarının arasında dans ettiğim insanın payı çok büyüktü. Aras hiçbir acımın bende kalmasına müsaade etmiyor, bir şekilde onları benden alıyordu. Arabada Tuğrul Giritli yüzünden dökülen gözyaşlarımı parmaklarıyla silerken "Sen artık çok güçlü bir kadınsın, ağlama" demişti. "Sana acı verenler için bir damla gözyaşı dökme. Bu ben olsam dahi..."

Ona biraz daha sokularak "Seni seviyorum" diye fısıldadım.

"Sevmek bir cehennem Rüya."

"Değil Aras, sevmek çok güzel." Tüm cesaretimi toplayarak iyileşmeyen yarasına yine dokundum. Sevgisini verdiği tek insan olan annesiyle ilgili olan yarasına.

"Sevdiğin insanı olduğu gibi kabul ettiğin zaman çok daha güzel."

Dansımızı sürdürürken, derin bir iç çekerek bana daha sıkı sarıldı.

"Belki de onu öyle kabul etmenin dışında, eğer gerçekten birini seviyorsan sevdiğin insana bir zırh giydirir, onu kendinden bile korursun Rüya. O yüzden sevmek bir cehennem."

Biliyordum Aras beni tam anlamıyla sevdiğine inandığı zaman böyle sevecekti. O iki kelimeyi söylediği gün düşündüğüm şey olacaktı. Bu düşüncemi yüksek sesle ona söylemek istedim.

"Bir gün bana, beni sevdiğini söylediğinde, kalbini avuçlarımın arasına sahiden koymuş olacaksın Aras."

"İşte o zaman ona ne istiyorsan yapabilirsin Rüya..."

Bu gece, hem bir daha yaşanmayacakmış gibi, hem de daha güzellerine yol verecek güçte bambaşka bir geceydi.

"Ufaklık, yarından sonra bana ait olmayacaksın, bu gecenin tadını doya doya çıkaralım" diyerek elimi tuttu ve masamıza doğru ilerledik.

"Böyle şakalar yapma."

Yanağımı okşarken başını bana doğru eğdi. Paniklemiş halim onu memnun etmiş gibiydi.

"Bana ait olmayı seviyorsun sen." Dudağıma kondurduğu öpücüğe karşılık vermediğimi görünce dudaklarını çekti.

"Yarından sonra çok ünlü bir sanatçı olacaksın ve ben buna katlanabileceğimden emin değilim. Artık sanat dünyası da seni sahiplenecek."

İltifatına gülerek ona çok daha sıkı sarıldım.

"Evimize gidelim artık Rüya."

*** * ***

Eve geldiğimizde ceketini çıkararak mini bara gitti ve arka arkaya iki kadeh viskiyi nefes dahi almadan içti. Bu geceki mutluluğumuza rağmen yüzünü örten o düşünce perdesi hep aramızdaydı. Sergi olayının Aras'ı bu kadar derinden etkileyemeyeceği aşikârdı. Çünkü buna izin vermezdi. Üzerimi değiştirmek için yatak odasına çıktığımda arkamdan gelmeyerek bir süre daha aşağıda oturdu. Uzun siyah saten geceliğimi giyerek mutfağa indim. Birkaç saat önce yemek yemiş olmama rağmen acıkmıştım. Emine Hanım'ın hazırladığı kekten bir dilim alarak bahçeye çıkınca Aras'ın salıncakta oturduğunu gördüm. Hâlâ içiyordu. Yüksek ağaçlarla çevrili geniş bahçemizde bizi kimsenin görmeyeceğini bildiğim için gecelikle dışarı çıktım. Keki bitirdikten sonra salıncağa uzanarak başımı dizlerine koydum. Hâlâ son lokmamı çiğniyordum.

"Rüya..." Sesinde bir farklılık vardı. Belki de bazen aklımızdaki düşünceleri bir kenara koymalı, her şeyi zamana bırakmalıydık.

Parmaklarını yüzümde gezdirmeye başladı. Dokunuşları yanağımdan boynuma, sonra da usul usul siyah saten geceliğimin üzerinden karnıma akarken göz gözeydik.

"Hâlâ karnın çok acıkıyor mu ufaklık?"

Ne kastettiğini biliyordum, çünkü düşündüğümüz şeyin olmaması için hiçbir önlem almamıştık.

"Evet, ama öyle düşünmek çok saçma, çünkü daha çok erken."

Yine de şüphe ediyordum. Canım özel bir şeyler istemiyordu, sadece iştahım açılmıştı.

"Peki, sen ne düşünüyorsun Rüya, bir bebeğimiz olmasını ister miydin?"

"Evet, ama bir değil."

"Bir değil mi?"

"Evet, en az dört."

Onun şaşırmasını beklerken şefkatle yanağımı okşadı.

"Seni anlıyorum aşkım. Bunu düşünmek, istemek, en çok da senin hakkın."

Kendi canımdan, kanımdan insanlara o kadar muhtaçtım ki bu yüzden en az dört çocuk istiyordum; sonradan fikrimin değişeceğine inansam da, gönlümden geçen buydu. Üstelik onların babası Aras olacaktı. Aras'a ait, onun gibi bakan çocuklar...

"Senin fikrini sormadım" dediğimde gökyüzünde asılı duran yıldızlara bakmaya başladı.

"Eğer bir kadına âşıksan onun çocuk konusundaki fikri, senin de fikrin oluyormuş sanırım. Başka erkekleri bilmiyorum, ama ben böyle düşünüyorum. Sana âşık olduğumda bunu anladım Rüya. İstemeseydin, önlem almamız konusunda bir şeyler söylerdin diye düşündüm."

"O zaman isimlerini sen koy" dediğimde, çenemi kaldırarak gözlerime baktı. Bu tekliften hoşlanmış gibi görünüyordu.

"Kız olursa ben koyarım." Dudaklarıma doğru eğilerek beni öptü.

"Ne koyarsın?" diye sordum.

Altdudağımı hafifçe ısırarak, "Asla söylemem" diye karşılık verdi.

"Sen mükemmel bir baba olacaksın" diye fısıldadım.

Dudaklarımda gezinen öpücükleri, bıçak gibi kesildi, alnını alnıma dayayarak derin bir nefes aldı.

"Sevgilim, ismini verebileceğim bir bebeğimiz olmasını çok istiyorum."

Doğrularak bana baktı. Ben de ona. Onu ilk gördüğümde, her ne kadar soğuk bir insan olduğunu düşünsem de bir şey daha düşünmüştüm: Beni fark etmesini istemiştim. Ve bunu hayatım boyunca bir tek onun yanında hissetmiştim.

Bakışlarını yüzümün her noktasında gezdiriyordu. Bu gezinti gözlerimde son bulduğunda, sesi de gece gibi karanlıktı. Aklına gelenler pek iyi şeyler değildi anlaşılan.

"Sana benim baktığım gibi bakması beni deli ediyor." Oğuz'dan bahsediyordu. Neden Oğuz'u kafasından atamıyor, bu kıskançlığı bu kadar büyütüyordu. Vücudunun kaskatı olduğunu hissedebiliyordum. Sarhoş değildi, ama bu sözleri söylemesinde alkolün büyük etkisi olduğunu ikimiz de inkâr edemezdik.

"Sen sadece benimsin. Seni benden ayırsa bile, seni benden alamaz. Buna asla izin vermeyeceğim."

Bana doğru eğildiğinde, kaslı vücudunun değil de, ruhumu hapseden yakıcı bakışlarının altında kaybolmuştum. Bir kere daha gri bir gökyüzü üzerime uzanmış, beni ona mahkûm etmişti.

Tıpkı göğün yeri mahkûm etmesi gibi...

"Bizi ayırması mümkün değil Aras."

*　*　*

Dün gece, söylediği gibi fazlası ile özeldi. Yemeğimiz, dansımız, sohbetimiz ve buram buram aşk kokan dokunuşlarımız... Dün gece bizim gecemizdi, ay bize parlamış, yıldızlar bize ışıldamıştı.

Ankara'ya gitmek için evden ayrılacağı sırada gözlerim koyu renk kravatındaydı. Kravatını düzeltmeye ihtiyaç duymazdım, çünkü çok düzgün takardı. Yine de düzeltiyormuş gibi yaparak, kravatının düğüm yerine dokundum.

"Akşam geldiğinde boynunda olmayacağından eminim. Artık onları imzalayarak dağıttığını düşünmeye başlıyorum."

"Belki öyle yapıyorumdur bebeğim."

Yüzümü ekşiterek, zaten düzgün olan kravatı bir daha düzelttim.

"Bana kravatları ne yaptığını söylememekte kararlı mısın? Neden akşamları boynunda olmadığından çok, nerede olduklarını merak ediyorum."

Burnumun üzerine bir öpücük kondurarak, "Eşim olduğuna göre nerede olduklarını bilmen gerek."

"Öğrendiğim gün dünyanın en mutlu kadını olacağım sanırım" dedikten sonra ona sımsıkı sarıldım. "Umarım Ankara'da işin uzun sürmez Aras. Akşama döneceksin değil mi?"

Sergi kelimesini duymak bile yüz ifadesini değiştirdiği için biraz tedirgindim, ama emin olmalıydım.

"Döneceğimden emin olabilirsin Rüya." İşte sesi yine buz gibi olmuştu. Kendisi de bunu fark etmiş olmalıydı ki, bana hissettirdiği rahatsızlığı gidermek için "Heyecanlı mısın Rüya?" diye sordu başımı öperek. "Bir sürü insan tablolarını görecek."

"Bir sürü insanın onları görecek olması beni deliler gibi heyecanlandırsa da, senin o tabloları sergide görecek olman beni daha çok heyecanlandırıyor. Hayallerimin gerçekleştiğini seninle el ele izlemek, sanırım benim başka bir hayalimmiş..."

48

Vaat edilen

Giritli ile Rüya'nın görüşmesinden birkaç saat önce Aras arabasına bindiğinde vücudunun bütün hücreleri yanıyordu. Oğuz'un tehditleri yaşamına olmadık duygular sokuyor, onu daha önce hiç düşmediği bir çaresizliğe mahkûm ediyordu. Nehir'in güvenini sarsmış olmaktan çok, onun gözyaşları canını yakıyor; evde kendisini bekleyen Rüya'ya gerçekleri açıklayamayacak olmanın gerginliği kalbini paramparça ediyordu.

Galerinin önünde hızla arabadan indi. Oğuz'un kendisini beklediğini biliyordu. Genç adamın yardımcısına tek kelime ettirmeden cam odanın kapısını savurarak açtı. Oğuz elindeki telefonu masanın üzerine bırakarak kapıya yürüdü.

Gözleri buluştuğu an, Aras'ın yumruğu Oğuz'un çenesine indi. Oğuz iki büklüm olarak, elini patlayan dudağına götürdü. Doğrulduğunda kendini korumaya gerek duymadığını belli edercesine ellerini yere indirdi ve gözlerini kısarak Aras'a doğru bir adım attı. Aras, Oğuz'un başka türlü savaşacağını anlayarak krem rengi ceketinin yakasını tutarak onu sarstı.

"Sen Rüya'ya ve Nehir'e nasıl her şeyi anlatırsın?"

Kükreyen sesi, çalışanların bakışlarını bu kavgaya çekmişti, ama iki adamın da umurunda değildi bu. Oğuz yakasında duran ellere aldırmadan alaycı bir tavırla gülümsedi.

"Kardeşini koruyorsun ve sonuna kadar haklısın." Aras onun yakasını bıraktı. Oğuz bir adım geri çekilse de, sözleri geri çekilmiyordu. "Nehir ne kadar şanslı değil mi Aras? Sen yoksan, baban var. O yoksa, Mert ya da Emir. Onu kötü niyetli insanlardan koruyacak birileri hep var. Kimsesiz değil." Aras asıl yumruğu bu imalı sözlerle yediğinde Oğuz'un üzerine yürüdü, ama Oğuz'un sözleri onu durdurdu.

"Bana karşı Rüya'yı koruyor gibi görünüyorsun, ama Rüya'yı senden kim koruyacak Aras Karahanlı?"

Öfkesini yutmak ile Oğuz'a gününü göstermek arasında kalan Aras, kendini toplayarak ona karşılık verdi.

"Rüya'nın benden korunmaya ihtiyacı yok, olsa bile onu koruyacak kişi asla sen olmayacaksın Hanzade. Bunu o küçük beynine sok."

Oğuz arkasını dönerek kırmızı koltuğuna doğru ilerlerken susmaya niyetli olmadığını gösterdi. Oğuz'un Rüya'ya duyduğu aşk, daha önce hiç bilmediği gücüne güç katıyordu sanki.

"Onu korumaya çalıştığım falan yok. Ben olayım ya da olmayayım, yediğin bu halt, senin ne kadar alçak bir insan olduğunu sana gösterecek Karahanlı."

Beyaz masanın iki tarafı da alev alevdi. Biri karısını karşısındakinden, diğeri sevdiği kadını kocasından korumaya çalışıyor, ama Rüya'ya fazlasıyla zarar veriyorlardı. Aras ellerini masaya dayayarak bakışlarını Oğuz'a dikti.

"Sen ne dersen de, o evli bir kadın ve benim karım! Artık ondan uzak dur, yoksa bunun sonu iyi olmaz!" Sesinin sakin çıkmasına gayret etse de, bu, Oğuz'un inadını körüklemekten başka bir işe yaramadı.

"Sizden uzak duruyorum zaten. Rüya'ya hiçbir şey söylemedim."

"Söylemedin ve söylemeyeceksin! Bunu o kalın kafana sok. Biz evliyiz ve o bana ait..." Son iki kelimenin üzerine basa basa söylemişti.

"Evlilikmiş" dedi Oğuz, alaycı bir ses tonuyla. "Sen Rüya'yı düpedüz kandırdın. Senin ve babamın seçim malzemesi o. O kadar aşağılık bir insansın ki Karahanlı, eğer bu evlilik sürerse çocuklarının yüzüne nasıl bakacağını çok merak ediyorum."

Aras sessiz kalarak gözlerini kırpıştırdı.

"Söyle, kendi kanından çocuklarını nasıl kandıracağını söyle! Anneniz benim kariyerimin bir parçasıydı. Böyle mi diyeceksin?"

Aras kendine hâkim olmaya çalışsa da, bu çok zordu.

"Senin bir şey bildiğin yok. Hayatımızdan defol ve Rüya'dan uzak dur!" diyerek ellerini masanın üzerinden çektiğinde Oğuz ona doğru birkaç adım attı.

"Hayatınızdan mı? Sen o gece Rüya'yı bu hain planın için değil de, gerçekten sevdiğin için yanımdan alıp götürseydin, emin ol, hayatından defolup giderdim." Aras'a biraz daha yaklaştı. "Evet, o senin karın. Siz evlisiniz. O senin hiçbir şeyden haberi olmayan karın. Hâlâ o kadar bencilsin ki, aslında bu gerçeğin üstünü örterek onun hayatını çalmaya devam ediyorsun."

Aras yumruklarını sıktı. Oğuz'un susmaya niyeti yoktu.

"Bir şekilde Rüya'dan özür dileyeceğim ve ona niyetimin kötü olmadığını söyleyeceğim. Sonra da hayallerinden vazgeçmemesi için belki de yalvaracağım. Ve sen kesinlikle bunlara mâni olmayacaksın."

Aras, "Bu ne zamana kadar sürecek?" diye onun sözünü kestiğinde sesinde küçümseyici bir ton vardı.

"Süren bir şey yok. Rüya'yı mutsuz ettiğini gördüğüm an, ona gerçeği söyleyeceğim."

Aras'ın göğsü körük gibi inip kalkıyor, iğrenç bir varlığa bakar gibi bakıyordu Oğuz'a.

"Onu mutsuz ettiğimi nereden çıkarıyorsun?"

Oğuz bir kahkaha atarak, "Kendi kariyerini inşa etmekle meşgulken Rüya'nın mutluluğunu çalmaya kalkmıyor musun?" dedi. "Sergiye göndermiyor, tablolarını geri almaya kalkmıyor musun Karahanlı? Hem de sırf şu bencil egon tatmin olsun, Rüya'nın üzerinde daha çok söz sahibi olasın diye."

Aras karşılık vermeyince, Oğuz bunu fırsat bilerek sandalyesine gitti. Oturduktan sonra gözlerini Aras'a dikti.

"Dediğim gibi onu mutsuz ettiğini gördüğüm an, 'Rüya nasıl olsa mutsuz' derim ve üzülmemesi için sakladığım gerçeği ona söylerim Karahanlı."

Öyle iddialı, öyle sahiplenici konuşuyordu ki, Aras'ın öfkeden soluğu kesilir gibi oldu.

"Bunu yaptığın gün seni öldüreceğimi unutma!" Oğuz irkilerek arkasına yaslanınca Aras sözlerine devam etti. "Sen hastasın Oğuz. Aslında düşündüğüm kadar kötü bir insan değilsin, sadece hastasın."

Oğuz dudağını ısırarak ayağa kalktı ve başıyla Aras'ı onayladı.

"Evet haklısın, ben düşündüğün kadar kötü bir insan değilim, sen de göründüğün kadar mükemmel değilsin Karahanlı ve ne yazık ki bunu sadece ben biliyorum."

Beyaz masanın kısa kenarından uzunca bir yol alarak geçmişe gitti.

"Etrafındaki herkes senin mükemmel olduğunu düşünüyor, hatta Lale bile..."

"Demek Sedef sana söyledi" dedi Aras, başını ağır ağır sallarken. "Demek bana olan kinin bu yüzden, aslında sebep Rüya değil."

Oğuz ellerini keten takımının ceplerine sokarak Aras'ın bir nefes ötesinde durdu. Her an kavgaya hazır bir avcı ya da her an tuzağa düşmeye gönüllü bir av gibi.

"Yanılıyorsun Karahanlı, Lale'yle ilgisi yok. Söylemek istediğim şey, senin Lale'ye ettiğin yardım ile benim Rüya'ya edeceğim yardım arasında hiçbir farkın olmadığı."

Aras, "Ben Lale'ye âşık değildim" diye karşılık verdi. "Sen onu ortada bırakmıştın. Kızın okulunu bitirmesi için destek oldum. O kadar. Bir dost gibi."

Oğuz artık bu konuşmayı sonlandırmak istediğini belli ederek tekrar sandalyesine yöneldi.

"Evet, kendin söyledin bir dost gibi. Ben de öyle yapıyorum. Hem fark etmez Karahanlı, ikimiz de suçluyuz. Biliyorum benim yerinde olsaydın, sen de..."

Susarak, cümlesinin gerisini onun tamamlamasını istercesine Aras'ın gözlerinin içine baktı.

"Bunu yaptığın gün seni öldüreceğim! Yemin ederim, kendi ellerimle seni öldüreceğim Oğuz. Sakın bu lafımı unutma! Eminim benim yerimde olsaydın sen de beni öldürürdün."

Öfkeyle arabasına yürüdü. Eve sürerken delirmek ile eski Aras olmak arasında bir çizgide gidip geliyordu. Rüya'ya olan aşkı beraberinde insani duyguları da getirmiş, onu istemediği durumlara sokmuştu.

Oğuz'un tehditleri sis gibi bu evliliğin üzerini sararken, dağılmayan bu dumanın sebebi aslında kendi günahıydı. Âşık olduğu kadını kendi hayatına o sebeple almıştı, kıyamet kopup dünya yeniden yaratılsa bu gerçek değişmeyecekti.

Sıkıntıyla alnını ovalarken çalan telefonuna baktı ve Sami Hanzade'nin ismini gördü. Namık Candan onun yalısındaydı ve siyasetin parlak gencine bir müjdesi vardı. Aras'ın İstanbul'un bölgelerinden birinde ikinci sıradan milletvekili adayı olacağını duymak Aras'ı mutlu etmeye yetmedi, yetemedi. Artık Rüya'yla olan evliliğine mi, yoksa Rüya'ya mı ihtiyacı vardı?

* * *

Sergiden bir gece önce yaşadıkları özel geceyi düşünerek Ankara uçağından indiğinde serginin açılış saatine yarım saat vardı. Bugün Ankara'da sıra dışı görüşmeler olmuş, Tuğrul Giritli'nin istifası seçim dengelerini sarsmıştı.

"Sen" demişti Namık Candan, "anketlerde büyük bir hızla yükseliyor, insanların kalbine taht kuruyorsun. Zekân, dış görünüşün, eğitimin, siyasi yeteneklerin ve yaptığın mükemmel evlilik bir bütün oluşturuyor. Seni ön sıralarda milletvekili adayı yapmaktan başka seçenek bırakmadın bana Karahanlı. Halkın fikirlerini, istediklerini göz ardı etmediğim için bunca senedir bu koltuktayım. Karahanlı, bunu sakın unutma ve sakın sahip olduğun bu hayat çizgisini bozmaya kalkma!"

Aras'a vaat edilen mevki, Namık Candan'ın özel ilgisi, Hanzade'nin sınırsız desteği, hepsi ama hepsi onu amacına taşımaya yeter de artardı. İstediğini elde etmeye şunun şurasında ne kalmıştı? Ama olmuyordu. Bir tarafı yükselirken, diğer tarafı eğiliyordu ve hem Rüya hem siyaset asla vazgeçmeyeceği iki gerçekti.

Yavuz siyah Mercedes'in ön kapısını açtığında nemli hava boğucu bir hal almıştı. Aras kravatını gevşetip gömleğinin bir düğmesini açarak Yavuz'un direksiyona geçmesini bekledi. Telefonunu açınca ardı ardına düşen çağrıları gördü. Çağrılardan biri kaşlarını çatmasına sebep oldu ve şu anda gereksiz olduğunu düşündüğü bir görüşme yaptı.

Aras telefonunu kapattığında Yavuz kırmızı ışıkta durmuş ve sinyal vermişti. Kavşağı dönerlerse sergiye, dönmezlerse başka bir yola gideceklerdi.

"Abi sergiye değil mi?" diye sordu, yine de patronundan onay almak isteyerek.

Aras başını arkaya yaslayarak gözlerini kapadı ve aklındaki çok kollu canavarla yüzleşti. Bir kolu kendisine vaat edilen mevki, bir kolu Rüya'ya duyduğu ihtiyaç ve aşk, diğeri Oğuz'un iğrenç tehdidiydi. O tehdit ki günlerdir ruhunu mengene gibi sıkmış, asla kabul etmeyeceği bir tutsaklığa sebep olmuştu.

Bu durumdan o kadar rahatsız oluyordu ki, vücudunda olmaması gereken habis bir parça gibi onu oradan söküp almak istiyordu, ama sökerse Rüya'nın da canı yanardı.

O sergi onun mutluluğuydu. Ve bir siyasetçinin yumuşak karnı olmamalıydı. Oğuz oraya vuruyordu. Olmazdı, olmamalıydı.

"Abim nereye?" diye sordu Yavuz tedirginlikle.

Aras dudaklarını araladığında canavarın kollarından birine teslim mi oldu, yoksa kopardı mı henüz bilemese de bildiği tek şey vardı: O kimseye boyun eğmezdi. Kendine bile...

49

Elleriyle kalbini vermek

Dün gece ona, sergide bordo bir elbise giyeceğimi ve bu rengi sevip sevmediğini sormuştum. "En çok buğday rengini seviyorum, çünkü teninin rengi" diyerek bambaşka bir cevap vermişti. Sonrada yüzünden, sebebini anlayamadığım belli belirsiz kederli bir tebessüm geçmiş, "Bordoyu bundan sonra senin için severim" demişti.

Şimdi aynanın karşısında durmuş, buğday rengi ile bordonun uyumunu izliyordum. Kolsuz, dümdüz, diz üstü bu elbiseyi üzerimde gördüğü anı hayal etmeye çalıştım, ama Aras'ın sergiye gelecek olmasının yarattığı heyecan hiçbir hayale izin vermiyordu.

Saçlarımı açık bırakarak arkama döndüğümde Nehir'i yatak odasının kapısında gördüm.

"Çok güzelsin." Nehir'in sesindeki durgunluğu nasıl yok edebileceğimi bilmiyordum. Fransa'dan bu sabah gelmiş ve ancak birkaç saat önce görüşebilmiştik. Ona bana neden böyle davrandığını, daha doğrusu baktığını soramamıştım. Özlemim çok daha ağır basmış, sadece hasret gidermiştim. Gözlerini sürekli benden kaçırıyordu. Abisiyle ilgili tek bir kelime dahi etmemişti. Eskiden olsa endişelerimi gidermek için, abisine olan sonsuz güveninin de etkisiyle "Mutlaka gelecektir Rüya" derdi. Bu Nehir'i tanıyamıyordum. Ama bu sefer, Aras'ın geleceğini biliyordum. Bugün onunla bir kere konuşabilmiş olsak da içim rahattı. Aras mutlaka gelecekti. En ufak bir tereddüdüm yoktu.

Nehir'le beraber salona indiğimizde Çağrı Mert her zamanki sevimliliğiyle etrafımda bir tur atarak fotoğrafımı çekti.

"Aras Karahanlı'ya eşini kaçırıyorum diye yazacağım ve fotoğrafını yollayacağım." Dediğini yaparak fotoğrafı Aras'a yolladı. "Koluma gir yengeciğim sergi bizi bekliyor."

Galeri binasının önünde asılı "Ozz" tabelasını görünce bacaklarımın titremesine mâni olamadım. Bu sefer Çağrı Mert'in koluna ben girdim. Oysa yanımda Aras'ın olmasını, heyecanımı yatıştırmasını öyle çok istiyordum ki... Yatıştırırdı da... "Ufaklık sakin ol."

"Rüya hazır mısın?" Çağrı Mert koluma dokunduğunda ona zorla gülümsedim.

"Sanırım, bu gece ölmezsem bir daha hiç ölmem."

Şık, seçkin ve sanat çevrelerinde kısa zamanda nam salmış bir galeri olan Ozz'a girdiğimizde, hazırlıklarının çoğu bensiz tamamlanmış olan ortak sergimiz için artık hazırdım.

Açık renk takım elbiseli Oğuz, garsonlara talimat veriyordu. Çınar Ahmedov'un göz alıcı, birbirinden farklı kadın heykelleri şeffaf platformlara özenle yerleştirilmiş, benim su ve doğa temalı tablolarım beyaz duvarlara asılmış, üzerleri gizli spot ışıklarıyla aydınlatılmıştı. Keşfettiğim her ayrıntı kalbimin ritmini daha da hızlandırıyordu.

Açılışa bir saatten fazla vardı. Çınar beni görünce hızlı adımlarla yanıma geldi. Oldukça enerjik ve bir o kadar da gergin görünüyordu. Ne kadar titiz ve işkolik olduğu bana doğru yürürken bile etrafı gözleriyle tarayarak çalışanlara emirler yağdırmasından belli oluyordu. Tanıştığımız geceden çok farklı bir hali vardı.

"Hoş geldin Rüya."

"Hoş bulduk."

Gözlerini benden çekerek çenesiyle tablolarımdan birini işaret etti.

"Sen suyu gerçekten çok güzel çiziyorsun" dedi. *Yüzen Damlalar* adını verdiğim tabloma doğru ilerlediğinde ben de arkasından gittim.

"Muazzam bir şey." Harika heykeller yontan maharetli parmaklarını sarı saçlarının arasından geçirdi. "Gerçek sanatın kabul görmesi için zamana ihtiyacı vardır Rüya." Bu cümleyi ikimiz için mi sarf etmişti bilemiyordum. Tek bildiğim şey, böyle üretken ve yetenekli bir sanatçıdan aldığım övgüydü bu. İlk defa tablolarım insan içine çıkıyordu ve

Çınar Ahmedov beni tek kelimelik övgüsüyle ihya ediyordu.

Muazzam...

Parmakları tabloma değdiğinde, mavi gözleri ile *Yüzen Damlalar* arasındaki mesafeyi yok ederek fısıldadı. "Denize dokunan yağmur damlaları, derinleşen ve derinleştikçe halkaları büyüyen mavi yeşil su damlaları. Her bir damlayı ne kadar dikkatli ve sabırlı çalışmışsın. Denize düşen seyrek ve ince yağmur damlalarının sesini duyacağım neredeyse."

Dudaklarımı ısırıyor, kızaran yanaklarımın rengini eski haline getirmeye çalışıyordum.

"Ben..." dedim elimle tabloyu işaret ederek, "ben birini sana hediye etmek istiyordum, eğer en çok bunu beğendiysen..."

"Olmaz Rüya, bu fazla cömert bir hediye." İtirazını sürdürürken bile gözleri tablomdaydı.

"Beni 'Kadın' adındaki sergine ortak ettin ve serginin adı 'Kadın ve Su' oldu. Bu benim için çok önemli bir şey, hediyemi kabul edersen çok mutlu olurum."

Bana dönerek yaşadığım mutluluğu arar gibi beni bir süre süzdü.

"Peki."

"Çok sevindim Çınar."

"Hayır, benim kadar olamazsın. O gece yemekte doğru bir karar verdiğimi görüyorum ve şu bayıldığım tablo artık benim." Sesindeki coşku beni çok memnun etti. Coşkulu sesini bir elimi ellerinin arasına alarak perçinledi ve zihnini de o coşkuya ortak ederek sözlerini Azerice sürdürdü.

"Sene ürekten teşekkür edirem ve her zaman sene sonsuz destek olacağımı bilmeni isterem."

Mutluydum hem de fazlasıyla...

Nihayet açılış saatine beş-on dakika kala davetlilerimiz tek tek gelmeye başladı. Onların arasında anneannem, Ender, Nilgün, Lale, Erdinç Karahanlı, birkaç siyasetçi, öğrencilerim, çalıştığım akademinin sahibi Erol Bey ve eşi de vardı. Elbette İstanbul'da yaşayan Çınar'ın Azerbaycanlı dostları.

Geniş salon seçkin ve değerli insanların mırıltılarıyla dolmaya başladığında, davetliler ortada gezinen garsonların taşıdığı yuvarlak tepsilerden alkollü ve alkolsüz içecekler alıyorlar ve "Kadın ve Su" adındaki sergiyi geziyorlardı. Onları tablolarıma bakarken izlerken, ne düşündüklerini bilmek istesem de, inceleyen gözlerini seyretmekle yetiniyordum.

İçerisi fazlasıyla kalabalıklaşmaya başladığında ben azalmaya, eksilmeye başladım. Çünkü o henüz burada değildi. Sevdiğim tüm insanlar burada olsa da, benim dünyam, en sevdiğim insan yoktu. Akşam yedi uçağıyla döneceğini söylemişti. Çoktan dönmüş olmalıydı. Aras'ı aramaya çekiniyor, hiç bahsetmek istemediği bu sergiye kendiliğinden gelmesini bekliyordum. Aras bu gece buraya gelmeyerek beni kahreder miydi? O sırada kapıda oluşan hareketliliği bir süre seyrettiğimde Azerbaycanlı bürokratların içeri girdiğini gördüm. Çınar hemen yanlarına giderek onları karşıladı. Ender Karahanlı elinde içkisiyle bana yaklaşırken merak dolu ve gergin yüz ifadesi bana Aras'ı soruyordu. "Aras neden hâlâ gelmedi Rüya?" Oğlunun geleceğinden emin olduğu için sesinde endişe yoktu. Her zaman yaptığımı yaptım. Yaşadıklarımızı kendime sakladım.

"Sanırım toplantısı uzadı."

Ender Karahanlı bana hak verircesine başını sallayarak yanımdan uzaklaştı. Ona yalan söylememiştim. İnandığımı söylemiştim ya da inanmak istediğimi...

"Rüya." Çınar yanıma gelerek beni kendi ülkesinin bürokratlarıyla tanıştırmak istediğinde onun peşinden gittim. Koyu renk takım elbiseler giymiş on-on beş kişilik grup, benim tablolarım ile Çınar'ın heykellerinin etrafında toplanmış, hem sohbet ediyor hem de onları inceliyordu. Ama *Yüzen Ev* isimli tablomun başında duran beyaz saçlı bir adam bu dünyadan kopmuş gibiydi. Yemyeşil bir göle uzanan iskelenin üzerinde kahverengi ahşap bir ev çizmiştim. Ev çizmekten pek hoşlanmazdım. Gözlerim dolar, tuvali parçalamak isterdim. Bu ev çizdiğim ender ev resimlerinden biriydi.

"Bunu satın almak istiyorum." Galeri görevlisine söylediği bu söz oradan kaçarcasına uzaklaşmama sebep oldu. Tuğrul Giritli'nin sesini nasıl unutabilirdim ki? Sanırım buraya Azerbaycanlı bürokratlara eşlik etmek amacıyla gelmişti. En azından ben öyle düşünmek istiyordum... Aras'a, yanımda olmasına her zamankinden daha çok ihtiyacım vardı. Siyah çantamdan telefonumu çıkarırken çekincemi bir kenara bırakarak onu aramaya karar verdim. Defalarca çalan telefonuna cevap vermemesi, yüzümün rengini yavaş yavaş soldurmaya başladığında Nehir'in beni izlediğini fark ettim. Bu sefer Yavuz'u aramak istedim. Nehir'in dolan gözlerimi görmemesi için ona sırtımı döndüm.

"Yavuz, Aras'ın nerede olduğunu biliyor musun? Ona ulaşamıyorum."

"Yenge, abimi havaalanında karşıladım, sonra da Sami Hanzade'nin yalısına bıraktım ve oradan ayrıldım."

"Tamam." Gelecek mi, ya da sana geleceğini söyledi mi diye soramadım.

Sami Hanzade'nin yanında fazla vakit geçirmediğini bilsem de yine de korkuyordum. Siyasi meseleler bu gece de onun için ön planda olabilir miydi?

Yarım bardak vişne suyunu yanımdan geçen bir garsonun taşıdığı gümüş tepsiye bıraktığımda Nehir'in solgun yeşil gözleri hâlâ üzerimdeydi. Yine bakışlarımı ürkekçe ondan kaçırarak sağa sola baktım. Zaman ilerledikçe sergide insanların ayakları değil de Aras'ın yokluğu kol gezmeye başladı. Haykırmak, "Neden gelmiyorsun?" diye bağırıp çağırmak, sonra da yine onun kollarında ağlamak istedim.

Yaşlı bir gazeteci yanımda belirdiğinde üzücü düşüncelerimden biraz olsun sıyrılsam da birileri dokunsa ağlayacak haldeydim. Yaşı neredeyse altmışlara dayanmış popüler gazeteci Faik Sonoğlu, elimi kibarca öptüğünde yaşlılığının sevimliliğine sığınarak bana birkaç iltifat etti. "Güzel ve yetenekli bir sanatçı, çok çok yakışıklı bir politikacı... Eğer bu harika çift teklifimi kabul ederse sizi belirlediğimiz bir günde programımda ağırlamak isterim. İnsanlar size bayılıyor Rüya Karahanlı."

Adamın samimi halleri bir an için sıkıntımı dağıtınca ona zorla da olsa gülümseyerek baktım.

"Bilemiyorum. Sanırım bu davetinizi Aras'la konuşmam gerekiyor."

"Sayın Karahanlı'nın basınla arası çok iyidir. Aslında önce ona teklif edecektim, ama hazır sizin muhteşem serginizdeyken fırsatı kaçırmak istemedim Rüya Hanım." Öyle içten ve istekli görünüyordu ki, pamuk gibi beyaz dalgalı saçları, açık kahverengi gözleri ona hayır dememi imkânsızlaştırıyordu.

"Bunu Aras ile konuşacağım ve kabul ettiğimi söyleyeceğim."

Elimi bir kez daha zarif bir hareketle öperek teşekkür etti ve yanımdan uzaklaştı.

Saatler geçtiğinde azalan umudum boğazımdaki yumruyu büyütüyor, beni dinmeyecek bir ağlama krizinin eşiğine sürüklüyordu. Bomboştu. Etrafım, sağım solum, beni teselli etmek isteyen, Aras'ın yokluğunu görmezden gelmeye çalışan insanlarla dolu olsa da her yer bomboştu. Kalbime çöreklenen kırgınlığımı Aras bile yok edemeyecekti, çünkü o kırmış, paramparça etmişti.

Hayatım boyunca hayalini kurduğum bu gecede onlarca övgüye ve beğeniye mazhar olsam da aslında yarım kalmıştım. Bütün gece boyunca bana onu soranlara aynı sözcükleri söyledim.

"Toplantısı uzamış."

Tuğrul Giritli'yle bir daha karşılaşmamak için neredeyse saklambaç oynamış, bu oyunu oynarken gözlerim hep Aras'ı aramıştı. Ama gelmemişti.

Biz bize kaldığımızda Oğuz'un manalı bakışları, Nehir'in üzüntüsü, anneannemin kahrıma ortak oluşu beni durduramadı. Çağrı Mert'ten beni eve bırakmasını rica ederek herkesle vedalaştığımda kalbim darmadağındı. İncinmiş, kırılmış ve parçalanmıştım.

Yol boyu süren sessizliğimiz Çağrı Mert'in diyecek bir şey bulamaması, benim de onun söyleyeceklerine zaten kulaklarımı kapatmış olmamdan kaynaklanıyordu.

"Bahçeye girmene gerek yok" dediğimde arabayı durdurdu ve ben demir kapıdan içeri girene kadar bekledi.

Kapıyı açtığımda salonun penceresinden sızan sarı ışık ruhumu benden aldı ve karanlıklara salarak bana geri verdi. Sapsarı bir ışık beni aydınlatmak yerine kapkara etti. Evdeydi.

Gözyaşlarım akmaya başladığında sokak kapısını açtım ve kısa koridordan birkaç adım atarak karşısında durdum.

Sessizliğim, gözyaşlarım ve kırılmış umutlarımla karşısında öylece kalakaldım.

Sağ elinde bir içki bardağıyla koltukta oturuyor, sol elindeki telefonun ekranına bakıyordu. Çağrı Mert'in yolladığı fotoğrafa. Aslında bana... Gömleğinin birkaç düğmesini açmış, ceketini bile çıkarmaya gerek duymamıştı.

Başını ağır ağır kaldırdığında bana bakan gözler ona ait değildi. Bir yabancıydı. Bambaşka bir çift gri göz, bilinmedik duygularla yüklenmiş, onlara teslim olmuş kaybolmuştu.

"Neden?" dediğimde boğuk sesim evin duvarlarına çarparak kulaklarıma geri döndü. Çünkü onun bakışları zerre kadar etkilenmemişti. Taş gibi soğuk ve sert görünüyor, bu görüntü beni daha da perişan ediyordu.

"Ne zamandır evdesin?" dediğimde vereceğim tepkiyi çoktan kabullenmiş, oldukça sakin bir ses tonuyla "Yaklaşık iki saattir" diye karşılık verdi. Birbirine kenetlenmiş gözlerimiz sanki gözyaşlarımı yuttu ve zamanı durdurdu.

"Ve gelmedin!" Ona doğru bir adım attığımda ayağa kalktı. Bana yaklaştıkça gri duvarlara yenileri ekleniyordu.

Canım yanıyordu. Sebebi sergiye gelmemesi olsa da, canım şu anda başka türlü yanıyordu. O yakıyordu. Bana böyle baktığı için, bana doğru gelirken aramıza duvarlar örerek beni uçurum kenarında bıraktığı için canım çok yanıyordu.

"Aras ne oluyor?" Sesim de bedenim gibi titriyordu. "Çok bekledim."

Bükülen dudaklarımın kenarına dokunarak yüzümü avuçlarının arasına aldı ve "Gelemezdim" diye fısıldadı, sesinde dalga dalga artan kararlılıkla.

Kararan bakışlarına karşı koymak, ona bağırıp çağırmak istesem de bunu yapamıyordum. Şu karşımdaki hali beni bu durumu sorgulamaya mahkûm ediyor, zorlara düşürüyordu.

Onu anlayamıyordum. "Neden böylesin Aras?" Alnıma bir öpücük bıraktığında ona olan kızgınlığım, öfkem hem daha çok arttı, hem de azaldı. Bu öpücük tenimi hem daha çok yaktı, hem de ferahlattı. Sevmek buydu. Dediği gibi bir cehennem... Senin cehennemin... Ona öfkeni kusamayarak kendini bile bile attığın alevlerle dolu bir mesken...

Elleri hâlâ yanaklarımın üzerinde, gözleri gözlerimin en derinlerindeydi. Ama kendisi gökyüzü kadar uzak ve ulaşılamazdı.

Dudaklarımı aralayacağım, "Bu mesafeleri kapat!" diye haykıracağım anda çok sevdiğim dudaklarını o araladı.

"Şimdi sana o gece yalıda seni neden hayatımda istediğimi ve öyle baktığımı açıklayacağım." Sesinde renk, sıcaklık, pürüz, hiçbir şey yoktu.

"O gece?" dedim sorar gibi ve kendi sorumu kendim cevapladım. "Yalıda yediğimiz yemekte."

Yakıcı bir duygusuzlukla sözlerimi tekrarladı. "Yalıda yediğimiz yemekte, o gece..."

"Aras bunu açıklamak seni neden bu hale getiriyor, anlayamıyorum. Neler oluyor?"

"Cehennemdeyim Rüya." Yüreğinden kopan sözleri nefesimi alıp götürdü ve bedenim kaskatı kesildi.

"Cehennemdeyim, çünkü seni seviyorum."

Duyduğum iki kelime beni ben olmaktan çıkardı. Duyduğum iki kelime beni Rüya değil, onun sevdiği yaptı. Yine de sesindeki esaret, içime simsiyah bir korku düşürdü. O korkuya dansımız esnasında sevmek cehennemdir diyen sesi eşlik etti...

Saçlarımı öptü, kokladı ve alnını alnıma dayadıktan sonra fısıldadı. "Seni seviyorum."

Bana beni sevdiğini söylerken benim her zerremi diğerinden koparıyordu. Bana neden böyle bakıyordu? Neden beni sevdikçe benden gidiyordu? Varlığı bir nefes ötemde olduğu halde sanki benden, bizden yavaşça uzaklaşıyordu.

"Şimdi sana ellerimle kalbimi vereceğim ve sen ona ne istiyorsan onu yapacaksın Rüya."

50
Zehirli elma

Ellerini yüzümden usul usul omuzlarıma kaydırırken bu hareketi bilinçsizce yaptığı, söyleyeceklerine odaklandığı ortadaydı.
"Verdin zaten. Bana sevdiğini söyledin. Ben senin kalbini ancak çok daha fazla severim. Bunun aksi mümkün değil."
Bu sözleri yürekten söylesem de hali beni tedirgin ediyor, sesimin daha çok titremesine yol açıyordu. Onunla beraber olmak ne kadar da zordu. Eve girdiğimde sergiye gelmediği için ona çok kırgındım. Oysa şu anda bana hep beklediğim o iki sözcüğü söylüyor, bakışlarındaki farklılık kırgınlığımı yok ediyor, onun yerine tarifsiz korkular koyuyordu.
"Böyle olma Aras."
Çok sevdiğim hareketi yaparak, elini saçlarımın üzerinde gezdirdi.
"Üzülmene dayanamam Rüya."
"Ama bu halin... Beni severken cehennemdeyim demen... O geceden böyle bahsetmek istemen..."
Daha fazla dayanamayarak sustum ve başımı yine kalbine yasladım. Sarıldı... Daha sıkı, daha güzel, daha önce hiç yaklaşmadığı kadar yaklaştı.
Aldığı derin nefesi ben de onunla içime çektim. Sessizlikle kuşatılmış sarılışımız bittiğinde gözlerine baktığım an onun tekrar eskisi gibi olmasını dilediğim halde onu bulamadım.
Başkalarına kayıtsız gibi bakan gözleri, beni kendine hapsetmiş olsa da, aşılmayacak duvarlar karşımda duruyordu. Sanki sadece nefes alıyor, aldığı her nefeste kayboluyordu.

Dayanamadım. Gözlerimi kaçırarak başımı tekrar göğsüne yaslamak istesem de buna izin vermeyerek omuzlarımı tuttu ve başını bana doğru eğerek dudaklarını ölümüme araladı.

"Artık senin yüzüne her baktığımda sadece işlediğim o günahı görüyorum Rüya."

Fısıltısı, bilmediğim günahına lanetler okur gibi sertti.

"Ne günahı? Senin hiçbir günahın ola..." dediğim anda sözümü keserek kaşlarını hafifçe çattı.

"Var Rüya."

Var diyorsa vardı... O söylüyorsa öyleydi. Duymak istemiyordum ama söylerdi.

"Söyleme!"

"O gece bir karar verdim... Ben seni o gece, hep hayal ettiğim şeyler için hayatımda istedim Rüya. O lanet gecede sana bakarken bir karar aldım."

Anlayamıyordum. Sözcüklerini değil, hayallerini anlayamıyordum. Sözlerini kavramamı ister gibi bir süre sessiz kalsa da ruhuma tarifsiz bir acının kapısını sonuna kadar açtı.

"Hayal ettiklerim için seni hayatıma alsam da, ben çok daha güzelini yaşadım, çünkü seni sevdim Rüya." Omuzlarımı tutmayı bıraktı. "O gece seninle evlenmeye karar verdim, çünkü bu evliliğe ve sana, siyasi kariyerim için ihtiyacım vardı. İnsanlara senin gibi bir kızla evlenerek..." dediğinde bir anda çaresizliği ruhuma salan sözlerini, yok etmek, zamanı geriye almak için haykırdım.

"Sus!" Sustuğu halde bir daha haykırdım. "Sus!"

Bir anda güneş battı... Bir anda dipsiz bir acı deryası beni içine çekerek bedenimi önce buz gibi dondurdu, sonra da ateşlere savurdu. Bu acıya dayanabilmek için günahını dile getirdim. Belki hayır der de beni bu acının içinden çeker alır, birkaç saniye önceye döneriz diye...

"Kimsesiz olduğum için mi benimle evlenmek istedin?"

Binlerce kelimenin anlatamayacağını suskunluğuyla anlattı. Bir adım geriye doğru atarak taş kesilmiş bedenime sarılarak kollarımı sıvazladım. Nereden bilebilirdim ki bir kere de olsa kimsesizliğime sahip çıkacağı mı? Bu nasıl olabilirdi. Bu sahiplenmeyi benim kimsesizliğimi yok eden insana karşı yapacağımı nereden bilebilirdim? Dudaklarım acıyla bükülürken gözyaşlarım yanaklarımdan süzülüyordu. Her damlada ruhum daha fazlasını istiyor, gözlerim çok daha fazlasını veriyordu.

Boğuk sesimle, "Sana her şeyimi veririm derken insanlara benim gibi bir kızın hayatını nasıl değiştireceğini göstermek istedin" dedim. Sonra da bağırdım. "Bunu istedin, beni değil!"

Her kelimemde ben yandım, o sustu.

"Sen bunu yapmazsın. Yapamazsın! Yaşadıklarımız bir yalan olmaz!" derken, ellerimi karnıma bastırıp, iki büklüm dizlerimin üstüne çökeceğim anda beni omuzlarımdan yakaladı ve tekrar ayağa kaldırdı. "Yapma Rüya."

Her şey bulanıklaşmaya başlasa da zihnime zıpkın gibi saplanan bir cümle öyle net ve berraktı ki.

"Sen Aras Karahanlı'nın eşi değilsin. Sen sadece Aras'ın eşisin..."

Beni özeline değil, insanların görüp görebileceği hayatına istemişti. Yapmıştı, pişmandı ve bunu kabul etmişti. Hıçkırıklarım masal evi dediğim yuvamın çatısını yıkıp da bu evle beraber bizi de dağıtırken, ondan uzaklaştım. "Bana dokunma!"

"Dokunmam." Bu tek kelime ruhumu aşındırdı. Tenimde ellerinin değdiği her yer benimle beraber ağladı. En çok da saçlarım...

"Neden Aras? Neden yaptın bunu bana? Bu hakkı kendinde nasıl gördün?"

Bana iyice yaklaşarak kollarıma dokunacakken, kendi cezasını kendi kesti ve ellerini tenime birkaç santimetre ötede havada asılı bıraktıktan sonra indirdi. Konuşurken bu kadar zorlandığını ilk defa görüyordum.

"Bunu ne ben sana anlatabilirim ne de sen anlayabilirsin. Tek bildiğim evlenme fikrinin aklıma yattığı, ama seni gördüğüm anda buna çabucak karar verdiğim Rüya. Bu çözemediğim bir ikilem. Çünkü bir şey aklıma ne kadar yatarsa yatsın o kadar aceleci davranmam." Derin bir nefes alarak duygu yoksunu sesiyle devam etti. "Yine de bu, suçumu aklamaz, çünkü o gece masada sana bakarken tek gördüğüm şey kimsesiz olmandı. Sonra sen gittikten sonra tablonun başına geçtiğimde kararımı kesinleştiren bir şeyler oldu Rüya." Başını öne eğdiğinde belki de tablomu düşünüyordu.

"Orada ne gördüğün umurumda bile değil Aras."

Vücudumdaki her yaşam hücresi bir diğerini kanatarak koparıyor, sonra da bana yaptığı bu ihaneti harcına katarak tekrar birbirine kenetleniyordu.

"Sen insanlara benim acılarımı mı göstermek istedin? Benim en büyük acımı kendi kariyerin için mi kullandın?"

"Bana ne söylersen söyle haklısın. Sana bu kötülüğü yaptım ve sonra da seni sevdim." Son kelimeleri söylerken hem hatasını hem de beni sevdiğini kabullenmiş gibi görünüyordu ya da onlara yenilmiş...

Yüzüne daha fazla bakmak istemeyerek bakışlarımı kaçırdım. Gözlerini görürsem acılar katlanır, kalbim daha çok oyulurdu. Çünkü o en çok gözleriyle konuşurdu.

"Sevdim ve seni sevmek, suçumun en ağır bedeli oldu. Bu yaptığım ne Rüya? İhanet, günah, hata. Hangisi olduğunu sen söyle."

Bir süre sustuğunda ödediği bedel benim de kalbime inerek orada yer etti. Sevmek bir de buydu. Sana yaptığını sen de onunla beraber yaşar, kendine düşen hisseyi alırdın.

"Siyaseti çok mu seviyorsun? Bu sevgi seni böyle acımasız mı yapıyor? Sana bu söylediklerini mi yaptırıyor?"

Benden uzaklaşarak tekli koltuğa oturdu; başını ellerinin arasına alarak dirseklerini dizlerine dayadı.

"Seviyor muyum bilmiyorum? O olmadan asla olmaz, ama hayatımda siyaset olmasaydı sen de olmazdın. Seni bana o getirdi."

Derin bir iç çektikten sonra, "Ben..." dedi, "ben seni çok seviyorum Rüya. Eğer seni sevmenin tek yolu bu ise, başka seçenek yoksa yine aynı şeyi yapardım."

Boğazıma koskoca bir düğüm oturtan sözleri bitmedi.

"Ama eğer seni sevmenin başka bir yolu olsaydı ve ben bunu bilseydim hayatımın sonuna kadar onu arardım."

Tüketici sözleri bittiğinde başını kaldırarak büyük bir inançla sözlerini besledi. "Bu bir cehennem. Sana bunu yapmış olmak. Seni böyle sevmiş olmak bir cehennem. Ama yine de senin için orada olmak her şeye değer..."

Tükeniyordu. Aras beni sevdikçe tükeniyor, paramparça oluyordu. Ben de bu halini gördükçe onunla parçalanıyor, dağılıyordum. Tüm gücümle içimdeki yangını haykırdım.

"Beni böyle sevdiğin için, seni böyle sevdiğim için çok acı zaten. Bu yüzden dayanılmaz. Bu yüzden öldürür, öldürecek Aras. Bana kim olduğumu, ailemi veren bir insanın en acı yaramı kanatmış olması dayanılmaz."

Ayağa kalkarak hızla bana doğru geldi, kollarımı tuttuğunda kaçmak istesem de buna izin vermedi. "Evet, senin en büyük yaranı kanattım. Seni sevdikçe, o yara kanadıkça, ben de onunla beraber kanadım Rüya. Ben buyum. Sana hiç kimsenin yapmayacağı bir şey yaptım, insanlara iyi bir şey yaptığımı göstermek için seninle evlendim. Hem de bunu öleceğimi bilsem bile dürüstlüğümden asla ödün vermeyeceğim siyasi bir hayatın başarısı uğruna yaptım."

Göz gözeydik. Benimkiler kızıla boyanmış bir gökyüzü, onunkiler infazının kapkara dumanında boğulmuş bir dağın zirvesi. İkimizin de dağı, seması yitik... İkimiz de onca sevgiyle aşka rağmen bitik...

"Ve işte bu gece, oraya gelmiş olsaydım, yaptığım bu hatayı yüzüme vuran tehditlere boyun eğmiş, sana zarar verdiğimi kabullenmiş olacaktım. Ve bu durumu kabullenerek hiçbir şey yokmuş gibi orada olmak Rüya, senin en temiz hayallerine sahte bir mutlulukla ortak olmak demek. Sen bu kadarını hak etmiyorsun."

Aras'ı tanıdıktan sonra gül bahçesine dönen hayatım bu sözlerle tutuştu. Bahçedeki güller cayır cayır yandı. Ne kokusu kaldı, ne gülü... Dumanları göğe salındı, dikenleri kalbime saplandı.

Parmaklarını usul usul gevşettiğinde "Sen çok korkuyordun" diye fısıldadı.

"Söyle" dedim başımı öne eğerek.

"Rüya" dedi hüzne bulanmış sesiyle. "Seni kaçıran o adamlardan ne kadar korktuğunu, benimle o yüzden daha erken evlendiğini bildiğim halde sustum. Ama seni bu yüzden asla suçlamadım, çünkü beni ne kadar çok sevdiğini biliyordum. Başka hiçbir şeyin önemi yoktu. Sen zaten benimle evlenecektin."

Başımı ağır ağır sallarken gözyaşlarım yüzünden zorlukla konuşabildim. "Evet, ben seninle zaten evlenecektim. Tek istediğim beni sevmendi. Bunun için sana hayır diyordum. Çünkü sevilmek istiyordum. Allah kahretsin Aras, ben seni çok sevdim! Ben sana çok güvendim. Tek istediğim senin tarafından sevilmekti. Bu, herkesin her şeyin sevgisine bedeldi. Sen benim bu hayattaki en büyük korkumu biliyordun."

"Biliyordum."

"Bu yüzden kendimi suçladım ben. Suçladım çünkü bu duruma sen izin verdin. Beni sevmemek için benim korkularımın arkasına mı sığındın? Bana kalbini vermek çok daha kolaydı."

Her söylediğim kelimede taş kesen bakışları gözlerime daha çok mıhlandı.

"Ne özür dileyeceğim, ne de affedilmeyi isteyeceğim Rüya, sana söyleyecek hiçbir sözüm yok. Tek bildiğim seni çok sevdiğim ve asla kaybetmek istemediğim"

"Neden? Bunu neden yaptın?" Sesim de, ben de azalıyorduk. "Yaşamım boyunca kimsesizliğe, sessizliğe ve yalnızlığa mahkûm olmak zorunda kaldım ve sen bana kimsenin yapamayacağı kötülükleri yaptın. Bu üzüntülerimi kullandın." Ardından boğuk sesimle ekledim. "Aynı zamanda hiç kimsenin yapamayacağı iyilikleri..."

"Seni o gece sergiye değil de, derneğin gecesine götürdüğümde seni ne kadar çok sevdiğimi, kimseyle paylaşmak istemediğimi çok net gördüm. O gece, insanların sana özel ilgi göstermesi bana istediğim her şeyin yavaş yavaş gerçekleştiğini gösterse de asıl gördüğüm, yaptığımın büyük bir hata olduğuydu. Bunu anlayabilmem için de seni sevmem gerekiyormuş Rüya. Eğer seni sevmeseydim, yaptığım bu hareketi belki de asla sorgulamayacaktım biliyor musun?"

"Bu kadar kötü bir insan olamazsın sen. Değilsin."

"Bu bir hataydı. Bir daha asla yapmayacağım bir hata." Gözleri beni bulduğunda orada, uçsuz bucaksız bir yokluk vardı ve o yokluğun içinde ben bana olan sevgisiyle beraber yol alan pişmanlığını gördüm. Bu iki duygu siyah ve beyaz gibi birbirine karışmış, griye dönüşmüş, gözlerine çökmüştü.

"Kalbim artık ellerinde Rüya." Ne yalvarıyor, ne af diliyordu Sesine gölge eden bir tek duygu dahi yoktu.

"Ona istediğini yap, ama sakın..." dediği anda elimi dudaklarına bastırdım.

"Sakın söyleme Aras! Sakın bana bunu deme."

Elimi ağzından çekerek dudaklarını tekrar araladı.

"Ne olur sus" dedim. "Affedemem." Bu tek kelime ıssız bir nehir gibi usul usul bize, ikimize, ama en çok da geleceğimize aktı. "Ben seni affedemem Aras. Sen olduğun için, seni böyle sevdiğim için affedemem."

"Seni seviyorum Rüya" dedi, arkamı dönerek merdivenlere yürüdüğüm anda. Ellerimi saçlarımın arasından geçirerek başımı öne eğdim.

"Seni çok seviyorum Rüya" diye tekrarladı.

Ağlamadığım halde neden sicim gibi yaşlar akıyordu? Yetmezdi. Sevgisi şu anda, güneşin ısıtamadığı bir dağın soğuk zirvesi gibiydi. Yine üşüyordum. Aynı sevmediği zamanlardaki gibi...

"Sevme artık!" derken sesimdeki çaresizlik beni yalanlıyor, sevmesini ne çok istediğimi ele veriyordu.

Gözyaşlarımı sildikten sonra ona döndüğümde bu sefer ruhum ağlıyordu.

"Senden ayrılırsam bu beni iyileştirir mi Aras? Artık burada kalamam."

Bana yaklaştığında geri çekildim.

"Bu ev senin Rüya."

"Seni terk edeceğimi biliyordun. Bu evi o yüzden bana hediye ettin."

Karşılık vermese de o kahır yine gözlerine yerleşmiş, bana istediklerimi vermişti.

"Her şeyim senin Rüya."

Ona arkamı dönerek merdivenlere doğru yürüdüm. "Hayır bu evde kalamam."

Her basamakla Aras'ın olmadığı dünyama bir adım atarak odamıza girdiğimde odanın içinde havalanan bembeyaz tül bana o gece söylediği sözleri yüzüme çarptı.

"Gitme Rüya! Her ne olursa olsun, beni bu odada yalnız bırakarak gitme!"

Kapıyı usulca kapattığımda ışığı yakarak boy aynasının önüne geçtim. Simsiyah gözyaşlarım yanaklarımda yol yapmış, kapkara lekelenen aşkımı yanaklarıma çizmişti.

Banyoya geçerek buz gibi suyu yüzüme çarptığımda sadece yüzüm ağardı, onu terk edeceğim için kalbim daha da karardı.

Dolabımı açtığımda, lazım olan bir tek şeyi hatırlayarak oraya koştum. Yatağımıza... Yastığını alarak göğsüme bastırdım, hep engin bir huzurun kokusu dediğim koku hâlâ oradaydı. Sımsıkı sarıldım. Aras'ın yokluğu ile varlığının arasıydı bu koku. Tam da benim hapsolduğum yer... Onu da birkaç parça kıyafetle beraber küçük bir valize yerleştirdikten sonra aşağıya indim.

Hep güzel anlar geçirdiğimiz masamıza yaslanmış, ellerini ceplerine sokmuş, başı önünde, yalnızlığını bekliyor, bensizliği karşılıyordu.

Ceketini çıkarmış, beyaz gömleğini koyu gri pantolonunun üzerine çıkarmıştı.

Yanından geçerken ne yapacağımı bilmiyordum. Nasıl terk edilirdi? Nasıl gidilirdi? Böyle mi? Yüzüne hiç bakmadan, son sözü dahi söylemeden...

Böyle gidilirdi. Her adımda yangına yürür, karanlığı solurdun. Her nefeste onun yokluğuna kenetlenirdin.

Bu ayrılıktı... Bu ayrılıkmış... Affedemediğini hâlâ sevmek, o sevgiyle hayatının sonuna kadar kavrulacağını iyi bilmek...

Yanından geçerken kolumdan tuttu. Bakışlarımı ona çevirsem de başı hâlâ öne eğikti ve az önce ona yasakladığım kelimeyi etti.

"Gitme!"

Söylemeseydi ölürdüm... Söyledi yine öldüm...

Başını usulca kaldırarak gözlerimin içine baktığında dağ gibi bir acı daha kalbime aktı. Gözleri kan çanağı gibiydi. Bir damla yaş olmasa ne yazardı. Kıpkırmızı bir acıyla o gri gözler vurulmuştu. Bana hayatında en son o gece ağladığını söylemişti. Annesinin gittiği gece...
"Benden nefret ediyorsun değil mi Rüya?"
Kolumu bırakarak elini tekrar cebine koydu.
"Bilmiyorum" dedim. "Nefret etmeyi bilmiyorum Aras." Gözlerimi onun üzerinde gezdirerek ona karşı böyle bir duygum olup olmadığını keşfe koyuldum. "Sen en sevdiğimsin, hâlâ öylesin. Ve yine sen benim ruhumun bir yarısını var ederken, diğer yarısını parça parça ettin, hem de hiç ummadığım şekilde. Burada kalarak sana her baktığımda bu yaptığını görmeye dayanamam Aras. Senin yüzüne bu ihanet yakışmıyor, onu orada görmek istemiyorum."
Gözlerimi bir an yumduğumda bir damla yaş hissettiğim tüm acılar adına yanağımdan aşağı süzüldü.
"Sen söyle, ben şimdi senden nefret mi etmeliyim? Yoksa yaptığın iyilikler, kötülüklerini yok etmeli ve seni de onlar gibi yok mu saymalıyım?"
Derin bir nefes alarak gözleriyle beraber yüreğini bana gösterdi.
"Beni yok sayman, benden nefret etmenden çok daha ağır bir duygu Rüya."
Valizimin demirine parmaklarımı iyice sararak bir adım attım. Onca söze, hesaba kitaba ne gerek vardı? Bildiğim tek şey onu çok sevdiğim, yapabileceğim tek şey gitmekti.
Seviyordum ve gidiyordum... Bir yanım ihanetiyle, diğer yanım sevgisiyle doluydu.
Kapıyı açtığımda Yavuz'un bahçede beni beklediğini gördüm. Aras aramış olmalıydı. Gideceğimden ne kadar da emindi. Yavuz tek kelime etmeden elimdeki valizi arabaya yerleştirdiğinde son bir kez başımı arkaya, bu evde yaşamış olduğum mutlu günlere çevirdiğimde Aras'la göz göze geldik.
Kalbimi delip geçen bu görüntüyü de yanıma alarak arabaya bindi-

ğimde Yavuz arabayı çalıştırdı ve arabanın müzik çaları otomatik olarak çalışmaya başladı. O parça çalıyordu. *Kadınım! Sevdiğim o koku yok artık bu evde...* Onunla yaşadığımız her güzel günde bu geceye koştuğumuzu onun gibi bilmek mi, yoksa benim gibi bilmemek mi daha iyiydi? Onu terk edeceğimi biliyordu. Şarkının sözleri bu gerçeği fısıldadığında, her şey çok daha dayanılmaz oldu. Beni genç ressamın sergisine bıraktığı gece arabasında bu şarkıyı dinlemiştik ve bana "Sen ufaklıksın, öyle değil mi? Ufaklıklar terk etmez" demişti. O zamanlardan beri suçunu itiraf edip, günahını ruhundan söküp atmak mı istiyordu?

Araba hareket ettiği an evimizin beyaz duvarlarına son bir defa daha baktım. Bu evde bana yaşattıkları bir külkedisi masalına benzese de bizim masalımızda bir de zehirli elma vardı. Hani kıza uzatılan ve de kızı zehirleyerek onu derin bir uykuya hapseden elma. Bizimkinde o zehirli elmayı, kıza prens kendi elleriyle uzatmıştı.